公元787年，唐封疆大吏马总集诸子精华，编著成《意林》一书6卷，流传至今

意林：始于公元787年，距今1200余年

 意林幻青春
开 启 你 的 传 奇

浮生 著

吉林摄影出版社
·长春·

图书在版编目（CIP）数据

禁域.③，王者遗风/浮生著. -- 长春：吉林摄影出版社，2018.1
（意林幻青春）
ISBN 978-7-5498-3475-4

Ⅰ.①禁… Ⅱ.①浮… Ⅲ.①长篇小说-中国-当代 Ⅳ.①I247.5

中国版本图书馆 CIP 数据核字（2018）第 002640 号

禁域③王者遗风
JINYU ③ WANGZHE YIFENG

著　者	浮　生
出版人	孙洪军
主　编	顾　平　杜普洲
责任编辑	吴　晶
总策划	蔡　燕　李　岚
统筹策划	李　岚
设计总监	资　源
执行编辑	王天颖
封面设计	资　源
美术编辑	张　迪
发行总监	王俊杰
开　本	700mm × 1000mm 1/16
字　数	300千字
印　张	16
版　次	2018年1月第1版
印　次	2018年1月第1次印刷

出　版	吉林摄影出版社
发　行	吉林摄影出版社
地　址	长春市泰来街1825号
	邮　编：130062
电　话	总编办　0431-86012616
	发行科　0431-86012602
网　址	www.jlsycbs.net
经　销	全国各地新华书店
印　刷	北京市兆成印刷有限责任公司

书　号	ISBN 978-7-5498-3475-4	定　价	28.80 元

版权所有　翻印必究
（如发现印装质量问题，请与承印厂联系退换）

目录 CONTENTS

章节	标题	页码
第1章	无殇器皇	001
第2章	腰牌里的信息	008
第3章	首席大弟子	015
第4章	大蚂蚁	021
第5章	给你三息	029
第6章	炼制面具	035
第7章	论典大会	043
第8章	出人意料	050
第9章	所谓天骄	056
第10章	双翼天马	062
第11章	龙争虎斗	069
第12章	雪满人间	076
第13章	战天一式	083
第14章	惊为天人	089
第15章	绯夜风雪	096
第16章	神陵疑云	103
第17章	震天怒吼	109

目录 CONTENTS

第18章 噬灵神陵 … 117
第19章 王者遗风 … 124
第20章 风花雪月 … 131
第21章 神识惊颤 … 139
第22章 现在是抢劫 … 147
第23章 后来人 … 155
第24章 自寻死路 … 163
第25章 梦回 … 170

第26章 识时务者 … 176
第27章 惊人梦魇 … 183
第28章 人形典器 … 191
第29章 力挽狂澜 … 199
第30章 真相 … 207
第31章 三千鸦杀 … 215
第32章 镇灵环 … 225
第33章 追杀反击战 … 233
第34章 之最 … 241

第1章

"怎么？难不成还想对我动手？"魁元冷笑了一声，他看到浮生似乎气得直发抖，双拳紧握，便以为浮生要动手。

实际上，他还真巴不得浮生对他动手呢。

此前他刚踏进炼器房时，就发现是浮生使弟子们议论吵闹个不停，便已将他视为头号刺头。

此前，他只是没借口对浮生发难罢了，此刻只要浮生真的敢对他动手，他保证有一万种方法可以让浮生吃不了兜着走。他完全可以在浮生动手时，狠狠地教训浮生，让他深刻地了解他魁元的威势。

魁元根本就无视了传闻中浮生的战力，在他看来，浮生作为一个新晋弟子又有什么修为和战力？自己单手就可以解决！

"浮生兄，千万别动怒，宗门可是很忌讳弟子目无师长的，只要你动手了，即便是占着理，也是大过！"离浮生近的弟子急忙提醒浮生道。

"对对对，千万要忍住啊！"

纵然这些弟子对魁元都很是不喜，毕竟有哪个师长会这样打击弟子，魁元的做法让很多弟子都很不满，但他们好不容易才进了不灭宗，不想被逐出宗门，就只能强忍着。

最终，浮生忍住了。

这倒不是说他畏惧了，他只是突然灵机一动，想到了一个点子，会比直接动手能取得更好的效果。

"师长你想多了，我只是在做伸展运动罢了。"

浮生淡淡地看了魁元一眼，任谁都不相信他方才只是在伸展肌肉。

看浮生放弃了动手，魁元心中有一丝失落一闪而过，他狐疑地多看了浮生一眼。

魁元觉得浮生似乎与这个年龄阶段的少年不太一样，他敢保证，若方才换成其他同龄的少年，在那种情况下很有可能热血一涌，就动手了。

这刺头居然能忍下，只是，可惜了。魁元心中大呼可惜，但他还是不想错失教训浮生的机会。

于是，他轻蔑地看着浮生，喝道："明明很想动手，却没有胆量，只能强忍着，真是毫无用处！"说完，魁元还不忘用挑衅的眼神看着浮生。

此刻，大部分的弟子脸色都不太好看。

其中便有一个少年低声嘟囔："师长，您说话也太难听了吧！"

魁元看向说话的少年，仰头一笑，随后伸出手指，不断向四周点着，道："难听？难听又怎样？你们能怎样？你们只是一级炼器房资质普通的低级生，能如何？说你们没用，已经算是好听的了，看看你们自己，有谁敢大声反驳吗？谁敢啊？"

魁元的脾气原本就不好，再加上对宗门的分配结果很不满，怒火就直接撒在了这些弟子的头上。

所有的弟子都脸色铁青，气得全身发颤。可是正如魁元所说的，即便他骂这些弟子，也无人敢大声反驳。

魁元哈哈一笑，他发觉越是让这些弟子难受，他的心情反而越是舒坦。

"够了！"就在魁元沉醉在这种极其满足的痛快中时，浮生冷不丁地再一次开口了。

全场也只有他敢这样说话，所有弟子再一次惊讶了。

"说这些无用，我只问你一句，你真的确定水火不相容吗？真的是这样吗？"

在刚才，浮生算是弄明白魁元的动机了。他知道魁元似乎很期待自己动手，尽管他还不知道自己是怎么招惹了这个枉为人师的魁元。

既然魁元期待自己动手，那浮生就偏偏忍住，魁元想必不会好受。

而且，魁元身为师长，若有弟子在学识方面有力地打击到他，最终的效果可是要比武力解决来得好。

有勇有谋，这便是浮生的厉害之处。

"呵呵，水火不相容，这是最浅显的道理，便是你周围的这些人也知晓，你拿这个来问我，真不知道你是怎么想的。"

魁元觉得好笑，不知道浮生的脑袋是不是坏了，难道他就想以此来反击吗？可笑至极！

周围的少男少女们此刻交头接耳起来，虽然他们都不喜魁元这个人，但都认同水火不容这个理。

他们很想站在浮生那一边，可是水火不容的这个道理，早就被前人证实过了。

"浮生兄，水火不容，这个大家都知道的。"

有人劝说浮生，有人理解不了他。

"是啊，浮生兄，你可能是从未了解过炼器，虽然我们也刚接触此道，但在此之前，我们也算是做过准备，这个浅显的道理我们都知道，不会有误的。"

浮生这句话，实在问得有点儿莫名其妙。他们有理由相信，在浮生来炼器房前，估计从未了解过炼器的知识，故此才会有此番言论。

"听见了没？就连他们都知晓这个道理，你还敢问我确不确定？哈哈，你太无知了！"

魁元笑得无比嚣张，毫不掩饰自己对浮生的鄙视。

"是吗？你们真的都这般认为吗？"

浮生扫视四周，随后居然直接离开他的位置，走了出来。有些少女捂着嘴，十分吃惊，皆不知浮生为何突然走了出来，难道他要动手不成？

"既然你如此确定水火不容，那是否可以允许我实验一下？"

浮生在走动的过程中，眼神平淡，虽然是在询问，但他的语气，加上他于无形中流露出的气概，便是魁元都下意识地点头答应了，全然忘记了阻止。

所有人都不知道浮生想要做什么，他们的目光不约而同地跟随着浮生的身影。

浮生在众人的瞩目下，来到了学房上首，那里是魁元站立的地方。不过，浮生并没打算对魁元动手，他与魁元擦肩而过，而后走到学房一角，那里堆放着一些炼器所需的器具。

眼神掠过一些无用的器具，最终，浮生的目光定格在一堆泥土包裹着的石头上。

那是炎石，一种易燃的石头，燃点非常低，甚至只要暴露在阳光下就能燃烧。因此，它的存储方式就是用一些湿泥尽量包裹住。

浮生伸手掂量，在其中找出了几块最纯净的炎石，然后放在稍空的地上。接着，浮生又在那一堆器具中寻找着。

他找到了水，又找了一些催发燃烧的物质。下面的少男少女们就一直看着浮生的身影，安静地等待着。他们好奇极了，不知道浮生葫芦里卖的什么药，毕竟浮生只是在刚才说了一句话，就直接行动起来。

将一切所需的物品尽数放在炎石旁后，浮生才回身，说道："请大家认真看，我现在给大家展示水火不容的样子。"

水火不容的状态，很多弟子还是很有兴趣看的。平日，大家总说水火不容，但都未亲眼见过这两者放在一起究竟是如何不相容。

而魁元此刻却是一脸的嫌弃，水火不容，他见得太多了。

"我还以为他要做什么实验，这不刚好证明了我是正确的吗？"

魁元对浮生接下来要做的事情嗤之以鼻，对他更是不屑，干脆就不阻拦了。

浮生将包裹住炎石的泥土掰开，将炎石彻底暴露在阳光下，很快，炎石燃烧起来。

火并不大，只是一缕缕的而已，却一直在燃烧着。

"这是火，我要在上面加水了，大家注意看。"

浮生取来一些水，准备往火里倒。众人一刻都不愿意落下地盯着浮生的动作。

"哧哧哧"！

当水在火的上方倾泻而下的时候，很快就传出了一阵声响，伴随肉眼可见的白气。很快，火就被浇灭了。

浮生抬起头，看向众人说道："火原本烧得好好的，遇到水后，便熄灭了，这就是水火不容。这主要是看谁的量大，若火足够大，水就会被烧没，二者只能存一。"

"解释得很好，你可以下去了。"

魁元笑着拍拍手，感觉浮生对水火不容的解释还是挺到位的。

很直观的实验，让所有的弟子都有了深刻的体会。

"我的实验还没做完呢，接下来，便是我要着重做的实验了，证明在一定条件下，水火不仅相容，而且能互相促进。"

浮生的话音刚落，魁元就说道："不可能，水火不容可是不知多少前人经过无数次实验的经验累积，岂容你一个无知小儿胡诌！"

"哼！"浮生冷哼一声，说道，"前人也不尽然都对！"

"真不错，竟敢质疑前人的智慧，你这是污蔑前人，这个罪可大了，你承担得起吗？"

魁元动怒了，这个浮生太不识好歹了，竟连前人的智慧都敢妄加评论。今日无论如何，仅凭此点，他就可将其逐出宗门。

"没有推翻前人，我只是就事论事。"

浮生很平静，并没有因为魁元这一顶大帽子扣下来就慌乱不安。

"好！我倒要看看你是如何就事论事的，开始吧！"

魁元改变主意，他打算让浮生彻底死心，让他知道，一些事可不是嘴巴说说，脑子里胡乱想想就能如愿的。这回他有理由彻底将这个刺头拔掉了，也顺便让那些弟子看看他魁元教学的水准，让他们明白质疑他是要付出代价的。

"这个实验很简单，只需调整下水与火的量，就会产生截然不同的效果。"

浮生只是稍微一看，就知道魁元在打什么主意，不过那又如何，他无惧！

周围的弟子听到这里，更加兴致勃勃。

他们不敢如浮生这般质疑前人的结论，不过他们也不会墨守成规，有一些弟子甚至开始猜想，若前人总结出的结论真有一些是过于绝对的，或者是错误的，那……一想到这，他们便骇然了。

此时，浮生开始了。这一次他用了几块炎石，将它们摆放在一起，而后拿出此前寻找的助燃物，当几块炎石暴露在空气中后，火光渐起，浮生立即将助燃物扔到炎石中。

"轰"！

一阵轰鸣声响起，一簇远比方才大好几倍的火焰熊熊烧起！

火光跳动，炙热的气体将近处弟子的长发拂起，但他们没有丝毫畏惧之色，双眼一眨不眨地盯着浮生。

因为此刻，浮生欲要开始浇水了。而水量，浮生早就调整到很少，这让诸多弟子都想不通了。

不过，就在浮生将这些水向大火中浇去的时候，所有人都傻眼了。

众人只听得一阵比之前还要大的声响轰然传出。

那少许的水刚一触碰到大火就消失了，变成众人都能看到的白气。白气出现的瞬间，原本的大火突然暴起，火势以肉眼可见的速度向四方扩大。

很明显，火比之前扩展了整整一圈。

在人们都震惊于眼前这一幕时，浮生淡然的声音传来。

"在一定条件下，水不仅不能浇灭火，还会成为助燃物，使火势变大。在这种情况下，水火是相容的。"

这一刻，人们是安静的，而那团火依然燃烧着，火光仿佛照亮了少男少女们的心，为他们悄然打开了一扇窗。

而魁元那瞪大的双目，却在火光的照耀下飘忽不定起来。

众人震惊地看着眼前的熊熊大火，而此时浮生已回到自己的座位上，神色平静。

几息过后，火光渐渐变小，直至彻底消散后，人们的注意力才渐渐回拢，所有的弟子下意识地寻找浮生的身影，才发现浮生已经回到了位子上。

议论声这才此起彼伏地响起。

"我看到了什么？快掐我一下，告诉我这不是梦！"有的弟子以为自己在做梦呢，便连忙叫同伴掐他。胳膊上的疼痛让他意识到，这不是梦，而是真实发生了的，他才瞪大了双目，惊异非常。

"真的是啊，原来水火不容不是绝对的，在满足一定的条件时，水火竟然能相容，而且水能辅助火，真是太不可思议了！"

"看来，师长说的也不都对啊。"

这一刻，懵懂的少男少女们才知道，有些"真理"并非就是正确的，只要用心去观察，就会发现，还能得出其他结论。

此刻，他们心中对浮生的信任，已经远远超过了对师长魁元的信任。

"真是没想到，浮生他不仅战力非凡，在炼器这方面还有独到的见解，这也太厉害了吧。"

有些弟子真的很佩服浮生,不由得夸赞起他来。

众人议论纷纷之时,魁元面色难堪地转过身来。他先是看了看周围的弟子,随后目光落在了浮生身上。

看浮生那副淡然的模样,魁元心里那个气啊,但很快气愤的情绪就被无以复加的震撼替代了。

浮生方才的表现,真是大大出乎了他的意料。魁元是万万没想到,在他眼中名不副实的弟子居然还真的对前人的结论进行了有理有据的反驳,证明了水火不容不是绝对的。

周围弟子的反应仿佛一记巴掌,结结实实地打在了魁元的脸上,让他面红耳赤,无地自容。听到的声音全变成了对他的嘲笑,对他教学水平的质疑。

此刻,魁元的心情是复杂的,最终怒意占据上风,他环视一圈后,猛地大吼一声:"都给我闭嘴,你们还想不想学?"魁元气得脖子上青筋暴起,他认为浮生和这些弟子是在挑战他的权威。

你们还想不想学?这句话落在众位弟子耳中,就变成了威胁。这些弟子哪个不是费尽心思才来到不灭宗,不到万不得已的地步,他们肯定不想离开。于是,那些质疑魁元的弟子立即安静下来,不敢再开口议论。

只有浮生在人群后方笑了笑,只不过在他看向魁元的时候,目光已然泛着些许冰冷。

他质疑魁元,不论是教学水平,还是为人。

魁元自然发现了这些弟子已然开始质疑他,这让他更加烦躁不安。于是,他打算快些转移话题。

魁元急忙说道:"你们不要多想了,有人走旁门左道,说的话乍一听,似乎是正确的,但实际上走不了太远,你们要谨记!"这显然是在批评浮生。

而后,魁元不等弟子们反应,继续说道:"好了,现在继续,说说炼器一道最基础,也是最经典的定理吧!"

此话一出,底下众位弟子瞬间集中了注意力,他们知道魁元接下来说的内容应该极其重要,所以,他们很快就把方才对魁元的质疑抛诸脑后了。

浮生看到这里,直摇头,心想这些少男少女还很单纯啊。

魁元松了一口气,自己方才真是多虑了,方才浮生的挑拨看起来似乎对自己有些影响,但事实上自己真是白担心了一场。

像是在宣告胜利一般,魁元似笑非笑地看了浮生一眼,好像在说,不管你如何挑拨,这群弟子还是会相信我,你能如何?

"'能量缺失'是炼器的基础,通俗点儿说,无论是哪种能量,总会有消失的一天。比如火总有熄灭的时候，人总有死亡的一天。使用某种物质，用一点儿少一点儿。"

　　这个"能量缺失"准则，而今被视为公认的定理，人们在不断总结中得出这样一个结论，无论是什么物质，总有消失的一天。

　　听着魁元的解释，弟子们皆十分认同。

　　火会熄灭，水会断流，即便是坚固的典器亦会破损，直至消失。没有什么物质，能在无情的岁月中恒久留存。

　　此刻浮生的目光不知为何突然黯然了。他缓缓抬头，看向窗外蔚蓝的天空，没有人知道浮生此刻的心情。

　　他的眼里有流光掠过，再深处是一片沧桑。那里有一个孩童出现，他咿呀学语，蹒跚学步，独对炼器情有独钟。下一刻，他长大了些许，小手抓着身旁伟岸男子的衣角，另一只手指着他刚刚摆弄好的半成品典器，眼中有着深深的疑惑。

　　时光流转，小孩慢慢长大，而他在炼器一道的成就已然超群，却依旧对那位伟岸的男子十分依赖。

　　伟岸男子无论去哪里，都会带着这个已然是少年的男孩。

　　从那以后，伟岸男子剑指长空，脚踏九重天，血染长沙，他的身旁总有那个少年的身影。

　　他视他如师如父，他待他如徒如子。

　　一日，那伟岸男子不再伟岸，身上的致命伤口流出汩汩鲜血。少年已成英俊男子，看到这一幕，他泣不成声。

　　伟岸男子仰天长吼，恨不得长生，空留遗憾，最终只留下一行字，血染的字！

　　那一日后，少年白了头发，独自一人踏上炼器一道，最终功成名就，进阶八阶器皇，得万人敬仰，却无人知晓他姓甚名谁。于是，人们称他为无殇，号称"无殇器皇"。

　　他留下了诸多炼器书籍，这些书籍被后人视作瑰宝，被万人传诵。可他却消失了踪迹。

　　有人说，他隐于世间，潜心修炼，只为有朝一日解救他的师尊；也有人说，他在红尘中苦苦寻觅，只为找回他的师尊。

　　可是，红尘万丈，去哪里找呀？

第2章 腰牌里的信息

浮生缓缓闭起双眼，似乎在叹息。

想起自己重获新生后听到的传闻，浮生的心情很复杂。他很欣慰，在他走了之后他最小的徒弟，即后来的八阶器皇无殇，竟然能有如此成就。他也很伤感，伤感无殇一日白头。

成为了浮生后，每每听到关于无殇器皇的传闻，他都会心绪起伏，久久难以平静。无殇器皇留下了诸多稀珍典籍，大多都是关于炼器的。其中被广泛传播，且视为炼器经典的便是魁元所说的"能量缺失"。包括魁元在内，有太多的人奉"能量缺失"为炼器一道最为基础的定理。

有人猜测，无殇器皇兴许是因其师尊陨落，而有所悟，感受到人死如灯灭，任你风华绝代，终究也要化作一抔黄土，尘归尘，土归土，最终，得出了"能量缺失"的感悟。此结论一出，便被世人广泛流传，并沿用至今。

魁元称其为最经典的定理，确实不为过。

浮生为自己这个最小爱徒的成就而感到欣慰。不过，浮生历经了太多事，多次在生死间徘徊，由此获得的领悟十分深刻。而且，是浮生将无殇带上了炼器一道，浮生对炼器的见解，堪称无人能及。

现在，他发现自己这位徒儿领悟的"能量缺失"是错的，曾经的他，也错了。他们都错了！

在一只飞鸟"扑棱"一声展翅而飞的瞬间，浮生睁开了紧闭的双眼，他看了魁元一眼，而后将目光定格在了周围那些弟子身上。

他感觉，有些事，他不得不做！即便要推翻爱徒的结论，损坏他的声名，他也不能妥协。他们错了，就不能将错就错。这些孩子，才是未来！

"错了！"声音很轻，但坚定无比。

此刻，听到浮生的话的弟子们都愣住了，显得有些不知所措，既疑惑，又吃惊。

正要侃侃而谈的魁元大张着嘴巴，像是突然被人掐住了脖子。他艰难地侧过头，下意识地问道："错了？什么错了？"

全场寂静无声，魁元问出的这句话显出几分不知所措和可怜来。

浮生眸光很亮，他缓慢却坚定地说道："你说错了，'能量缺失'这个结论其实是错的，你错了，我也错了，所有人都错了！"

此话一出，还不大明白的弟子们彻底石化了。而魁元的表情最为精彩，他先是愕然，而后震惊，最终化为暴怒。

"你在说什么？你……你是疯了吗？"

他认为浮生绝对是疯了，就连无殇器皇的终极所悟"能量缺失"，浮生都说是错的，他是故意闹事吗？

"告诉我，你这是在故意找碴？如果是，那只能说你傻得太明显了，你可以拿任何事情来做文章，但你不该拿'能量缺失'做文章！"

魁元怒指浮生，不容浮生辩解，迅速说道："'能量缺失'是不可能有错的，你肯定是故意。就凭你亵渎无殇器皇的罪责，我便可将你逐出炼器堂！"

众人一片哗然，他们十分惊讶于浮生的表现，没想到浮生第一次进炼器房就能得出水火相容的结论，并以此与师长辩论。

更让他们没想到的是，他竟然还敢驳斥无殇器皇的结论。那个他们都奉为真理的结论，浮生居然说是错的。

事情的转变，完全超出了这些少男少女们的预料，最终事态严重到魁元居然要将浮生逐出炼器堂。要知道，为了进入炼器堂，他们可是费尽了心思。被师长逐出炼器堂，对他们中的任何一个人来说都是一件无法接受的事情。

那些对浮生有好感的人赶快对浮生使眼色，暗示浮生认错，不要跟师长硬碰硬，毕竟得罪了师长对他一个弟子而言没有任何好处。若是因此被逐出炼器堂，那就糟糕了。

然而，浮生却像是没看见一般，依旧目光坚定地看着魁元，似乎根本就不在乎魁元的话。

"他是疯了吗？难道他真的不怕被逐出炼器堂吗？"有的弟子十分焦急，毕竟浮生与他们一样，都是出身平凡的弟子，也是刚进入不灭宗的新弟子，他们不希望浮生就这样被重罚。

周围弟子的焦急被站在上方的魁元看在眼里，他在心里不屑地冷笑："呵呵，这可是你自找的，被逐出炼器堂，可别怨我了。"

原本魁元就觉得浮生不老实，便打算激怒浮生，逼他出手。那样，一个以下犯上的弟子无论天赋怎样，都会被踢出炼器堂，甚至有可能被逐出宗门，他自然很乐意看到这一幕。

魁元被指定负责一级炼器房，本来就十分恼火，现在又碰到一个如此不老实的弟子，肯定会直接影响他的教学效果。弄不好，他很有可能被降级。

不过，他是真没想到，浮生居然说"能量缺失"这个结论是错的！

这个结论怎么可能错呢？无殇器皇是谁？他可是天佑国，乃至天域公认的炼器皇者啊，他的结论，怎么可能有误！

看着魁元冷笑的样子，浮生自然知晓他在想什么。但浮生脸上却看不到任何的畏怯与后悔，反而有着一种胜券在握的信心。

众人正等着看浮生如何收拾局面的时候，他终于开口了。

"《禁典》你可曾听过？"

浮生这句话令众人都摸不着头脑，这似乎是一句完全不搭边的话，跟"能量缺失"有什么关系？众人都很疑惑，因为他们根本就没听过什么《禁典》，全然不明白浮生究竟葫芦里卖的什么药。

实际上，浮生心中有些忐忑，因为《禁典》这本古籍真是太过久远了，很少有人知道。

他不敢保证魁元听说过这个，他这么说，只是看一下运气。不过，在浮生看到魁元的表情迅速一变的时候，他总算是松了口气。

"什么？你说什么？"

魁元大惊失色，原本冷笑的表情全然被一种不可思议的震惊给覆盖了。他近乎吼了出来，神色激动，语气急迫。

他突然的变化令众位弟子讶异了，这是怎么了？

"我说的是《禁典》！"

浮生知晓，自己方才这么做，总算是对了。魁元的反常表现，毫无疑问证明了他是听说过那本书的。

"《禁典》？"魁元有些失神，下意识地往前走了几步，他喃喃自语着，似乎是在回忆。

周围的弟子们开始交头接耳，纷纷讨论起来。他们的目光不断地在浮生与魁元之间扫来扫去。有机灵的弟子将《禁典》二字记在了心里，他们认为定是因为这个，魁元才会有这么大的反应。

"不可能！"魁元猛然抬头，甚至都有些精神恍惚了，"你说的《禁典》可是记载着典道、器道、药道等诸多定理的最高典籍？"

他有些不确定，只因那本古籍实在是太过珍贵，常人一辈子都无法看到。

浮生没开口，只是淡淡地点了点头。

"不可能！"魁元再一次大声否认，实际上这更像是在宣泄他心里的震惊。

此刻，魁元看着浮生的目光在悄然改变。便是浮生穿着粗糙衣服，现在在他眼中都仿佛是在欲盖弥彰，故意遮掩他的神秘感。

并非是魁元多虑，只因浮生能说出《禁典》这本古籍，实在是太不可思议了。

关于《禁典》，真的是有太多的典故与传闻。

有的说，这本古籍是自然而生，无人书写，甚至传言说它身上有灵。还有人说，无殇之所以能成为一代器皇，除了他师尊的尽心教导，还有他看了这本《禁典》。

有的传闻甚至说《禁典》实际上便是无殇的师尊所著，因此无殇才能在他师尊的教导下，仔细研读《禁典》。

细细考虑，似乎最后一则传闻更合乎逻辑。

《禁典》如此珍贵，必定不是什么人都能看的。说起来，魁元也是因偶然的机会才能接触到。当然，他也并非看到了原版。毕竟原版的《禁典》早已不知所终，找不到了。

魁元看的是《禁典》的拓本，即便只是匆匆一瞥，他便再也无法忘怀。没想到今天居然被一个新弟子提及，魁元心中翻江倒海起来，久久无法平静。

"你……你真的听闻过《禁典》？"魁元话音一出顿时就后悔了，浮生既然能说出《禁典》的名字，自然是听闻过了。

随后，他又问道："你看过《禁典》的拓本？"

在魁元看来，原版的《禁典》早已消失，即便是还存在于世间，那也是绝顶强者才有资格一窥究竟。浮生即便再神秘，也绝对不可能看到原版。不过，浮生看过拓本，已然算是三生有幸了。

"看过。"

浮生的神色此刻有些古怪而复杂，他并没有明确表示他看的是原版还是拓本，只是含糊地承认他确实看过。若说看过原版，浮生相信这只会让已经相信自己的魁元，再一次心生疑虑，毕竟他现在只是一个少年而已，有何德何能可以看到？

但是，身为原版《禁典》的执笔者，却不能将真相说出，这种情况让浮生觉得怪怪的，因此他的神色才显得有几分异样。

所幸魁元并没有在意浮生的神色，他听了浮生的话后便十分激动了。

"《禁典》有云：能量既不会凭空产生，也不会凭空消失，它只会从一种形式，转化成另外一种形式，总体的能量始终保持不变。'能量缺失'这个结论终究还是片面了，它只表述了一种形式转化到另外一种形式的时候，前面那种形式彻底消失，但事实上，它的能量已经变化了，融合到新的能量上，总体的能量并没有变，能量也就没有缺失一说了。"浮生清亮的声音，缓缓地在整间炼器房中回荡开来。

"严格而言，若要给它一个定义，那便是能量守恒！"看着众人呆滞的模样，浮生进行了总结。

"听得不是很明白呢！"有弟子说道。事实上，这些内容对于刚接触炼器的弟子的确有些深奥，他们听不明白也是正常的。

而魁元，他的眼神此刻也有些迷茫。

为了让这些少男少女们能够理解，浮生继续解释道："如火在燃烧，加入少许水，水被火燃烧殆尽，化成一股白烟，然后火更旺了。水的能量其实并没有消失殆尽，只是经过高温，转化成了另一种形式，融入火中，使火烧得更旺了，但从总体而言，水的能量依然存在。"

这样的解释让诸多弟子，甚至是本来有些迷茫的魁元茅塞顿开了。

"居然是这样啊？真是太神奇了。"有一个少女恍然大悟地瞪大着双目感叹。

"是呀，没想到炼器还能这么好玩呀，看来我的选择是正确的。"

很多弟子争先恐后地说着自己的想法，有些还能举一反三，好不热闹。

魁元很兴奋，但还是有些难以接受。毕竟对于他，甚至是大部分人而言，"能量缺失"这个结论已经在他们心中根深蒂固了，暂时很难转变想法。

"能量……守恒？这些，真的是在《禁典》中看到的？"

魁元尽管已经差不多相信了，但还是有些迟疑。

"是的，我的确是在《禁典》中看到的。"浮生只能硬着头皮承认，事实上，他当年写的《禁典》并没有收纳这个结论，所以，他之前才说他与他的爱徒无殇都错了。

那时便是巅峰时期的浮生也没发现这个规律，故此，《禁典》也就未收纳。这个新观点，只是在他陨落潜伏的那段岁月中偶然悟到的。

幸好，魁元对《禁典》并不是十分熟悉，他只会觉得这个结论是他未看过的，便不会去怀疑浮生。

不过，若《禁典》此刻就在浮生手上，他会毫不犹豫地将这个结论写进去，这是一个很大的发现，足以颠覆现世人们的认知。

魁元像是重新认识了浮生似的，他仔细地打量着浮生，觉得自己方才先入为主的思想有些不对。

浮生在他心中的印象，在悄然发生着改变。

仅仅在一堂课这么短的时间内，浮生的表现就大大出乎了他的预料。无论是他不慌不忙地做实验，证实水火可相容的结论，还是他竟然看过《禁典》，这些都给魁元留下了很深刻的印象。魁元甚至有一种错觉，浮生并不是头一次接触炼器，似乎是久浸此道。

可是，他才多大啊？

拿周围的同龄人与浮生一比较，差距实在是太大了，魁元这一刻都觉得浮生不应该来一级炼器房，应该去二级，甚至三级炼器房。

浮生稍微展露的能力，魁元看在眼里。那些弟子尽管有些懵懂，但浮生的几番话说得就连身为师长的魁元都无言以对，仅凭这个，他们就觉得浮生很厉害。

虽然他们还很年轻，但完全不影响他们对浮生的认同。浮生不卑不亢的言辞，让魁元从激烈反对，到最后偃旗息鼓，彻底服气，这便是厉害。

"浮生，你怎么这么厉害呢，连这些都懂，我们都不知道呢！"

"对呀对呀，好棒呀，我要向你学习！"

一位模样秀丽的少女握了握拳头，吐了吐舌头，很是可爱。

"的确不一般啊，不仅修为强悍，便是炼器，都这么精通！"

此刻众弟子的目光全集中在浮生身上，浮生清秀的脸庞似乎都透露出一丝神秘的气息。

魁元此次并未大吼大叫，让弟子们肃静，毕竟他自己此刻还未平静下来，还在心中不断地揣摩着浮生方才的言论。

不过，浮生却打算好好说说魁元了。

"师长，我想给你提几个建议。"

浮生看着魁元，将后者从沉思中拉出来。

"嗯？什么建议？"

不明所以的魁元，皱了下眉头。

"第一，我们不是废物，相反，炼器一道的未来，是我们，请以后在称呼我们的时候，注意下用词。"

"嗯……"

魁元想反驳，但想到浮生方才的表现，只好答应了。

还不待魁元说完，浮生打断了他的话，又道："第二，无论是典术、炼器，还是炼药，尽管有先贤的经验，得以延续下来，但不能一味地赞同，要学会分辨、创新。没有什么会一直正确，也没有什么是一直错误的。"

这句话说给魁元听，也是说给在座的所有弟子听，当然，也是说给他自己听。毕竟自己如果没有怀着这份心，他也无法有那样的成就。

浮生说的这番话像是长辈对晚辈的督导，但听在魁元以及所有弟子的耳中，他们并没有一丝的排斥。

他们都认可了浮生，觉得浮生不仅神秘，而且有足够的资格说出这番话，他们虚心听了进去。

"叮"！

突然，一道清脆的声音在炼器房中响起，接下来，同样的声音接二连三地响了起来。

浮生循声低头,这才发现别在他腰间的牌子上有光芒在闪耀。

而那道突然响起的声音便是牌子发出的。

这个牌子,每个不灭宗的弟子都有,外门弟子与内门弟子的腰牌只是颜色不同罢了。这个牌子中记录着拥有者的身份信息,包括姓名、性别、年龄,甚至还记录了修为。

浮生赶忙拿起牌子一看,随后他的神情就变了。

"经不灭宗长老会及宗主计伏一致认定,提升外门弟子浮生为不灭宗首席大弟子,即刻生效,望不灭宗上下获悉!"

接下来一行,则是写着:"不灭宗首席大弟子浮生,性别:男。年龄:十八。天赋:橙色第二重。主修典术道,修为:典锻境五星。次修炼器道,境界:一级炼器房……"

下方还有一些关于浮生的信息,只不过浮生已经无暇去注意了。只见那些刚刚看完自己牌子上信息的弟子痴痴地抬头望向他,如同魔怔了一般。

第3章 首席大弟子

"什么？你腰牌上的信息，也是这样的吗？"

"首席大弟子，浮生！你们也是吗？"

"对对对，是这则信息，我的天！"

一级炼器房瞬间就沸腾了，众人皆无比惊讶地看着浮生，这则信息来得真是太突然了。他们如何能想到，浮生居然是不灭宗的首席大弟子！

可是，经过他们互相比对确认，众人腰牌上的信息都一样，这消息应该无误了。

魁元也是蒙了，他刚刚只是听到连续的提示声，而后就看到所有弟子皆望向了浮生，他们的目光，他永远都忘不了。原本根本不知情的他，在听到这些弟子的交谈后才知道是怎么一回事。

"他？是首席大弟子？怎么可能？搞错了吧！"

魁元第一反应就是质疑，毕竟不灭宗首席大弟子的身份可是在众位弟子之上的。

"直接越过内门弟子？"

魁元傻眼了，这到底是怎么回事？他迅速拿起离他最近的一名弟子的腰牌，他要确认信息。

这一看，他更加震惊。上面写得清清楚楚。然而当他看了之后，又开始疑惑了。

"天赋：橙色第二重？修为：典锻境五星？这么普通的资质，首席大弟子？"

头一次，魁元觉得这个腰牌上的信息肯定出错了。否则，怎么可能让这么一个平凡的弟子当首席大弟子啊，这份平庸的资质都不能进入外门前十，更何况是首席大弟子，肯定有误！

此时，浮生因为早就知道了这个消息，所以十分淡然。可就是这份淡然，落在周围的弟子眼中，却显得高深莫测了。

他们觉得浮生真的很神秘，要知晓，这可是天佑国三大宗门之一不灭宗的首席大弟子啊，这份荣耀与地位突降，浮生居然巍然不动，怪不得能担此殊荣。

很多弟子暗暗称奇，便是不相信此事的魁元此刻也是微微颔首。

"便是这份处变不惊的心态，也足以令他与众不同了。"

魁元现在对浮生的看法有所改变，可还是无法完全相信这件事是真的。

毕竟，首席大弟子不仅要求心态，最重要的是实力。先不说技压群雄，最起码他的天赋资质不能太平庸。浮生的天赋只是刚过不灭宗招收弟子的门槛罢了，这份资质怎能担任首席大弟子呢？

猜想归猜想，此刻众弟子在短暂的惊愕后，已然激动了，他们兴奋无比地向浮生报喜。

"真没想到，宗门的首席大弟子居然出在我们一级炼器房！"

"恭喜浮生兄了，不，应该是浮生大师兄了。"

"哈哈，是啊是啊，首席大弟子啊！"

听到大家祝贺的话，浮生只能一一应付过去，事实上，若不是看中了不灭宗的修炼资源，区区首席大弟子的身份，他还真是不想要呢。既然是首席大弟子，那所配置的资源，自然也是众位弟子中最好最多的。

一堂课，便在众人兴奋的祝贺声中迅速结束。

当浮生自一级炼器房走出来之后，便有些担忧起来，他不知道自己的这个决定，究竟是好是坏，毕竟太高调了！

此刻的浮生似乎成了"众矢之的"，原本他在不灭宗算是小有名气，可没想到首席大弟子的身份一下子让他声名远播。虽然腰牌上并没有浮生的相貌，但架不住那些认识他的人一传十，十传百地描述他呀。

炼器堂出来的弟子们很快就认出了浮生，惊呼声不绝于耳。

"这也太可怕了吧！"浮生皱了下眉头，苦笑着说道。

那些弟子一看到浮生就立马冲了过去，大有将浮生围起来仔细观察的架势。要不是浮生身法了得，很有可能就被堵住，无法脱身了。

浮生利用灵活的身法，一溜烟地回到自己的住处，而后"哐"的一声，将门关上。

靠着房门的浮生，大大松了口气。

与此同时，不灭宗其他地方也发生了不小的骚动。

外门前十的高手都看到了腰牌上的信息，他们或愕然，或大怒，就是没人高兴！

毕竟修为天赋越高的弟子，他们对自己的期望越高。首席大弟子这份荣耀，谁不想要！

"失算了！"

一间风格雅致的房间内摆放着不少书籍，房屋中间放置着一张茶座。茶座有四足，稳稳扎在木地板上，有一人正盘腿坐在茶座上。

如房屋的风格一般，他有一种莫名的气质，缥缈淡然。手中的一把纸扇，被他缓缓打开，摆放在茶座边上。茶杯雕刻着精美的竹叶，与纸扇中的水墨画相得益彰。

一双白皙无瑕的手快缓适中地轻拿起茶杯，递到偏薄的嘴唇边，他轻呷了一口。

若没看到他的真容，任何人都会认为他是一个女人。

皮肤白皙，身形娇瘦，而容颜更是俊秀，他打开纸扇时却又像是一个温文尔雅的书生。若不在不灭宗，恐怕没有人能认出他便是外门十大高手中排名第九的安默。

安默生性淡然，原本他正在安静读书，却被腰牌突然发出的声音吸引了注意力，当看到牌子上的信息后，他还是吃惊了一下。

浮生这个人，他在扶桑谷时便注意到了。那时，他只是觉得这个少年很不简单，可没想到他而今竟成了首席大弟子，这让他很是意外。

同一时间，外门十大高手排名第八的白道紧皱着眉头，不可思议地看着牌子上的信息。脑海中，忽然浮现出浮生的身影。

"黑马啊！"

当他们都还在竞争的时候，浮生这匹黑马正以惊人的速度不断地向前冲刺着，当他止步，人们才发现他已经到达了足以让他们仰视的高度。

这打了他们一个措手不及！

"砰"！

排名第十的叶修此刻非常愤怒，他直接将一块价值不菲的玉石摔了个粉碎，就好像那玉石便是浮生。

此前，他便想替他的表弟收拾一下浮生，然而事与愿违，浮生的战力大大出乎了他的预料，他失败了。这个结果，令他震惊又懊恼。

现在，浮生竟成了首席大弟子，这令他非常不甘、愤怒。

而与他一般愤怒的便是赵源。

原本，浮生的出现令他欣喜万分，他将浮生视为踏进外门前十的踏脚石，却不料，反被浮生镇压。当时围观的弟子那么多，他可是丢尽了脸面。便是最后，不灭宗的外门长老赵楮前来也无济于事。甚至因此让众人更加赞赏浮生，最终，还有一个神秘高手出手帮助浮生。

想想就憋屈，赵源没想到这个让他恨得直咬牙的人，竟然成为了不灭宗的首席大弟子，这究竟是怎么了？

"掌门难道是疯了吗？就凭他那天赋，让他担任首席大弟子，谁能服气？"

赵源目光怨毒，青筋暴起，脸色非常阴沉。他甚至开始怀疑，是浮生用了什么手段，蒙蔽了他们，否则他有何德何能来担任首席大弟子？凭借他的畸形武典？还是那平庸的天赋？真是天大的笑话！

"不行，绝不能就这么算了！"

赵源咽不下这口气，他怒气冲冲地摔门而去。

浮生升为首席大弟子一事惊动了外门众位弟子，也惊动了外门十大高手，甚至惊动了内门。毕竟，内门弟子也是有腰牌的，自然收到了信息。

此刻，内门弟子有怎样的反应，浮生自然无暇顾及，他此刻迎来了乾羽长老。

"浮生啊浮生，你可是又一次令我大吃一惊了。"

乾羽笑眯眯地看着浮生，心里别提有多高兴了。

他可是在知晓这个信息的第一时间就赶了过来。与其他人一样，他先是不敢置信，但确认了好几次后，他终是开怀大笑。这简直是天上掉下来的馅饼，直接砸在了浮生头上。便是此时，他见到浮生，都依然觉得不可思议。

来的路上，乾羽遇到了几位相熟的长老，看着他们复杂的神情，乾羽那是畅快无比，非常自豪。

浮生可是他亲自招进来的弟子，任人都能看出，他与浮生关系很好。乾羽没有细究为何会让浮生担任首席大弟子，他的内心早已被狂喜充满了。

他觉得这么多年受的白眼和委屈，似乎在这一刻都过去了。

"呵呵，还好吧！"

浮生很是淡定，完全没有突然获知后的激动。

乾羽听后郁闷了。什么叫还好吧？那可是首席大弟子啊！无上的荣耀呀！

乾羽转念一想，浮生此刻的淡定肯定是装的，说不定等他独处的时候就会兴奋得大跳大叫。

"你可真是沉得住气啊！"

乾羽喜笑颜开，他拍了拍浮生的肩膀，上下打量着浮生，越看他，越是喜欢。

浮生苦笑了一下，他虽然心情不错，但还不至于激动。他只是觉得以后的修炼资源总算是可以满足自己一段时间的需求了。

"这只是一个荣誉罢了。"

浮生始终觉得，外在的东西都不算什么，唯有自身的强大才值得高兴。

这些只是虚的，没必要那么看重。

然而，浮生的态度落在乾羽眼里，却不是那么简单了。

乾羽暗暗称赞，越看浮生越觉得他不一般。

"不错不错！宠辱不惊！"

好吧，浮生不想再解释了。

就在乾羽打算问浮生，为何突然让他担任首席大弟子的时候，浮生率先说话。

"长老，我打算去阳魄界看看！"

浮生看向虚空，仿佛那里有一方世界。

"阳魄界？"乾羽愣了一下，而后说道，"你居然知道阳魄界？"

要知晓，阳魄界这种虚拟世界，普通典者根本就无权知晓，只有不灭宗这等名门大派才有资格接触。

浮生只不过是小小拜典城出来的人，居然连这个都知道，这真是大大出乎了乾羽的预料。

"浮生，你不觉得自己很神秘吗？"

乾羽双眸放光地看着浮生，当然，此种光芒是善意的，浮生能看得出来。

浮生自然知晓乾羽不知道自己的底细。乾羽只是对他表露出来的一些不寻常生了猜疑罢了。

"是吗？我不觉得。"浮生打着哈哈，含糊揭过。

乾羽倒也不会在这个问题上纠缠太久，浮生不愿意说，那他就不会多问。

他觉得如此也好，浮生的身份不简单，最起码在不灭宗里能好过一些。

"既然你知晓阳魄界，想必也知晓如何进入吧。"

已经认定浮生背后有一个强大师尊，或是隐秘师门的乾羽自然不担心浮生会不知道进入阳魄界的办法。

浮生点点头，也算是承认了。这让乾羽瞳孔缩了缩，果然！

"那你是想让我为你护法？"

乾羽知晓浮生的意思。

"嗯，那就有劳长老了。"

浮生信得过乾羽，这是带他进入宗门的长老，虽然不是师尊，但乾羽却始终做着师尊的事，这让他很感动。

不浪费时间，既然决定了，浮生便立即开始入定。

浮生盘膝而坐，双手放在膝盖之上，掌心向上，手掌呈半弧形，四根手指并在一起，两根大拇指分开。

乾羽很慎重，直接布了一个防御，而后也盘膝而坐，注意着周围的动静。

进入阳魄界的方法，其实并没有想象中那么复杂。

不过，唯一要注意的，便是要保证在精神进入虚拟世界后，守护好肉身。否则肉身出了问题，在虚拟世界中的精神将无法回归。随着岁月流逝，那道精神只能在虚拟世界中逐渐消散。

肉身是根本，是精神力量的保护伞，更是归宿。

故此，在进入虚拟世界后，一定要确保肉身不毁。

大部分人都会叫人来护法，才能放心进入虚拟世界。

肉身保护好后，便是进行沟通了。首先，要确定好肉身的方位，以便于回归时不会迷失。而去虚拟世界，有一个确切的路径，这也就是乾羽方才问的方法。

浮生自然早就知晓了。

"啵"！

只见，浮生的肉身突然发出了一道亮光，又很快黯淡下去。

乾羽睁开双眼，眸子之中有讶异。

"居然这么快就进去了，不错啊！"

一般而言，头一次或者去虚拟世界次数还不算多的人，在进入的时候根本就没办法如浮生这般快。他们需要摸索，即便知晓方法与路径，但因为不熟悉，就可能有失误，沿着那条莫须有的道路行走。所以，入定之后一般需要半个时辰，甚至更长的时间。

可浮生似乎只是一眨眼的工夫，就进入了。

乾羽的脸明显抽动了一下，即便是他都没办法做到这么快。一个弟子居然比长老还要厉害，这说出去，自己真的很丢人。不过想到浮生的神秘之处，他已经见了太多，乾羽还算没那么难受。

"这小子就是不正常，不过话说回来，若他正常了，那才叫不正常吧。"

在无尽的黑暗中，尽管只是过了一瞬，却能给人一种过了一生的错觉。

突然，前方有光点浮现，而后迅速放大，宛若一颗太阳落在了前方，整个世界都亮了。

一个神奇的世界，在浮生的眼前悄然展露。

巨峰错落，直插云霄，氤氲之气，随处可见。河川奔流，绿洲与沙漠并存，参天大树，遮天蔽日。一阵阵陌生的兽吼此起彼伏，震天动地。

突然，大地震动起来。一只覆满鳞片的兽足随意地迈动着，却能引动大地之音，可怖至极。

抬头望去，才知晓，这只兽足实际上属于一只大鸟，不过它真的太过巨大了。

就是此时，葱郁的森林中突然冲出了一头口中满是锯齿的大象，它张开血盆大口，一口咬住了那只大鸟，大鸟大半个身躯都进了大象的嘴里。

头正中的位置长着一只闪着冷芒的长角的大象囫囵吞枣一般将大鸟吞下，而后满足地高高扬起头，对着天际激昂一吼，响彻天地。

随着这道巨响的兽吼，莽荒森林深处接连不断地响起了一道道兽吼。与此同时，一道苍莽之气席卷而来！

第4章 大蚂蚁

任谁突然到了这么一个可称之为莽荒世界的地方，都会惊慌失措。因为，此处的残酷与真实的世界截然不同。

然而，浮生只是露出了一抹淡淡的笑容，从某种程度上来说，他更适应这样的环境。

很难想象，一个看上去不到二十岁的少年看到前方不远处奔腾而过的巨兽，居然会淡笑。

浮生，是一个另类！

短暂地适应了一下后，浮生便迈步向前。

尽管他来过很多次虚拟世界，但这个阳魄界，他来的次数并不多，而且那是很久以前的事情了。

他曾为一代皇者，典锻境这个境界对那时的他而言真的太遥远了。

故此，浮生虽然去过阳魄界，但如今还是有些陌生。而且此次他是从不灭宗进入的阳魄界，就更加陌生了。

但那又怎样，他在血与战中度过了一生，再艰苦残酷的环境都经历过了。

虽说此处很陌生，但阳魄界中一些重要的区域，他依然有些印象，有些特殊区域，兴许只有他一人知晓。

放在真实世界中最为寻常的小草，在此处也显得尤其异常。草如同竹竿一般，非常坚硬锋利。

浮生此刻就穿梭在这些"竹竿"之中，时刻都得提防着脚下冒尖的"小草"。

就在此刻，突然一阵巨响传来！

而后，浮生身后的一片"小草"竟被一个极其锋利的外物割断。

速度之快，令浮生十分惊讶。

浮生望去，只看到身后的"小草"被齐齐割断，断掉的草屑在空中挥洒，有的直接射向浮生，直指要害。

"轰"！

瞬间，浮生如同敏捷的虎豹一般迅速向旁边躲去，同时，他接连不断地打出了数拳，将旁边的"小草"尽数打成碎屑。在间不容发之际，他躲过了射来的竹竿。

这时，上方陡然冒出了一个巨钳，巨钳上满是锯齿，锋利无比。

它如同黑金铸造而成，闪烁着冰冷的光芒。一出现，便直冲浮生的头抓去。

避无可避，浮生眸中冷光乍现，武典瞬间启动，爆发出了无与伦比的霸道力量，他提拳便跟巨钳硬碰硬。

"砰"！

浮生的拳头宛若钢枪，直接撞在了巨钳上。看上去，浮生的拳头与巨钳相比真的太小了，不到巨钳的十分之一。但他却止住了巨钳凶猛的攻势！

"给我滚！"

浮生猛然发力，力量自体内狂涌而出，以人类的身躯爆发出了非人的力量，在这一刻，巨钳居然往后退了一丈远。

收拳，浮生的手并未见到一丝伤口，当真是强悍无比。

就在巨钳被浮生击退的同时，在相反方向，浮生看到了一个黑黝黝的东西挥斩了过来。

"还有？"

浮生怒了，他单脚一踩，如同雄鹰展翅一般向天冲起，而后一脚踩在了这个黑黝黝的巨钳上方。

他本想连续地猛踩巨钳，毁掉它，可当他站在巨钳上的时候，眼前所见让他改变了主意。

"这么大！"

原来，浮生先前看到的两只巨钳只是眼前这头庞然大物的前双足。

这头庞然大物周身鳞甲密布，仿佛由一块巨型的黑金铸造而成，动作间竟发出了金属摩擦的响声，十分刺耳。

直到此刻，浮生才看清眼前这个突然袭击自己的究竟是何物。

"大蚂蚁啊！"

若将眼前这个黑甲覆盖的庞然大物缩小百万倍，不难看出它实际上只是一只蚂蚁，只不过现在变异了。这么大的蚂蚁，谁见过？一只钳子都跟浮生差不多一样大了。

它全身坚硬似铁，幸好浮生的拳头很硬，才能毫发无损。

这头黑金大蚂蚁此刻又开始进攻了，另一个巨钳挥扫了过来，想要将踩在巨钳上的浮生砸碎。

破空声划破天际，大蚂蚁口鼻喷吐着白气，不知是愤怒还是什么。

这要是被砸到，寻常人可就直接碎成渣了。

不过，浮生可不是寻常人。

在巨钳砸来之前，浮生向后一翻，一个完美的后空翻后稳稳当当地站在了地上。

大蚂蚁愤怒地仰天大吼，而后四肢齐动，奔腾之间，身旁的"草"尽数碎掉。

庞大的身躯完全影响不到它的速度，它每迈动一步，就是几丈的距离。

大蚂蚁直接腾空而起，像是要将它的身体当作武器，直接碾压浮生。

"哟嗬！蚂蚁变大了，胆子也变肥了？"

浮生冷笑了一声，他的脸上不见恐惧，甚至在看到大蚂蚁扑来的时候，他停住了步伐，直接转身，而后抬腿向大蚂蚁跑了过去。

"变得再大，也不过是只蚂蚁，我还怕你不成？"

浮生很熟悉阳魄界中的规则：任何生灵，不论他修为如何，只要踏足阳魄界，即便是精神状态，其修为也会被压制在典锻境。至多……至多在典锻境极境。典锻境极境是一个临界点，超过一丝将立刻超过典锻境，那么，阳魄界之中必然有规则显化，将其驱逐出去。

凭借这一点，浮生才无所畏惧，大蚂蚁再强，也不过典锻境修为。在典锻境之中，只要不是特别厉害的，他便无所畏惧！

"铁皮又如何？"

浮生与巨钳蚂蚁向着对方冲去，由于蚂蚁是腾空而扑，浮生只是在地上奔跑，不出所料，浮生直接被大蚂蚁压了下去。

"轰"！

大地震动，烟尘弥漫，周围的大地都开裂了。

实际上大蚂蚁并未完全压在地上，也就是说，它的身躯离地面还有半米的距离，那是因为浮生在这里。这意味着，浮生并未被碾压粉碎，而是安然无恙地在这半米的空间里。

此刻大蚂蚁有些意外。

就在下一刻，大蚂蚁愕然地发现，它庞大的身躯正在一点点地向上！

当大蚂蚁的身躯被抬高到近三尺的时候，它的腹下传出了一道声音。

"给我滚！"

这是浮生的声音，他一双手臂正托在蚂蚁的腹部，与庞大的蚂蚁相比，浮生的双臂真是太细瘦了。

竟然将腾空扑来的大蚂蚁直接用双手顶住，这得需要多大的力量啊！浮生竟然用他的双臂托起了大蚂蚁的庞大身躯，直至他站立起来。

浮生全身典力澎湃，青筋如虬龙，他双掌猛然一振，一股更加强大的力量自典脏流向双臂，最终汇至双掌，大蚂蚁竟然被远远震飞了出去。

大蚂蚁无法开口说人语，但一点儿都不影响它此刻惊骇的心绪。

"怎么可能？这个人类的力量竟然如此强悍！"

大蚂蚁天生神力，两道巨钳可碎石伐铁，再加上自身的重量，若是寻常典者，早已经不敌身亡。他居然无事，还将自己震飞了！

大蚂蚁那双金色瞳孔瞬间收缩。它的修为是典锻境七星境界，典环的颜色虽说只是橙色第二重，但胜在力量强悍，看那人类不过是一个十七八岁的少年，竟然比它强？

这种认知激发了它的凶性，大蚂蚁仰头发出了一道尖锐的叫声，而后再度向浮生冲了过去。

"畜生！区区典锻境七星的修为，还敢作乱？"

浮生眸中冷芒一闪，他伸出了一只手，握拳！

"竟敢小觑我！"

大蚂蚁看到这一幕，怒火更盛了。

要知道，此处方圆十里都是它的地盘，这里的所有生灵都臣服于它。它哪曾见过一个人类竟然如此托大，它发誓一定要杀了那个狂妄自大的人类。

"缩地冲杀！"

这是大蚂蚁的本命神通，在施展的时候它可瞬间消失，钻进地下，然后陡然冲出，诡异绝杀！

它遇到过修为比它还要厉害一分的生灵，最终都被它这一招打败，可以说它用这一招从未失手过！

瞳孔在它施展本命神通的时候金芒闪烁，而后它竟然消失了。

"呵呵，不过尔尔，一个很粗浅的神通罢了。"

浮生只是简单一瞥，便立刻洞悉了这个神通的本质，有些类似他的咫尺天涯，但比起来相差千万倍。

咫尺天涯，形神兼备，修炼到巅峰甚至可以无法捕捉精神轨迹。而大蚂蚁的缩地冲杀只有形罢了。

因此浮生一点儿都不慌乱，大蚂蚁在地下的轨迹在浮生的六感之中实在是太过明显了，犹如一个婴儿在成年人面前玩捉迷藏，毫无隐匿可言。

"要冲出来了！"

循着地下淡淡的轨迹，浮生知晓大蚂蚁就要冲出来了。

浮生调整好拳头的方向，直接一拳打了出去。

地下的大蚂蚁根本不知自己的踪迹已经暴露，它还在窃喜，似乎已经看到了浮生惊慌失措地被它击中的一幕。

"砰"！

大蚂蚁冲出！

"还没有谁能在我这个神通之下活下来！"

硕大的身躯瞬间自地下冲出，坚硬的土石化成了粉尘，它的头宛若最坚硬的盔甲。大蚂蚁很自信，认为此次必然会奏效。

威势不可挡！

早已算好位置的浮生一派成竹在胸的样子，他握着拳，眼睛眨都不眨地直接正面迎上。

轰然之音，响彻四野。

浮生这一拳直接命中，击在大蚂蚁的头颅正中。原本自信满满的大蚂蚁在这一刻僵住了，它只觉得一道钻心的疼痛瞬间席卷它的头颅，那是一种撕裂般的疼痛，它的头仿佛就要裂开。

"怎么会如此？"

大蚂蚁无法理解，自己百试不爽的"缩地冲杀"竟然失效了。它无法相信浮生能破解自己的神通，只可能是自己方位计算失误，给了浮生可乘之机。

要不然，他不可能打中自己！

但随后一种可怕的想法，突然出现在它脑中！

可它还没来得及确认，就又有一股更加强烈的疼痛伴随着巨响袭来。

正是浮生打完一拳后，又补了一拳！

这一下，大蚂蚁艰难地抬头，眼前的一切让它震骇不已。

"一个孱弱的人类竟然能让自己产生了如此强烈的疼痛？"

尽管大蚂蚁无法将心中的震骇在脸上表现出来，但任人都能看出它此刻复杂的感受。

正在这时，它忽然听到了一道如同瓷器碎裂般的脆响，随后噼啪作响的碎裂声越来越多。与此同时剧烈的疼痛从头上猛然袭来，大蚂蚁眩晕起来，甚至无法喘息。

"头还挺硬的，手都有点儿痛了！"

浮生皱了皱眉头，言语之中似有不满，觉得自己的拳头还不够硬，只是打一只蚂蚁，居然产生了疼痛感，实在是太让他挫败了。

"这是侮辱！"

大蚂蚁听在耳中，瞬间就愤怒了，要知道它的头多坚硬啊，此刻都要碎了，对方居然抱怨自己的手有点儿痛，实在是太气人了！

这不符合常理啊！

正当大蚂蚁异常气愤的时候，黑金一般的甲壳自它的头上掉落了一片，而后白色的血液淌了下来，如同雨下！

"不！"

这怎么可能？对方是赤手空拳啊，难道自己坚硬的头甲被对方两拳就打裂了？

大蚂蚁感受到自己的生机正以极快的速度流失，这意味着它的生命正在消亡。它不由得惊恐起来，它的头要裂开了！

在阳魄界中，弱肉强食的规则更为明显。方才浮生只是在这片大地上前行，突然就被大蚂蚁袭击，若不是他修为不凡，恐怕早已身死道消，成为它腹中之食。

而后，大蚂蚁不断下死手，施展本命神通，对他进行绝杀，这都让浮生彻底动了杀机。浮生本来就不是优柔寡断之人，在生死攸关的时刻，他绝不会心软！

因为对敌人心软，就是对自己残忍！没有人比他更懂这个道理。

"去死吧！"

浮生拳头上方典力流转，而后他奋力一击，大蚂蚁的头颅瞬间支离破碎。

"砰"！

没了生机的大蚂蚁轰然倒地，扬起了一片尘土。

就在黑金蚂蚁被浮生斩落之时，远在万里的某处地洞中，一只与这只蚂蚁几乎一模一样，只不过要大上许多的黑金蚂蚁猛地怒吼一声，随后它的精气神迅速萎靡，神识更是缩小了近三成。

显然，被浮生镇杀的那只蚂蚁，是地洞之中这只黑金大蚂蚁的神识。

阳魄界是一个少有人知的神秘空间，存在于虚实之间。此界的生灵皆是神识状态，而其本体肉身，可能在现实中的任何一处地方。一旦神识在阳魄界中死去，那么现实中的本体即便不会死亡，修为也会跌落，严重者生机减半。

地洞中的这只黑金大蚂蚁便是因其神识在阳魄界中被浮生镇杀，现实中便受了很重的伤。它恨透了浮生，却也无计可施，毕竟它根本无从知晓浮生本体的所在之地。

此刻，浮生斩杀了大蚂蚁，神色依旧轻松自如，显而易见，这一战他并没有用全力。

"这只大蚂蚁想必也修炼一段时间了，算是战力不凡，若非遇到自己，同阶之中鲜有对手啊。"

浮生看着这具已然死去的大蚂蚁宛若黑金铸造而成的身体，突然蹲了下来，原地生火，准备烧烤。

"这只大蚂蚁烤了一定很美味！"

眼前这只巨大的蚂蚁，在浮生眼中俨然成了一顿大餐。浮生想着想着，口水差点儿流下来。

火已燃起，浮生直接竖掌为刀，砍断了几棵大树，留下笔直的树干插在地上，做了烧烤支架。

而后，他将大蚂蚁放在支架上，底下就是熊熊之火。

当然，普通的火自然不行。大蚂蚁宛若穿着一身黑色盔甲，普通的火很难烧掉，即便能烧，此刻快要流口水的浮生也等不及。

故此，浮生直接催动体内典力，用典力支撑着大火，开始轻车熟路地烤制了起来。

此刻若有人看到，定然会觉得浮生太浪费了，居然用典力烤制吃的。

不过，爱吃的浮生可不管这些。

"嗞嗞嗞……"

空气中已然有一种独特的香气弥漫开来，而这种诱人的声音，是大蚂蚁身上的油汁滴落到火里发出的。

浮生在烧烤这方面很有经验，他早就将大蚂蚁用掌刀切了几道，让其更加入味。

如黑金一般的甲壳在大火燃烧之下变得通红，甚至能看见油汁在其中沸腾，道道香气升腾而起。

"真是没想到竟然会这么香。"

浮生加大了典力的输送，他已经迫不及待了。

感觉差不多了，浮生直接撕下了大蚂蚁一只烤得通红的小腿，稍加用力，便将小腿上的甲壳去掉。而后，他居然掏出了调料，调料刚一撒上去，那股香气，便是浮生都觉得实在太过诱人。

甲壳去掉后露出的肉，像螃蟹肉一样雪白，但又富有嚼劲。浮生一口咬下去，双眸都亮了，而后更是大快朵颐起来，吃得好不欢快。

满口喷香，油汁都要从嘴里溢出来了，这大蚂蚁虽说只有典锻境七星的修为，但以力量见长，肉身富含精气神，非常滋补。虽说大蚂蚁只是神识状态，但吃下去，还是能增强神识力量的。

在浮生一顿风卷残云之后，大蚂蚁居然被他一个人吃掉了大半。此刻的浮生十分满足，舒坦地躺在草地上，摸着微凸的肚子，甚是悠闲。

"吃饱喝足，该进去看看了。"

毕竟浮生此行的主要目的，是寻找赤钻。尽管是来此处碰碰运气，但此处能找到赤钻的可能性最大。

起身后稍作收拾，浮生便往阳魄界的深处行去。

他走得很快，但只要仔细观察，便会发现他无时无刻不处于一种可随时爆发的状态，只要稍有动静，他便会直接出击。

当浮生走到距阳魄界入口不远的一处石崖边上时，突然有一股气息让他驻足。

"像是忘忧草的味道！"

浮生的六感何等敏锐，而且他见多识广，仅凭气味，就可以在瞬间辨别出物种。

浮生转身靠近，双眸一动，就看到石崖的缝隙中有一株绿油油的小草，外表看上去跟寻常小草没什么两样，但若仔细观察，就可以发现这株草的异样。

看久了的话，会发现这株草竟然有些模糊，不明真相的人，甚至会以为自己的眼睛出现了问题。

"没错，这的确是忘忧草，没想到能在这里看到。"

虽说忘忧草没那么珍稀，但数量也不多，能在此处看到的确是走运了。

忘忧草可用特殊的炼制手段制成面具，而这种面具有神秘的效果，一旦戴上，就可以让真容模糊不清，他人看不真切，如同障眼法一般。

而且这种效果可以持续很久，便是用神识力量进行探视，也很难看清面具之下的真容，除非是境界非常高的强者。

但阳魄界只允许典锻境修为的典者进入，所以就不必担心有境界非常高的强者。

"摘了，或许在这阳魄界中有用呢。"

怀着此种想法，浮生凌空一踏，手脚极为麻利地将这株忘忧草摘了下来。

然而就在此刻，一道声音传了过来。

"将你手中的培元草拿过来，否则，就别怪我下狠手！"

只见一众人缓缓而来，他们如众星捧月一般围绕着一个身穿华服的年轻男子，那个男子不屑地瞥了浮生一眼。

而站在最前面的，明显是年轻男子的仆从，他趾高气扬地看着浮生，之前的那句话正是他说的。

尽管他们服饰各异，但腰间都挂着一个明显有着不灭宗标记的牌子，他们是不灭宗的弟子，而中间的那个年轻男子的腰牌显示他是内门弟子，身份高贵可见一斑。

他们行事高傲，实力也不一般，那年轻男子更是内门弟子，他们碰上浮生这样的"普通典者"，而且还是独自一人，自然就没把他放在眼里。

他们不认识忘忧草，只以为浮生手里的是一种可以培元固本、提高典力的药草，自然不会放过。

这些人小觑浮生，直接命令浮生将药草拿给他们，这种实为抢夺的行为，在他们看来，对浮生而言是一种荣耀。他们完全不担心孤身一人的浮生有胆子反抗。

第5章 给你三息

"培元草？"

浮生闻言，转头瞥了一眼手里的忘忧草，不屑地笑了笑。

好吧，他承认忘忧草的确有固本培元的功效，但那只是次要的，而其主要的功效，便是掩盖气息、遮掩真容。

而此草的名字，自然是忘忧草，这些人如何知晓在真正的典者世界中，人们皆唤此草为忘忧草呢？

从某种角度来说，别说是不灭宗，便是整个天佑国，在浮生眼中，也不过是"井底之蛙"罢了。很多东西，他们只知其表，不知其根啊。

"放肆，你是不是聋了？还不快拿过来！"

那个开口呵斥浮生的人叫作雷忠，是那个有着不灭宗内门弟子身份的年轻男子花千灵的战仆。

雷忠为人非常机灵，否则也不可能成为花千灵的心腹。他既然敢出声呵斥一个陌生的典者，自然是有花千灵的默许。另外，他也看到了浮生腰间的牌子。

进阳魄界后，浮生并未改变自己的服饰，故此腰间依然挂着不灭宗弟子的腰牌。雷忠不需将浮生的腰牌拿来仔细查看，只需要看到腰牌上的"外门"二字便足矣。区区外门弟子，他又能如何？

内门与外门的区别，只有不灭宗的弟子能切身体会到，那是一种无论是修为还是身份，都截然不同的区别。

"身为外门弟子，叫你把东西献给我家大人，已然是一种恩赐了。"

这是雷忠的想法，然而他根本不知道浮生是什么人。

浮生曾为一代皇者，岂能容一只阿猫阿狗对他随意呵斥？

"给你三息，我不想看到你们，滚！"

管你是不灭宗内门还是什么门，属于一代皇者的尊严，容不得一丝侮辱。

闻言，雷忠瞠目结舌，他身后的一干人也都愣住了。

花千灵这等人平常在不灭宗中，甚至是在不灭宗之外，凭借着内门弟子的身份，都是被人恭敬以待的。

此刻居然有一个愣头小子口出狂言，要他们滚。几乎是在下一刻，雷忠就放声大笑了。

当笑声止住后，雷忠杀意凛然地看着浮生，冷声道："你可知我们是什么人？仅凭你这一句话，十条命都不够赔罪！"

曾经也有人自以为是，结果还不是被雷忠等人斩在刀下？在他们看来，浮生简直是在自寻死路。

"第一息！"

皇者一出，四方皆静，威严不可辱！

若辱没，只有一死！

凭借着无敌的战斗经验，以及第五重天赋，浮生根本不将花千灵等人放在眼里，既然如此，又有何惧？

雷忠怒极反笑："给你最后一次机会，不要因为一时的莽撞，冲撞了无法招惹的贵人，到时候你就算是后悔都来不及了。"

要是以往，雷忠早就动手了，可是碰到浮生这般反常的人，倒是让他生出了一种玩弄心态，他倒想看看当浮生知道花千灵是何等身份后，还敢不敢这么猖狂。

他征得花千灵的默许，将代表着花千灵内门弟子身份的腰牌拿在手上，而后，高高举起给浮生看。

"不知你这个外门弟子，可否明白'内门弟子'这四个字的含义？"

雷忠十分傲慢地对浮生说道。

"第二息！"

回应雷忠的，只有浮生平淡无波的声音。

内门弟子？呵呵！要知道，自从他将石鸡带回不灭宗，便是不灭宗的长老都对他恭敬有加，区区一个内门弟子又怎样？

"这个人好生狂妄自大！"

"他以为自己是内门弟子吗？区区一个外门弟子，还能翻了天不成？"

"真是愚蠢至极！"

花千灵身旁的一干人身份也不俗，他们尽管不是不灭宗的弟子，但都是地方郡的一些青年才俊。

此刻，他们看到浮生如此狂妄，皆冷笑着旁观。他们是花千灵的友人，自然知晓花千灵的手段，此刻看到浮生如此狂妄，只能在心中给予万分的同情了。因为，凡是如此冒犯过花千灵的人，下场都不太好。

"我改变了想法，便是你此刻跪地求饶，也难逃一死！"

尽管花千灵此刻看上去还比较淡定，但他其实已经怒火中烧了。他是什么人，堂堂不灭宗内门弟子，便是在内门，也鲜少有人敢冒犯他，更别说被一个外门弟子出言挑衅了。

雷忠身为他的忠实战仆，自然知晓他此刻的心情，遂不敢怠慢，直接冲向了浮生，他要好好教训教训这个出言不逊的家伙，让他后悔冒犯他家主人。

身为花千灵的战仆，雷忠的修为也不弱，已经是典锻境七星，与此前被浮生镇杀的大蚂蚁接近，只不过雷忠的天赋只有第一重赤色，总体战力自然比不过大蚂蚁。

大蚂蚁都战不过浮生，更别提他雷忠了。

"花兄，你这战仆的修为又精进了不少，这一手'怒猿撕'，便是真正的神猿降至，恐怕都会被他一爪撕开吧。"

说话的年轻才俊是巴丹郡中人，名滕青山，是滕家最出彩的年轻高手，甚至有传言说他已经被定为滕家下一任家主。

天佑国由九个郡城组成，每个郡城占地远超几十万里。尽管巴丹郡是九个郡城中实力最为弱小的一个，而滕家又只是在巴丹郡中排名第十的家族，但其实力绝对不可小觑。

滕青山的修为自然高于雷忠，却在花千灵之下，其境界在典锻境八星，天赋却是第二重橙色，比雷忠天赋要高。

雷忠的这一记"怒猿撕"，显然是愤然一击，用了全力，便是滕青山也要用出几番气力来应对。

滕青山颇为凝重地看了花千灵一眼，战仆都这么强大，那花千灵的修为又得是何种境界？这个想法一出，滕青山对花千灵更是恭敬了。

在场其余人也都明白这一点，皆敬畏地看着花千灵。感受到周围动静的花千灵此刻自傲一笑，双手负在背后，更加淡定自若。

"有好戏看了，嘿嘿！"

这群人皆双臂环抱，摆出一副看戏的样子，等待着浮生被雷忠好好教训。

"第三息！"

就在雷忠施展"怒猿撕"，挟带着汹涌的典力呼啸而来的时候，简短的话语自浮生口中缓缓传出。而后，他缓缓转身，神色淡漠，显然无视了雷忠这一记滕青山等人都不敢掉以轻心的招式。然后，浮生抬起了一只手臂，手掌化拳，用力击出。

"哈哈哈，这小子难道傻了不成？雷忠这一手，便是我等都不敢如此应对，这小子居然直接出拳应对，是嫌命太长了吧？"

"在我看来，你肯定是错怪他了，不是他不想施展神通，而是根本就没有神通吧，哈哈哈！"

被说的那人愣了片刻，而后哈哈大笑起来，觉得对方所言极是，很有可能浮生连神通都没有，只能用拳法来应对了。

浮生这一拳，立刻让众人对他更加轻视。

"修为如此低下，也敢口出狂言，活该！"

施展"怒猿撕"的雷忠，仿佛已经看到了浮生在他手下求饶的场景。

"怒猿撕"是花家排名前十的典技，若不是看到雷忠极为卖力的分上，花千灵不一定会传授于他。

此刻，"怒猿撕"在雷忠典锻境七星的典力支持下，恍惚间幻化出了一只身高三丈的魔猿，毛发通红，双目猩红，四肢粗壮，仿佛可以摧毁面前的一切。

它向浮生探去的那双手臂又长又壮，爪子前端有着长而尖的指甲，可削铁断金，要撕开浮生的肉身，自然是不费吹灰之力。

此刻，魔猿长有三尺的锋利指甲向浮生的喉咙划了过去，仿佛下一刻就能撕破他的喉咙。

"轰"！

忽然一道巨大的声音响起，魔猿直接撞向浮生，荡起了层层迷雾，让人看不真切。

"如此巨响，即便那小子没被撕碎，恐怕也被魔猿撞碎了吧。"

滕青山笑了笑，他可不会认为浮生在这种情况下还能有一线生机。

听到滕青山的话，雷忠傲然一笑，"怒猿撕"可是他的杀招，他很确定，幻化而出的魔猿完全击中了浮生，不可能有任何意外。

"只是这样吗？"一道明显带着鄙夷意味的声音自那迷雾之中传了过来。

"什么？"

雷忠第一个震惊了，这道声音他再熟悉不过了，如果不是这道过分平静的声音，他也不会轻易施展"怒猿撕"。可这道声音出现，不就意味着对方还活着？

不可能，这绝不可能！

滕青山等人皱了皱眉头，他们也听到了这道声音，这分明是方才那小子的声音啊，难道他还活着？

只有花千灵在此刻"咦"了一声，略显诧异地望了过来。

迷雾缓缓散去，人们想象中的场景并未出现，在他们眼中狂妄自大的浮生正向着他们缓缓走来，那只看上去没有什么力量的手臂正缓缓收回。

"你竟然没事？"

雷忠瞪大双目，心中震惊。"怒猿撕"的威力，他可是非常清楚的。凭借这个典技，便是对手是滕青山，他都敢斗上一斗，可这个普普通通的浮生，竟然挡下了？

浮生不但没死，看上去还轻松自然，毫发无伤！

此刻便是滕青山的神色都凝重了几分，毕竟面对雷忠的"怒猿撕"，就算是他都做不到这般轻松啊。

这时，众人终于收起了几丝轻视。

"看来我还是小看了你！"

雷忠眼中带着几分凝重、几分怒气，浮生在他的杀招之下居然全身而退，这让他颜面尽失。

他的主人还在旁观战，他不能丢人。

如此一想，雷忠体内的典力越发汹涌，他打算全力出击。

然而，浮生的身躯在此刻突然动了，变成一道虚影飘了过来。

"你也接我一招吧！"

浮生再次提拳而上，尽管因为《究极真解》的缘故，他对各种无敌神通典技"失忆"了，但他终究还是那上击九天，下踏九幽的一代皇者，实战经验无敌的他早已本能地将繁复的技巧归于最为简单的招式。最简单的一拳，乃是典道本源的体现，蕴含了种种典则。

这一拳一出，一直在旁观战的花千灵瞬间眸光大盛，一道自其体内发出的典力威压陡然向四方蔓延开来。

而此时，浮生已然逼近了雷忠。

"我承认，方才小看了你，但你要我接你一招，也未免太自负了吧，我不仅要接下这招，还要让你有去无回，哼！"

雷忠双手在虚空一划，典力在典脏处凝聚而出，一朵绚烂多彩的莲花缓缓浮现，在虚空之中旋转，他食指一弹，蕴含了他全身典力的莲花便飞旋而去。

"步步生莲，去！"

这是花家排在第九位的典技，尽管凭借雷忠的修为还无法完美施展，但其中流露而出的典力波动已然让几人惊叹了。

浮生神色淡漠，任你有多绚烂的典技，在最纯粹的力量面前，皆可粉碎。

"轰"！

一拳打出，仿佛空气都产生了涟漪。这一拳非常干脆利落，它与那莲花碰撞在了一起，而后，那凝聚了典锻境七星全数力量的莲花瞬间支离破碎。接着，在雷忠惊恐的目光中，这一拳完全没做任何停顿，直接冲向雷忠的胸膛。

拳未至，雷忠胸前的服饰就已然破碎，一道拳印迅速在其胸膛上浮现。

"你不能杀我！"

雷忠有一种感觉，这一拳若真砸到他身上，他必死无疑。

怎么会这么强？这是雷忠脑海中一闪而过的想法，他无论如何都无法将这么强大的力量与看上去普普通通的浮生联系在一起。

第5章　给你三息

"放肆，我命令你立刻住手！"

这一刻，身为雷忠主人的花千灵终于开口了。尽管浮生的表现让他惊讶，但他有自信，只要他出声阻止，浮生必然会停下，毕竟寻常人都会忌惮他的身份。

可浮生是寻常人吗？

浮生淡笑一声，挥出去的拳头没有丝毫的停顿。

"死！"

只有一个字，浮生看都未看花千灵等人一眼。

笑话！自己是一代皇者，岂能听命于区区一个不灭宗的内门弟子？

"我是巴丹郡花家的战仆，你赶紧住手！"

雷忠看着极速而来的拳头在自己的视线里放大，不由得有些慌了。原本听到花千灵出声制止，他松了一口气，可没想到浮生居然像是没听到一般，他只能自报家门，带着威胁的意味告诫浮生，倘若将自己杀了，就要做好与花家为敌的准备。

"呵呵，威胁我的人最终是什么结果，你知道吗？"

这一刻，浮生笑了。

雷忠在浮生的拳头轰到他的胸膛时，下意识地问道："是什么结果？"

"轰"！

一声巨响后，雷忠直接倒飞出去百丈远，身后的大树石头皆被砸碎！

浮生淡淡地看了一眼倒在远处生死不知的雷忠，说道："你不需要知道了。"

此刻，以花千灵为首的几人大为震动，花千灵脸色铁青，眼中的骇然，谁都能看得出。

"好大的胆子！竟然连我的命令都不听？"

花千灵又惊又怒，看着浮生淡然的面孔，心里十分复杂。他万万没想到这人居然如此狂妄。

浮生抬头，反问道："你的命令？你有何资格命令我？"

一言既出，长发无风自动，这一刻的浮生霸气四溢。

"滚！"

不带任何感情的话语自浮生口中再一次传出，他的神色依然淡漠，仿佛花千灵等人在他眼中如同蝼蚁。

第6章 炼制面具

"碎"！

一道仿佛兵刃相接的杀伐之音猛然响起，直冲云霄，惊鸟四散。而后，一股远超雷忠的典力威压由花千灵发出，他的头顶上方，隐隐有一柄神剑欲要冲出。

周围几人神色剧变，尤其是滕青山，更是脸色煞白，这强大的威压让他瞬间生不出任何抵抗之意。

"他居然这么强，我不如他啊！"

滕青山动容，原本他闭关修炼一年，出关之后，本以为与花千灵的差距应会缩小，甚至自己可以与他战上一战。没想到，而今花千灵的修为竟然精进了这么多，便是站在他身旁自己都必须催动典力来抵抗他的威压。

"不愧是不灭宗内门弟子，此种境界便是在内门弟子当中，应该都能名列前茅了吧。"

其余人等更是自愧不如。

浮生的确比雷忠强，可雷忠只不过是花千灵的战仆，在他们眼中，浮生虽强，也只是比花千灵的仆人强，现在花千灵上前，他这个外门弟子自然是无法匹敌的。

"你可知外门弟子叶修？外门弟子之中，他应该可以排进前十了吧？"

花千灵自信一笑，认定浮生必然会知晓叶修这号人物。

浮生不作回应。

"便是叶修亲至，也要对我恭恭敬敬的，而你……呵呵！"

花千灵的意思再清楚不过，便是外门弟子中能排进前十的叶修都不敌于他，对他敬畏有加，更何况你这个不知名的外门弟子！

"哼，他是他，我是我！"浮生淡然地说道。

"狂妄！难不成你还能比得过他吗？"

花千灵嗤笑一声，心中对浮生更是鄙夷不屑。

听了这话，浮生不以为意，他有些不耐烦地说道："滚！"

"什么？"

滕青山等人齐齐变色。

叶修尽管只是外门弟子，但以他的修为，便是进入内门也是够资格了。而花千灵比他更强，在这种情况下，那人居然还不识时务，口出狂言叫花千灵滚？真是不知死活！

"花兄，不要再跟他多言，不如好好教训教训他，教他如何做人。"

有人非常看不惯浮生，觉得这人真是狂妄至极，就该给他点儿颜色瞧瞧。

"好，那我便教教他该如何做人。"

花千灵冷笑一声，迈步前进，他每踏一步，气息都在暴涨。

"哇，花兄的境界至少在典搬境三星了吧，叶修不敌他，也是正常。"

几位同伴点头认同，皆目不转睛地看着浮生，看他会如何应付。

"嗜血剑，出！"

花千灵猛然一喝，双手捏着神秘剑诀，于胸前一合，而后三花齐聚顶上，方才隐隐露出一角的神剑于顷刻间射出。

此剑，浮生只是随意一瞥，便可知晓其品阶。

那嗜血剑已然是一把橙色典器，的确不错，但要对付他，还远远不够。

嗜血剑一出，风云变幻，杀气浓重，扑面而来。

花千灵本就俊俏，又身穿华服，配上飞剑，气势不凡，举手投足之间，鲜红色的氤氲之气弥漫，将其包围，宛若神魔出世。

"呵呵，在最普通的典兽兽血里浸泡过的破剑，还真被你当成神器了？"

浮生完全没把这把剑放在心上。

"出言不逊，诛你足矣！"

花千灵并指一指，此刻周身布满血纹的飞剑瞬间放大数倍，直直地射向浮生。

别说是被剑碰到，就是被那锋锐的剑气扫到，换作是滕青山他们，恐怕都得皮开肉绽。

这时，浮生终于动了，他再次出拳，看上去还是那般普普通通，有气无力的招式。但实际上，他是将周身典力凝聚到一拳，看似最普通的一拳，实则蕴含各种典则。

花千灵施展的嗜血剑在浮生看来，只不过是最为普通的典技。

"哼，你以为我是雷忠吗？"

花千灵被轻视自然动怒，衣物鼓荡，澎湃的典力更是发出了隆隆声响，他加大了典力输出，欲要让浮生在瞬间毙命。

"又有何区别？"

浮生哂然一笑，随后提拳冲了过去，无视剑气冲天的嗜血剑，直接以拳头迎上剑芒！

"那小子疯了不成？以肉身对战典器，那小子是不是不想要手了吧？"

几人不由得好奇接下来的一幕。

浮生自信，尽管他的肉身比千万年前的他要弱上千万倍，可这肉身终究是他精心布置，以大手段吸纳四野绝世强者的精气凝聚而成。若有境界来划分他的肉身强度，他此刻的肉身境界，离小成只有半步之遥。

可即便是只有半步到达小成境界的肉身，对战区区一个橙色典器，完全足够了。

更何况，在浮生的精心准备下，他而今的肉身更加纯粹，且有惊天的成长空间，总有一天能超过他作为一代皇者时的肉身，那时，便是一根毛发，都威力无穷。

就在此时，忽然传来一道清脆的声响。

在众人震惊的目光中，花千灵引以为傲的嗜血剑居然一分为二，与浮生那看似普通的拳头撞上后，居然碎了。

"什么？这怎么可能？"

"那可是货真价实的橙色典器，听闻花家还花了大力气寻找了几种神矿秘宝淬炼过，便是在橙色典器中，此把剑也是出类拔萃的，没想到，居然被那小子的拳头打碎了，那小子的拳头难不成是更高品阶的典器不成？"

滕青山脸色大变，拳头坚硬堪比典器他还是头一次见到，他的认知因此发生了天翻地覆的变化。

花千灵此刻才是最震惊的人，嗜血剑与他神识相通，自他获得嗜血剑后，便不曾离手，一直用自己的典力洗涤培养着。它的强度，没人比他更清楚。

可是……地上闪烁着赤色光芒的断裂剑块赫然在告诉他，眼前所发生的一切是真实的。

还不待他反应过来，浮生便直接冲了过去，他并没有在一击奏效后停手，而是提拳冲杀而至。

"真当我可以任你们随意侮辱吗？给我跪下！"

浮生进入阳魄界后，竟然恢复了一些属于一代皇者的傲气。毕竟在不灭宗中时，他需要不灭宗的资源，故此有些低调得不像他了。

可在进入阳魄界后，他的本质便暴露出来，他终究是那位征战九天的一代皇者！

"轰"！

花千灵不愧是不灭宗的内门弟子，在痛失典器后如此短的时间内，便将全身典力提至巅峰状态，双手排掌而出，典力形成厚达一丈的石墙，便要挡住浮生的拳头。

而今，对于浮生的拳头，他比谁都要担忧，可不敢与之硬碰硬。但他自信自己的修为境界要远超浮生，便是用典力都能耗死浮生。

"不愧是花兄，这源源不断的典力，如果没有典搬境五星的修为，恐怕无法坚持下去吧。"

滕青山眼中有惊羡之意，他隐约推测出了花千灵的实际修为。

实际上，滕青山推测得无误，花千灵的修为在典搬境五星，天赋在橙色第二重，在年轻一辈中已然是高手了。

"典搬境五星吗？便是有着典搬境三星修为的叶修都被我一拳镇压了，我倒要看看你能撑到几时？"

浮生冷笑一声，一拳极为干脆地打在花千灵凝聚而成的石墙上。那一丈厚度的石墙竟然在下一刻轰然碎裂！

石墙原本共有十面，但那又有何用？

在第一面墙被浮生瞬间击碎后，第二面也被他一拳轰碎，这两面墙体根本无法减缓这一拳的速度。

普普通通的拳头，此刻落在滕青山等人，甚至是花千灵眼中，都宛若天外陨石一般，气势汹汹。

第三面。

第四面。

第五面。

……

第七面。

"怎会如此？他只是外门弟子啊，拳头的力道为何还未见衰弱，这不正常啊！"

花千灵疯狂凝聚典力的同时惊怒不已，他只能拼命阻挡。

"没用的。"

浮生冷笑一声，最后一面墙居然在不知不觉中已然被他轰碎，而他的身影在花千灵眼里极速放大。

几乎是在瞬间，浮生化拳为掌，自花千灵的头顶拍下。这一掌虽不是幻化而出，但明眼人都能看出手掌周围产生了阵阵涟漪，速度之快，甚至产生了簌簌的声音。

"叫你跪下，你便乖乖给我跪下！"

浮生这悍然的一掌在花千灵绝望的目光中，拍了下来。

花千灵还想抵抗，可浮生的手掌仿佛最为坚固的神铁一般，那一股巨大到无法抵抗的力量直接从头顶上方传递而来，任由花千灵如何挣扎，都只能慢慢低头。

花千灵毕竟是实力远超叶修的年轻强者，他在绝望之中仍然奋力抵抗，微微弯曲的双腿竟然在此刻绷直了。

浮生看在眼里，只淡然摇头，道："跪！"

比此前更加雄厚的战力从他的掌上传来，花千灵重重地跪在了地上。

"你敢如此欺辱我，我花家与你不共戴天！"

花千灵何曾受过这种苦，他瞬间眦眦欲裂，双眸中燃烧着熊熊的怒火。

"威胁我？"浮生手掌依旧压在花千灵头上，"花家？算什么东西！"

浮生此刻的淡漠，是一种真正意义上的淡漠，对他而言，就是天佑国举国之力，都无法让他放在心上，更何况只是区区花家。

"你不该威胁我！"

浮生陡然用力，在花千灵惊骇的目光中，一掌重重地拍在了他的头上，花千灵瞬间倒地不醒。而后，浮生拍拍手，轻松得仿佛方才做了一件极为简单的事情。

倒地的花千灵生死不知，滕青山等人惊恐万分。尽管此处是阳魄界，在此界即便身死，现实中也不会伤及性命，但浮生下了如此狠手，花千灵在现实中不死也得重伤。

"啊，他怎敢如此，花千灵可是花家的少主啊，难道他就不怕花家的报复吗？"

同样为巴丹郡人的滕青山非常清楚，即便滕家在巴丹郡地位不低，也不敢得罪花家。滕家努力多少年，才堪堪跻身巴丹郡前十家族，而花家可是排名前七的大家族啊。

而花家最有可能成为下一任家主的少主花千灵，竟然就这样被一个无名小卒打败了？

"此人的修为竟然如此之高，观其样貌，也不过十七八岁而已，比花千灵还要年少几岁，真是太可怕了。"

"幸好方才没有做出太过不敬的举动，否则……"

其中一个人看到雷忠、花千灵相继惨败，不由得产生了一种兔死狐悲之感，但更多的是恐惧，还有庆幸。

此人，千万不能招惹，若以后遇到，定要远远躲开！

这是那几人在此刻萌生的想法。

"你们是要为他报仇吗？"

此刻，浮生看也不看花千灵，转头看向滕青山等人。

啊！

滕青山等人顿时齐齐打了个激灵，吓得不行。比他们修为高得多的花千灵都惨败于那人手下，他们哪里有胆量为他报仇，是嫌命太长，活腻了吗？

"不……不敢不敢，我们绝无此意，可以对天发誓，大人要相信我们啊！"

其中一人差点儿吓哭了，此刻的浮生虽然脸上带着淡淡的笑容，可这笑容落在他眼里，比不笑还要可怕。

滕青山等人也是连连点头，生怕浮生不满。要知道，这可是一个说出手就出手的杀神啊！

"那你们可以滚了！"

浮生随意说道，随后便想转身离去。

谁招惹他，他就针对谁，不相干的人，他并不会出手，这是他的行事风格。

此时，滕青山脸上有几分犹豫之色，并未像其他人那样准备离去。

浮生眉头微微一皱，杀意却已在脸上浮现出来，这让滕青山冷汗直流。

"这位大人，您也是来观看噬灵族主持的天骄一战的吗？"滕青山赶紧恭敬地说道。

"天骄一战？"

浮生皱了皱眉头，他根本不知晓此事，不过噬灵族他倒是有所了解。

噬灵族是真正的大族，它的势力范围不仅遍布天佑域，还扩展到了整个天域，甚至其他域都有它的势力。阳魄界这等只有神识可进入的空间近乎都由他们把控。

不过遥想往昔，噬灵族几个皇者都要给他浮生几分薄面，噬灵族对他而言不算什么。

看浮生似乎不是很了解，滕青山赶紧解释道："是我们巴丹郡中最为杰出的天才之间的生死战，这一战会选出巴丹郡年轻一辈的第一，其他郡的年轻高手都来了。"

虽说是"生死战"，但在阳魄界中其实是死不了人的，这样的名字不过是为了体现此战的严酷性。

"哦。"浮生淡淡回应，一郡之最？浮生自然是不会放在心上，不过……

"反正无聊，去看看也行，就当打发时间吧。"

浮生决定去看看，反正找赤钻的事情暂时也没什么头绪，不如先观察观察。

对于浮生的话，滕青山自然不敢多言，心里却很不认同，那可是巴丹郡最杰出的典者，可不是花千灵和他们可以比得上的，你虽强，也无法跟他们相提并论。

浮生正要迈步，却又停了下来，他发现除了滕青山以外，与花千灵一同来的几人居然还没离去。

"你们还不滚？"

浮生皱了下眉，冷冷地瞥了他们一眼。

这次，浮生可是冤枉他们了，他们此刻脸色煞白，之所以没立刻离去，是因为他们想要跟随浮生，毕竟他可是比花千灵还强的人啊。

"我们可以给您带路！"其中一人小心翼翼地说道，大气都不敢喘一下。

"不用！"浮生挥挥手，伸出一指，指向滕青山，说道，"有他一人就行了。"

语毕，他眸中杀意顿显，大有他们再多言一句，便出手的意味。

这让这几人立马噤声，赶紧离开了。

待他们离去后，滕青山连忙擦了下脸上的冷汗，走在前头，为浮生带路。

"别急,我要炼制一个小东西。"

浮生将手上的那株忘忧草扬了扬。

"培元草?"

滕青山脸上露出几分渴望之色,但很快就被他掩盖了,他可不敢在这尊杀神面前露出想要的想法,那是找死啊。

"呵呵,你们叫它培元草,真是有些辱没它了。"

毕竟忘忧草固本培元的作用只是次要的,它最为主要的作用是遮掩真容,让他人认不出来。戴上用忘忧草炼制的面具,连气息都能隐藏,便是站在生死仇敌身前,对方都认不出来。

如此惊人的作用,可比固本培元有用多了。将忘忧草当成培元草炼制培元丹药,简直是暴殄天物。

"辱没了它?"滕青山不明白,但见浮生不愿解释,他也不敢多问,便转了话题,问道,"需要找一处隐秘安静的场所来炼制吗?"

听浮生说要炼制这株药草,滕青山还真是没想到如此年轻的人居然还是一个典药者。在他接触过的典药者中,哪一个人没有超过五十岁?

但他不知道的是,浮生曾是一代皇者,只手可遮天,他之所以能在众位绝世强者中脱颖而出,成为皇者之中无敌的存在,便是因为他在每个方面都做到了完美。

区区典药一途,他比那些专门以药入道的皇者都要强上几分。就算现在他对诸多无上药典都记不清了,但经验依然存在。

更何况,这次只是炼制如此简单的面具,那还不是手到擒来。

"无须,此地便可!"

滕青山面色一变再变,这人真的会炼药,恐怕放在巴丹郡之中,他都是最年轻的典药者了。

在典者的世界中,典药者的地位非常高,寻常典者都不敢轻易得罪。只因他们可以提供给典者珍贵的修炼资源,小到受伤,大到晋升,典者都得依靠他们。

如此年轻的典药者,滕青山想象不出他日后在炼药一途会到达何种境界,二阶药师,或是更高的三阶大药师?

他不敢再想下去,这个人居然不需要挑选环境,直接就地炼制,他见过的二阶药师都未必能做到。而且炼药必须具备的诸多条件,比如器械、药鼎等,他都没在那人的身上看到。

怀着这样一种惊疑的心思,滕青山看到那人此刻已经开始准备炼制了。

"我还从未见过培元丹在这种情况下炼制,咦,不对,培元草虽说可以炼制培元丹,也得需要其他药草辅助啊!"

滕青山这回是真想不明白了。

"呵呵,恐怕这家伙还以为我在炼制培元丹吧!"

嘴角一扬,浮生开始屏气凝神,而后,忘忧草被他抛至空中,在滕青山惊讶的目光中悬浮在了空中。

"难道他连药鼎都不需要吗?"

滕青山瞪大了双目,而这时浮生眼中只有悬浮在空中的忘忧草。

忘忧草在浮生雄厚典力的支持下缓缓旋转着,他轻轻一弹指,一道火焰便自他的指尖冒出,如同火蛇一般向忘忧草飞蹿了过去。

这还没完,浮生再一弹指,又有两道火蛇接连蹿出,三道火蛇从三个方向将忘忧草围在中间。

很快,方才还充满着生机的忘忧草迅速枯萎了。

"弹指生火,这是何种手段?"

滕青山长这么大还是第一次见到这种手段,别人炼药都用火焰石生火,在药鼎中炼制药草。而他……火焰石和药鼎都不需要,直接空手炼制,太不可思议了!

刚才那三道火蛇蹿出的时候,便是离它们足有一丈远的滕青山都极为清晰地感受到了那种扑面而来的炙热。根据他的推断,此火甚至都可以作战了。

"他是怎么做到的?"滕青山震惊地喃喃自语。

弹指生火,对于浮生而言只是雕虫小技而已。他只不过是利用典力与空气之中的火之元素进行了某种联系,火就生出了。

不过,在他看来简单的事情,放在别人身上都绝非易事。

就这么一会儿的工夫,忘忧草就化成了绿色的药汁,而后,浮生捏起了神秘复杂的手诀。滕青山立刻感觉到有一股浩瀚的气息向他们席卷而来。

那是一种古朴沧桑的气息,甚至能够深入肌体,镇压整个人的神识。

浮生此刻施展的其实是一种自创的功法,是基于他千百年以来的经验而成,故此才给滕青山一种古朴归真、十分强大的感受。

只有这种返璞,才能体现典则奥义,才是这种功法最为强大的地方。

第7章 论典大会

即便浮生拥有的无上典技功法尽失，但凭他的阅历，炼制区区一株忘忧草，自然不是什么难事。原本炼制这个面具还需要几味药草进行辅助，但凭借着浮生超凡的手段，即便不使用那些药草也没有什么问题。

很快，被炼制的忘忧草缓缓变了形，预示着面具即将炼成。

在这个过程中，滕青山感觉自己的视线变模糊了，他越想看清楚那株"培元草"，却越看不清楚。

"咦？炼出来的似乎不是培元丹啊？"

到这时，滕青山还一直以为浮生是在炼制培元丹。

"呵呵，区区培元丹，还需要我亲自炼制吗？"

听到滕青山的话，浮生冷笑了一声。

滕青山闻言，对浮生更加恭敬了。尽管心中有万千疑惑，不过听浮生话里的意思，似乎培元丹对他而言都不值一提。

其实培元丹的重要性，整个天佑国的人都知晓。它不但是提高典力的药，比典石都有用，更为重要的是，培元丹还可以固本，让体内紊乱的气息得以平复，使典者修炼的基础更加扎实，这样才能在典道一途上走得更加久远。

可这样珍贵的培元丹都没能入浮生的眼，看来他此刻炼制的东西要比培元丹珍贵得多。

一想到这里，滕青山更加好奇了。

"凝！"浮生一指弹出，口中轻喝，那初具雏形的面具立刻凝固成型，最终，一面如黑铁煅造而成的面具在虚空之中显现出来。

"这是……面具？"

滕青山十分震惊，那人居然炼制出了这样一个面具，难道说这面具比培元丹还要有用吗？

成功炼制出面具的浮生神情淡然，心中却很满意，有了这个面具，日后行事他倒也能轻松一些，少一些麻烦事了。

浮生伸手一点，那面黑色的面具便向他飞来，轻飘飘地落在他手掌之上。

随后在滕青山惊疑的目光注视下，浮生直接将面具往脸上一戴，令滕青山不可思议的一幕便发生了。

只见那面黑色面具竟然如水一般，缓缓地渗进浮生的肌肤，刹那间他的脸完全变黑了。

可是这还没完，而后，一阵"涟漪"在他的脸上缓缓泛起，最后那抹黑色直接消失了。

滕青山双眼一眨，感觉之前那人忽然不见了，取而代之的是一个面相普通的陌生少年。

更令滕青山感到惊奇的是，他越是盯着那人的面孔，越是觉得模糊不清，到最后，竟然像是有一层薄雾笼罩在那人脸上，就连气息都不见了。

"神奇，真是太神奇了！这是什么宝贝？"滕青山啧啧称奇，在这短暂的时间内，他已然明白了几分这个面具的作用。

"这只是遮掩面容的面具罢了。"浮生口气淡然，"走吧！"

浮生不再理会滕青山的反应，率先迈步，向前走去。

"此人绝不简单啊！"

滕青山赶紧跟了上去，心中却一片惊涛骇浪。这个人恐怕没有不灭宗外门弟子那么简单，必然有惊天秘密。

就这样，两人一前一后，缓步前行。

阳魄界中，风景秀丽，山河壮阔，自成一界。浮生与滕青山所经过的区域，只是阳魄界的一隅。

一路上，浮生二人也曾遇到过一些野兽，甚至一些已经接近典兽，无一不被浮生一拳镇压。

自始至终，浮生的表现都是那般胸有成竹、波澜不惊，这让滕青山对他越发恭敬了。

不知走了多久，滕青山突然止步，而后脸色一喜，对浮生说道："我倒是忘记了，在天骄之战前，此界还会有一场盛会，名为论典大会。届时巴丹郡的翘楚都会参加，甚至此次天骄之战的主角极有可能会亲至，实乃难得一见的盛会呀！"

他早前便收到了论典大会的邀请函，那是一块玉牌，里头记有滕青山的信息。

滕青山将其拿了出来，而后指向前方不远的地方，那里居然有一栋巨大的建筑物，雕梁画栋，金碧辉煌。而那建筑最上方的位置赫然写着"论典大会"四个大字。

建筑旁边有一棵参天大树，树冠高耸入云，其名为榕果树，果甘甜无比，吃了则有助于小幅度提升修为，只有地位显赫之人才能品尝。

榕果树树干粗壮，便是十个人都无法合抱，气根从树枝上垂下，宛若老者胡须，酒宴便设在气根下方，巴丹郡能排得上名号的家族与宗门皆已落座，众人正在推杯换盏。

"还算不错，挺热闹的嘛！"

浮生看了一眼，漫不经心地做出了这样的评价。

这让滕青山有些无奈，那些青年才俊若尽数出动，便是巴丹郡的郡守都得大惊失色。他们可是代表着整个巴丹郡的将来，若跟其中几个排前的年轻高手结识，对他日后的发展必有很大助力，滕家下任家主的位置必是他的囊中之物。

如此想着，滕青山便迫不及待地走上前去。

"来者何人？"守门人大声喝问道，气势不凡。

浮生这次倒是对这个盛会有些期待了，毕竟连守门的人都不简单。

滕青山怎么说也是巴丹郡滕家的少主，倒未被这阵势吓到，而是镇定自若地将邀请函拿出来给他们看。

两个守卫看了一眼后，点点头，放行，只不过在滕青山进入的时候多看了浮生一眼，却并未将他拦下。在他们看来，浮生很可能是滕青山的仆从，这里的大人物都带了一些战仆前来，太正常了。

他们的眼神，自然被浮生捕捉到了，不过他并不在意，此刻倒是想见识见识这巴丹郡最杰出的年轻一辈究竟有什么能耐。

"滕兄，你居然比我们到得晚，快请！"

滕青山与浮生刚进入大门，左侧最外围的宴席就走出了一个年轻男子。他肌体泛光，容貌英俊，身穿黄金华服，器宇轩昂，一看就知道是一位典搬境一星的强者，天赋在橙色第二重。

这人名为吕东华，吕家也是巴丹郡的大家族，排位十三，委实不错。

此刻，他一脸笑意地迎向了滕青山。毕竟滕青山已经被内定为滕家下一任家主了，代表着吕家的吕东华必须要恭敬相待。

随着吕东华起身相迎，同桌的几人也相继起身，共有三女两男，女的分别是霍妙绫、楚桑榆、白露雪，而男的则是羽凌风和刑西扬。

其中，霍妙绫是巴丹郡中排位十五的霍家的千金，而楚桑榆则是巴丹郡大宗门木神宫的神女，白露雪是雪山教的圣女。木神宫和雪山教在巴丹郡里算是不错的宗门，可在天佑国，只能算是中下层次，与天佑国三大宗门更是无法相提并论。

那位坐在居中位置的男子便是羽凌风，他是巴丹郡排位第九的羽家的少主，最后一个刑西扬则是排位第十一的刑家的少主。

这几人家族实力相差不大，因此几人的关系还算不错，皆隐隐以实力在典搬境五星、天赋在橙色第二重的羽凌风为首。

此刻，霍妙绫莲步微移，走上前来。

火红的短裙，显示出她热情似火的性格，腰间绑着的绫带勾勒出她曼妙的身姿。

霍妙绫微启红唇，对着滕青山说道："滕兄，你姗姗来迟，让我们等得甚是心焦呀！"

滕青山笑着道："实在抱歉，让你们久等了，等会儿我自罚三杯。"

"好了，既然滕兄已经到了，那就赶紧入座吧。"

羽凌风此刻冲滕青山微微一笑，虽然明显不像其他几人那般热情，但他起身迎接，已经是给足了滕青山面子。

尽管羽家与滕家相比排名只是高了一位，但在巴丹郡之中坐稳第九位的位置，滕家不得不忌惮三分。

就在几人互相寒暄的时候，霍妙绫等人直接无视了浮生，将浮生看作滕青山的仆人，还不是战仆。因为他们感知不到浮生身上有哪怕一丝的典力波动，自然认为他只是最普通的凡人，自然是最低等的仆人了。

加上此刻浮生的面容在面具的遮掩下极为普通，放在人群中完全没有存在感，他们自然不会多看一眼。

不过就在此刻，滕青山倒是犹豫了一下。

方才忙着与他们寒暄，一时间忘了身旁的人。此刻，羽凌风正让他快快入座，滕青山顿时就有些为难了。

滕青山面色古怪，踌躇不前，只因身后的浮生可是一个杀神哪！

实力修为强大，还不顾后果，便是花千灵都被他直接斩落。此刻，别看他一言不发，若真的惹怒了他，那可是要丢掉性命的。

"绝对不行，若自己入座，而他却只能站着，那不是对其极为不敬吗？"

滕青山心中为难，现在空位只剩下一个，但他不敢做主，万一那人不喜呢？

于是，滕青山下意识地转头看向浮生，眼神中有着几分询问之意。这一幕，恰巧落在了白露雪眼中。

白露雪为人清冷高傲，若在座几人的身份低于她，她是不会多看一眼的。

此时白露雪看了浮生一眼，皱了皱眉，对滕青山道："他是你的下人吧，还不唤他赶紧给你搬座？如此不识相，是怎么伺候主子的？"

此言一出，刑西扬、羽凌风、霍妙绫等人皆看向了浮生，皱起了眉头。

显然他们误会了滕青山方才征求浮生意见的眼神，还以为滕青山是在用眼神示意他搬椅子。

反应过来的滕青山心里顿时"咯噔"一声，出了一身的冷汗。

"这哪是什么下人啊，我才是他的下人呢！"

滕青山脸色瞬间变得很难看，这一幕落在白露雪等人眼中却又是另外一番意思了，他们以为滕青山动怒了，在怪责仆人。

"还傻愣着做什么？滕兄，你可是滕家下一任家主呀，按理说，无论是战仆还是仆人你都可以随意挑选，怎么就挑了这个呆板的……"

白露雪眉头紧锁，看着到现在呆呆站着的浮生，感觉越来越不顺眼了。

滕青山闻言，脸色更加难看。

然而，就在这时，一直没说话的浮生开口了。

"闭嘴，你若再多说一句，我必斩你！"

若不是浮生还想继续看这个所谓的论典盛会，就凭白露雪那几句话，他早就出手了，哪会像现在这样只是出言警告。

浮生此言一出，在场众人都愣住了。

羽凌风等人可都是巴丹郡里备受追捧的翘楚，何曾被一个仆人这样出言警告，他是活腻了吗？

尤其是性子冷傲的白露雪，她本是巴丹郡雪山教的圣女，凭借着惊人的天赋以及绝美的容颜，受尽青年俊杰的热烈追捧。正因此，她的性子越发高傲。

可令她万万没想到的是，这么一个她都不会正眼看一下的人居然敢说出这种话，白露雪俏脸陡然一冷，美眸中杀机浮现。

就在白露雪要起身的时候，站在一旁暗叹不好的滕青山赶忙伸手按住了她，并出声解释道："白圣女快息怒，快息怒！我向你介绍一下，这是我的一个好友，千万别伤了和气！"

浮生的厉害之处，滕青山可是亲眼见过的。那时要不是他机灵，恐怕其他人都不能全身而退。

白露雪修为与自己差不多，要是真惹恼了这尊杀神，下场一定不会比花千灵好。

滕青山可不认为浮生是个怜香惜玉的主，他敢发誓，就在刚才，他感受到了浮生的杀气。

白露雪等人都是他的好友，他可不想他们因出言不逊招来杀身之祸，于是急忙起身劝慰。

可面对滕青山的这番好意，白露雪却不领情，羽凌风、吕东华、霍妙绫、楚桑榆、刑西扬的脸色也不大好看，不满滕青山为了仆人与他们作对。

羽凌风更是直接看着滕青山，说道："青山，你这么做，未免也太不仗义了吧。"

言语中明显有怪责滕青山的意思，责备他不顾念他们之间的交情。

便是平日与滕青山交情颇好的吕东华也是暗自摇头，不过他看着浮生的面孔倒是产生了一些疑惑。他很了解滕青山，此刻便十分好奇，滕青山什么时候结识了这么一个不知天高地厚的年轻人？

"即便是你的朋友也不能这么说话，你看，白露雪都气成这样了，快叫你这个朋友赔礼道歉！"

楚桑榆此刻对滕青山也有意见了，她以为那句要斩落白露雪的话不过是气话，可那也不能乱说啊！

他们皆充满敌意地看着浮生，认定此人狂妄至极，更是目无尊卑，即便他是滕青山的好友，也不能说出这样的话。

滕青山有些为难了，他们要这尊杀神赔礼道歉，这该如何是好？

就在此时，与滕青山交情最好的吕东华出来打圆场："算了算了，此事看在滕兄的面子上就算了吧。"

吕东华说这话，其实是有着深层考虑的。

这次的论典大会，听闻是由噬灵族在暗中操办的，已经明令禁止私下动武，即便是生死大仇，也得等到大会结束后再各自清算。

他们尽管对噬灵族不是很了解，但不影响他们对噬灵族充满敬畏。万一这时动了手，他们肯定要吃不了兜着走。吕东华的顾虑，羽凌风等人自然十分清楚。

滕青山闻言立刻松了口气，随后感激地看了吕东华一眼。

"哼！"白露雪冷哼一声，对浮生的厌恶根本不加掩饰。

浮生其实已经打定主意，倘若白露雪真的不识相，再多说一句，他必然会出手。

这时听到白露雪的冷哼，浮生淡笑了一声作为回应，白露雪听了差点儿咬碎牙齿，恨不得立刻拔剑。

滕青山看事情已经压下，便立即让人多备了把椅子，让浮生也入座。

就在此时，一声钟响传来，本届论典大会正式开始！

按照惯例，论典大会第一步，便是介绍最近横空出世的天之骄子。

此次主要是介绍巴丹郡的天才一辈，最起码是巴丹郡之中，实力修为能排进前二十名的天骄。

"巴丹郡年轻一辈之中，排名第二十名的为墨离，修为典搬境七星，天赋橙色第二重！"主持大会的白发老者高声宣布道。

这一声让底下所有的年轻高手尽数安静下来。

他们知道，名字被念出后，这位排名第二十的年轻高手马上就会出现了，众人都伸长了脖子。

"轰"！

一道响彻天际的破空声之后，一个身着黑衣的年轻男子划空而来。他一步踏出，只是脚尖轻轻一点,便前进一丈,眨眼即至。

他的长相不是很俊俏,但胜在气势凌人,配上一身黑衣,给人一种杀伐果断的感觉。

墨离感受着周围众人望向他的目光,眉宇之间有淡淡的傲然之色缓缓浮现。

"哇!他便是墨离啊,还是第一次见到,果真不凡啊!"

霍妙绫拨了一下眼前的刘海,露出的美眸大放光芒。

吕东华、滕青山等人则是神色郑重,虽然来人只排到了第二十名,但即便是他们之中修为最高的羽凌风也排不进前二十名啊。

实际上,他们都知道以羽凌风的实力,要排名的话,也只是在二十几名。名次看上去相差不大,但真正的战力却有着天壤之别。

想到此,他们悄然看了羽凌风一眼,只见后者看着墨离的目光略显凝重。

"这才是高手啊,不像某些人,啧啧!"

白露雪看了浮生一眼,嘴角泛起冷笑。

"这种货色,也就在你们眼中是高手,对我而言,一只手便可镇压!"

浮生甚至都没看墨离,直接闭上眼,淡淡地说道,仿佛对方还不够资格提起他的兴致。

第8章 出人意料

白露雪气结,忍不住说道:"我看你是吹牛高手吧!"

能上排名的高手,哪个不是巴丹郡的翘楚?他一只手就能镇压?白露雪自然是不信的。

不仅是她,便是吕东华、霍妙绫、楚桑榆等人也都皱了眉头,觉得浮生这个人太不实在了,这牛皮也吹太大了。

修为最强的羽凌风更是对着浮生冷笑了一声。

"看他十六七岁,怎么可能做到呢?除非他是惊世之才,呵呵!"

显然,羽凌风不认为浮生是这种人。

滕青山看了浮生一眼,心中也是有些无奈。在座的也只有他亲眼见过浮生将修为在典搬境五星的花千灵战败,但也不是只手镇压的。更何况,那墨离可比花千灵高了整整两个小境界,滕青山也觉得浮生这话的水分太大了。

"呵呵,不相信就算了。"浮生淡笑一声,他无须向他们证明什么。

白露雪更是无语了,已经懒得跟他多言。

此刻,主持大会的老者又开口了。

"苏城,排名第十九,境界典搬境七星中期,天赋橙色第二重。"

话音一落,有一道身影横空出世,周围众人一片哗然,而白发老者却不停顿,又道:"夏木,境界典搬境七星中期,天赋橙色第二重,持有家族镇族之法,排名第十八名。

"段磊,境界典搬境八星初期,天赋橙色第二重,排名第十七。"

……

随着老者逐一念出前二十名的年轻高手,整整一百桌宴席上的年轻一辈发出了一阵阵的惊叹声,其中更是有不少少女的尖叫,也只有排在前二十的年轻天才们才有资格让她们彻底敞开心扉,表达内心深处对这些实力强大者的崇拜之情。

就在人们兴奋时,坐在底下的浮生却淡淡地评价道:"还是高估了他们,整个巴丹郡的年轻天才不过如此,有些失望啊!"

声音不大,但与他同席的白露雪等人皆是典者,耳力自然过人。

几乎同时，白露雪鄙夷地瞥了浮生一眼，偏薄的红唇微微张开，说道："我们巴丹郡虽说不如那些更高级别的郡城，可这些排名前二十的年轻天才便是放在那些郡城里，也是顶尖的。不像某些人，只会吹牛皮，狂妄自大，如果我没看错的话，想必某些人还不是典者呢。"

这句话，白露雪早就想说了，到现在为止，她不是没探测过浮生身上的气息，可她根本感知不到浮生身上有任何的典力波动，故此，她更加确定浮生只是一个爱吹牛的普通人。

白露雪这番言语一出，周围几人立刻看向浮生。他们都是聪明人，自然知晓白露雪言语的深层含义。

不到半刻，回过神来的刑西扬等人看着浮生的目光突然冷了下来。他们此刻敢肯定，这人必定只是一个普通人。在他们的认知里，一个典者无论如何都无法完全掩盖自己的典力波动。就比如那种壮硕的大汉，再怎么掩饰，别人也能看出一二。

然而，早已料到他们想法的浮生自然对他们无比鄙夷。

"真正的大手段，岂是你们这些井底之蛙能获知的？"

的确，这世界很大，到了一代皇者这个境界，便是一些禁忌功法都可以施展，可真正做到瞒天过海。区区一个掩盖气息的手段，那还不是手到擒来。

浮生懒得去理睬，也不解释。

只有滕青山知晓，这人绝对不是普通人，但他此前对战花千灵的时候似乎并未使用典力，这一点至今他都无比疑惑。但不论如何，能战败一个有着典搬境五星修为的人，又哪里会是普通人呢？

"你们应该误会了，我这位好友，他不是普通人！"

滕青山自然也捕捉到了刑西扬等人眼中的几许冷意，就怕他们事后会对浮生出手，他便赶紧出言解释了。不过滕青山可不是怕浮生会遭殃，而是担心刑西扬他们惹怒了浮生啊。

刑西扬等人，除羽凌风之外，修为都比花千灵要低，而后者都被浮生轻松击败，此刻滕青山细细体会，惊觉当时浮生似乎还有余力。要是他不出来解释一下，吃亏的只有他们，到时，这些人就会怪他不出言提醒。

不过可惜了滕青山的一片好心，这些人并不领情。

"青山兄，小女子我虽然修为低微，可眼力至少还有，你说他不是普通人，他身上可曾有典力波动？"

白露雪不满了，觉得今日的滕青山完全不像从前那样，竟然开始胡扯起来。

"对呀，他看上去真的很普通嘛！"

霍妙绫吐着舌头，漂亮的大眼不怀好意地打量着浮生。

而羽凌风、刑西扬、吕东华这几个年轻男子则一言不发，倒是有几分让白露雪等人出言探询的意思。

"啊，我忘了！"白露雪突然叫了一声，神色有些惊讶。

"怎么了？你忘了什么？"霍妙绫问道。

身旁几人顿时看向她，神色颇为关心。

待众人都被自己吸引望来，白露雪才话锋一转，一句带着明显嘲讽意味的话自她嘴里说出："我忘记了某些人从某种意义上而言，的确不是普通人。"

便是一直安静的楚桑榆都出声询问了："他不是普通人？"

"对！"白露雪嗤笑着说道，"能如此狂妄，又这么爱吹牛的人，又岂是等闲之辈？"

众人恍然大悟，霍妙绫更是轻轻拍着白露雪的细白手臂，笑道："露雪，你真是越来越讨厌了，我们还以为你真的发现了什么，吹牛能算什么本事嘛！"

众人笑成了一团，根本就不在乎当事人浮生是怎么想的。他们将浮生视作笑料，将其当作谈资，这让滕青山脸色大变，因为他发现闭目的浮生，身上再次传来一股比方才还要强烈的杀意。

"尽管我对女人从不轻易出手，可这不是你在我身上撒野的资本，之前的警告，依旧算数！"浮生睁开双眼，冷冷地说道。

"你！"

白露雪立刻沉了脸色，这回她真的动怒了。

几次三番被人威胁，对方还是她看不起的人，白露雪这个雪山教的神女，何曾被人这般威胁过？

浮生淡笑一声，扫了白露雪一眼，根本没将她放在眼里。

浮生的表现刺激得白露雪差点儿发疯，她将贝齿咬得嘎嘣作响，身上散出的典力气息越发浓郁，欲要喷薄而出。

"快收敛！"坐在白露雪身边的楚桑榆见状连忙制止。

"露雪，你忘记了？此处不能私下动武啊，不然这后果，可不是你我能承担得了的。"

楚桑榆面色惊恐，立刻想到了神秘强大的噬灵族。

在此处动武，除了出手的人，其他跟他们走得近的人都会遭殃，为了自身的安危，楚桑榆不能眼睁睁地看着这一幕发生。

焦急的同时，她对浮生的看法更糟糕了。

若不是他，白露雪能如此动怒吗？倘若真的动武被噬灵族惩罚，他们必会找这人算账！

刑西扬等人也赶紧安抚白露雪，同时对浮生的态度越发冰冷，这让一旁的滕青山万分无奈。

"早该想到这尊杀神的性子，真不该带他过来啊！"

滕青山夹在中间非常为难，一方面担忧他的好友，另一方面担心真的动武了，那谁都无法承担后果。

可他又不能劝解浮生，万一惹怒了他，他直接对自己动手，那不就更加糟糕。

于是，他只能露出比哭还难看的笑容，安抚白露雪，甚至许诺将她早已看上的瑰宝送给她，这才让白露雪稍稍解气。

"露雪，我听闻你大师兄此次的排名又提升了？"

霍妙绫先将话题转移，不过话说到这里，她的神色变得很异样，眸中宛若有火光迸射。

"对啊，似乎前不久就有传闻出来了。"

听到白露雪的话，便是一直面无表情的刑西扬都看了过来，明显产生了兴趣。

滕青山闻言脸色一变，直接问道："露雪的大师兄，难道便是那位号称五百年难得一见的天骄，东方祭？"

感受到了众人惊叹的目光，白露雪的心情瞬间顺畅了许多。她神色骄傲，看了浮生一眼后才缓缓点头，回道："嗯，正是我大师兄！"

此言一出，几位年轻男子皆神色大变，看得出来他们十分震惊。而楚桑榆等人则更是用又惊又羡的眼神看着白露雪。

让人羡慕的这种感觉让白露雪非常受用。她只觉得自己此刻全身舒坦，一种无法用言语形容的满足感油然而生。

"快看啊，露雪居然害羞了！"霍妙绫将羡慕之情收敛，故意取笑道。

"真叫人羡慕啊，我要是有这么一个大师兄，便是巴丹郡所有的年轻男子来追求我，我都会看不上的。"楚桑榆也加入"阵营"。

虽说是开玩笑，但他们都很清楚，那一年，雪山教近乎被那些追求白露雪的年轻人包围，其中不乏天赋不错的年轻俊杰，可白露雪都没看上。

只有知晓内情的人不以为怪，因为白露雪早已心有所属，她的心早就被雪山教的神子东方祭俘获了。

哪个女子不想自己的另一半卓尔不群？白露雪便是这样。她的大师兄是雪山教年轻一辈中的佼佼者，便是放在巴丹郡也能跻身前十。

她是神女，他是神子，他们难道不是天生一对吗？

想起东方祭，白露雪不由得露出了一丝笑容，这时再看坐在一角闷头喝茶的浮生，她心中更是鄙夷了。

那人与自己的大师兄相比，简直就是天壤之别。大师兄若是真龙，他？呵呵，自然是地上的虫了。

"露雪你还没回答我呢，此次，你家大师兄的排名是不是又上升了？"

楚桑榆特意加重了"你家大师兄"的读音，让后者听得又是一阵羞涩。

"嗯！"白露雪幸福地点点头，含羞带怯的样子与方才对峙浮生时的冷然截然不同。

"你家大师兄真是了不得啊，这等年纪便有了如此高深的修为，太厉害了！"

羽凌风等人哪个不是杰出的英才，同辈中又有几人能让他们甘拜下风？即便不敌于某些人，他们也会在心中暗暗与之比较。

而对于东方祭，他们却生不出这样的心思。在他们看来，东方祭与他们之间的差距，让他们难以望其项背。

白露雪极为骄傲地笑着，他们对东方祭越是赞赏，她越是高兴。

"不知此次你家大师兄可有来？"霍妙绫微动红唇。

"东方祭来了，你霍妙绫想怎么样呀？"楚桑榆好笑地说道。

"桑榆，你是不是身上痒了，要我给你抓痒呀？"

霍妙绫伸出雪白如凝脂的双手，作势就要附在楚桑榆的腰上。

"啊！别，我最怕痒了！"楚桑榆笑嘻嘻地躲开了。

白露雪看着她两人打闹，笑着说道："你们俩别玩了，我家大师兄这次来了，我们应该很快就能看到他了。"

白露雪眼中浮现出一抹期待，在她心中，东方祭与她是天生一对，万分般配。即便是羽凌风，也不及东方祭十分之一。

东方祭不仅修为强大，人还极为英俊，不知让多少少女难以忘记。

"对了，这都公布到前十的名次了，为何还没听到东方兄的名字呢？"

吕东华有些疑惑，他只知道东方祭很强，却并不知道他的实力排名。

"过去一年，东方兄可是排到了第五名啊，现在才念到第九而已，放心吧，仔细听后面的，必然有他，就是不知晓他这一年又精进了多少，排到了什么名次，真让人期待啊！"

性子比较内敛的刑西扬此刻双目放光，全身的战意陡然高昂。

听着这话，众人便不再交谈，因为，接下来便是重头戏了。

主持大会的老者突然顿了顿，扫视了全场一圈，发现众人都静了下来，正期待地望着他，等待接下来的排名。老者这才满意地高声宣布道："巴丹郡第五名，洛熙，这是一位天赋很不错的年轻人！"

老者甚至评价了一句，可见这位名为洛熙的年轻高手真是不凡。

能排到第五名的人自然不会是无名之辈，随着他的排名被宣布出来，洛熙的好友们直接站立起来，毫不吝啬地贡献出雷鸣般的掌声。

滕青山等人神色未变，他们知道东方祭这一年必然不会在原地踏步，故此他的排名必然也会上升。

"看来东方祭的确是又上一层楼了，即便只是一名的差距，这其中的实力可相差千里啊。"

众人都点头，他们猜测今年东方祭应该是排在第四名了，老者下一个念到的应该就是东方祭的名字了。

就在这时，老者拿出了新的绸缎名单，便是一直不怎么关心排名的浮生此刻也缓缓抬头，饶有兴致地望去。

"排在第四名的是，笑红尘！"

滕青山等人瞬间愕然，其余人更是眉头紧皱，然而只有白露雪露出了淡淡的笑容，而后更是不屑地看了浮生一眼。

第 9 章

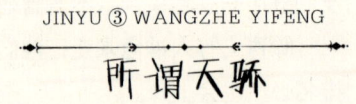

"怎么？你是不是也不将笑红尘看在眼中？"

白露雪声音尖细，语调悠悠，听来是在唏嘘感叹，实则是冷言嘲讽。

东方祭的名字迟迟没有报出来，如此便是排名三甲之内了，羽凌风心中有些酸酸苦苦的。

听到白露雪的话后，羽凌风索性就将苦闷发泄到浮生身上，说道："是啊，我们这位下人大能者，眼界之高，恐怕只有典涅境的大能者才能被他看在眼中吧。"

五个典环的典涅境，又称为大能者，如今的浮生肯定不是大能者的对手，但将来就很难说了。

羽凌风这一言一语可不是在高抬浮生，任谁都能听出其中的讽刺意味，滕青山吓得眉头都拧在了一起。

"羽凌风你怎么就没点儿眼力见儿？没看到我今天一句话也不敢说吗？"

心中这样想着，滕青山小心翼翼地看着浮生的表情，见这尊杀神并没有生气或是不悦的样子，这才暗暗松了口气。

浮生确实不气，因为这些所谓的巴丹郡年轻翘楚，在他看来不过是土鸡瓦狗，不值一提。他又怎么会因为土鸡瓦狗的一句话而神伤或者生气呢？

"好了！接下来，应该就是东方祭了。"

吕东华眉头稍皱，制止了羽凌风他们继续胡闹下去。

果真，一听到东方祭的名字，不论是羽凌风还是白露雪都安静了下来。

"下面，排名第三位，东方祭！"

果然是那雪山教的神子。老人话音未落，就有一年轻男子御风而来。

值得一提的是，被浮生打败的花千灵理应排进前五，不过考虑到他已经在阳魄界中陨落，噬灵族便临时将他移出了此次巴丹郡的排名。

御空而来的男子二十岁出头，高大挺拔，白衣胜雪，仿若刀削的脸庞没有丝毫的稚嫩青涩，可谓是傲气凛然。

这便是白露雪倾慕的东方祭，不论是巴丹郡排名第三、雪山教的神子的名头，还是那足以将情窦初开的少女彻底征服的凛然气质，都让他算得上人中俊杰。

东方祭鲜少随意展露实力，此次御风而来，便是一门绝顶的典术，踏雪寻梅。他踩着枝条一路奔来，枝条几乎未动，似被微风拂过。

传闻，这门典术修炼到极致，就会做到踏雪寻梅，了无痕迹；悬崖薄冰，如履平地。

东方祭如风似电，落在场中，人已静而风未停，将他的白衣下摆吹得猎猎作响，青丝飞扬，凭空添了几分潇洒大气。

此人一出，浮生的目光便锁定在了他的身上，因为他感受到了一股熟悉的气息，虽微弱，却很真切。

似乎，此人身上有什么东西，或是典器，或是典技，与浮生有些牵连。

下面许多少女，都振臂高呼着东方祭的名字，爱慕之情流露。

"哼，你们这些庸脂俗粉怎么配得上他？也只有神女，才能与神子出双入对！"

白露雪看在眼里，心中又喜又急，目光迷离，仿佛已经在脑海里幻想出了一番别样美景。

飞雪连天，东岭绝顶，神子神女携手并肩，好一对神仙眷侣，好一段千古奇恋。

白露雪对东方祭倾心已久，发誓此生不嫁他人，为此拒绝了不少男子的求爱，在她看来那些男子即便再优秀，加在一起也不及东方祭的一根头发。

"到底是什么呢？从气息判断，似乎是一门功法。"浮生陷入了沉思，推断出东方祭似乎掌握着一门特殊的典技，从而勾起了他千万年前的记忆。

《究极真解》将浮生的功法典术全数封印，他一时间也难以判断气息的来源。

"哼，你也被我家大师兄的气势震慑了吧。"白露雪臆想过后，发现浮生正看着东方祭，不由得冷笑道，心中得意极了。

"什么？"浮生回过神来，随即回道，"不堪一提，我以两拳，同样能镇压。"

"你太狂妄了！"

白露雪动了真怒，她不允许任何人污蔑东方祭，更何况是他这个不知道从哪里冒出来的人。

白露雪甚至觉得，他提起东方祭的名字都是对雪山神子的极大侮辱。

"这个你也看不上，那个你也看不上，说什么一拳两拳就能镇压，恐怕最不堪的就是你！"白露雪震怒之下，再顾不得矜持，她要好好教训教训这个狂妄自大的人，"你区区一个凡人，只知道诋毁那些你无法企及的强者，寻找些许平衡。其实你这样的人才最可笑！"

白露雪的声音立即引来了旁人的注意，当他们听明白白露雪的话后，一时间浮生成了众矢之的。

"我还以为是什么大人物呢，原来只是凡人一个，就是滕青山也不敢这样说！"

"恐怕是见高手如林，自己不得青睐，便以此来找寻些许安慰吧。"

"不需要跟他一般见识，这种人根本不需要理会。"

一时之间，讨伐之声此起彼伏。

浮生却全然不在乎，因为他知道，只有拳头能打倒敌人，语言可不能。

见状，白露雪更怒了："既然如此，就让我来替大师兄教训教训你吧，也好让你知道，人外有人，天外有天！"

说话间，白露雪便荡开了一股澎湃的典力，距离最近的楚桑榆和霍妙绫猝不及防间竟感到了一瞬间的窒息。

"天哪，露雪这是起了杀心！"

楚桑榆惊得张大嘴巴，下意识地就要阻止白露雪，这可是噬灵族操办的盛会，即使白露雪是雪山教神女，在噬灵族面前也是不值一提的。

惊扰会场、动武作乱，这罪名，莫说是雪山教的圣女，就是天佑国三大宗门的真传大弟子，也得接受惩罚。

"无妨。"霍妙绫扯了扯楚桑榆的袖子，小声说道，"此人着实可恶，几次三番侮辱典者，我想即使是噬灵族知道了也得对其惩戒教训。"

言下之意，就是不用阻止白露雪，楚桑榆只是稍稍一想便知道了霍妙绫的私心，因为她也有这份心思。

如果白露雪在此处动武，不论怎样，都会被噬灵族重罚，毕竟她无视了噬灵族的威严。

虽说在阳魄界身死并不会使人在现实中死去，但重伤不可避免，到时候白露雪修为大减，她还如何配得上东方祭？

前方的东方祭显然也注意到了此处的骚乱，他身形一动，几个跨步就飞了过来。

"大师兄！"

白露雪再怎么怒气冲天，一见到东方祭，也不免露出羞涩的小女儿情态。她站在东方祭身旁，看上去乖巧可人，与先前的她相比，简直判若两人。

"大师兄，这个人不知天高地厚，几次三番侮辱我们典者，更是不将你看在眼中，我正要出手教训他呢！"

白露雪愤愤不平，仿佛被轻视侮辱的是自己。

"哦？竟然有这样的人？"东方祭皱着眉头，不禁多看了浮生两眼，"没有典力波动，果然是凡人。区区凡人，见了神子神女为何不跪拜？"

雪山教虽然不比天佑国三大宗门声望崇高，却也是威震一方，东方祭与白露雪作为神子神女，地位自然不低。

平日里，就是一些小郡的郡主，大城的城主，见了他们也是毕恭毕敬的。而草莽凡夫，更是需顶礼膜拜，不能正视。

东方祭负手而立，等待浮生跪拜。

"你若现在向我三拜九叩，我只当你没说过那等浑话，放了你！"浮生安然自若地坐着，只瞥了东方祭一眼，语出惊人。

"什么？"众人震惊。

一个凡人敢向雪山教的神子东方祭叫嚣，要知道东方祭的修为境界已经达到了典搬境六星，天赋颜色为第三重黄色啊！

"只此一语，你当死！"

东方祭比浮生还要直接，典脏律动间，典力澎湃，一股摄人的气魄笼罩了这一方天地。

"东方！此处可不能随意动武私斗！"羽凌风出言提醒，却没有忧心的样子，反而咬重了其中"随意"二字。

此次论典大会，传闻由噬灵族暗中主持，不管传闻是实是虚，此地不能私斗却是真的。

羽凌风出言提醒，一来是为顾全大局，二来是让东方祭听出其中的意味。

"也是，总不至于为了一个凡人，败了巴丹天骄的声名！"东方祭甩甩袍袖，傲然负手，"而我堂堂神子，也不好与一个凡人为难，那样会让人分不清到底是谁对谁错！"

东方祭显然还有怒气。不过想来也是，人家堂堂雪山教神子，入围巴丹郡天骄榜三甲之人，将来必将成为一方巨头的人物，居然被一个凡人几次三番地蔑视。

受到这种侮辱，换作是谁都要出手教训一下对方，才能气顺。

"哦？"

浮生眉头一挑，他不喜这种口舌之争，这雪山小教的神子在他眼中却不算什么，这段时间以来他打败的年轻俊杰中有大半都要比他位高权重。

这时候，浮生打算出手了，虽然这论典大会是由噬灵族暗中操持，可对他而言没什么可忌惮的。

噬灵族之所以强横，绝大部分是因其吞噬神识的特性，而千万年前浮生贵为一代皇者，早已掌握了压制乃至破解这一特性的秘诀。

然而此时，那东方祭又开口说道："不过，我不仅代表着巴丹郡和雪山教的颜面，更代表着天下典者的铮铮傲骨，你侮辱的可是天下的典者。莫说我不给你机会，也莫说我以大欺小，天骄一战后，你我之间便以战止戈，如何？"

"何谓以战止戈？"浮生装作懵懂，心中却是已经明了，这东方祭是要拿自己立威。

天骄一战，是遴选巴丹郡天骄榜魁首的战斗，东方祭作为第三名虽然名声大盛，却仍无缘最终一战。

最终一战一旦结束，众人的目光就会聚集在天骄魁首身上，那时便无人再关注东方祭。所以他就以此方式，企图在擂台上打败浮生，扬名立威。

"有道是不打不相识，所谓以战止戈也就是这个道理。你我之间既然有分歧，打过一场自是最好。"东方祭仰着头，背负双手，不看任何一人，"一战之后，不论胜负，你我之间化解干戈，此为以战止戈。"

此言一出，场中已是哗然一片。

"东方祭好生精明，以他的实力对上这普通人，怕是一招就能将其打下擂台！"笑红尘笑了一笑，说不出是轻蔑鄙夷，还是感叹赞扬。

"如此最好！要让这些凡人知道，典者的威严不可侵犯！"

远处，洛熙握着拳头，恨不得亲自下场来替东方祭教训浮生。

"目中无人，骄横狂妄，是该教训一番，只是我看东方祭的口气，是打算下死手了。"

"可惜可惜，逞一时口舌之快断送了性命，还要连累他的主人滕青山。"

"传闻，每一届天骄榜的魁首，都能得到噬灵族大能的青睐，否则东方祭必不会冒这么大的险对一个凡人出手。"

东方祭的不屑，着实惹恼了浮生，他原本就有动手之意，若不是东方祭提出以战止戈，此刻恐怕战斗已经结束了。

但东方祭的提议，浮生不得不思量一番，仔细想想，这对他确实是有利无害的，毕竟一时半刻浮生还不愿跟噬灵族有太多牵连。

而浮生如今的修为，比东方祭略逊一个小境界，原本这倒也不算什么，毕竟典环天赋和诸多经验可以弥补这一劣势。不过东方祭身上那股令人在意的熟悉气息，浮生至今没想到什么。

"怎么？莫不是怕了？"

白露雪站在东方祭身边，双手叉腰，鼻子都快翘到天上了，之前她被浮生威胁，好不容易抓到了机会，自然不会放过他："刚才口气那么大，不将这个看在眼里，不将那个放在心上，现在知道害怕了？"

"闭嘴！"浮生对于这个女人已经忍无可忍，狠狠说道，"再多说一个字，我必杀你！"

"放肆！"白露雪眉头一挑，"你若有胆，就先与我到飞念台上打过一场！"

话毕，白露雪看向东方祭，"大师兄，此人无知狂妄，哪里用得着你来动手？不如就交给我，必定让他体会到什么叫典者威严，什么是生不如死！"

白露雪并不知道，东方祭冒着触犯忌讳的危险向浮生宣战，是有着自己的打算。

　　浮生的猜测并不错，他是要借此战扬名立威，其他人的猜测也不错，噬灵族近年来确实在有意提携那些在天骄之战脱颖而出的青年才俊。

　　"如何？"东方祭眉头稍皱，"你若不敢，我也不强求于你，现在跪下磕头认错，我也就既往不咎了。"

　　"有何不敢？"

　　浮生闻言反笑，他虽比典搬境六星的东方祭低了一个小境界，但东方祭的典环仅仅是三重黄色，浮生却是五重青色。要不是他身上那莫名熟悉的气息，浮生才不会注意到他。

　　"好狂妄的小子！"东方祭说道，"好！我等你！不过你可不要妄想遁走，在这阳魄界中还没有什么能逃过巴丹郡天骄的探查。"

　　东方祭此言倒是不假，在阳魄界里活动的大多是巴丹郡的典者，虽然他们平日里各有阵营，争端不断，但对外可是同仇敌忾。

　　浮生轻笑，不再言语，目光轻轻扫向了那宣布排名的老者。

　　老者也是见惯了这些，见那边的争端已经暂告一段落，就抿了抿嘴唇，继续报出榜单上最后两个名字。

　　"莫文轩！影寻寒！"

　　一次性报出两个名字，倒也不是什么意外的事，有道是"文无第一，典无第二"，典者中本就无人愿屈居第二，这也是天骄一战的意义所在。

　　"天骄影寻寒，神将门首席大弟子，修为典锻境九星，典环天赋橙色。"

　　"天骄莫文轩，巴丹郡莫家少主，修为典锻境九星，典环天赋橙色。"

　　在这论典大会上，任谁都知道莫、影二人，就算没有天骄一战，他们被称为天骄也是实至名归。

　　此二人停留在典锻境九星已有多时，迟迟不肯突破，就是要将典环凝练加深，达到代表着更高天赋的颜色。

　　为何两个典锻境修为的人能排在典搬境修为的东方祭面前？也正是因此。

　　东方祭虽是典搬境六星修为，但他的典环只是黄色，此生只能止步于典魂境，永不寸进。

　　只有在典锻境单一典环的时候不断凝练，才能发掘自身潜能，为未来打下坚实的基础。

　　也只有这样的典者，才配称为"天骄"！

第10章 双翼天马

"诸位天骄,两个时辰后请移驾飞念台,观天骄一战!"

老者宣布完排名,留下这样一句话后便离开了。

随即,论典大会最重大的部分,论典之宴开始了,美酒佳肴缓缓飘落下来。

"果然是勾魂酒,味美甘醇,勾魂夺魄,对我们典者的修炼也有极大好处!"

一位儒生打扮的天骄,急不可耐,不等酒樽落稳,出手便去取。

浮生也闻到了空气中的淡淡香气,他对于这种酒并不陌生,这勾魂酒是噬灵族的独特产物,除了确实很好喝之外,对修炼也会有些许帮助。

"忘川河水。"

浮生深知其中详细,看着诸多巴丹郡的天骄豪饮美酒,却是笑而不语。

"酒不是好酒,肉却是好肉。"

浮生一时间也不是很明白噬灵族到底在背后搞什么把戏,不过这场论典之宴确实足够丰盛,一盘盘飘落下来的吃食,都是由这阳魄界中的强悍生物制成的,虽不是什么珍稀的典兽,至少也得是典锻境的实力。

"哼,你这个命不久矣的人,还敢在这里大放厥词?"白露雪如是想着,却不看浮生。

"这勾魂酒是噬灵族大能者奖赏给巴丹郡天骄的,普天之下,只有巴丹郡天骄可以享用。"

滕青山小声地解释着,眼睛余光瞥到了刚刚到达会场的一人,顿时瞳孔紧缩。

那是一个十六七岁的少年,服饰华贵,腰间挂着一个不灭宗内门弟子的令牌,与那花千灵长得很是相似。

"花万楼!"

滕青山一眼就认出了此人,心道不妙,赶紧小心翼翼地对浮生说道:"不如,我们先去飞念台吧。"

"飞念台?"

"是的。"滕青山点头,解释道,"飞念台就是天骄一战进行的地方,虽然此刻巴丹郡的天骄大多都在这里,但飞念台也聚集了许多年轻典者,其中不乏来自三大宗门的佼佼者，我听闻天佑宗的晨曦也于日前抵达了飞念台。"

一听到"晨曦"二字，浮生面色微变，心中感叹当真是造化弄人。

但在滕青山看来，又是另一层意思。

那晨曦是天佑宗的明珠，虽然天佑宗不设立圣女或神女，实际上晨曦便是天佑宗"神女"般的弟子。她倾国倾城，璀璨耀眼，早已成为众多人杰的心仪之人。

滕青山本以为浮生是冷面杀神，此刻见其面色有异，便悄悄感叹，果然是英雄难过美人关。

"也好，就让我看看当日由我成就的天才少女，现在成长到了何种地步。"

浮生是断然不会饮下勾魂酒的，与其坐在这里虚耗时光，倒不如先到飞念台，反正巴丹郡的天骄他已经见过了，只能给个平淡无奇的评价。

如是想着，浮生给了滕青山一个眼神，他立即会意，心中长长舒了一口气，开口道："桑榆，凌风，我就先去飞念台等你们了。"

说罢，也不等他们回应，便迈步在前面带路，引走了浮生这尊杀神。

只过去了半个时辰，滕青山就已经承受不了任何刺激了，生怕自己的好友中有哪一个触及浮生的底线，招来大祸。

"区区一个凡人，滕青山为何向他解释那么多？真是奇怪。"浮生一走，白露雪立即松了口气，嘟囔起来，"今天滕青山也是奇怪，好像他身边的那个凡人招惹不得，区区凡人罢了……"

白露雪是不会承认，自己竟被一个凡人的眼神吓到了，以至于心中千般不满、万般牢骚都不敢表露出来。

"反正，最多两个时辰，他便死在东方兄的手下了。"

羽凌风不着痕迹地打量着，东方祭自始至终都双臂环胸，满面漠然，似乎在他看来这真是一件微不足道的小事。

"露雪，你也不必太在意，世界上这种不值一提的人太多了。"

霍妙绫撩了撩额前发丝，眼前顿时一亮："快看，那不是花家的花万楼吗？他似乎是朝我们这边来了。"

花万楼是巴丹郡花家嫡传弟子，与花千灵是堂兄弟，虽然资质与能力比前者稍逊，但也能排在天骄榜二三十位，实力不容小觑。

看着花万楼确实是朝这边走来，霍妙绫猜测他该是来示好的。毕竟他们中间，有一个东方祭。

果然，花万楼径直朝这边走来，与滕青山擦肩而过，还未来得及打招呼，眼前便只余滕青山的匆匆背影了。

花万楼摇了摇头，来到羽凌风、白露雪等人所在的桌前："方才行色匆匆的，是滕青山滕公子吧？"

"花公子。"

羽凌风等众人打过招呼后，才答道："是滕青山。也不知他今天到底是怎么回事，将一个狂妄自大的凡人带了进来，整个人都是怪怪的。"

羽凌风说到这里，笑着摇头，后话锋一转："不说这些，怎么不见花千灵？"

方才天骄榜放榜，花千灵名列第八位，却不见其现身，他们就很困惑。

一听此言，花万楼面色一变，踌躇片刻，才说道："既然我们同是巴丹郡天骄，我便如实相告了。我家堂兄在来时的路上遭到神秘高手伏杀，以致重伤，此时还在静养。那个神秘高手疑是来干扰此次天骄一战的，为此，我们花家派出了百川、十方两位高手进入了阳魄界。我此番前来就是要提醒诸位，如果遇到奇怪的人，一定要小心提防。"

花万楼一言一语，倒是巧妙，一来不留痕迹地抹掉了花千灵的威名，又没有影响花家的名号，只说花千灵是在静养。二来，将那神秘高手描述得异常强悍，将其变成众矢之的同时，也为花家挣回了一些面子。

如此看来，花千灵倒像是为论典大会，为天骄之战牺牲的马前卒，花家不受影响的同时，又让花万楼实现了打击前者的目的。

毕竟，花家未来的继承人只能有一个。

"花百川，花十方！"

众人听到这两个名字，只觉阳魄界就要大乱了。

但他们好歹也是见过世面的，总算是稳住了心神："多谢万楼兄的提醒，我们会加倍小心的，若是遇到行色诡异的人物……"说到这里，众人不免想起一人来，滕青山带来的那年轻人何止诡异？

但仔细想想又不太可能，毕竟花千灵可是天骄榜第八位的高手，能将其重伤的神秘高手该是多么厉害？而滕青山带来的那凡人毫无典力。

"怎么？"

花万楼何等精明，瞬间察觉到了异状。

"没什么。"

花万楼若有所思，微微点头："如此，我便不叨扰了，我还要将此事尽快告知其他天骄。飞念台见了！"

"飞念台见！"

飞念台足有千丈宽，早有许多年轻典者聚集在这里。

这些典者三五成群，十分热闹。他们预测着天骄一战的结果，讨论着巴丹郡的大势，以及天佑国的事情。

其中被提及最多的，就是晨曦，她受到的关注甚至超过了天骄一战的两位主角。

"你们说，今次的天骄魁首是那影寻寒，还是莫文轩？"

"并不好说，毕竟两人的修为相当，潜力巨大，还是要看在不断的自我突破中，谁走得更远一些。"

"当真是急死人！"

飞念台四面位置的观战效果都还不错，但滕青山还是取到了一间雅间。

"天骄一战倒是热闹，恐怕大半个阳魄界的人都聚集在这里了吧。"

浮生眉头稍皱，感受着外面热火朝天的氛围，看似随意的一句话，使滕青山严肃对待。

"此战关系重大。"滕青山沉吟片刻，下意识地四下观望后，才娓娓道来，"外人看来，天骄一战不过是决定天骄榜魁首人选，只有巴丹郡的大家族才知道，这实际也关系着巴丹郡的势力更迭。此番优胜的天之骄子所在的家族可以得到噬灵族的全力支持。"

莫文轩所在的莫家是巴丹郡实力最强的家族，莫文轩便可以守擂，若能胜出，莫家则可以继续获得噬灵族的支持。

影寻寒虽是寒门出身，却是神将门的首席大弟子，若是能以一己之力博得噬灵族的支持，有望以此晋升长老，就是副门主的位置也未必不可。

"哦。"

浮生听了滕青山的话后若有所思。

这时，一道寒光落在飞念台中，澎湃雄浑的典力充斥在天地间，似乎想将整个飞念台冻结。

寒光中缓缓走出一道人影，萧瑟苍老的气质下，却也有着少年的勃勃英姿。

难以想象是怎样的经历，才造就了这样一个有着矛盾气质的少年。

众人呼唤他的名字："影寻寒！影寻寒！"

影寻寒却没有回应他们，他拢了拢斗篷，一脸淡漠，典力一收，整个人仿佛瞬间与天地融为一体。

"哼！真当你是魁首了吗？"空中，骤然传来一声叱喝。

伴着清脆的声音，一道锋芒自空中袭来，如光似电，流光一闪，影寻寒周身的寒气就被从中间切成了两部分。

待一切风平浪静，飞念台上便多出了一个白衣典者，他肌体泛光，有着莫名的气机，如墨客文豪般意气风发，儒雅的气质里有一股浩然傲气。

"莫文轩！"

天骄之战的另一位主角，登场。

众人欢呼，这一方天地充斥着"影寻寒""莫文轩"的呼声，震耳欲聋。

此情此景倒是让浮生眼前一亮，不过他的目光只停留在莫文轩手中，看的是那一杆璀璨晶笔。

那晶笔像是用质地极佳的玉石打造的，气息流转竟然聚集成璀璨的光辉。笔端还点缀着红绸绒绳，笔杆上则是雕刻出两条灰白色的游龙，二龙争珠，气势非凡。

乍一看，会以为这是一件古玩摆设，实际上，此乃一件强悍典器，以浮生看来至少是黄色品质。

"影寻寒尽得神将门真传，掌握着无上神将技艺，据说已经可以召唤真神附体。"滕青山也为这先后登场的两人震惊了片刻，回过神来便为浮生讲解起来，"而莫文轩是以文入典，莫家更是得到过噬灵族的支持。据传，他手中那件典器就是出自噬灵族。"

"那便是了，判官笔。"

浮生记起千万年前，噬灵族大能手中的判官笔能斩天裂地，断人生死，当年他也有过一时感慨：天地间最为锋锐的并非刀锋，而是此笔的笔锋。

飞念台上，两人如此针锋相对地登场，自然不会善罢甘休，就见那影寻寒一番抖擞，典脏律动间，一股雄浑的典力奔涌出来。

澎湃的典力，化作晶气，迷雾般罩向了莫文轩。

莫文轩也不甘示弱，抬手提笔，漂亮的晶笔在手中转得哧哧作响，随即他手腕一抖握住了晶笔，凌空挥笔。

笔锋落在空中，典力流转，写下斑斓笔画，现出一个工整的"破"字。

字如其意，"破"字一出，组成笔画锋芒的典力立即沸腾起来，带着要击破一切的气势扩散开来。

却在此刻，一声啼鸣传来，远处天边白光乍现。

"这是何兽在啼鸣？如此气势，堪称兽中王者，难道是典兽？"

方才还沉浸在两位天骄激战中的众人立刻被这声啼鸣吸引，遥遥望向远处天边那一抹白光。

典锻境的修士，肉体已然有扛鼎之力，动辄千斤万斤，根本不会将虎豹蛇虫放在眼里。

唯有典兽，才能发出这种震慑人心的声音。

虽然野兽也能通过修炼凝聚典脏，但与典兽还是有着天壤之别，野兽是不具备那流淌在血脉里的天赋神通的。

浮生刚进入阳魄界的时候，曾击杀过一只典锻境七星的大蚂蚁，它算不得典兽，若大蚂蚁与同等修为的典兽对战，恐怕撑不到第三招。

那白光速度极快，眨眼间便从天边飞至，人们这才看清楚，那是一匹白马。

神骏异常，通体雪白，奔驰于空中，却不落足。是因白马的双肋有一双雪白的翅翼，翅展之间，就能飞越千尺的距离。

空中一些振翅飞翔的鹰隼，与此白马相比，皆黯然失色。

"天马！这是双翼天马！"

"竟然是天佑宗的双翼天马，却不知马背上的是何人。"

"这种双翼天马可是不逊于典锻九星，黄色典环的典者，即使在天佑宗也是屈指可数，一些长老出行都不能借用此马，这次必定是天佑宗强者降临！"

众人目光之中，双翼天马凌空飞驰，只几个眨眼的工夫就已经落在了飞念台上。

马蹄飞扬，双蹄一踩，影寻寒的典力与莫文轩写的"破"字便随之粉碎，气息全无。

一时间，飞念台一片平静，只有那双翼天马时不时地振动翅膀发出簌簌的声音，荡出淡淡的威压。

那是典兽血脉赋予的天赋神通，即使是一些典锻境巅峰的典者，在这威压下也是不敢直视。

随后，双翼天马背上的一道倩影翻身落下。来人一身青绿纱衣，随着天马翅翼扇起的风微微摆动，这种缥缈的气质与女子的倾世容颜搭配，更使得她令众人惊为天人。

她身后的双翼天马俯首，虽然神骏不减，纯净依然，但与此女相比便逊色了许多。

三千繁华弹指过，九天玄女落凡尘。

晨曦背负双手，踏出两步，虽同是站在这飞念台上，却要比两位争选魁首的天骄气焰更胜。

"晨曦！居然是天佑宗的晨曦！"

"传闻，这晨曦在天佑宗，已被神都真人收为关门弟子，比那首席大弟子还要尊贵，其实力更是深不可测，听闻是要冲击绿色典环。"

"可恶！只差些许，我也能得此眷顾与晨曦直视。"

晨曦享受着众人崇敬的目光，听着他们关于自己的谈论，面色虽未变，眉梢眼角也不由流露出一抹骄傲的神色。

"你们两个是巴丹郡天骄的代表，如今时辰未到，便要刀剑相向？"

晨曦背负着双手，在两人身边走过一圈后，回到双翼天马身边，那高贵的天马便向这女子低下了头，任其轻抚自己的银角。

"晨曦圣女教训的是，莫某受教了。"莫文轩持着晶笔，拱手行礼，"此番有晨曦圣女亲临观战，必为我们巴丹郡天骄一战增色不少，还请圣女拭目以待，静候我将天骄魁首揽下。"

"哼！"

影寻寒为人虽冷傲不驯，但在晨曦面前也不得不收敛，他拢了拢斗篷，也向晨曦俯首行礼。

晨曦莞尔一笑，随后登上双翼天马，流光一闪后，便落在北边看台上。

飞念台场内，年轻典者们纷纷动身，跟随晨曦到了北边的看台，再没人去管莫、影这两个天骄一战的主角。

对于期待天骄一战的典者而言，两个时辰的时间实在漫长，但晨曦一来，他们反而感觉时光易逝。

不断有人抵达飞念台，那些榜上有名的天之骄子也在享用过美酒佳肴后抵达此处，观天骄一战。

天骄一战，评选天之骄子，这一战之后，整个巴丹郡就要进行势力更迭。

 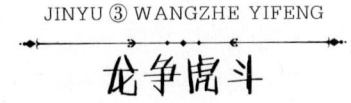

"你们知道吗？方才论典大会上，可是发生了一件有趣的事。是关于东方祭的。"

好事之人将论典大会的消息带到了飞念台。

东方祭之名虽不及影寻寒、莫文轩二人，对不少人而言却也是如雷贯耳，听到这里立即有人询问具体情况。

"滕青山不知从哪里带来了一个凡人，接连惹恼白露雪、楚桑榆、霍妙绫等人，又与东方祭立下生死赌约，两人在天骄一战后就要决一死战。"

那人分析道："东方祭此举可谓精明。他虽不能争夺天骄魁首的宝座，却能以此吸引噬灵族的注意，借此战一展风姿，取得晨曦的青睐。"

"原本东方祭之名确实能吸引一些注意，但对战的只是一个凡人，那就没那么值得关注了。"

"确实，天骄一战才是阳魄界中的大事。不过此刻，晨曦圣女才是万众瞩目。你看我们巴丹郡青年俊杰，哪一个不为之倾狂？"

"哎，若是能常伴晨曦圣女左右，便是让我折寿百年，只余一寸光阴，我也心甘情愿啊。"

凡人与东方祭立下生死赌约一事，若是放在平时，也会是一件能博人眼球的事件。可在此刻，先有天骄一战，又有天佑宗晨曦亲临观战，东方祭都不重要了，更别提那个凡人了。

几乎所有典者，都前往晨曦所在的位置一睹那双翼天马的神骏，和晨曦的绝美容颜。

天佑宗对于巴丹郡而言，实在遥不可及，晨曦作为天佑宗的核心弟子，才艺双绝自不必说，她还是那神都真人的关门弟子，甚至有望百年之后登上宗主之位。

就连影寻寒、莫文轩两人也因晨曦观战而战意激增，发誓要将对手斩落在飞念台上，扬名立万。以此来博得晨曦的另眼相看。

"时辰已到！"

在论典大会上宣布天骄榜单的老者行如鬼魅，不知何时也来到了飞念台。

伴随着一道震天的锣声，台下数以万计的年轻典者沸腾起来。

半空中也有各路高人，或是施展典技御空，或是借助典器御风，都关注着此刻飞念台上的天骄一战。

"影寻寒，今日一战，关系重大，你我只能活一人！"

莫文轩持着晶笔，长衫无风自动，意气风发。

虽然在阳魄界中身死并不会真正地死亡，但神识受损，典者便会丧失大半修为，且后患无穷。

所以在此战之后，影寻寒与莫文轩若是再见，就是死敌，不死不休。

"莫文轩，莫以为你手持判官笔就是我的对手，典器能借你力量，却无法弥补你我之间的差距！"

影寻寒身上的斗篷被风吹得猎猎作响，他一双狭长的眸子阴寒无比。

"差距？笑话！"莫文轩闻言嗤笑，"你我之间是有差距，却是你不及我！"

说话间，莫文轩提笔疾书，写出六笔，抑扬顿挫，笔锋利落。典力流转，汇聚于笔锋，六笔之后空中赫然出现了一个流光大字——"死"！

字符一出，天地陡然变色，以典力写出的字符竟然给人一种无尽锋锐的感觉，任何人只是看一眼，就会顿觉头晕目眩。若被这字符撞在身上，必死无疑。

风起云涌，飞沙走石，"死"字仿佛旋涡，吸取典力的同时仿佛想将阳魄界内所有事物都吸进去。

"典器的力量，终究不是自身的实力，一旦你失去了典器，就会一无所有。"

影寻寒攥着拳头，典脏激荡，伴着典力射出一道光辉，清澈的青蓝光辉直冲天际，在天空汇聚后激荡出一股气势，将这一方天地的云彩尽数击碎。

光芒汇聚，轰然坠落，打在影寻寒的天灵盖上，他的身体瞬间被蓝光笼罩。

"判官笔写出的'死'字，对于任何生灵，都是绝杀！"

"影寻寒激活神辉，使用天神附体之神通，也是拼尽了全力，看来这二人都有意在晨曦面前展示自己，出手全未留情。"

"这二人虽还在典锻境，这种种神通，连典搬境的强者都难以抵抗啊！"

莫文轩本是胜券在握，但看到那神辉久久不散，面色稍有凝固，心念一动，抬手便是一掌。

他的典力爆发，将那空中的"死"字向前一推，字符仿佛脱弦利箭，飞速撞向了影寻寒。

字符在空中解体，左半边化作一只嗜血的镰钩，右半边则凝聚成一柄寒光凛冽的匕首，霍霍生风，在空中飞射而去，直取影寻寒的项上人头。

影寻寒面对如此咄咄逼人的招式却是不急不忙，一直等到身体的每一寸皮肉都被湛蓝神辉浸染，才发出一声暴喝。那湛蓝光辉立即沸腾，急剧收缩，重新回到影寻寒胸中的典脏中，再随着典脏律动绽开。

影寻寒的身体以肉眼可见的速度膨胀起来，一阵骨骼碎裂声后，他的身体长到了三米多高。

青筋暴起，血肉疯涨，眨眼之间，他手臂的肌肉高高隆起，一只手臂竟比常人的腰还要粗。

影寻寒的全身衣物被撑得紧紧的，上衣已然碎裂，露出坚如铁石的大块肌肉。

影寻寒拔地而起，直接握住了那一左一右合杀而来的镰钩和匕首，咬牙用力后，就听到一声巨响，两件典力化成的兵刃应声碎裂，化作溃散的典力消失在天地间。

"果然是一件仿制品。"

坐在雅间的浮生看到这一幕不禁摇头，此笔纵是有些锋芒，在他看来也如儿戏，断然不能与千万年前那些噬灵族大能手中的判官笔相比。

"仿制品？"滕青山小心翼翼地问道，"传闻，这支晶笔典器是去年天骄一战后，噬灵族赐给莫家的……"

浮生摆摆手，滕青山立刻噤声，这其中的缘由浮生已明了。

倒是这影寻寒的典术秘技，浮生看出了些门道，只是此刻两人只是小试牛刀，典环未出，倒也不好评判。

莫文轩对于影寻寒击溃自己的一招并不意外，他要是没这个能力，也就没资格跟他对战一场。

当即，莫文轩侧身向后退出半步，左手负在背后，昂首挺胸，提笔洋洋洒洒写了起来。

"兵临城下！"

莫文轩以典力书写的四个大字，霎时间光华万丈，四字合一，竟然变成一面墙。

此墙方方正正，刚聚成就开始延伸，典力交融间，变成了一面大墙挡在了影寻寒面前。

此墙犹如王城护墙，深厚坚固，紧密无隙，一眼看去就有种坚不可摧的感觉。

影寻寒化身三米多高的巨人，在此墙面前竟然显得那般渺小，一时不得突破。

看见墙后莫文轩在得意地笑，影寻寒一咧嘴，一拳暴起便打上了这面墙壁。

拳头上，一股湛蓝色的气息流转，源头正是影寻寒的典脏和典环。

一拳之后，巨墙纹丝未动，典力波动却有些震荡，紧接着又是第二拳，第三拳……

重拳之下，墙面出现了一点儿碎裂的痕迹，石渣剥离，落了下来。

"在如此雄浑的典力和橙色典环的支持下，这一拳怕已到巅峰状态，便是典搬境的高手也不敢正面对抗吧。"

"此二人为我巴丹郡天之骄子，惊才绝艳，不论修为还是典环都旗鼓相当，现在比拼的莫过于典术与典器了。"

"快看！墙壁要碎了！以影寻寒的修为，若是莫文轩任由他近身，必定惨败！"

果不其然，影寻寒奋力一搏，前所未有的一记猛拳打在墙壁上，典力激荡，拳头贯穿了墙面，整面墙壁轰然碎裂，化作典力消散。

"纳命来吧！"

影寻寒微微地喘息着，脚下一蹬地面，便化作了一道流光杀向飞念台另一边的莫文轩。

飞念台上，两人间虽有近百米的距离，但影寻寒全力奔刺之下，转瞬即至，接着就是轰然一拳。

影寻寒的战斗路数，是以典力配合典术，爆发潜能，对敌人穷追猛打。

神将门的功法号称请神上身，虽然难以考证，但在短时间内爆发的力量确实不容置疑，尤其是在影寻寒橙色典环支撑下，东方祭也不敢接下这一拳。

莫文轩却是不慌不忙，提笔一触，笔锋绽放出斑斓的典力，一道比之前更加坚韧的城墙暂时挡住了影寻寒的攻势。

紧接着，众人就看到莫文轩手腕飞转，奋笔疾书，一阵眼花缭乱的动作后，莫文轩飞快地写下一个"破"字，收笔之际，空中以典力书写的字体已经绽放出摄人的光芒。

与此同时，字体的笔画爆开，化作十道流光，相继撞上影寻寒的拳头。

光芒闪耀，此起彼伏，每每有流光碰撞，影寻寒的身体都会退后些许。

十次之后，影寻寒已经被生生逼退了十步，遍体鳞伤，有鲜艳红色滴在飞念台上。

"你已动用全力，而我，只用三分力。"莫文轩单手负于身后，将晶笔横在胸前，仰天一笑，"影寻寒，你输了！"

"谁告诉你我用了全力？"

影寻寒的典脏流出一股典力，随后缠绕周身，那些爆裂的伤口就以肉眼可见的速度愈合如初。

典力，对于典者而言就是生命。

只是影寻寒的恢复能力如此迅速，显然是借助了某种典术秘法。莫文轩也不吃惊，提笔再写。

唰唰两笔，一个"刃"字在空中显现，就在对方那典力翻腾间，莫文轩再下点睛一笔。

这一笔犹如神来之笔，"刃"字只存在了刹那，便爆裂开来，化作万丈光芒直冲天际。

万丈金光扶摇直上，又急转直下，有暴雷之势，犹如天降惩罚，轰然砸落在影寻寒脚下。

"若不是这件典器，你连与我对战的资格都没有！也罢，就让我破掉你这件典器，也好让你知道什么才是典者的自强不息！"

影寻寒的身影被金光拉扯，这一缕金光还未消散，就有一股典力冲破金光飞了出来，迅速形成一个巨大的蓝色虚影。

这个虚影有三丈之高，威武雄壮，宛如天神下凡，战神降临，举手投足都会荡起强劲的威势。

气势化作凛冽劲风，冲击着围观者的心灵，饶是隔着数百米，他们也不敢多看，因为这气势太过强横，多看一眼都有魂飞魄散的感觉。

"这就是真神下凡吗？我敢说，就是一些典搬境典者在其手下也走不过两招！"
洛熙的双目，因倒映着金光与蓝影而闪耀着异样的神采。

"我是自愧不如。不仅是这道神影，就是那妙笔破字诀我都抵挡不了。"笑红尘唏嘘惊叹，心服口服。

原本还有人不能信服，认为东方祭凭借典搬境六星的实力排在第三明显不公平，现在看来天骄榜单当真是公正严明，此二人战力强悍，寻常典搬境典者哪能是他们的对手？

东方祭，也关注着这飞念台上的激战，此刻虽有懊悔，却也释然。

"以典锻境而言，此二人确实算得上其中翘楚，但典搬境与之相差的可不止这些，若是在阳魄界外，我与其中任何一人对战必不会落败。"

东方祭急于突破，放下了许多潜力，但换来的是典搬境的两个典环。

若说典脏是力量的源泉，那么典环便是典脏的心脏，两个心脏同时跃动所带来的活力，就算品质稍欠，也要比单一典环来得强悍。

但这也是只限于今日，迟早有一天影寻寒和莫文轩都会踏入典搬境，至时东方祭便不会再是他们的对手。

想到这里，东方祭感叹："除非，我能将那典术补全，天地之间，将任我驰骋！"

台上，那蓝色虚影已经成型，与之同时生成的是一道湛蓝屏障，将影寻寒的身体牢牢护在其中。影寻寒端坐其中，双目紧闭，除了胸口典脏律动，典环闪耀之外，再无生机。

但那蓝色虚影绝非昙花一现，它伸手一指，便将金光消去大半，随即不再理会残存的刃光，身体一弓，如前一刻影寻寒那般，向莫文轩发难。

"哼，这就是你的撒手锏吗？"

莫文轩依旧是单手负于身后，白色长袍被风吹得猎猎作响，面对这个足有三丈高的巨像虚影，他不退反进，猛地一蹬地面便迎了上去。

跃在空中，莫文轩右手不停，持着晶笔凌空挥动，仿佛是文豪墨客即兴创作，看上去十分洒脱，不久就以典力写出了诸多字符。

这些已经不能算是字了，已经有了典符的样子，而典符多用于典器、典阵，刻画刁钻的典符，是以最简单的构造承载无穷之典力。

这些字符在晶笔锋芒下闪耀活跃，不知是否是莫文轩刻意组合过，接连起来竟然隐隐有腾龙之势。双爪张舞，龙体盘旋，有直冲九霄之势，不就是那传说中飞腾在云间雾里的龙吗？

字符接连，金光闪耀，竟真的生出一层虚影，显现出来后，果真是一条双爪金龙的雏形。

龙吟声起，莫文轩仿佛受到牵引，冲击的速度加快了许多，猛地撞进了这条金光龙影中。

"金龙冲杀！"

"雪神之怒！"

神影与龙影撞在一起，金蓝两种色彩交织，产生了一阵前所未有的波动。

天空失色，电闪雷鸣；大地震动，飞沙走石。

众人惊得张大了嘴巴，眼睁睁地看着那金龙缠上了雪神，紧密地缠住了雪神巨大身体的大半，那龙从背后伸出头来，一口咬向了雪神的脖子。

"放肆！"

雪神蓝光闪耀，影寻寒的面容浮现出来，他怒斥一声，随即开始发力，要挣脱束缚。

龙首之上，莫文轩傲然矗立，依旧保持着单手持笔的姿态。他的身上笼罩着一层淡淡的神光，气势比起那雪神虚影也不落下风，他胸口的典脏疯狂律动着，典环跟随着飞速旋转，源源不断的典力从他身上注入龙影体内。

随着典力的注入，龙影越发魁梧，下一刻铆足了劲儿，一口就咬住了雪神的脖子。

飞念台上，影寻寒猛地睁开眼睛，似乎被龙影咬住的是自己，他瞳孔猛缩，素来冷傲的脸上浮现出些许痛苦的神色。

"聚集的祈愿将化作新生……"影寻寒重新闭上双眼，低声念着一段不知是何意思的文字，胸口典脏同样律动着，典环也是发了疯似的旋转，激荡出一股股澎湃雄浑的典力，可这些典力还未流出他的身体便消失不见了。

与此同时，上空百丈处，那被龙影缠绕束缚的雪神蓝光更盛。雪神奋力一挣，伸出粗壮的手臂扼住龙首，然后狠狠一甩，便将金色的龙影投向大地。

片刻后，金光便落到了飞念台上，"轰"的一声巨响后，沙石飞溅，台面被砸出了一个大坑。

紧接着，雪神俯冲下去，仿佛化作了一道流光，速度快到连身影都模糊了。

还不等金光再次融合，雪神化作的流光狠狠地砸向了它，产生的烟尘将整个飞念台笼罩了起来，爆裂声不绝于耳，散开的典力四处流窜。

遮天蔽日的灰尘中隐约有两道人影一左一右飞了出去，影寻寒与莫文轩随后落在了飞念台边缘。

两人此刻的状态并不乐观，影寻寒的一条手臂无力地垂着，莫文轩身上伤痕累累，但两人身上的战意没有减退分毫，反而更加澎湃。

虽然隔着浓浓的烟尘，他们却做出了同样的抉择——向着对方冲入了烟雾之中。

随之而来的，是更加强烈的典力波荡……

第12章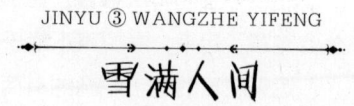

雪满人间

良久，烟尘散去，影寻寒与莫文轩二人依旧站在飞念台上，两人却停止了激烈的打斗。

两人站在擂台正中，影寻寒单掌向前，湛蓝色的典力在掌心翻腾。而在他对面，莫文轩抓着晶笔，丝丝典力汇聚在笔杆上，荡出一股股淡金色的波动。

此番两人拼斗的是典力，两股典力撞在一起后向外扩散而去，随即又会有典力接上。

典力相互碰撞着、排斥着，引起了一阵阵飓风，不但将两人的袍袖衣摆吹得猎猎作响，更将原本就已残破的飞念台搅得遍地疮痍。

两人的典脏都疯狂律动着，那样的频率，决不是等闲典锻境典者可以承受的，数以百计的围观者无不色变。

"这二人在招式上不分伯仲，这便是要比拼谁的典力更胜一筹了。"

"这两人均是典锻境九星，橙色典环，却不知谁凝练得更加深刻一些。"

"我倒是觉得影寻寒更为强悍，毕竟莫文轩是持有典器的，若是此刻……"

年轻人们猜测纷纷，虽说莫家曾得到噬灵族的支持，拥有这么一件强悍的典器，但影寻寒可是神将门首席大弟子啊，他也该有撒手锏才对。

果不其然，在两人比拼了足有一炷香的时间后，影寻寒陡然收招，硬挨下了一波典力冲击，喷出了一口鲜血，却也借着这股力道退出去了十丈。

"现在，你已尽全力，这一战该由我来了结了！"

影寻寒抹掉嘴角的血迹后，自信一笑，然后伸手从胸前抽出一张符篆，向空中一抛。

纸制的符篆却像木板一样坚硬，在空中飞速旋转，其上的道道铭文绽放出色彩，光芒大盛后折回到影寻寒身上，形成了一件铠甲。

这件铠甲如晶似玉，闪着微微寒光，铠甲将影寻寒整个身体包裹在其中，他摇身一变，如天兵战将一般威猛不凡。

"凛冬战甲！"不少人认出了这件典器，瞬间惊呼出声。

贵宾席中，浮生也是眼前一亮："雪神铠！"

"什么？"滕青山虽是全程观战，同时也紧密关注着浮生，"这不是凛冬战甲吗？怎么又叫雪神铠？"

滕青山十分好奇，他没有质疑浮生的话也并非迫于他的威势，而是发自内心地相信。

他可是亲眼看到，那株只有固本培元功效的培元草被他稍加炼制，就成了一件特制典器，滕青山甚至怀疑浮生是典搬境甚至是更高境界的强者，所以才能有这样非凡的实力和气势。

"有意思，如果必要的话，我倒是要出手将他救下。"浮生暗暗想着，欠了欠身子，看得更有兴致了。

影寻寒的那件铠甲浮生并不陌生，千万年前，他的一百零八位天兵神将中，那冰雪神将的贴身战甲便是这个。

如此看来，神将门或许就是由冰雪神将的后人创立，至少要有一段渊源，才会有这道封印着战甲力量的符箓。

若是当年的雪神铠出世，莫说莫文轩手中有这支复刻的判官笔，就是有噬灵族大能的那支判官笔，也不见得是影寻寒的对手。

但影寻寒身上的这件铠甲与雪神铠相差甚远，浮生并不能确定他能全身而退，这才决定在关键时刻出手相救。

凛冬战甲刚刚显现，就将影寻寒周身的烟尘冻结，变作冰霜落在飞念台上，丝丝寒气，摄人心神。

莫文轩见状，瞬间如临大敌，抓着判官笔咬牙在空中一挥。

此次出现的，不再是字符，而是一道金光锋芒，锐利的锋芒有将天地斩开的气势，轰然劈向了影寻寒。

"哼！"影寻寒冷哼一声，并未躲避，而是挺身硬扛下了这一道锋芒。金光消散之后，那凛冬战甲上缭绕着一层淡淡光晕，竟然完好无损。

影寻寒这才笑出声来，畅声道："莫文轩，你还有何话要说？若是没有，便乖乖认输吧！典器，可并非只你莫家才有。"

"你这算是一件典器？"莫文轩也是一笑，反问道，"若是你小小神将门随手拿出来的东西就能阻挡我这典器，那我当年每日苦修十个时辰又有什么意义？"

旁人或许不清楚，莫文轩却十分明了，这件凛冬战甲很厉害是不错，但它绝不是一件典器。

想噬灵族何等神秘强大，赐下的判官笔虽是玉制，分金断铁只在覆手之间。如果神将门真的拥有一件能挡其锋芒的典器战甲，早就不会受限于小小的巴丹郡，而是名扬天佑国了。

况且，此战事关重大，若是这件铠甲真有这么厉害，影寻寒也不会到现在才拿出来。

故此，莫文轩可以肯定，这件战甲并不完整，是有时限的，时间一到便会消散。

"不错，它确实只能使用一炷香的时间，但用来对付你足够了！"

影寻寒倒是利落，并不隐瞒，谈笑间便催动典力奔袭而至。

有战甲护体的影寻寒，再也不用忌惮判官笔，迎面便是一拳，典力的汇聚让这一拳的爆发增加了十倍不止。

莫文轩本是想拖延一些时间，不料影寻寒并不上当，仓促之间，他只能连连后退。

后退之时，莫文轩也没闲着，他提笔便在空中疾笔狂书，因为退后的速度实在是快，这些符字在空中拉扯出很远，凝聚成淡金色的盾甲壁障。

若是换作平日，影寻寒要想将盾甲壁障一一击溃是要花费许多力气的，但在战甲护体的情况下，这些坚韧的屏障在他面前犹如纸糊，拳风所过，便一一碎裂。

莫文轩退得快，但影寻寒逼得更紧，在接连打碎了十数道屏障后，终于直面莫文轩。

"文臣法相！"

莫文轩已然能感受到来自对方的蚀骨冰寒，他狠狠一咬牙，抬手就将判官笔如同飞刀一样投掷出去。判官笔脱手便开始融化，最终化作了一蓬气体，这便是纯粹的典力。

典力刚刚漫出，就急速收缩，凝成一道流光人影，看上去栩栩如生。

此道人影身形面目、装扮气质，皆与莫文轩一般无二，竟是一具身外化身！

化身刚刚形成，影寻寒的怒拳已至，却直接从它身体中穿了过去，朦胧中这道人影便落在了影寻寒身后。

面前，莫文轩咧嘴一笑，双手合十，低声念诵。背后，那莫文轩的身外化身也是咧嘴一笑，双手合十，低声念诵。

随着字音越发急促，一人一影的双掌一齐喷射出一道典力波动，任凭影寻寒有凛冬战甲护体，也被这股波动打退。

影寻寒刚刚退出两步，另一股波动便打在背后，他在这典力猛轰中晕头转向，进退维谷。

若是寻常典者遭到这样的轰击，必然倒地不起，但影寻寒有战甲护体，一时间还未感受到太大的伤害，只是眼睁睁地看着战甲渐渐被打出了裂痕。

怒火中烧，影寻寒艰难地抬手指天："冰封千里，雪满人间！"

既然莫文轩舍得释放典器，催动那等力量，影寻寒又有何不舍的？

仅以一丝典力作为牵引，凛冬战甲开始迅速分解，化作液体，又散成气息。

别看只是微弱的气息，却能将两道典力波动阻隔在外。随后影寻寒暴喝一声，这股气息迅速席卷整个飞念台，所过之处，冰封三尺。

空中的水汽被凝结成大片雪花，纷纷降落到冰封的飞念台上，造成寒冬腊月才有的奇景。

莫文轩与判官笔化成的化身被这寒气一喷便凝结成冰，僵立在影寻寒的前后，显得萧萧瑟瑟，凄凄凉凉。

影寻寒踏着坚冰，一抬手，片片雪花便落在手心，随后因掌心的温度迅速化作雪水。

片刻后，影寻寒攥起拳头，朗声道："这一场，我胜了！"

飞念台正北方，在晨曦乘坐的双翼天马落脚处上方有一看台，老者在看台上捻须一笑："天骄一战，天骄魁首……"

老者背后，有人便拿着红锤，朝那巨大的铜锣敲去。

此时此刻，只要老者将影寻寒的名字说出，那天骄魁首便要定了。却在此时，有人惊呼："快看！冰碎了！"

影寻寒最后一招虽然叫作"千里冰封"，但实际上只封住了飞念台，边缘区域都没有被波及。饶是如此，看台上离飞念台近的人也感到寒冷难耐，一直哆哆嗦嗦的。

众人循着出声那人手指的方向定睛看去，果不其然那冰封的塑像出现了碎裂的痕迹，白色的裂纹缓缓蔓延着，每一次裂开都能带出些许冰碴寒气。

不过最重要的并非如此，而是在坚冰封印之中双眼紧闭的莫文轩，他胸口的典脏正不紧不慢地跳动着。

常人的心脏若是停止跳动，便意味着身死。而典者的典脏若是死寂，便是道消。

此刻莫文轩的典脏非但没有停止跳动，也没有因被冰封而减缓，反而以一种不紧不慢的速度跳动着，每一次跳动都会爆开大量典力。这些典力除了小部分送至身体各处维持生机，绝大部分都被其上的典环所吸收。

那典环竭力吸收着典力，光芒越发深邃。

"这是……"

影寻寒的眸子深处流露出些许的恐惧。

终于，随着莫文轩的典脏慢慢平静，其上的典环绽放出耀眼的光辉，炽烈夺目，包括浮生、晨曦在内的所有人都被闪得睁不开眼。

片刻后，光芒消退，众人急忙定睛看去，发现那橙色的典环开始变化，颜色逐渐淡化向黄色接近。随之，那停跳的典脏也恢复了跳动，甚至比之前的速度还要快上十倍，在急速跳动中不断地激荡出澎湃的典力。

"居然让他在此绝境中突破了！"

影寻寒终于意识到了这一点。

典环的颜色，直接对应着具体战力，两人同是典锻境九星与橙色典环的时候，能够不分上下。但此刻，莫文轩即将凝练出黄色典环，到那时就算影寻寒有典器在手，也断然不是莫文轩的对手。

可影寻寒能怎样？他已不知该怎么应对，施展凛冬战甲造就的千里冰封全然不是他能撼动的。

"咔嚓……"

一道清脆的响声后，冰封裂开一条粗大的缝隙，猛然间莫文轩睁开了眼睛，竭力舒展身体。

然后伴随着一声巨响，冰封碎裂，莫文轩逃出生天，落于影寻寒面前。

他的典脏依旧快速跳动着，但他的典环并非纯粹的黄色，而是橙黄相间，只成了半步，因此莫文轩十分恼怒。

"为了打败你，我耗费了所有积累的法宝，却只突破了半步，余下半步若不能有奇遇，便要终生止步于此！"莫文轩虽为人儒雅，盛怒之下也有疯狂之色，"若说之前你还有一线生机，那么此刻，就算真神降临也不能阻我杀你！我不仅会在这阳魄界杀你，更会追到神将门，让你神将门满门覆灭！"

莫文轩如此疯狂，众人却并不惊讶。

莫文轩与影寻寒皆是年轻人中的佼佼者，多年前就有晋升典搬境的机会，但他们选择继续凝练典环，开发潜力，为以后的突破打下坚实的基础。

今日，莫文轩耗费所有积淀，却只突破了半步，所谓"一鼓作气，再而衰"，想要突破余下的半步，并不比一举突破黄色典环要简单。

可能要三年五载，可能要十年八年，甚至，莫文轩此生再无突破可能。

"哼！你比我更早突破，要覆灭我神将门我也无话可说，来吧！"

影寻寒双手垂下，显然是放弃了抵抗。

若是一刻之前，影寻寒自认还能与莫文轩争一下胜负，但在莫文轩突破之后，影寻寒知道自己与他的差距之大，已经难以跨越。

莫文轩的战力是之前的一倍半，对于他们这样顶尖的典者而言，自己与他的差距已不是典器、典术能弥补的。

"去死吧！"

莫文轩单手一抓，不远处另一尊寒冰雕像随之破裂，一道流光射出落于他手中，赫然是那支判官笔。

这就是典器与符箓之间的差距，同样是神兵利器，正宗的典器还能重新塑造，只是需要费些力气罢了，符箓却会随着典力流逝而消散，再也无法复原。

将判官笔拿在手中，莫文轩虽盛怒，却也显得意气风发。

只要这一笔挥下将影寻寒斩杀，此刻身在神将门的影寻寒本体将修为大损，到那时……

想到这里，莫文轩才有了些许欢欣，随后利落地挥下一笔，判决生死。

却在此刻，一股冲天气劲从远处奔袭而来，转瞬即至。因为来者速度太快，澎湃的典力呈现出了一种螺纹的状态。

典力散去后，众人才看清有一名少年挡在了影寻寒面前，右手有双指牢牢地钳住了判官笔的笔杆，纵使莫文轩再用力也不能动弹分毫。

"不知这位朋友有何贵干？"

莫文轩憋着一口气，却不敢轻举妄动，只能仔细打量着这个看上去平平无奇的人。这人便是凭借忘忧草面具"乔装打扮"的浮生。

浮生微微一笑，松开手指："花有重开日，人无再少年。以我之见，你不妨手下留情，他日影寻寒必会投桃报李，今日之恩他日必将涌泉相报。"

此话一出，莫文轩眉头紧蹙，台下众人则是啧啧称奇。

他们虽不知浮生是何人，却真切地看到了他以双指止住了判官笔，就连影寻寒都做不到这一点。他们不禁纷纷猜测起浮生的身份来。

"这人在我们巴丹郡天骄榜上吗？巴丹郡地大物博，年轻才俊数以百计，我也见识过其中八九，却从不知有如此一人。"

"这不是方才在论典大会上与东方祭叫嚣的人吗？我记得当时他身上并无典力波动，这又是为何？"

"难道是深藏不露？不，他现在身上依旧没有典力波动，该是以某种秘法巧劲才接住判官笔的吧。"

此刻的东方祭也是眉头紧锁，他甚至不惜耗费大量典力以秘法探查浮生。

典力汇聚于双眼，东方祭一看之下才明了："他胸口那块烂木就是典脏吗？当真可笑，此人必定是籍籍无名之辈，偶然得到了奇遇机缘，何足惧哉？"

东方祭颇有心计，自然顾虑重重，原本他就考虑到浮生有可能是隐匿了气息的强者，此番探查后便感到是自己多虑了。

以他所见，即使浮生能接下判官笔，在他面前仍旧是不堪一击，只等莫文轩定为天骄魁首，他便能下场将这无知少年打败，提升自己的威望。

"这位朋友，看样子你是要力保影寻寒了？"

莫文轩把玩着判官笔，一副专注的样子，实际上却是在偷偷地打量着浮生。

良久，他依旧看不出浮生身上的门道，索性将笔锋一转："你可知道这一战我已胜出，蝉联天骄魁首，即使你有秘术能挡住我的判官笔，也断然不是我的对手。

更何况，我还有噬灵族的支持……"

"一句话，放不放！"

浮生眉头一皱，并不愿多说废话。

莫文轩乃是多届天骄一战的魁首，哪里能咽下这口气？当即就要提笔发难，却在此刻眼前一亮。

"我方才与影寻寒恶战一场，虽临场突破，却耗费了十之八九的典力，此刻与其为难并不妥当，更是会引得东方祭借题发挥……"

莫文轩并不觉得浮生是自己的对手，典锻境中能被他视作对手的只有一人，便是影寻寒。

但是此刻莫文轩状态不好，仓促迎战并不是上上之选，就算获胜，也会让东方祭渔翁得利。

反倒不如先放了影寻寒，待天骄一战完结，回巴丹郡后再在神将门中斩杀他。

莫文轩想到这里，便做出一个"请"的手势："你想保下这废物，我便卖你一个面子，请便！"

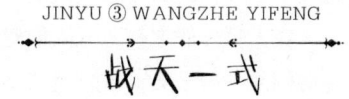

战天一式

天骄一战虽然结束了,却并未落幕,在宣告莫文轩蝉联天骄魁首后,还有最后一个环节。

在这一环节中,前来观战的典者可以同台较量,天骄榜上的青年才俊也能一较高低,甚至是有冤仇过节的,也能在飞念台上清算仇怨。

不过前两种情况比较少见,倒是第三类常有发生,今日便有备受瞩目的一战——天骄第三位东方祭约战无名少年。

此战还未开始,在众人心中就已经毫无悬念了,没有人认为那个平凡少年能战胜排在天骄榜第三位的东方祭。

后来,随着花万楼将花千灵遭遇伏杀一事传播开来,有些人开始怀疑,若此平凡少年当真是镇压花千灵的那一高手,战胜东方祭或许并不是天方夜谭。

但直到上一刻,随着浮生鼓荡典力而显现出来了典脏,那块残破木头被许多人都看了个真切,他们便再不为东方祭担心了。

"如此残木,当真算不得典脏,我还以为是收敛气息的高人,原来只是这样,笑话!"

白露雪银牙紧咬,一双美目中浮现些许杀意,一想起浮生之前那冷傲的样子,她便心里发堵,恨不得亲自下场替东方祭好好教训教训那个无知之辈。

"即使是真的典脏,他也绝不是东方祭的对手。"羽凌风十分通透,看到东方祭跃上台后,才唏嘘惊叹,"此战过后,怕是东方祭之名便要盖过那蝉联天骄之战的魁首莫文轩了。我却是想不明白,莫文轩为何在最后做出那般选择。"

东方祭约战浮生,便是要在天骄一战后扬名,只要展现的实力足够强悍,不愁盖不过莫、影二人的风头。

羽凌风也觉得此举甚妥,却隐隐察觉出一些怪异之处,正是莫文轩在浮生面前高抬贵手那一幕。

"是有恃无恐吧,天骄一战后,莫文轩已是巴丹郡天骄中最强之人,半步黄色的典环支撑下,怕是东方大哥都不是他的对手。"

霍妙绫眼中闪耀着微光,被白露雪看在眼中,引得她轻轻一哼。

霍妙绫却不在意，幽幽叹道："今时今日之莫文轩，就是联合强者覆灭神将门也并不困难，留影寻寒一条残命不算什么，反倒是得到了仁义无双之美名。"

在天骄一战之前，无人敢对影、莫二人指手画脚，但在一战之后，战败的影寻寒地位便一落千丈，霍妙绫"一条残命"的说法，便是没将其看在眼中。

这就是残酷的阳魄界，这就是残酷的世界。

飞念台上，影寻寒紧咬牙关，环顾四周，最终目光落在了东方祭身上。而东方祭正背负双手，看上去胜券在握。

"恩人，今日你虽不算救我一命，却是保住了我一身修为，教我来日有资本再与莫文轩一争高低。"影寻寒冷冷一哼，随即看向浮生，"不过我不愿欠人恩情，这份恩情便让我报答了吧，我下场替你战过东方祭，如何？我虽是残破之境，但那区区东方祭我还未看在眼里。"

影寻寒此言其实是有些夸大了，若他是全盛状态，在这阳魄界中东方祭必不是他的对手。但此刻影寻寒周身典力耗去了十之八九，几近枯竭，再对上东方祭已无胜算。

"你未将他看在眼里，难道我就把他看在眼里了？"浮生笑了，说道，"你欠我的，不止如此，下场歇息去吧，总有一天我会将事情原原本本地讲给你听，到时你就会知道，我救你并非临时起意。"

听见浮生如是说，影寻寒也是骇然，沉吟片刻，他冲着浮生抱拳施礼后转身就走。

"哼，这小子还敢狂妄！"

白露雪的心气越发不顺，她将双手环在嘴边，神态语调十分做作，高声喊道："大师兄，不要让这位吹牛大王受太多苦，一招就将他了结了吧！"

此言一出，哄堂大笑。

"聒噪。"

浮生冷目一横，随即单手一拍，雄浑的典力如涛似潮般涌向了白露雪。

浮生早已警告过白露雪几次，她却未放在心上，此刻浮生这一手很是果断。

"呵呵，真以为我只是说说吗？"

浮生神色冰冷，全身典力鼓荡，肌体更是有荧荧神曦，很是不凡。

白露雪虽不在天骄榜前二十位，却也在巴丹郡前百，更是雪山教神女，她立刻反应了过来，典脏随即鼓动，激发出典力瞬间在身前形成了一道无形的壁障。

但这无形壁障对浮生而言是无用的，根本不能阻挡其凌厉的攻势，只听到一声轻响，白露雪脸上便多出一个红红的掌印。

浮生确实是抽了她一耳光，白露雪感到剧痛，立即捂住了火辣的脸颊。

一丝鲜红顺着嘴角溢了出来，白露雪怒目圆瞪，捂着肿起来的腮帮子，又羞又怒。她刚想开口，就听浮生冷冰冰的声音："你若再敢多嘴，便是死路一条！"

一言一语，竟能比方才凛冬战甲造成的千里冰封还要冰寒，比雪满人间还要冰冷，白露雪顿时便被吓傻在当场，怎样也发不出声音。

此言此行，让全场哗然，除了滕青山，所有人都不曾想到那个普普通通的少年竟是如此利落果断，甚至没人怀疑他所说的话。

"好厉害的典力波动，当真是那残木发出来的？白露雪在我们巴丹郡十分有名，与对方相隔百丈，却毫无还手之力。"

"跨越百丈，此人的典力竟没有消散，不可思议！不可思议！"

虽有人大为惊叹，却也有人不以为然："那又如何？东方祭可是天骄榜第三位的高手，又是雪山教神子，必定有典籍秘法、典器秘术。即使没有，收拾一个普通的典者还不是手到擒来？"

"确实如此，虽说在阳魄界中东方祭只能发挥出一个典环的战力，但能与之正面对抗的也数不出一只手。"

众说纷纭，飞念台上东方祭的面色越发阴沉。

他直勾勾地盯着浮生，沉吟片刻，便大手一挥："露雪乃我雪山教神女，你羞辱她，便是羞辱整个雪山教。今日我纵使将你碎尸万段，也赎不了你的罪行！"

"雪山教？哼！"浮生轻蔑一笑，不屑之意溢于言表。

东方祭闻言，继而说道："不过为免天下人说我东方祭以大欺小，在此我便让你三招，三招之后，生死有命。"

"你是在羞辱我吗？"浮生蔑笑一声，他何曾被人如此轻慢过，遂摆摆手，"不如，我让你三招。"

"不必！"

东方祭狠狠说道，随即双臂一展，典脏剧烈震荡，激发出的澎湃典力瞬间布满身体的每一寸筋肉肌骨，使他原本就高大的身材更魁梧了几分。

东方祭典脏疯狂律动着，两道橙色的典环一个嗡嗡作响，另一个明显有所动摇，却被一股隐晦的力量压制着。

这股隐晦的力量便是阳魄界的界限，使东方祭这种典搬境的典者在这里只能发挥一个典环的力量，换言之就是被限制在典锻境。

东方祭出手不遗余力，顿时便有一股压力弥漫开来，还未彻底消失的冰凌在这股典力的波动下悉数破碎，碎屑四溅中，一股强劲的波动直逼浮生。

众人只见到这股波动仿佛将飞念台从中间切开，卷起漫天冰碴，好似暴风雪。

"东方祭出手毫不留情，这已然是全力了吧！"笑红尘瞳孔猛缩，略有唏嘘，他的排名与东方祭最近，自然知道这一招是怎样的意义。

"东方祭本身就是雪山教神子，能够掌控冰雪，影寻寒未消散的千里冰封助涨其势，寒气加持下，东方祭的战力已然达到顶点！"

莫文轩静静地坐在飞念台上位，摩挲着怀里的天骄印，不经意地瞥了不远处的影寻寒一眼。

天骄一战，影寻寒只输莫文轩半招，便沦为芸芸众生，再不能与天之骄子争辉。

影寻寒的脸上，既有傲然肃穆，也有些许懊悔，他握住了拳头，咬牙暗道："早知道最终莫文轩会突破到半步黄色典环的境界，我便不耗费那道符箓了。"

若不耗费符箓，就没有千里冰封遗留下的寒气，又能将凛冬战甲借给恩人御敌，胜负暂且不论，影寻寒也算报了恩情，了却心结。

几乎所有人都不认为浮生能挡得下这一击，甚至不少人开始起身离席。

白露雪脸上更是挂着轻蔑的冷笑，在她看来东方祭如此盛怒，是因自己之前被浮生侮辱，东方祭一定是在帮自己出气。纵然她心中仍有躁怒，也像个小女孩一样乐开了花儿。

众目睽睽之下，浮生一脚跺地，凭空爆开了一股气势，将他的袍衫下摆震开，布片如刀，直接就将那铺天盖地席卷而来的气势切成了两半。

气散则溃，只是一分为二，其中的气势便少了十之八九，余下的阴风凉气虽然还是吹在浮生脸上，却只能让他双眼微眯，发丝纷飞罢了。

"好！"

一声喝彩，将准备提前离场的人吸引了回来，他们的视线重新锁定在飞念台上。

此情此景，便是那端坐高位的晨曦看在眼里也不免重视起来。

"此人倒也是少年天骄，莫非他的典环是那橙色第二重？"晨曦心中惊骇，随即释然，"也罢，即使是二重橙色，在天佑宗中也只是刚过入宗门槛，只要我稍施手段，他便会和这些巴丹郡天骄一样，为我所用。"

晨曦很有信心，巴丹郡多少天之骄子久负盛名，在她面前也要尽力讨好。

更何况，晨曦被神都真人收为关门弟子，闭关苦修之后，隐隐要冲击绿色典环，至此就是放眼整个天佑国也无人能出其右。

对于浮生能破自己全力一招，东方祭倒是没想到，他原本已经准备好享受欢呼与掌声，却在风雪消散之际看到浮生那屹立的身影。

东方祭揉了揉眼睛，发自内心地感到讶异，待风雪彻底消散后，他才朗声笑道："果然是有些本领的，你受我一招而不死，我绝不可能让你再接下我第二招！"

"你如此轻视我，才是必死之过错。"浮生提着袍摆，随意一抖，单臂一挥，"来吧，我便接下你第二招，再将你镇杀。"

若是放在平日，浮生是绝不会跟东方祭这种人过招的，毕竟此次入阳魄界寻找赤钻才是大事，他只是一时兴起才来观天骄一战，就遇到了这么多眼高于顶的所谓的天骄。

东方祭身上那股熟悉的气息，浮生到现在还没搞清楚，却是肯定了一点，这气息的源头不是典脏典环，而是某件典器，或是某门典技。

浮生对于这熟悉的感觉十分在意，若非如此，他也不会耐着性子让东方祭连出两招。

东方祭比诸多天骄稍年长一些，又是雪山教神子，因此沉稳老练。听闻此言，东方祭并不恼怒，反而越发战意凛冽，此番他一击不成，便要祭出最强杀招来震慑全场。

只见他微退半步，暴喝一声，典脏快速跳动，射出了一道流光落入典环之中。
澎湃的典力随之升腾，不仅笼罩了宽阔的飞念台，更是让台下观战的人们感觉到压迫，一些修为尚浅的甚至呼吸困难。

"我在巴丹郡郡王府中，曾看到过团练大教头，那可是典搬境九星的高手，全力之下似乎还不如此刻的东方祭。"

有一个华衣少年看出了其中端倪："不，这不是他本身的力量，而是某种典技秘法。"

羽凌风神情肃穆，认真地看向白露雪，问道："这是雪山教的核心典术秘技吗？"

白露雪被问及此事，仔细回想后，才摇头答道："雪山教典术功法成百上千，我也曾见过其中十之八九，却从未见过此招，更没听说过大师兄修炼这种典技。"

"那便是东方兄的奇遇了。"羽凌风摆出一副与东方祭很是熟络的样子，唏嘘感叹道，"有此典技在手，东方兄纵横天下，上天入地，驰骋寰宇，也不是天方夜谭啊！"

众人不解，东方祭此时仅仅是催动典力，还未亮招，羽凌风便给出了如此高的评价，似乎有些言过其实。但转念一想，确是如此，此典技还没发出，便有如此震撼的压迫力，他们在相隔数百丈的看台上尚且能感到，真不敢想象直面其锋芒的那人要承担怎样的压力。

"就是这股气息，就是这股气息！"浮生却未感受到怎样的压力，反而是眼前一亮，"这便是我熟悉的气息！这便是我身为皇者时征战寰宇的功法秘籍。可，这招到底叫什么来着？"

《究极真解》几乎将浮生所有曾经的记忆封存了，包括那震天撼地的典技功法，浮生虽能感受到这正是自己曾经的拿手典技，却记不起究竟是什么。

"你今日虽死犹荣，只因你是第一个见到这招的人。同时，你也是第一个死在这招之下的人。"

东方祭手心抓着的一团气息翻腾跳跃，狂暴不安，看似只有巴掌大小的一团，却凝结了东方祭所有的典力。

剑眉一横，东方祭便将其砸向飞念台，冷声道："记住杀你的人，叫东方祭。记住杀你的这招，战天一式！"

他的声音传到了浮生耳中，虽不是十分清晰，却让他听到了最重要的内容。

"战天一式？"

东方祭的脚下，那狂暴汹涌的典力正飞快地朝浮生逼近。

飞念台是进行天骄一战的擂台，无比坚硬，即使在莫文轩与影寻寒全力对战之时，也不过只是损坏了些许。但这股力量却直接将飞念台的石砖掀开，又以余波将其打碎，仿佛飞念台就是一块水嫩的豆腐，不消费力便可将其洞穿。

狂暴的力量眨眼间就越过百丈距离，冲到了浮生脚下，破地而出后赫然出现了一只巨大手掌。

擂台陷落之际，巨大手掌便将浮生抓住。

本想爆发典力将这只手掌挣脱了再说，浮生却看到滚滚烟尘中，远处的东方祭直面苍天，一双形似翅膀的东西从他背部生长出来。他一拍双翅便急速冲杀而至。

忽然，浮生灵台空明，眼前换了一副光景。

第14章 惊为天人

战火连天，血染长空。

一位皇者手持青峰，指向苍天。

这世间，再没人是他的对手，唯一还未打败的只有头顶的天。

但是天笑他，说他只不过是芸芸众生中的一人，谈何战天？

于是，皇者怒了，他胸中典脏爆开一股气势，他想战天，他要战天！

典力冲出了身体，在他的背部形成一对翅膀。皇者展翅高飞，向着头顶的苍天杀去……

恍然间，浮生发现典脏处的《究极真解》出现了变化，一些灰白的地方显现出镏金字体，浮生看得真切："威望值七百五十点，什么是威望值？"

浮生疑惑，心念一动，体内似乎有些气息在流转。

同时，浮生听到了远处传来的一道声音，那人呢喃自语着，浮生却是听清了。

"连我都避之不及的强大气势，为何这凡夫能在其中谈笑风生？"

这正是那天骄榜第五位的洛熙发出来的感叹，伴着这个声音，一股暖流跨越虚空，落入了浮生的身体，随着那些被调动的气息一同流入泥丸。

好似饥寒之时饱饮烫酒，久旱逢甘露，让他很是受用。

一时间，浮生被封存的记忆，竟有一部分恢复了。

浮生瞬间就确定了，东方祭所修炼的典技的确和自己有关，那是千万年前浮生以皇者意志创造的"战天一式"。

"战天"一名有二解，一是剑指苍天，血染苍穹。其二，典者普遍认为肉体是地，修为是天，天有多大取决于地有多广，也即是说修为的强弱是决定于典脏、典环、每一条经络乃至每一寸血肉。

战天，就是战于自己的修为，就是不断突破，永无止境。

千万年前的皇者凭借战天七式，上至九天，下达九幽，诸天神魔竟没有人能与之对抗！

因此浮生对此十分敏感，以至于修炼此典技的东方祭刚刚登场就让他十分关注。

"话说回来，难道威望助我开启了这部分封印？"

不过此刻，浮生更关心的是《究极真解》的变化，它将浮生的功法典术尽数封存在泥丸，迫使浮生从头开始，却在此刻动摇了封印。

动摇封印的那一股力量来自洛熙，却源自浮生。是洛熙亲眼得见浮生的姿态，心生感慨，因此回应了浮生的威望。

作为曾经擎天撼地的皇者，浮生知道，这股力量就叫作威望。

王者西行三千里，归来一笑震九州。芸芸众生对那至高无上的王者心生敬仰，就是威望。

更进一步，便是信仰，是愿力，是世人对一代宗师德高望重的回应。

在此之前，浮生已有威望值，整整一千点，来自于在扶桑谷大杀四方，还有在不灭宗晋升首席大弟子时那直摄人心的威压气势。

方才洛熙的感叹，又让威望值多出了五十点。

似乎是每每有人为自己折服惊叹，便能积攒一定量的威望值，而此人实力越强，地位越高，随之产生的威望值也就越高。

"好！那便让我记起这原汁原味的战天一式！"

浮生当即调动这些气息，全数投入到封印泥丸宫的《究极真解》中，刚刚有三成注入，镏金字体便金光大盛。

随之，浮生思维顺畅，泥丸通络，所有关于战天一式的事情都显现在他脑海之中。

感受着久违的熟悉气息，浮生唏嘘不已："终有一天，我会将失去的全部拿回，就连曾经不能企及的，这次我也要成就！"

浮生知道，他已经打开了变回强者的另一条路，滔天战意之下，浮生被那巨手掌控的身体隐隐颤动起来。

一股澎湃纯粹的典力，自浮生胸中的残木激荡出来，通过典环，充斥全身。

典力所过之处，就看到那巨手开始出现裂痕，随即碎裂，浮生却不落下，而是在典力包裹中凌空踏步。

此时的东方祭距离浮生不过十几丈的距离，转瞬间即可杀至。

浮生却不慌不忙，凌空虚抓，随着一道好似轻盈吟唱的声音，两股精光自他的身体冲飞出来。

"哗"！

湍急的气流声中，浮生背后也生出了一双纯亮的翅膀，翅展十丈有余，只是轻轻一拍，便将咄咄逼人的东方祭打退回去。

"怎么会？"东方祭堪堪稳住身形，不可思议地吼叫道，"你怎么也会这招？这明明是我深入地底，千难万险，九死一生才寻到的秘技……"

"班门弄斧。"浮生咧嘴轻笑，"这招便是我创造的，你能练就，也是你的造化。但今日你遇到我，便是你气运衰竭之时。"

浮生敢口出此言，并非狂妄，当年身为皇者的他确实创造了许多独门秘技，有的流传下来，有的却消失在时间长河中。

就像莫文轩方才在天骄一战中，以判官笔画出腾飞霸龙，便是噬灵族大能经浮生指点而成的一个典术了，诸如此类，数不胜数。

"你胡说！"东方祭瞪大双眼，不住地颤抖，"此技有战天之力，是一代皇者所创，怎么会是你这样的东西创造出来的？你一定是用某种秘法模仿了我的典术，只有其形，不具其神罢了。"

东方祭翻身又朝浮生杀去，双翅一拍便打出凌厉风刃，细密无穷，随着一双怒拳直逼浮生。

这转瞬间的变故实在太大，鲜少有人回过神来，但还是有人针对施展同样招式的两人做出评判。

"东方祭此招，惊天动地，气势非凡，远不是现场模仿就能发挥出来的。"

"确实，仅仅从气势便能看来，东方祭出手间气势虽不能战天动地，却也惊人。反观那无名少年，毫无气势可言，必定是个花架子，一捅就破。"

议论纷纷，虽是交头接耳，也一字不落地被浮生听下，他不由得嗤笑。

此战天一式的气势，断然不是凡夫俗子能够理解的，他们自然也就感受不到浮生的滔天战意。

他们这些资质平庸的人怎么知道"惊天"是怎样的气势呢？而东方祭所展现的"惊天"，只是惊人罢了。

浮生凌空踏步，片刻后，才等到东方祭袭来。

面对东方祭，浮生不慌不忙，翻手一掌，看似随意，东方祭却如遭雷击，气息溃散的同时，背后的一双翅膀也瞬间消散，人随后坠落到满目疮痍的飞念台上。

"什么！"顿时，全场哗然。

巴丹郡天骄榜第三位的东方祭，在这无名少年面前竟是如此不堪一击，所有人都不能接受这个结果，但事实确是浮生将东方祭打落。

白露雪是最为激动的一个，一双拳头攥得青白，这一刻她的心都要碎了，仇人逍遥，爱人败落，对于佳人而言还有比这更大的打击吗？

霍妙绫、楚桑榆、羽凌风和刑西扬也瞪大了眼睛，难以置信，东方祭可是他们中最为强悍的一个。

唯有滕青山是一副早有预料的神情，从浮生出手镇压花千灵的那一刻起，滕青山就知道浮生不简单。

"不过，他应该不敢杀东方祭吧。"滕青山低声呢喃，"毕竟，花家再怎样强大也只是一个家族，影响力远不如雪山教，东方祭贵为雪山教神子，若是在此处被他杀了，必然会惊动雪山教那些老怪物。"

想到这里，滕青山定睛再看，浮生已经缓缓落在了飞念台，他脚边就是上一刻还意气风发的东方祭。

此刻，他一败涂地。

浮生伸手一拨，一股典力便将东方祭的身体托起来，随即，他一掌便拍向了东方祭的天灵盖。

"你不能杀他！"滕青山大喊。

"你不能杀我！"飞念台上，东方祭也是嘶吼出声。

"哦？那你倒说说看，我为何不能杀你？"

浮生总觉得，此次巴丹郡天骄聚首并非如此简单，从影寻寒身上他看到了冰雪神将的影子，一时间浮生还以为这东方祭与自己曾经某位下属也有关系。

浮生这次却是想错了，只见东方祭艰难地站起身来，虽然他已是强弩之末，还是有一股傲然支撑着他扬着头。

"我乃雪山教神子，未来雪山教的掌门人！你若杀我，便是与雪山教为敌！"东方祭虽是败了，却还敢言勇，"我承认，仅仅在这一招上你很强。但你能强过雪山教？你要是杀了我，只要你敢走出阳魄界，便会被雪山教全力追杀，天下虽大，再没你的容身之所！"

浮生眯着眼睛，在东方祭看来像是在权衡利弊，见状东方祭便多了八分自信，提着最后一口气劲，畅声道："好了，你可以滚了。这次我便与你记下，总有一日，我们还要一争高下。"

"你有什么资格同我一争高下？"浮生不怒反笑，"区区雪山教，我还真未看在眼中！"

冷冷一笑，浮生便朝东方祭拍去，典力肆虐，这一掌足足使了五成力量，必然可以将强弩之末的东方祭镇压。

东方祭也未料到，自己搬出雪山教还吓不退对方，下意识地便要防守反击，几近枯竭的典脏却再也不能鼓荡出典力。

"兄台，手下留情！"飞念台上传来一道急促的声音，竟是那莫文轩，他跃在空中，提笔疾书，写下一道字符。

金光字符迅速幻化做一面圆盾，闪现之间就落在东方祭头顶，挡在了浮生这一掌前。

闷响声中，浮生一掌拍在了圆盾上，瞬间金光四溢，典力沸腾，圆盾应声破碎，却也抵挡了这一掌八九成的力道。

余下些许拍在了东方祭的天灵盖上，也将东方祭拍得双膝跪下，在本就残破的飞念台上留下两道深深的痕迹。

莫文轩随即落在台上，闪转腾挪，迅速来到东方祭身前。

此时的东方祭早已失去意识，跪坐着的身体失去支撑，一头便要磕在飞念台上。

莫文轩抬手放出一道典力扶住了东方祭，随即满面复杂地看向了浮生。

"兄台，你曾说'花有重开日，人无再少年'。不如，你卖我个面子，留此人一条残命，如何？"

莫文轩神情复杂，语气沉闷，握在手中的判官笔微光闪耀，仿佛随时都可能祭出杀招。见浮生不言，莫文轩咧嘴轻笑，解释道："只因雪山教大长老曾与家父有过救命之恩……"

借口说辞，随意便能杜撰，反正也无从考证，莫文轩以为只要有足够的分量便能保下东方祭，所以干脆将莫家家主和雪山教大长老搬了出来。

但不等他把话说下去，浮生就反问道："那又与我何干？"

"这……"莫文轩一时语塞，他纵横巴丹郡，驰骋阳魄界，还未见过浮生这样的冷面少年。

影寻寒的性子足够冷淡，但他也会讲个师出有名，讲个快意恩仇，明明是不久前浮生为保影寻寒欠下的人情，现在莫文轩来讨要，却得了个"与我何干"的回应。

"兄台，话不是这么说的。"莫文轩毕竟有求于人，赔着笑脸，耐心说道，"我卖你一面留下影寻寒的性命修为，现在你还我一场，放东方祭一马，合情合理，不是吗？"

"不是。"浮生摇头，在他看来，却非如此，"你想杀影寻寒，我拦下了。我要杀东方祭，你却拦不了。"

浮生说的是实话，方才莫文轩要杀影寻寒时，浮生覆手之间便将判官笔锋破除，而这次，莫文轩却没有挡住浮生一掌。

但此言在莫文轩听来，似乎是对方在嘲弄他实力不足，他手中判官笔划过虚空，出现了几道细密刺耳的破风声。

莫文轩虚引一手，正色道："那便来吧，你我战过一场，若是我侥幸胜得半招，还请你高抬贵手放东方祭一马。"

"你算什么东西？"浮生冷笑，抬手便又是一掌，以十足的力量朝莫文轩拍去。

莫文轩早有准备，嘴角上扬，十分娴熟地在空中写下几道字符，"兵临城下，坚不可摧！"

方才在对战影寻寒的时候，莫文轩便用过这招，那金光字体迅速拉伸为一面城墙，可是挡了影寻寒数十记全力猛轰。

不过此刻看来，方才莫文轩并未施展全力，因为这次施展此典技之后，那坚牢的城墙上蒙着一层淡淡流光，防护能力更加强大。

"这便是那《妙笔生花》的坚字诀，原来莫文轩早已练到第二重，以我所见，这层壁障比起先前的那层，坚韧程度起码要高出一倍。"

"如此看来便有蹊跷了，天骄一战中莫文轩都未施展全力，他与东方祭之间的交情能有如此深厚？"

"莫文轩本就是典锻境最强悍之人，如今又是半步黄色典环，典力大增，此壁障之前，那少年必不得突破！"

巴丹郡天骄少年中，明眼之人也发现了蹊跷，虽有非议，但注意力更多还是放在浮生身上。

在他们看来，浮生打败东方祭胜在一个"巧"字，但他必不是一代天骄莫文轩的对手，更何况今日之莫文轩早不能同日而语，半步黄色典环支撑下的典技，还是那《妙笔生花》中最注重防护能力的坚字诀，绝不是典锻境修为的浮生能破除的。

就算是看台上的晨曦，在这面壁障前也会一筹莫展，除非她使用全力，才能以典力硬撼。

众目睽睽之下，就连晨曦也睁大了眼睛，目不转睛地看着那冷面少年一拳打在了坚实壁障上。

果不其然，金光流窜后，浮生被震退了几步，才稳住了身形，反观莫文轩的壁障，竟然未损分毫。

"此刻，若是你有意交好，那我便给你一个破绽，做出不分胜负之假象，如何？"莫文轩信心十足，提出建议，"今日之前，你默默无闻，但凭今日与东方祭一战，崭露头角。我卖你一个破绽，总比你撞得满头是包要好。"

莫文轩提出的建议，若是寻常人听到了，必定会毫不犹豫地点头，毕竟换来的是与一代天骄莫文轩不分高下的美名。

浮生却是不以为意，他甩了甩拳头，笑道："你该不会以为躲在后面，我便束手无策了吧？"

典器判官笔，浮生十分熟悉；典籍《妙笔生花》，浮生更是明了。

若以巧力破之，不费吹灰之力，不过浮生不屑如此，而且以巧力破掉也会引起噬灵族神通的注意。

而且，在解开了《究极真解》部分封印后，浮生大致猜到，那威望值是与自己的表现有关。也就是说，在世人面前表现得越是强悍，得到的威望值就越多，能解锁的典籍功法也就更多。

如此机会，浮生自然不会放过。

当即，浮生激活典脏，典力澎湃间，典环猛颤，嗡嗡作响。

"哦？终于动用全力了吗？"

莫文轩眼前一亮，他自然知道浮生一直以来都未施展全力，故此才提出交好，也是为了少生变故。他紧紧盯着浮生的胸口，口中念叨着："赤、橙……"

浮生的典环变幻颜色的时候，莫文轩已经惊得合不拢嘴，他确是没想到浮生的典环如此深刻，竟然达到了二重橙色！

放眼巴丹郡，莫文轩与影寻寒争夺天骄魁首之时，两人都是二重橙色天赋，而诸多天骄中鲜少能有橙色典环。

"天哪！竟然是橙色典环！我到底干了什么，我竟然嘲笑了一位二重橙色典环的典者！"看台上，霍妙绫大惊失色。

"等等！这不是橙色典环！"楚桑榆惊呼出声，"这好像是……黄色典环！"

她分明看见，那典环的橙色开始变浅，些许赤红褪去之后，隐隐地透出了鲜艳醒目的颜色。

黄色典环啊！在此阳魄界中只有一人能与之媲美，那便是令诸多天骄爱慕的天佑宗天才少女晨曦！当然，有传言说晨曦的天赋要突破了。

"难怪今日滕青山显得如此怪异，原来这其貌不扬的少年是真人不露相！"

羽凌风和刑西扬也是一阵心惊肉跳，两人对视一眼，都明白那眼神分明是在说"还好还好，人家没跟咱们一般见识"。

同修为境界的情况下，黄色典环的战力起码是橙色典环的两倍，他们的担心并不多余，若是浮生有意刁难，不需要费力就能将他们一个个打败。

白露雪的脸上仿佛蒙上了一层灰，此刻她终于知道自己是多么幸运，冲撞了一位黄色典环的典者，竟然只是挨了一记耳光。

不仅是他们，看台上所有人都注视着浮生的胸口处那黄色的典环，这些天骄终于意识到了什么是天外有天。

第15章 绯夜风雪

浮生最终将典环的颜色停在黄色，终究没有动用全力。因为他发现在显现橙色典环的时候，自己已经收获了许多威望值，但在黄色典环出现的时候威望值反而变少了。

换言之，观天骄一战的典者显然已经被吓傻了，就算他此刻动用全力爆开青色典环，也不能收获更多的威望值了。

燕雀不会知道鸿鹄的志向，鸾凤在麻雀眼里不过是稍微漂亮的巨鸟，浮生若是动用青色典环必定会引起天下皆惊。如此，便足够了。

典脏律动，典环颤抖，接连不断的雄浑典力涌向了浮生的身体，使他的气势高涨了许多。

浮生握着拳头，感受着真切的力量，他咧嘴一笑，不容分说地轰在了面前的坚实壁障上。

莫文轩修炼《妙笔生花》典籍，十八道字决中以坚字诀防御最强，以破字诀威力最大。而这道坚字诀，他已练到第二重，全力施展之下，就是他那师尊也要为难。

就是这让他引以为豪的一招，在浮生的拳头下如同纸糊，只是一拳，便碎成万道金光，气劲消散后，只留下星星点点的光芒。

"莫文轩，你做你的天骄，我本不愿与你为难，奈何你要做这跳梁小丑。"浮生一拳之后，停歇片刻，冷声笑道，"今日，我看这巴丹郡天骄魁首之位要易主了！"

莫文轩丝毫不怀疑，面前的浮生会将自己镇压，但他的脸上没有丝毫惧意，反而是一副云淡风轻。

"黄色典环，确实不用将莫家和雪山教放在眼中。"

黄色典环，便是与晨曦相同的天赋，若是莫家或雪山教敢刁难晨曦，天佑宗肯定会派出高手讨回公道。

试想，莫文轩只是凭借半步黄色典环，便稳坐天骄魁首一位，更何况这是货真价实的黄色典环。

莫文轩若有所思地点点头，问道："那噬灵族呢？我乃噬灵族钦定的天骄魁首，你当真敢杀我？"

"滚吧。"浮生沉吟片刻，大手一挥。今日，他确是不能镇杀莫文轩，却不是因实力不足。

"哼。"莫文轩轻轻一哼，虽有不悦，但不敢表露出来。

临行之际，他回望了浮生一眼："你也杀不死东方祭，不信，我们便拭目以待。"

浮生不以为然，抬手便是一掌直取东方祭首级，却在此刻，伴着天空中一点耀眼光芒，一柄巨剑从天而降。

巨剑如同九霄坠落而下的陨石，带着熊熊威势从天而降，剑锋未至，剑气已经逼近浮生。浮生眉头一皱，抽身一闪人已在百丈之外，与此同时巨剑狠狠地插进了飞念台正中，正是方才浮生所站的位置。

说是巨剑，但并非是剑的样式，其高足有百丈，实则是正宗的青峰长剑。

如此巨大，一剑都能将山川峰峦荡平，实在难以想象是怎样的巨人才能挥舞这种兵刃。

巨剑坠落之后，便荡开了一股迫人寒气，晶雾弥漫间，空中便降下了鹅毛大雪。

"飘雪剑圣！"看台上，立刻有人喊道，"这是飘雪剑圣，这是飘雪神剑！他来了，这小子有麻烦了。"

浮生并不知道飘雪剑圣是何人，不过能称为"圣"，想来不是等闲角色，这时便听到远处传来一道低沉的声音。

"狂妄小辈，竟敢辱我雪山教神女，妄图杀我雪山教神子。你自我了断吧！"

伴着声音，一道流光破空而至，落在飞念台的同时那巨剑迅速收缩，最终变回正常大小，被一只大手握住。

浮生定睛一看，飞念台中已然多出一人，那人三十上下的年纪，精神抖擞，气势非凡，正是他将飘雪神剑抓在手中，凌空一挥，便有漫天雪花降下。

"糟糕！"影寻寒见到此人，暗道不妙，翻身跃到飞念台上，拱手道，"师伯！"

雪山教与神将门原本师出同门，数千年前还是同气连枝，后来不知是何缘故不相往来，平日影寻寒这等高冷之人自然不会去攀关系，此次如此低眉顺眼，实则是要借机护下浮生来偿恩情。

"滚！"

飘雪剑圣袍袖一扫，一股凛冽寒风出现，便将影寻寒打下飞念台。

接着，他剑锋直指浮生，心念一动，一股典力便在浮生面前汇聚，凝聚出一只小臂长短的尖锐冰锥，落在浮生脚下。

"你自我了断吧。"飘雪剑圣冷声说完，便转过身去，在他看来浮生已经是一个死人了。

"哦？我曾经麾下一百零八天兵神将中的冰雪神将的佩剑，竟然在此人手中。"

浮生略有感慨，就是当年的冰雪神将在他面前也得卸甲弃剑。

看台上，白露雪原本还惊慌失措，此时看到飘雪剑圣降临便是一喜，扬眉吐气："哼，大长老亲临，纵使你是黄色典环，也能将你轻松镇压！"

众人一见此人，无不震惊，他可是巴丹郡的强者！

虽说在阳魄界中，飘雪剑圣也会被压制到典锻境的实力修为，但对于道理的领悟和战斗的经验，是不变的。

"这下玩砸了，将雪山教的大长老都引了出来，再没人保他了。"

"自裁，反而会少些苦楚。凭借黄色典环，许多年后他多半也是一方强悍，到时再与雪山教一争高下才是良策。"

"从他羞辱雪山教神女，重创雪山教神子的一刻起，这就是他不能逃脱的命运。"

"……"

所有人都认定，在如此强悍的飘雪剑圣面前，捡起面前的冰锥引颈自裁，才是浮生唯一的出路。毕竟，在阳魄界中身死并非是真正的死亡，虽然会实力大损，但凭借黄色典环还是能走出很远，总好过那飘雪剑圣亲自出手，创伤典脏，击碎典环，一切就都完了。

果真，众人就见到那少年捡起了面前的冰锥，比画了几下，似乎是在权衡自杀的方式。

但接下来，谁都想不到的一幕发生了，那少年在比画之后并没有将冰锥刺进自己的身体，而是猛地一蹬，便朝百丈之外的飘雪剑圣冲杀而去。

飘雪剑圣何许人也，早已捕捉到浮生发出的杀机，反手一扫，飘雪剑锋荡漾着便将那冰锥击碎。

"区区蝼蚁，竟敢挑战我的威严！"

飘雪剑圣勃然大怒，这是比侮辱雪山教神女，重伤雪山教神子更眼中的罪过。

他擎着长剑，一剑横扫，招式平平，却蕴含着一股破杀之意志："纵然你是黄色典环，但在绝对力量之下，也难逃一死！"

"典环，就是绝对力量。"

浮生不以为然，典力灌注双手，全力之下典力将他的肌体充斥得更加魁梧，更加澎湃。他不退反进，伸手便去抓取飘雪神剑的剑锋，此举引得许多人瞳孔猛缩。

"当真是初生牛犊不怕虎！那可是传说中的典器，就连典涅境大能者也能伤害的神剑啊！"

"只这一下，神剑之威便能将他的身体绞碎，损伤他的典脏，破碎他的典环！"

"原来是个愣头青，真是白瞎了那黄色典环的天资，若是给我，他日成就大能也不是天方夜谭。"

诸多感叹，诸多惊呼，化作威望值，从四面八方流入了浮生的身体。

"一千三百点，一千六百点，一千九百点……"

浮生计算着，终于那威望值突破了两千大关，他毫不犹豫地全部注入到识海中的《究极真解》。

"化天地之真神为凝魄！"浮生灵台空明间，一股隐晦的力量涌现出来，他的双眼蒙上一层深邃，他轻声呢喃着，那份刚刚从《究极真解》封印下解封兑换出来的功法，"化念！"

阳魄界是任神识遨游的世界，浮生一直以来就有一种特殊的感觉，十分微妙，又无法抓取。直到他以威望值兑换解封的《战天一式》典籍，随之，也就将这段思绪真切地抓在了手里。

在他身为一代皇者驰骋天下的时候，也曾遇到过一些精于神识法则的对手，纵使他们的肉体被击溃，也可以通过神识秘术重铸。

为此，浮生极致钻研，窥得奥义，便创造出一门"化念"典术。

"化天地之真神为凝魄！"浮生只此一语，仿佛是将天都给捅破了，霎时间天昏地暗，狂风肆虐，呜呜作响。

"又是天地之异象！"看台上，有人惊呼，有人失措。

"天地震惊，鬼神哭泣，这是怎样的典术神通？"

晨曦一双美目中闪着微光，狂风将她的发丝吹得有些凌乱。

双翼天马感受到这些，双翅一展，细密的气流组成一道虚幻迷离的屏障，将狂风骤雨阻隔在外。

双翼天马的祖先，可是那传说中的圣光独角兽，血液里流淌的天赋神通虽还未完全开启，但如此规模的异象也不能将其动摇。

可惜，双翼天马只有一只，巴丹郡的天骄被这狂风吹得东倒西歪，一些实力稍欠的甚至被吹飞出去，不知所终。

浮生还未发力，飞念台边的观众便少了十之五六，只有那些修到了典锻境巅峰的，抑或是二重橙色天赋的，才能借典力护体勉强置身于风暴之外。

"哼！就算你造出这天地异象，在大长老面前也是不堪一击！"

白露雪在风雨中飘摇的身影，恰如她被粉碎的自尊心。

她惧怕浮生的力量，但她也坚信浮生在飘雪剑圣手下走不出太远。

如此异象，飘雪剑圣却视如无物，手腕抖动便将飘雪剑递了出去，剑花伴着风雪肆虐，大有将浮生当场格杀的气势。

没有剑招，没有典力，飘雪剑圣全然没有将浮生看在眼中，因为他手中是货真价实的绿阶典器，单单是典器本身就不是典锻境典者可以抗衡的。

"哼！"

浮生自然读得到飘雪剑圣的轻蔑神情，一股熟悉又陌生的力量汇聚于胸口典脏，伴着鼓荡，化作绯色光芒落在他的手中。

信手一抓，浮生便稳稳将那飘雪剑锋抓握在手心，咄咄逼人的剑锋原本还闪耀着璀璨深邃的蓝光，但一遇到浮生手心的绯色，随之沉寂下去，再不复苏。

"怎么可能！"

飘雪剑圣的表情凝固了，像是面对一头怪物一般，他看着浮生，却是这貌不惊人的少年将神剑之锋芒抓在了手中。

错愕之间，飘雪剑圣锁定了少年手中的绯色光芒："原来如此，是你施展了典术秘法，将神剑中的威能给化去了，它沦为铁器，自然不能突破你的身体。"

天下之大，无奇不有，飘雪剑圣虽然惊讶却不意外，毕竟这少年是正面将雪山教神子东方祭击溃的，若是没有些看家本领，反倒显得雪山教弱不堪言。

"看来两千点威望值兑换解封的远不是完整的'化念'，不然，绝对能将这把飘雪剑直接泯灭。"浮生心中有些失望，"还是需要许多威望值，解开此完整典术的封印。在阳魄界中大有可为啊！"

随着《究极真解》封印松动，浮生记起了这部典籍的威力，在面对典器时可以泯灭其中威能，若是加诸典者身体，是可以泯灭其神识！

阳魄界中，有神无形，在此界中死亡虽然神识也有损害，随之实力会衰减，却不致命。但在'化念'之下，则会神识受损，典者本体即使不死也会变痴傻，碌碌终老，再无成就。

方才，浮生真切地感受到，飘雪剑失效并非是"化念"典术直接造成，而是留在剑中那一丝来自于冰雪神将的意志感受到了当年追随的皇者之风，它臣服了。

失神之时，浮生猛然觉察到一股骇人冰寒，他回神定睛，便看到飘雪剑圣一剑斩向了天空。

典力随着剑锋波荡出去，将狂风斩断，在空中拉扯出一道漆黑的裂口，吞吐之间，便将肆虐的狂风尽数吸了进去。

"这是……"浮生一时不解。

风雪有短暂的消散，看台边上的年轻典者们终于能够自控。影寻寒勉强支撑着身体，看到这一幕时瞳孔紧缩："小心！这是雪满人间！"

可惜已经太迟了，影寻寒的声音还未落下，吞噬了狂风的裂口便猛地吐了出来，将那先前的狂风威力增加数倍的同时，涌现出来的还有暴雪。

鹅毛雪花连成一片，在狂风的搅动下肆虐纷飞，迅速笼罩了飞念台这一方天地，同样一招雪满人间，却是比影寻寒施展起来威力强大数十倍。

"咝……"

第一片雪花落下，浮生不由得吸了口凉气，下意识地摸向脸颊冰痛的地方，一抹鲜红，一片温热。

这些看似梦幻缥缈的雪花竟比刀锋还要凌厉，只是飘落便割伤了浮生的皮肤，狂暴的风雪盖顶而下，在浮生脸上留下了不计其数的细密伤痕。忘忧草制成的面具并不具备防护效果。

接着浮生看到那已落在地上的雪花随着飘雪剑圣大手一挥，再度被狂风卷起，朝着自己飞而来。

"哼！真当我是土塑泥捏的？"

浮生怒从心中起，奋力鼓荡着胸口那残木典脏，一股雄浑的典力经过压缩之后，透过典环，在浮生的双掌爆开大片绯色炫光。

绯色炫光的映照下，漫天风雪更加炫目多姿，迷离梦幻，但这美好是短暂的。

因为这二者只能存其一，刚刚接触到绯色光芒的风雪漫天便犹如遇到了阳春三月的太阳，开始迅速消融起来。

只一个照面，浮生周身的风雪便被肃清，典力澎湃间那些细密的伤口也都迅速愈合。

"哦？这道典术居然还有泯灭典力的效果。"飘雪剑圣眼前一亮，全然没有气急败坏，反倒带着一种饶有意味的神采，像是贪玩的孩子发现了新的玩物，"既然你不想体面地死去，我便成全你了。"

说话间，飘雪剑圣擎起三尺青锋，手腕抖动，飘雪剑虽已失去灵性威能，还是在绯夜风雪中显现出一层凛冽寒光。

"放着你好好的大长老不做，反倒要来阳魄界中寻死，我便成全你了！"

浮生挥手一扫，将面前的雪花尽数泯灭，双掌一开一合间，那典力化作的纯粹绯光仿佛是无穷无尽，被他的身体拉开一道缥缈残影，不退反进，撞上了来势汹汹的飘雪剑圣。

昏暗的天空在这片光芒的映照下，显现出迷离的粉色，两道人影随即撞在一起。

飘雪剑圣手中青锋再不是典器，却也是杀人利器，配合着他那纯熟流利的剑法，每时每刻都以刁钻的角度猛攻浮生。

浮生以那绯光护体，赤手空拳，虽然奋力一击才能化解对方的杀招，一时间也是游刃有余。

"我没看花眼吧！他竟然以赤手空拳与持剑的飘雪剑圣分庭抗礼！"

"是的，没错，他做到了！飘雪剑圣在阳魄界中虽然要压制三个典环的力量，但他真正厉害的,却是自身积累起来的经验。"

"他到底是谁?如此强悍,不该是无名之辈……"

若说浮生力挫东方祭是惊为天人,那么与飘雪剑圣的激斗足称得上可歌可泣,仅存数千的观众目不转睛地盯着两人不断交换的身形,开始猜测这位与飘雪剑圣分庭抗礼的少年到底是谁。

"恐怕就是晨曦亲自下场,所作所为也不会出彩太多。"

莫文轩身为天骄魁首,实力卓绝,看得最是通透,不由得侧目看向晨曦。

骑在双翼天马背上脱俗绝艳的晨曦此刻正饶有兴致地看着场中的激斗,在那双清澈的眸子中,莫文轩分明看出了类似于赞赏的情绪。

"哼!此子绝不能留,若有意外,我必要与飘雪剑圣联手,合力将其斩杀!"

莫文轩捏了捏拳头,随即自嘲一笑:"能有什么意外?飘雪剑圣全力以赴,就是噬灵族中的高手都要忌惮几分,此少年是死定了。"刚刚想到这里,还不等他松一口气,就听到台下有人高呼。

莫文轩定睛一看,原来是激战中的两人已经停手,相隔十数丈的距离,背对着彼此。

两人就这么站着,静得出奇。所有人都屏住呼吸等待着,等待胜负揭晓的那一刻。

绯光、风雪,连成一片。

第16章 神陵疑云

众人屏住呼吸,看着台上的两人,其实他们都坚信飘雪剑圣一定会胜利,因为他太强大了。

果然,众目睽睽之下,飘雪剑圣的身形动了动,就见他抬手将一只精致的口袋丢在了两人之间。

那只口袋有巴掌大小,锦缎刺绣,看上去华美端庄,像是某位大家闺秀的女红之作。

"这里面是一百株培元草。"飘雪剑圣以典力包裹的声音虽然洪亮,方寸间却只有浮生能听到。

"哦?想以此来买你和东方祭两条命?"浮生眉头一挑,轻轻摇头。

"你当真以为我奈何你不得?"飘雪剑圣的声音依旧只能传入浮生的耳中。

浮生不答。飘雪剑圣拿出这一百株培元草,必是有其短处。

培元草是炼制培元丹的主要材料,也是花千灵遭到镇杀的祸根,一株已能引得典锻境典者抢破脑袋,足足一百株放在自己面前,浮生还是有些动心的。不消计算他便确定用这一百株培元草炼制的丹药足够他再次凝练典环,甚至有可能突破一个境界。

若是用以淬炼加实身体,其中半数已然足够初入典途的典者修至典锻境九星。

但浮生知道,打蛇随棍上,既然飘雪剑圣在此刻露怯,就要抓住时机狠狠地敲一笔,培元草这种硬通货在他看来虽不及赤钻,也不会嫌多。

而且,这口袋巴掌大小,如果撑得满满当当的也能塞下一百株培元草,但不会有人如此暴殄天物,因为药草破损会影响药性。也就是说,盛放培元草的这只口袋有蹊跷,可能有典器空间,它本身就是一件珍贵的典器。

"再加五十。"

飘雪剑圣十分干脆,再次取出一只口袋,丢在两人间的飞念台上。

"不如你再加五十株,我便佯装败给了你,保下你一代宗师的颜面,如何?"浮生皮笑肉不笑,试探着说道。

自然,他是不会因为区区五十株培元草就自损颜面,相比之下收获的威望值是无价之宝，此举只是为了试探飘雪剑圣的心思。

在方才的比斗中，两人虽看起来平分秋色，实际上还是飘雪剑圣技高一筹，毕竟他到了四个典环的典摹境，就算压制到典锻境的实力，也绝非今时今日之浮生可以抗衡的。

就算浮生破了飘雪神剑，飘雪剑圣获胜也只是时间问题，但在此刻他拿出一百五十株培元草意欲求和，其中必有蹊跷。

"无须，"飘雪剑圣大手一挥，青锋入鞘，"收了培元草，你便走吧。"

"果然有蹊跷！"

浮生心中凛然，伸手凌空一抓，台上那两只口袋便落入手中。他打开一看，确是一百五十株培元草。再抬头的时候，飘雪剑圣已然抱着东方祭的残躯，奋力一跃，绝尘而去。

漫长的天骄一战终于落幕，回过神来的诸多观众感慨之余，纷纷拥向了刚刚获胜的浮生。

"兄台！如此技艺，天下无双。在下巴丹郡李少君，天骄榜第三十二位……"

"鄙人巴丹郡万永商团少掌柜，不知尊上有没有兴趣，我愿开出天价供奉请尊上担任首席客座。"

"我是……"

人潮涌动，目标均是浮生化作的无名少年。在两个多时辰前还被白露雪一行人贬得一文不值的浮生力挫东方祭，直面飘雪剑圣后，俨然成为了众人新的追捧对象，一时之风头竟连莫文轩这位蝉联天骄魁首都无法企及。

浮生倒是没有惶恐若惊，在千万年前他还是一代皇者的时候，这样的待遇并不少见，对此，他一笑而过。

见浮生跨着大步离开，滕青山赶忙跟了上去，影寻寒心中不解，看了一眼若有所思的莫文轩，也动身跟上。

"对了。"浮生走出一些距离才记起一事，招来滕青山问道，"这阳魄界中可有安身之处？"

根据浮生的记忆，阳魄界并没有这些东西，但那是千万年前的阳魄界，当时不仅没有巴丹郡，连天佑国都还未建立。

虽然此处不是久留之地，但还是需要找一处稳当所在，避人耳目。

"先前论典大会的那座行宫，就是供巴丹郡天骄容身的所在。"滕青山小声解释道，"不过以我的资格进不去，他却可以。"

滕青山说着，指向了浮生身后的影寻寒，他们虽同是在一张天骄榜上，却是云泥之别。

在噬灵族的默许下，巴丹郡占据了阳魄界超过八成的资源，并且有每年一度的论典大会，天骄之战。

为此，巴丹郡诸多家族联手建造了这座行宫，其中有雅致别间供年轻天骄歇息，此时正值天骄一战前后，以滕青山的身份自然得不到优待，天骄榜第二位的影寻寒却可以。

"是吗？"浮生看向影寻寒，"帮我寻一处安身之所，我们就两清了。"

"区区小事，又有何难？"影寻寒不假思索，点头应下，接着问道，"恩人，你是如何化解飘雪神剑威能的呢？"

影寻寒性情冷傲，不善言辞，还是忍不住说出疑惑，千百年来正是因为这把飘雪神剑，雪山教才处处压制神将门。但在浮生面前，威名远播的飘雪神剑就沦为铁器，影寻寒甚是不解。

"这些，迟早有一天我会告诉你。"浮生在此刻并不想将其中原因讲给影寻寒，便抬手拍了拍他的肩膀，"在你有资格知道这些的时候。"

站在浮生的角度，其中缘由并不难理解，就是当年一百零八天兵神将中的冰雪神将在皇者浮生陨落后开山立派，传承至近代，一分为二，其一持凛冬战甲号做神将门，其二以飘雪神剑号做雪山教。

影寻寒随即带着浮生回到行宫，此时已经有不少观看天骄一战的人回到此处，看起来一时半刻不会离开。

倒是有一点浮生没有想到，晨曦身为天佑宗核心弟子，自然也住在此处行宫，乘着双翼天马的佳人甚是显眼，诸多天骄都围绕在她的身边，竭尽所能地博取美人的青睐。

化身无名少年的浮生再度现身吸引来许多目光，但大多数人的注意力还是放在晨曦身上，反倒是少了浮生一些麻烦。

"怎么？天骄一战过后巴丹郡还有活动？"浮生环视一圈，不经意地问道。

"似乎是有。"滕青山紧紧地随在后面，模棱两可地答了一句。

"好了。"见前面的影寻寒止步，浮生也停下脚步，取出两株培元草随意地丢给滕青山，"你可以走了。"

"多谢！多谢！"待看清手中拿的是培元草后，滕青山喜出望外。

浮生不再多言，没有叮嘱滕青山要保守秘密，一来他并不将这些所谓天骄看在眼中，二来滕青山在看到东方祭和飘雪剑圣的下场后，绝不会再有出卖浮生的心思。

"此处用来炼制丹药，倒也足够了。"

浮生跟着影寻寒进了一处小院，合眼一扫，内外通透，布置得也还算雅致，比起一些大家族的府院深宅也不遑多让。

"恩人便在此处安歇,有事随时吩咐。"

影寻寒点了点头,转身便要走。

"你不讨些培元草吗?"浮生好奇地问道,"以你的修为,我想如果有十株培元草炼制成丹药供你锻体,莫文轩就是手握判官笔也不是你的对手。"

"救命之恩,尚难偿报,怎敢再有奢求?"影寻寒不卑不亢,认真答道。

浮生却是眼前一亮,随手将那只装有五十株培元草的袋子丢了过去:"这里还有四十八株培元草,你用多少我不管,但你下次再对上莫文轩时,我是不会出手的。"

"无以为报。"

影寻寒此言并非是寒暄,而是他确实不能给浮生带来任何回报,从浮生对战飘雪剑圣看来,就是替浮生冲锋陷阵,影寻寒也无力做到。

"对了!"浮生猛然记起一事,"典摹境的典者,怎么会到阳魄界来呢?"

飘雪剑圣并不是在东方祭危难时刻突然撕裂禁制闯进来的,且不说他是否能感应得到,就是从各面的入口赶到飞念台,也绝非朝夕之事。

也即是说,飘雪剑圣从一开始就在阳魄界,这是浮生感到疑惑的。

"因为神陵。"影寻寒沉吟片刻,答道,"在阳魄界正南方有一处神陵。巴丹郡接下来的活动,就是对神陵的探索发掘。不仅是巴丹郡,雪山教、神将门乃至天佑宗,此番来到阳魄界的目的,就在神陵之中。"

"我倒是不曾记得阳魄界中还有陵墓。"浮生恍然大悟,"又是谁的陵墓能建在阳魄界?"

浮生耗费了整整十二个时辰,才将手中余下的一百株培元草炼制成培元丹药,却没有立即服用。只因为在这阳魄界中无人为他护法,他不能展开持续时间很长的苦修。

培元丹可以省去苦修的功夫,以药力替代,凝练身体,淬炼典脏,是迅速突破的最佳途径。但鲜少有人知道,是药三分毒,消化一两粒培元丹或许不算什么,但成百颗培元丹堆积在一起,其狂暴的药性随时可能给服用者带来致命的伤害。

所以浮生将此事搁置下来,炼制丹药的同时,他花费更多的心思钻研《究极真解》,拿冰山一角的威望值兑换。

"首先可以肯定一点,只要有足够的威望值,我便能恢复曾经的见闻阅历。诸多典籍,诸多秘闻,那许许多多的无上技艺,我都能重新掌握。

"然后,就是威望值的获取。目前看来,只要让旁人震撼,就能获得威望值。"想到这里,浮生停歇片刻,"似乎,震撼越大,我获取的威望值也就越多。我在扶桑谷中所有累积再加上镇杀花千灵,所获取威望值不过千余点。而在飞念台上,前后也不过两战，所获取的威望值已经超过两千。"

浮生可以精确地计算出，除了用以兑换《战天一式》的七百五十点和用以兑换"化念"的两千点威望值，自己所剩的威望值还有五百点出头。

获得威望值最多的时刻，就是直面飘雪剑圣的时刻，其次就是硬撼东方祭，因为这两场比斗在旁人看来浮生必败无疑，结果反转时，他获得的威望值却成倍增长。

"如此看来，以后我要多多面对强悍的对手，才能迅速累积威望值。"

浮生想到这里，已然为未来定下一个大致方向。

因为几百上千的威望值兑换解封的典籍只是最粗浅的部分，就以《战天一式》而言，若是原汁原味的无上神通，东方祭便会直接被轰得渣都不剩。

而如果是完整的"化念"典术，飘雪剑圣必然不是自己的对手，也就不会有后面的绯夜风雪，不会有雪中激斗。

那可是浮生身为一代皇者时所具备的神通威能啊！

"目前，就只剩一个问题。"

最终，浮生伸出指甲在面颊下方扣弄一下，松懈典力的同时，沿着缝隙将忘忧草面具摘了下来。将面具放入袋子贴身收好，浮生理了理思绪："就要看看我以真正面目和使用忘忧草面具时所获取的威望值是否有差别。"

这是一个很关键的问题，换作旁人必然不会在意，但浮生深知完全解开《究极真解》的封印任重道远，任何能加速获取威望值的机会都不应错过。

清早，浮生走出小院并未引起许多人的注意，因为此次观看天骄一战的年轻典者太多，鱼龙混杂，谁也不会关心自己身边多出几副生面孔。

不过还是有人认出了浮生，那便是滕青山，因为曾与浮生化作的无名少年关系密切的缘故，滕青山虽在天骄榜上的排名不靠前，却也成为了诸多人的追捧对象。

一大清早，就看到滕青山与几个年轻典者坐而论典，高谈阔论间有指点山河之气势。眉飞色舞中，滕青山便看到了浮生，心中咯噔一下，便神色匆匆地迎了过来。

"您……"滕青山张口说了一个字，又迅速意识到不妥，压低了声音，"您怎么摘下了面具？据传花千灵在花百川和花十方之后再次进入阳魄界，正在搜捕……"

滕青山原本是想说正在搜捕浮生，又怕这番言辞惹恼了这尊杀神，索性就戛然而止，尴尬地冲着浮生挤眉弄眼。

"花百川？花十方？"浮生念叨着这两个名字，"很厉害？"

"当然！"滕青山翻个白眼，心道一声废话，才解释道，"这两人都是巴丹郡久负盛名的高手，尤其是那花百川，十年前也曾是天骄魁首。如今，两人均是典搬境九星，橙色天赋……"

滕青山只顾着替浮生着急，这才想起面前这尊杀神可是拥有着硬撼东方祭，直面飘雪剑圣的强悍实力。想到这里，滕青山自知失言，话锋急转："您有什么吩咐？"

"呵！"浮生对滕青山的表现还算满意，挑了一处空位子坐下后，吩咐道，"你去把莫文轩给我找来，就说让他来拜会我。"

"啊？"滕青山惊叫一声，愣住了，猜不出浮生葫芦里到底卖的是什么药。

自然，莫文轩认不出浮生的真面目，绝不会想到这就是昨日技惊四座的无名少年，但这又有什么意义呢？

"去吧，认真一些。"

浮生见滕青山有些迟疑，便从怀中取出一粒青白色的药丸，抛了过去。

"这是……上品的培元丹！"滕青山只是嗅了嗅，便认出这颗药丸的身份，连忙还给浮生，"不不不！我不是这个意思。我只是觉得，莫文轩不太会赏脸。"

浮生没有伸手去接，而是摆摆手，笑道："自信一些，今天的你，地位并不比莫文轩差多少。"

浮生所言并不假，莫文轩蝉联天骄魁首固然位高权重，但滕青山因为与浮生化作的无名少年有交集，也是被追捧的对象，并不比前者逊色多少。

"好吧。"

终于，滕青山点了点头，将那粒药丸举在手里，为难地吞咽着口水。

他在犹豫，他在迟疑，一方面他不敢收下这粒培元丹，一方面又不忍割舍。

培元草并不等于上品培元丹，只有纯熟的炼制技艺，加以纯粹的典火才能炼成，这一粒便是在巴丹郡之中都是价值不菲啊，放在一些小家族手里都足够作为宝物传承下去了。

"收着吧。"浮生摆摆手，催促滕青山。

滕青山如获至宝，取出一块绢布小心翼翼地将药丸包裹起来，贴身放好后，便开始寻找莫文轩的所在。

"培元丹很珍贵吗？"

浮生并不理解，拿起桌上的酒器接满一壶玉泉甘露，自斟自饮，静候佳音。

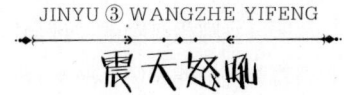

行宫内,一座幽雅别院的正厅里,莫文轩正与一位中年男人面对面而坐。

中年男人器宇轩昂,锦衣华服,一副儒雅文士的样子,看起来像极了成年后的莫文轩。

这便是莫家的上卿莫敦儒,二十年前也是响彻巴丹郡的人物,被招入莫家,殚精竭虑,鞠躬尽瘁,终于将莫家推上了巴丹郡第一世家的宝座。

"如此,倒是多了些变数。不过整体而言并无大碍。"

莫敦儒耐心听完了莫文轩的讲解,眉头稍蹙,正欲对其指点。却在此刻,外面响起敲门声,随之传来仆从的声音:"少主,滕青山求见。"

听闻此言,莫文轩与莫敦儒意味深长地对视了一眼。

待莫敦儒退到后厅,莫文轩才起身理了理衣襟:"快请进来吧。"

不多时,仆从便将滕青山带了进来,滕青山进门便是抱拳颔首:"莫兄,恭贺莫兄蝉联天骄魁首,余下千百年,巴丹郡便是莫兄的舞台了。"

"滕兄言重了,"莫文轩拱手回礼,笑道,"天下乃是天下人之天下,莫某不才,痴长些许,这才堪堪坐上了天骄魁首之位,但我巴丹郡能人辈出,若是我说,日后的巴丹郡是你滕兄的舞台才对。"

莫文轩此言,倒也不是十足的虚伪托词,就以滕青山与那无名少年的交集来看,必定不会是落后的人物。再者,莫文轩的目光绝不会放在巴丹郡这九级郡城,他的志向远在天佑国,远在天下。

"共舞,共舞。"

滕青山受宠若惊,在莫文轩的盛情之下,坐在了方才莫敦儒的位置。

"看茶。"莫文轩招招手,等待仆人将茶水果点送上来后,单刀直入,"滕兄此番前来,不仅仅是向我道喜吧。"

"果然瞒不过莫兄。"滕青山自嘲一笑,随即说道,"我有一位朋友,对您可是神交已久,心神向往。听闻我与您有些交情,便托我请您前去一叙。"

滕青山在巴丹郡中也算是一号人物,这点不假,但在面对莫文轩此等顶级天骄,还是没什么信心。

诚然，从昨日开始许多人都给予他无穷信心，可他终究还是不能把自己摆到莫文轩这个层次。

所以，浮生叮嘱的"拜会"，在他口中变成了"请"，饶是如此还小心谨慎地观察着莫文轩的表情，准备着一旦有任何不妥立即改口。

"不知，莫兄意下如何？"见莫文轩迟迟不做回应，滕青山有些心虚，索性取出一株培元草，"这就是我那位朋友奉给您的拜礼。"

"哦？"

莫文轩眼前一亮，却不是因这培元草。

他原本以为滕青山口中的朋友就是在飞念台上震慑四方的无名少年，正在猜测滕青山的来意，猜测是否被他看出了端倪，然后搬出那人来敲山震虎。

见滕青山取出培元草当作拜礼，以莫文轩的身份自不会对一株培元草眼热，却是从此中抓住一个事实，一下便松了口气。

"看来，滕青山并不像我想的那么聪明，他所说之事，十有八九只是表面意思。"莫文轩自嘲一笑，随即摆摆手，"哎，既然是滕兄的朋友，也便是我莫文轩的朋友，是我们巴丹郡的朋友，稍后我便随你一同前去。"

说罢，莫文轩抬抬手，自己也端起茶杯："尝尝吧，这可是红枫香茗，对于典者修炼可是大有好处。"

纵使香茗入口喷香四溢，滕青山喝得也不是滋味，莫文轩的心思亦不在茶上。

装模作样地饮下两口茶，莫文轩不留痕迹地瞥了一眼，装作随意地问道："对了，滕兄。昨日与你一同的那少年与我们年纪相仿，竟有如此造化，不知是否是我们巴丹郡之天骄？又不知是哪门哪派的高人调教出来的？"

滕青山被问住了，竟连茶杯被自己下意识捏碎了都没有觉察到。

他是知道浮生的门派出处，但他绝不敢说出来，交恶莫文轩和交恶浮生是两个概念，得罪了前者只是在巴丹郡受到限制，得罪后者可是随时会有性命之忧啊。

莫文轩见状，便知道滕青山不会轻易说出那人的身份。他若有所思，随即大手一挥。

"没什么，随便问问罢了，既然不方便透露，我们这便去看看你那位朋友吧。"

莫文轩起身走在前面，走出门口，立刻就有一少年垂首跟上他的脚步。

此人生得虎背熊腰，魁梧挺拔，肌体奇伟，尤其是呼吸间的气势律动，竟压得滕青山都有些不适。

"此人的修为必定在我之上，竟然只是莫文轩的战仆。"

滕青山惊得合不拢嘴，听到不远处莫文轩的催促声，赶忙加快脚步，走到前面带路。

一路上，滕青山噤若寒蝉，除非莫文轩有问题他才简单地答几个字，不多时来到大厅后，滕青山遥遥指了浮生落座的方向，同时也长舒一口气。

莫文轩看到此人并非是昨日那无名少年，便打消了所有顾虑。

"林虎。"

莫文轩只是一个眼神，那魁梧的战仆便会意，像只螃蟹似的一横一横，朝浮生走了过去。

莫文轩乃是蝉联天骄魁首，巴丹郡第一世家莫家少主，若是随便就能请到，也显得太过廉价。

起初，莫文轩还以为滕青山口中的朋友，就是昨日飞念台上技惊四座的无名少年，若是如此，他亲自拜访倒也说得过去。

但此刻，大马金刀坐在那里的，俨然是一个面生的少年，虽然看起来也有些门道，却不足以让莫文轩赏脸亲自前来拜访。

林虎吭哧吭哧地来到浮生面前，合眼一扫，便是轻蔑一笑："哼，此人的修为看来比我还低，真是物以类聚，滕青山这个废物的朋友也是废物。"

林虎如此傲气也不是空穴来风，他的天资比起诸多天骄来都算是十分出彩，奈何家道中落，空有典锻境九星的修为也不能与诸多天骄争辉，但在巴丹郡的战仆中绝没有人是他的对手。

"我家少主让你过去拜见！"林虎说话间，手掌轻轻地按在桌上，沉闷的响声后就留下一个不算深的掌印。

"威慑吗？"浮生心想，冷冽一笑，眯着眼看向这林虎，"你家少主是哪个？让他滚过来请我！"

其实此事的矛盾怪不得浮生，也怪不得莫文轩，问题是出在滕青山身上。

浮生盼咐的是让他叫莫文轩前来拜会，他传到的话却是叫莫文轩赏脸相见，这其中的差别可大了，才致使双方刚刚见面就火花四溅。

"什么？"

林虎一双虎目瞪得如同铜铃。

见浮生开始闭目养神，林虎胸中火气涌了上来，他虽是战仆，实力比起天骄榜上十几二十名的天骄都不遑多让，所以在莫家地位很高，连莫文轩对他也是很客气，他一时无法忍受这种闷气。

登时，林虎摩擦着双手直取浮生的脖颈，典力沸腾间，将他的拳风凝结成为一只虎首。

硕大虎首开合之间，发出一阵震耳咆哮声，有如猛虎咆哮于山林，附近一些典者立即被震得捂住双耳，满面痛苦。

"猛虎啸！好手段，我道是谁能施展出如此雄浑的猛虎啸声，原来是林虎。"

"林虎不是莫文轩的战仆？与他对阵的那少年又是谁？"

"噤声，细看吧。"

立即有人认出了林虎的身份，迅速锁定了他面前的少年，寻常典者唯恐避之不及的猛虎啸声，对此少年似乎没有丝毫的影响。

置身于狂音震荡的中心，少年视若无睹，云淡风轻，自斟自饮。

"嗯？"

林虎对于这个结果，也是惊讶，他的家传绝学猛虎啸是以典力化作狂音震荡，如波涛汹涌，重创敌人的心神。

以他典锻境九星，赤色典环支撑，全力施展出来，就是莫文轩也要重视几分，那些仅仅在音攻余波中就难以承受的典者就是最好的证明。

但面前的浮生似乎没受到任何影响，林虎轻轻摇头，攒足了气息张口便是一吼。

"如狗乱吠！"

一直沉默的浮生终于出手了，冷声呵斥的同时，反手一掌便打在林虎的脸颊上，轻易地就将这魁梧的身体扇飞出去。

林虎在空中转了几圈，落在地上后又打了几个滚，这才稳稳当当地落在了莫文轩脚下。

"咳……"

艰难地发出一声咳嗽，林虎喷出一口鲜血，眸子之中有惊恐一闪而过，随即便昏死过去。

"看来，并非籍籍无名之辈。"

莫文轩顺着林虎被打飞的线路看过去，最终对视浮生，他理了理衣襟，起身便朝浮生走去。

"哈，这小子虽然有些门道，打伤了莫文轩的战仆林虎，但也难逃一死了。"

"诚然，能在林虎全力的猛虎啸声中自若无碍，此人倒是有些实力。可是在昨日之后，莫文轩成就半步黄色典环，在此阳魄界中能与之抗衡的屈指可数啊。"

"晨曦、无名少年，也只有此二人了。"

滕青山见状如此，也是大惊失色，跑在莫文轩的前面，赶紧解释。

但他还是不能阻止莫文轩的脚步。莫文轩不多时便来到浮生面前，上下打量着浮生，不温不火，淡声说道："你可知道，你刚刚犯下了死罪！"

"不，不是这样……"滕青山焦头烂额，正欲解释。

却在此刻，不远处人声鼎沸，人潮涌动，伴着人潮汹涌，那些怒视着浮生的人也被吸引过去。

浮生循声看去，就看到晨曦在众人的拥簇下现身。

她莲步轻移，恰似分花拂柳，万千宠爱加于一身，就如清晨的第一道霞光，熠熠生辉。

不食人间烟火一样的晨曦，有一股说不出的绝艳惊尘，不仅有大量前呼后拥的追随者，她刚刚现身便将所有人的目光都吸引了过去，举手投足都牵动着无数人的心思。

其中不乏笑红尘、洛熙这种，在巴丹郡天骄榜上名列前茅的俊杰，甘愿守护在晨曦的鞍前马后，那满脸的痴迷柔情，恐怕就是此刻晨曦让他们去死，去做天下大不韪之事，他们也是心甘情愿。

还有一事更是让浮生意外，就是那白露雪紧紧跟在晨曦身侧，似乎是达成了某种协议，毕竟东方祭被飘雪剑圣带走后她便没了依仗，多半是她意识到自己招惹的无名少年并非善茬，这才以某种方式迅速攀附上晨曦这棵大树。

想她白露雪可是雪山教神女，在巴丹郡也是声名远播，就这么甘心被晨曦所驱使，看来浮生化作的无名少年给她的震撼太过强烈。

享受着拥簇爱戴的晨曦，风头比天骄魁首莫文轩还要强盛，后者更是暂时先将浮生搁置在一旁，亲自前去问好施礼。

"哦，原来是天骄魁首……"

晨曦对此并不意外，随意地瞥了一眼，便发现了浮生的身影。她那动人摄魄的眸子里闪过些轻蔑，沉吟片刻，便迈步走向浮生。

众人不解，不明白为什么像晨曦这样的人会走向一个少年，便纷纷看向浮生，上下打量起他来。

"此少年就算一招败了林虎，与莫文轩相比还是有很大差距的，为何莫文轩都不能使美人青睐，反倒是这少年引起了晨曦的注意？"

众人拭目以待，追随晨曦来到浮生面前，就见晨曦绕着这浮生走过一圈，其中意味，似乎两人早已相熟。

"我倒是没想到你也能进入阳魄界，更未想到你有资格进入此处行宫。"

晨曦最终止步于浮生面前，轻撩发丝，眉宇之间尽是高傲之色，言语之中也是浓浓的不屑。

浮生轻声一哼，没有说话。

"怎么样，看到了吧？"晨曦眉目一扫，有意向浮生展示身后的"护花使者团"，语重心长，道，"就算你进入此阳魄界，就算你进入此行宫，比起我身后这些人中最差的一个，还远远不足呢。"

"你该不会以为我来此处是为了寻你吧？"

浮生气得直想笑。

"不然呢？"晨曦一笑，不置可否，"你我两家也算世交。虽然我们之间再无缘分，既然你能走到这里，看在浮叔叔的面子上我也要给你一些忠告。"

"打住。"

浮生摆摆手，已然猜出了晨曦接下来的话。

"你必须要听，"晨曦却很执拗，秀美稍蹙，"以后，就不要千方百计在我面前哗众取宠了。我已告诉过你，也不妨再说最后一遍，你我之间永无可能！你如果有闲心，还是要多多提升自己的实力，总有一天你会发现，今天之前的你是多么幼稚，多么可笑。"

晨曦苦口婆心劝说着，忽然察觉到浮生眼中的一抹异样。她微微摇头，暗道朽木不可雕。

"我曾听说，晨曦在拜典城时曾有一段婚约，曾有一个被抛弃的未婚夫，原来便是这个少年啊。"

有人恍然大悟，结合听闻见闻，猜测出了浮生的身份。

"胡说！能有谁配得上天才少女晨曦？单单是那倾世容颜便是世间少有，还有即将成就的第四重绿色典环，就是天佑国的皇子侯爷来了，也相差甚远。"

"是有此事来着，那人就叫浮生。"

那人信誓旦旦地拍着胸脯，解释道："听说，是两家祖辈有些交情，遂订下一纸婚约，这浮生却是个不能凝练典脏的废物，恰逢浮家没落……"

听到这里，众人恍然大悟，异口同声道："哦，原来是个破落户。"

"也不好好掂掂量自己，就算追到阳魄界，晨曦会正眼相视吗？"

"哼，癞蛤蟆也想吃天鹅肉。"

白露雪先前看浮生还是有些好感的，在得知这一事实后也是轻蔑一笑，急于在晨曦面前展现自我的她更是挺身，对着浮生指点起来。

可她刚刚抬起手，就看到浮生的眼中射出两道精光，没来由地，鸡皮疙瘩中生出了一身冷汗。

"怎么会是这样？"白露雪很是疑惑，"他的目光怎会如此强悍，只是一眼，我便心生畏惧，那感觉就好似……"

白露雪发誓，这种感觉很熟悉，但一时间就好像抓挠不到的痒处，找不到根源，寻不到由来。

"小子，我只跟你说一遍！"紧随白露雪其后，笑红尘大步走了过来，一把揽住浮生的肩头，看似友善之下却是阴狠的语调，"不要再来骚扰晨曦！如果让我发现了，你能想到后果是什么。"

这一红尘浪子，对于晨曦可是喜欢得紧，在得见晨曦对浮生的态度后，第一时间就抓住了这一契机。

毕竟，笼罩在晨曦头顶上的光环太过强烈，她以弟子的身份就位列天佑宗核心成员，典技、典器等物资对于她而言都不是问题，若非是天佑宗举一宗之力加以培养，她那三重黄色典环的天赋也不会百尺竿头更进一步。

而她本身实力，就稳稳凌驾于巴丹郡诸多天骄之上，一时间谁也找不到讨好她的方法。

浮生，便成了他们为数不多的机会，继笑红尘之后，很快有人发现了这一契机，蜂拥上来，或是直接的言语威慑，或是以动作表情而恐吓，若是换成泛泛之辈，肯定会被这一阵势给吓到。

晨曦将这些看在眼里，也是默许了他们的行为，毕竟她对浮生也很厌烦，但她的身份不同往日，总不能让她亲自出手吧。

"聒噪！"

浮生最不喜欢的就是有人在耳边叽叽喳喳，目光一凛，一股典力油然升腾，他要击溃这些人绝不会用第二招。

"浮生。"

却在此刻，一道空灵的声音呼喊着他的姓名，越过喧嚣人群，传到了浮生耳中。

这道声音空灵柔美，仿佛是一曲弦乐，让人闻见了便是心神舒爽，仿佛置身于空谷之中，幽兰盛开，芬芳四溢，仙音袅袅，美不胜收。

声音的魔力不仅感染了浮生，更是令所有人深陷其中，上一刻还对浮生指指点点的人们迅速平静下来，带着满脸希冀，沉浸在脑海的美好中难以自拔。

浮生循着声音看去，透过人影，他看到了一道倩影。

"世间真的有奇迹？抑或，仅仅是两朵相似的花？"

浮生鬼使神差般地轻声呢喃，这发自内心的感叹，终于换来女子的回眸。

那一瞬，浮生不能自已，千言万语涌在喉中，最终说出来的只有淡淡一句话："你来了。"

人影之后，是一女子，她很年轻，二十岁出头，可能还要更年轻。

白衣胜雪，不染尘埃，肤若凝脂，比起浮生记忆中的那一幕少了些血染，却添了些风采。

她就这么静静的，恍若无物，缥缈如烟，却是任何人都不能忽视的存在。高贵，冷艳，不容亵渎也不忍亵渎，甚至就连晨曦与之相比，也会黯然失色。

浮生记得上一次见到她，那一回眸，她为救皇者而陨落，浮生以为那就是永别。不承想时光荏苒，岁月如梭，千万年后在今时今日，他们终于再见。

那一触的冰凉，伊人憔悴，早已成了过眼云烟，又像是昨日才发生的那样，那样真切。

皇者怀抱心爱的女子，直击九天，下达九幽，山之巅，云中城，每一片禁地都有他的足迹。

可惜，任凭皇者有通天之威能，还是不能复活心爱的女子，那为救他而陨落的佳人。

"嗯，我来了。"白衣女子淡淡答着，她动身，款款而来。

如梦似幻，浮生狠狠揉搓着双眼，眼前的她还未消散，浮光倩影越来越近。

浮生伸出了手，道："抓紧我的手，我再不会让你受到伤害。"

白衣女子似乎是感受到了浮生的信念，身体微颤，沉吟片刻，她抬起纤细白皙的玉手，让浮生紧紧握着。

"今后，再不会让你受到伤害！"浮生胸中的意志，击穿云霄，直达九天之上，他向苍天怒吼，"即使是天，也不能！"

第18章

众人震惊过后,就看到白衣女子身后的两条绸带,无风自动,像是有生命似的迅速将两人包裹其中,柔光一闪,两人消失无踪。

又是长久的震惊,第一个人合上嘴巴的时候,已经过了一盏茶的时间。

他们震惊于白衣女子的绝尘惊艳,震惊于她的高超手段,更是震惊如此光芒万丈的女子为何与浮生扯上关系?

看两人很是亲切,似乎早已熟识,更是像那缠绵无间的眷侣。

"她是谁?从何处来?"

困扰着人们的问题,更加困扰着晨曦,在白衣女子亮相的那一刻,晨曦首次有了差人一等的挫败感。

"哼,就算你是不灭宗的内门弟子,下一次,我也不会再让你抢走我的光辉!"

晨曦身为天佑宗核心弟子,自然知道女子的身份,不过她只知其一,不知其二,更不知其三。晨曦只知晓月倾颜是不灭宗的内门弟子,实际上,月倾颜在不灭宗内门当中身份很高,更是无上大教——拜月教的现任圣女,如若没有极好的气运,此生她晨曦都没办法争其光芒。

她的嘴角微微上扬,勾勒出一个完美悦目的弧度,随即,便又恢复往日神采。

耀眼光芒之中,浮生恍惚间,已经落足在一处雾气弥漫的空谷中。花草上凝结着朝露,鸟语虫鸣,却只因面前这女子,显得那样静怡美妙。还未等浮生感受一番,手中一松,便有一股气势将他微微向后一推。浮生定睛再看,她已经出现在云雾之间,负手背对着自己。

浮生对于她并不陌生,因为曾经,一位拥有相同容貌的女子为他而死,他为她而狂。而在不久前,浮生也曾在密林深处撞见美人出浴,两者的穿着装扮略有偏差,但那绝美的容颜、冷傲的气质却是一样的。这一刻,浮生坚信她回来了。

天可怜见,给了浮生再来一次的机会,跨越千万年时光,在最美好的时刻让两人重逢。千言万语伴着浓浓的思念,浮生昂首,他要为她顶起这一片天!

浮生抬脚要朝她走去,就听她开口道:"或许,你是将我错认成了旁人,方才的事,还请不要当真。"

"什么？"浮生愕然，片刻后他笑了，以手覆面，指缝间隐隐流出些许晶莹。

"果然！果然！哪里还能再见？那一回眸便是永别。这哪里是她？不过是这世间，两朵相似的花儿罢了。"浮生仰天大笑。他本以为这一回能抓住她的手，本以为不会再让她受到伤害，不过是黄粱美梦，不过是老天同他开的一个玩笑罢了。

"你似乎有一段故事。"白衣女子转身，轻轻走向浮生，"我也有一段故事，但那不是我此刻要讲的。"说到这里，白衣女子抬手，葱葱玉指接过了飘来的一滴晶莹，"啵"的一声，那晶莹裂开，变成一小摊水渍。她低着头，若有所思。

"你是谁？你找我来做什么？"浮生已然换上一脸正色。

"你可否听过拜月教？"白衣女子似是发问，却不等浮生回答，因为拜月教实在强大，就是懵懂小儿也该听过这一威名。

浮生自是听过，他是一代皇者时就与拜月教有极深的渊源，此生更是与拜月教有不共戴天之仇恨，正是拜月教为了维护那可怜的颜面使出的铁血手段，才使浮生母子分离十几载。

"拜月教，月倾颜。"

纵使白衣女子高冷出尘，谈及出身，也不免多出些庄严肃穆。

"拜月教？"

浮生心中一动，难道这世间真有两朵相似的花？

他还有最后一丝希望，他闭着眼睛，几番思忖，还是说道："我上次见你的时候，你还是不灭宗内门弟子。"

浮生希望这不是同一人，希望月倾颜与那出浴美人只是容貌神似，他祈求着，祈求最后一个可能。

"哦？"月倾颜略有惊讶。

浮生的心思便被抓起来，他迫切地想听到从她口中说出否定的答案，让她告诉自己两者并非同一人，那样浮生也能欺骗自己，告诉自己曾经的她已经穿过时间长河，正在某一处静静地等候。

"我确实曾为了些许小事，化身不灭宗内门弟子，倒是不曾留意过你。"

终于，月倾颜抛出了无情的答案。

她，便是浮生偶然撞见的出浴美人，便是容貌神似薄命红颜的紫裙少女，皇者心中的伤依旧不能抹灭，会伴着浮生直到永远。

静怡的山谷里，月倾颜也感受到浮生的性情大变，一双秀眉轻轻蹙着，做出些为难的模样。

良久，她才试探性地问道："我是否很像你的一位故人？"

就算是天真的少女也能看出，浮生时而欣喜若狂，时而热泪满眶，此心头之痛是装不出来的，必然是触及心灵深处最柔软的地方。

见浮生不答，月倾颜便是笃定了这一猜测，她莞尔一笑，确实漂亮。

"我虽不知道你发生了什么，确有一事要请你出手相助。"

月倾颜说到这里，便闭口不言，等待着浮生的答复。

"说吧。"浮生再开口时，已是历经沧桑，有一股心衰力竭的颓意。

还是皇者的时候，浮生早已将泪流干了，余下的只有心中永远的伤痛。眼下，他还有漫长的征程，即使是为了家人团聚，也该跟这个拜月教的月倾颜产生些交集。

而且，两朵花这般相似，过去的浮生无法弥补，若是能在她身上偿报一些，也能将胸中的懊悔痛恨了却些许吧。

"噬灵神陵！"月倾颜开门见山，道出了意图，"自昨日飞念台上，我便注意到你了。"

"哦？"

浮生倒是意外，即使是拜月教也不可能窥破忘忧面具，不过他也没有纠结于此，而是示意月倾颜继续说下去。

"此事说来话长……"

月倾颜对于浮生这份表现，颇为满意，沉吟片刻，便将原委娓娓道来。

原来，在千年前，噬灵族有一大能，在即将陨落之际将阳魄界物资搜刮一空，大肆兴建一座陵墓，连同本命典器与一生典藏，一同陪葬。

此事一直在坊间被人传颂，津津乐道，也是因此，噬灵族才暗中操持天骄一战，扶持巴丹郡逐渐占据阳魄界，其目就是守护大能者的陵墓。

早年，也有一方强豪，叱咤风云之辈，大肆拥入阳魄界找寻陵墓所在，其中大部分都被噬灵族高手斩杀，铁血手段，令人闻风丧胆，一时的寻宝热潮也就消退了。

却在前日，不知从哪里传出的消息，巴丹郡几大家族已经联手锁定了神陵位置，正欲联合探索。

此消息不胫而走，传入天佑宗，晨曦便是临危受命，因此才进入阳魄界。

自然，拜月教也不会坐视不理，月倾颜便是其中代表。

浮生听到这里，便有了结果，计伏他们指引浮生进入阳魄界，恐怕背地里也是这门心思。

那噬灵族大能可是霸占了整个阳魄界的资源啊！

抛开这些不谈，噬灵族大能本身的积累，也是让人难以想象的！

最重要的是大能者的肉体，即使是资质平平的典者将其融入自身，立刻脱胎换骨，此生大能有望！

"此事迅速传遍天下，巴丹郡更是借此次天骄一战的机会，将所有精锐聚集在阳魄界，为的就是噬灵神陵。"月倾颜说到这里，微微仰首，"不仅如此，昨日与你对战的飘雪剑圣，也是因此才提前进入阳魄界。还有那天佑宗晨曦的师尊神都散人，此刻也化身潜伏在某一个角落。"

"拜月教对于这种小玩意，也很在意？"浮生心中有些波澜，反问道。

"自然，寻常的东西是不看在眼中。"月倾颜转头看向浮生，露出些许惊骇，又正色道，"大能者的遗体，我志在必得。"

浮生闻言，若有所思，月倾颜已然是第四重绿色典环，天资极佳，放眼天佑国也极少有人能与之争奇斗艳，如果能得到这副遗体，取其精华，凝练自身，覆手间便能突破第五重青色天赋。

但浮生本身对于这些并不看重，他已是第五重天赋，凝练一副大能者的遗体并无作用。

见浮生也有想法，月倾颜不禁松了口气，淡声道："你要做的，就是暗中协助我，作为回报，我取下大能者典骨时，陵内所有陪葬尽数归你，如何？"

"哦？"

浮生倒是来了兴致。他此次进入阳魄界只为找寻赤钻，久而不得，如此看来应该就是被那噬灵族的大能尽数收敛，拿去陪葬了。

这倒是省了浮生的苦工，要知道整个阳魄界几千年所产资源都在那陵墓中，就算凑不足千颗赤钻，也不会相差太远。

"如何？"

月倾颜扫了一眼，并不紧张，因为她自认开出的筹码很高。

见浮生点头后，她暗暗松了口气。

却不知浮生应下此事，皆因她的容貌与浮生毕生之遗憾十分相似。

"既然如此，你便在此处静候吧。"月倾颜的样子，看起来有些担忧，她仰望着天边云霞，淡淡说道，"此处我已布下禁制幻阵，你也需要一些时间来消化那些培元丹……"

说到这里，月倾颜取出一只白瓷瓶，轻轻放在浮生面前："这里面的东西，想必你比我熟悉。"

"羊脂玉露。"浮生不由得一笑，"拜月教出手果然不凡，以你的修为境界，也能将羊脂玉露拿来送人？"

培元草算是天材地宝中的后者，那么羊脂玉露便是前者，一天一地，一云一泥。

自然，若是皇者浮生并不会将这些看在眼里，但基于此刻他和月倾颜的修为，这也确是一件珍宝。

"若无此物，即使是你也不可能在两天之内消化两百粒培元丹的药性吧。"

月倾颜依旧清冷淡然，仿佛她给出去的不是千金难求的珍宝，而是一壶清水。

"你监视我！"浮生眉头稍皱，立即推翻了自己的猜测，"不，就算你拥有这样的典器，也绝不是你可以驱动的。让我想想看……"

浮生托着下巴，沉吟片刻，便笑了："你的言语之中，总是透露着你对我的情况了如指掌，只等我质问你是否在监视我时，你便告诉我这一切都是你的推测。此举，不过是想让我找到些信心罢了，让我有信心在你的万般算计下，与整个巴丹郡乃至是与整个阳魄界为敌。此举，又恰恰暴露了你的弱小。"

浮生没有将后面的话说出来，事实是，雪山教有飘雪剑圣，天佑宗有神都散人，巴丹郡各大家族都有依仗。

而传说中最强大的拜月教，只有月倾颜孤军奋战，也是因此，她才费尽心思，不惜拉下身段也要将浮生笼络到麾下。

"你确实很特别。"月倾颜并不否认，淡声道，"看来，已经没必要了。"

"若你真的是她，纵使与天地为敌又有何妨？"浮生惨笑，呢喃着，"可惜你不是，就算如此，你想要那神陵中大能者的典骨，我也取来给你！"

"你还有两天时间。"

月倾颜有些动容，片刻后拂袖离去。

浮生这才捡起那白瓷瓶，拔掉塞子嗅了嗅，轻轻点头："嗯，果然很纯，用来消化两百粒培元丹足够了。"

虽然浮生本身可以在十天之内消化了两百粒培元丹的药性，但留给他的时间远没有这么多，羊脂玉露药性柔和，可以中和培元丹中狂暴的药性不说，本身也是固本培元的极品。

当即，浮生便取出所有的培元丹，摆在面前，抓起一大把塞进口中，若是此举被旁人看到了又得大惊失色。

丹药是药草的浓缩精华，寻常的典锻境修士吞服两粒就不得了，需要持久的静修才能消化，若非如此，以三大宗门的典藏岂不是转瞬即可造就大量的精锐典者？

浮生一次性吞下的足有二三十粒，登时，澎湃的药力便在体内爆开，充斥着浮生的每一寸血肉，仿佛有一股不将浮生的身体炸开而不罢休的气势。

血肉充涨，皮肤紧绷，一瞬间浮生便胖了两圈，活脱脱成了大圆球。

这种滋味并不好受，虽说典锻境典者凝练肉身是在痛苦中完成的，可就算是其中最严酷的，以瀑布冲刷而淬炼身体，也不及此刻浮生承受的万分之一。

从内部爆开的力量，刺痛无比，好像是无数锯齿在狠狠地切割身体，浮生只能意守典脏，以典脏的律动来调和这股力量。

"啊！这药性有些过分了！"

浮生痛得呼出声来，此刻他只要一松懈，伴着典力挥发，就能将体内狂暴的药性尽数消散。但这也就等于浪费了数十粒培元丹，浪费了千载难逢的好机会。

"我从未想过，吞服培元丹也会这么痛苦。"

浮生咧嘴惨笑，却不后悔，因为他知道只有这种方式才能将培元丹的效果发挥到淋漓尽致。

因为药力在体内爆开后，能存在的时刻并不长久，只有以这种方式撕裂血肉，损伤经脉，才能让身体的每一寸都吸收到充足的药力，大抵能吸收其中十之八九。

而寻常典者服药的方式，更像是炼化丹药，能吸收十之二三的力量已经不错了。

撕裂的血肉会重新愈合，更加坚韧；断掉的骨头会重新长好，更加强硬。

典锻境便是如此，就要将自己的身体当作铁坯，在熊熊烈火中烧熔后反复锤炼，反复锻造，方能锻成一块精钢。

"收！收！收！给我收！"

浮生仰天咆哮，竭力鼓荡着胸口的残木典脏，典环也在转瞬间变幻几道颜色，最终散发着幽幽青光。

浮生身体的每一寸都在如饥似渴地吸收着培元丹药力，每一部分药力被吸收后，浮生的身体创伤便会愈合。

紧接着，培元丹爆开更澎湃的药力，发起更强大的冲击，将刚刚愈合的身体再度撕裂。

浮生的脑门满是豆大汗珠，他早就知道揭人伤疤是不好的行为，今天才真正尝试到其中的苦楚。

外伤尚且如此，何况内伤？

二三十粒培元丹的药力，难以估算，若是有高人指点，妥善使用，足可以让凡夫俗子成就典锻境九星。

如此强大的力量，化作典力，更是不计其数，只是在浮生体内爆开过两道，冲击之下，浮生的体表已然撕开一道道触目惊心的口子。

口子一旦撕裂，无法遏制，浮生整个人就像是一个大白馒头，正被食客奋力撕扯，距离支离破碎也不太远。

浮生翻着白眼，险些疼昏过去，他咬牙将白瓷瓶拿在手中，体表的裂痕已经扩展到了手掌。

"哼！天要灭我，我便逆天而行！"

浮生心念一动，当即分出一股典力，托举着白瓷瓶倾斜下来，羊脂玉露不断在瓶口凝结，滴落在他的口中。

玉露入口即化，化作一股柔和精纯的力量，比起培元丹的药力还要大出许多，却是阴柔缠绵，迅速蔓延至浮生身体各处，滋养氤氲，那撕裂的身体便以肉眼可见的态势愈合。

愈合的同时，大量药力被封存在血骨之中，随即便被同化，仅仅几个呼吸的时间，肌体熠熠，光辉油然。

浮生感查一番，药力刚刚消去小半，有喜有忧，不容他多想，狂暴的药力再次爆发开来，更沉重地冲击着刚刚愈合的身体。

"这次，好像更凶猛了些！"

典者修炼的道路，就是与自身抗争，在不断抗争中突破自我，最终达到与天地日月争辉的无上境界。

浮生重修一回，对于此事，最是通透，他知道越是苦难，越是磨炼，在度过之后越是成长喜人。

"哼！给我愈合！"

浮生的意志越发强盛，伤口似乎是听到了这声号令，血肉在吸收了足够的药力后呈现一种充盈的状态，迅速愈合。

紧接着，在药力爆发中，重新分裂，又再度融合。不断的分分合合中，浮生承受切肤之痛，裂骨之痛，足有三个时辰，等到他气喘吁吁地躺在草地上，瘫软的身体再没有丝毫力气，任凭豆大的汗珠在皮肤滑过也不愿伸手去拂。

但浮生的身体并没有呈现出病态惨白，而是一种富有活力的赤色，在残破的袍子下面，是一具充满活力的魁梧肌体。

片刻，浮生竭力起身，直直地站立，赫然发现自己的身体又高了半寸，精悍健壮。

典脏律动更是澎湃有力，典环运转更是凌厉酣畅，更是在那一抹青色之间，隐隐透着些幽蓝光芒。

"吃得苦中苦，接下来，是四十粒！"

浮生没有做丝毫的停歇，倒豆子似的往口中丢着培元丹药，随着喉结一动，四十粒丹药尽数吞入腹中，浮生的眼中闪过澎湃战意，闪过灼目精光。

"让暴风雨来得更猛烈些吧！"

第19章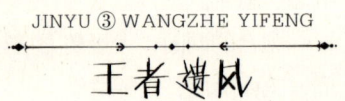

"典锻境九星圆满，五重天赋青色典环。"

当最后一丝药力被身体消化吸收后，浮生挥舞着臂膀，对于这个结果很是满意。

其实他的典脏强横，足够再凝结出一只典环，也即是突破到典搬境，但如此的话天赋就已定性，五重青色只能支撑他走到第五重典涅境便要止步。

曾经，浮生便是在此上吃了亏，致使他止步于典化境皇者，十万年竟不得突破。

如此，他便要在每时每刻做到尽善尽美，将曾经没能逆反的天给逆了！

浮生掐指一算，自己竟耗去了三天两夜的时光，已然逾越了月倾颜的两日之约。

"据说，神陵是在阳魄界正南方，我便朝着南方日夜兼程，或许能在半路上追到。"浮生思量片刻，打定主意，"即使不能在半路遇到，神陵总是不会移动的，直接进入陵墓便是了。"

想到这里，浮生当即起身一跃，便是十丈之远，回首过往，浮生略有惊奇，发出阵阵笑声，随后便朝南方狂奔疾驰。

犹如一股旋风驰骋在山林之间，所过之处，树叶纷飞，鸟兽皆惊。

即使是一些实力稍强的典兽，在惊讶过后定睛去看，也不能捕捉这道如风似电的身影，一时间还以为是在阳魄界潜修的高人出山，一个个缩头缩脑，生怕一不小心就被抽了兽筋，拔了典骨。

阳魄界中南，有一处山谷，樱花遍地，绯色满目，又叫风月谷。

月色洒下一层银亮柔光，当第一只脚踏上遍地樱花瓣的时候，一道人影动了，白影闪身上前拂袖一挥，典力鼓荡出一道劲风，将遍地樱花吹得漫天飞舞，美轮美奂。

浮光倩影，月倾颜在这漫天花舞中更显得美轮美奂，令世人惊艳。

"落红满地，你不忍见它们被践踏，护得了一时，还护得了一世？"

双翼天马缓缓挥动着翅翼，晨曦俯视着脚下，不由得嗤笑。

月倾颜并不理会，她踩着湿软的泥土走出几步，选了处背风的地方缓缓坐下，片刻之后，竟闭上了眼睛。

不远处队伍前，有一白衣少年，一尘不染，面如冰霜，背负着一把长剑。

他怀璧抱胸，也缓缓走在泥土上，威势四溢，就连纷飞落下的花瓣也要避让，穿过花雨，他也寻了一处僻静的角落，取下背后长剑，抱在怀里，便没了声息，宛若与夜色融为一体。

"既然如此，我们便在此处休整吧，反正时间还很充足。"队伍最前端的莫文轩冲身后数百人摆摆手，下令道，"安营，扎寨。"

数百天骄与之响应的只有一半，余下的要么跟在晨曦身后，要么聚集在一起冲着远处的月倾颜和白衣剑客指指点点。

月倾颜一经亮相便抢走了晨曦的光辉，仅从容貌气质而言，晨曦拍马难及，不过目前还未展现过实力，还有不少人持着观望态度。

毕竟，在典者的世界里强者为尊，若是月倾颜实力平庸，还是晨曦更具备追捧的价值，那可是天佑宗核心弟子啊！未来是有资格成为天佑宗之主的！

而那白衣剑客，是临行前不久出现在巴丹郡行宫的，除了莫文轩等少数几人有些了解外，其他人对其一无所知。

白衣剑客刚刚出现便俘获了大量少女芳心，因为他长得实在太美！虽说用美来形容男子容貌有些侮辱的意味，但用在他身上绝不过分。

如果这白衣剑客易容变装，化身成女子，比起晨曦和月倾颜也不会逊色太多。

只是此人冷若冰霜，气势太盛，杀意太浓，生人勿进，否则巴丹郡天骄中的女子早就不能自已地围上去了。

不多时，天骄们就搭建出一些简易帐篷，供莫文轩这类首领性质的人物居住，排名二十往后的统一在外面吹着冷冷夜风。

此次探索陵墓一事早在巴丹郡时就计划好了，天骄一战反倒是附庸，因为莫家拿出了铁一般的事实，阳魄界数千年来所产资源都聚集在噬灵神陵中，尽数取来，雄厚资源支撑下巴丹郡便能一跃冲天，甚至与天佑皇都比肩。

每一位巴丹郡天骄心中都有一份耻辱，被称作九级郡不毛之地的蛮夷野人，在其他八郡面前抬不起头的他们迫切地想要改变这一切，所以他们以及背后的家族、势力都争先恐后地响应了莫文轩的号召，为探索陵墓竭尽全力。

但此事毕竟是在噬灵族的地盘打噬灵族的秋风，一旦走漏风声后果不堪设想，很有可能遭到噬灵族大能者的全力镇压，所以所有天骄守口如瓶，即使是滕青山在面对浮生的时候也有所隐瞒，便知道这是怎样的决心了。

当然，纸终是包不住火的，莫文轩也没有打着天衣无缝的算盘，终究还是流传了出去。

晨曦代表天佑宗，便是为此事而来，虽然看起来是孤身一人，但以晨曦的实力加上双翼天马这货真价实的典兽，巴丹郡天骄中无人能出其右，就是强强联手，怕也是奈何不得。

那白衣剑客，旁人不知道，莫文轩却是清楚，他是从八级郡京南郡来的，再详细的信息便不得而知了。

至于月倾颜，莫文轩最终只查到了她不灭宗内门弟子的身份，便断定是代表着三大宗门之一的不灭宗，既是内门，就算没有展现过实力，莫文轩也对其敬而远之。

而昙花一现的无名少年，莫文轩虽然记挂，却也没有过分认真，就算他再怎样强悍，还是有飘雪剑圣出手制衡，犯不上莫文轩去操心。

在莫文轩招呼东方祭、笑红尘等人进入帐篷后，留守在外面的年轻天骄，闲暇无事，三三两两，私语起来。

"这一天我们就行进了三分之一的路程，估计在五天之内，就能将神陵中的丰富资源尽数取来，不知到时候我们流家能分多少。"

有人已经开始浮想联翩。

"今次天骄一战虽是附庸，也能说明问题。"

立即有人正色提醒道："自从莫文轩成就半步黄色典环后，巴丹郡再无人能出其右，连带着莫家的王者地位也会越发牢靠。再加上，此次探索最终分配物资的也是他莫家，示好越早，得到的利益也就越大！反正我已经表明立场，愿为莫家鞍前马后，至死方休。至于那影寻寒，哼哼。"

"自然，影寻寒只败一招，已经失去了成为主角的机会。"

唏嘘声中，有人附和道："这次探索神陵，影寻寒知道了又能怎样？莫文轩早已将其视作必杀之目标，就连整个神将门都岌岌可危。现如今，影寻寒不知是躲到了哪里，很可能已经离开阳魄界，收拾细软，准备逃亡了。"

"话虽如此，我总觉得最终少不了一场恶战。"还有的人，看法比较高明，偷偷扫视晨曦、月倾颜与那白衣剑客后，将声音压得很低，说道，"天佑宗和不灭宗都来我们的地盘打秋风，还有那小白脸，京南郡的人，立场不明，最终少不了一场大战啊……"

却在此刻，天边传来一阵狼啸，在这寂静的夜煞是瘆人，几乎所有人都紧绷着精神，因为在阳魄界中有一种强悍的典兽唤作暗影天狼。

如此凄厉的狼啸声，响彻夜空，必定是那暗影天狼发出来的，人人自危中，唯独月倾颜、晨曦与那白衣剑客不为所动。

猛地，灌木丛中传来一阵窸窸窣窣的声音，有人将典器握在手中，有人将典脏激活律动，也有人预备了典术的起手式。

却听"哗啦"一声，一道黑影猛地蹿了出来，落在风月谷中，劲风扫落红，刚刚沉寂下来的樱花瓣又被卷得漫天飞舞。

月光中的少年环顾四周，吁了口气："终于赶上了。"

临时搭建的帐篷看似简易，内有乾坤，一张巨大的金漆圆桌边上，以莫文轩领衔满满当当坐着十几人。

除开天骄榜第二位的影寻寒，自东方祭开始，下面是笑红尘、洛熙，一直到第二十位的墨离均在此间。

此间修为最浅的墨离，也有典搬境七星的实力，却都是正襟危坐，不敢有丝毫松懈。

因为他们此番图谋实在巨大，稍有差池不仅自身难保，噬灵族大能必定会迁怒巴丹郡，到时才是天地之大无处藏身。

"我们所在的风月谷，是在这里。"莫文轩挥袖，铺开一张巨大的羊皮卷地图，点在其中一点，接着向下一划，"而噬灵神陵是在这里，其距离还有千里，以我们的速度，大约还有三天。"

说到这里，莫文轩托着下巴沉吟片刻，才道："南征。"

"嗯。"席间，一黄衣少年起身拱手。

"你乃天骄榜第十六位，自你向下，连你在内一共五人，稍后动身前往三百里外的黄石岗。"莫文轩说话间，目光停留在先后起身的另外四人，微微点头间，目露精光，"根据之前搜集的情况，黄石岗中鼠怪泛滥，你们五人务必在明日午时之前，清理出一条畅通无阻的道路。"

"好！"

五人对视着点了头。

"别急。"莫文轩摆摆手，示意他们暂且坐下，又点了一个名字，"陈晨，你是天骄榜第十一位，从你到第十五位的高顺，你们五人负责六百里外的虎跃涧。张百川，你则带人负责八百里外的红河谷。"

莫文轩吩咐罢了，环视一圈，才微微点头，抛出三个袋子："这是早已备好的物资，你们自行分配。切记，时间就是一切，一定要保证道路畅通无阻！"

看莫文轩说得这般严重，许多人很是不解，张百川把玩着那只巴掌大小的口袋，索性直接问道："魁首，以我所见，不如我们抛下外面那些人，我们十九人联手，昼夜兼程，三日之内必然可以回到巴丹郡开庆功大宴。"

"是啊。"

"我也是这么认为，没必要带上许多累赘。"

附和声不断，队伍中大多数人确实是累赘，同时还要分配各家的收获，虽说那神陵中聚集了阳魄界的千年资源，但总归是有限的，分配几百人和分配二十人相差甚远。

莫文轩听闻此言，笑而不语，倒是东方祭轻声咳了咳，解释道："根据我们所

127

掌握的情况，神陵很大，又分为上中下多层，其中更是使用了许多噬灵族的秘技，禁制重重，比刀山火海还要凶险万分。我想，在座的没人愿意负责蹚雷探路的工作吧。"

众人恍然大悟，啧啧称奇，莫文轩则是微微一笑，心照不宣。

待这十五人分成三队先后离去，圆桌旁余下四人，对视一眼，兀自笑了。

"他们还真是傻，随随便便忽悠一下就当真了，殊不知螳螂捕蝉，黄雀在后啊！"洛熙幸灾乐祸似的，狂笑不已，"此三处地域，是我们必经路上最凶险的三处，地势险恶，猛兽横行，其中不乏强横的典兽。我想，肃清了这三块区域，他们也不剩多少气力了吧。"

"自然。"笑红尘同样笑容灿烂，把玩着手中一支翠玉长笛，"就算他们侥幸残存，那些典石和药散中，可是融入了我们笑家秘制的化典散，一曲肝肠断，典力尽散。"

笑红尘说话间，直勾勾地看向莫文轩："只是我没有信心，不知螳螂捕蝉，黄雀在后，还有没有苍鹰盯着黄雀？"

莫家祖上一十八代都是文臣，其中翘楚做到了朝中重臣，见惯了钩心斗角，诡计多端。

此计便是莫文轩一手策划出来的，集结巴丹郡几乎所有的力量来探索噬灵神陵目的有二，一来可以牺牲其中大部分作为踏脚石，借助他们扫清障碍，成就伟业。

再者，即使东窗事发，噬灵族追查下来，整个巴丹郡集结承担，有道是法不责众，到时让他们身后的老家伙出面认错，也能大事化小。

毕竟，参加此次行动的都是年轻天骄，搪塞起来也容易些，噬灵族大能也犯不上与一群年轻人计较。

而且，噬灵族与巴丹郡之间也不是简单的扶持与被扶持关系，其中复杂，难以言喻，简而言之就是各取所需。

莫文轩定下此计，笑红尘等人信心十足的同时，又有疑惑，他在谈笑风生中能将那十五人出卖，又怎样保证背后没有更阴险的计划进一步出卖这些人？

"你会有信心的，因为你还有价值。"莫文轩舒展了腰肢，稍露倦态，"且不说巴丹郡不是我一个莫家可以吞下，这仅仅是个开始罢了，在逐鹿天下的路上，我需要与强者并肩作战。"

"呵，这倒是不错。"笑红尘点头轻笑，道，"以你莫文轩的胃口，一统巴丹郡绝不会满足，我猜你是想跻身天佑国高层，与那顶级郡城中的才俊同台较技。"

莫文轩却是笑而不语，心中感叹，即使是巴丹郡天骄榜第四位的笑红尘目光也短浅了些，顶级郡城亦无法满足莫文轩的胃口。

他的志向，远在天下；他的谋略，远在寰宇。

"好了，不说这些。"洛熙话锋一转，目光瞥了瞥帐篷入口，"外面可不仅仅是我们的垫脚石，还有几个需要重视的，你打算怎么办？"

此行队列中不仅仅是巴丹郡天骄，还有天佑宗的代表晨曦，不灭宗的代表月倾颜，和那冷若寒冰的白衣剑客。

"这确是个问题。"莫文轩也叹了口气，眉头稍蹙，"晨曦降临阳魄界后虽未有出手，三重黄色天赋摆在那里，我们必不是对手。诚然，我们背后有一位飘雪剑圣，但晨曦背后也有神都散人。而且，惹恼了天佑宗，不等我们走出巴丹郡便会遭到灭顶之灾。"

"不灭宗月倾颜也是一样。"东方祭闷闷地叹了口气。

"近交远攻，那白衣剑客来自京南郡，若是背后也有相当的势力，我们不妨将他拉入阵营。"笑红尘收起了玩世不恭，正色道，"莫文轩，那白衣少年到底是什么来路？"

"我不知道。"莫文轩耸耸肩。

"可是你将他带来的。"

"不错，是我将他带来的。"莫文轩点头，歉意一笑，"数月前，我在谋划此事的时候，考虑到神陵中的重重禁制，就四处寻访高人，最终经人介绍找到了此人。"

说到这里，莫文轩沉默良久，笑了："其实，我连他叫什么名字都不知道。"

"那你……"

三人同时皱起眉头。

莫文轩做了个少安毋躁的手势，继续说道："他手中那把剑，你们知道是什么来头？"

三人齐齐摇头，一路走来倒是不曾注意过白衣少年手中青锋。

"千百年前，天佑国第一高手恨天王者，你们可还记得？"莫文轩并不着急揭露，悠悠提及此人。

"怎会不记得？"洛熙性子急躁，吹眉瞪眼，"那不仅是千百年前的第一高手，天佑国建立以来，可谓前无古人后无来者！天地之间，又有谁不曾听过这威名？"

"恨天王者，成名于典生境，陨落于典成境，被誉为是万年前皇者之后天地最强的典者。"东方祭也是一脸正色，提及此人此事，不敢有怠。

在天佑国，典生境的王者也是屈指可数，历史上共有八位。

恨天成名于典生境，是因在当时共有四位典生境王者出自天佑国，在一场无法考证的战役中，恨天独战另外三位王者而不落下风，于此成名，远播寰宇。

"你是说，此人是恨天的后人？"笑红尘瞪大了眼睛，深深喘了几口气。

典者，万众挑一。

典锻境、典搬境、典魂境……

每一道境界，寻求突破，困难重重，达到典魂境已然可以轻君慢侯，即使是皇室宗亲也要奉为上宾以礼相待。

而典魂境与典生境王者相比，比一只蚂蚁好不到哪儿去，笑红尘发誓，如果那白衣少年疑为王者之后，他立即要收拾行囊打道回府。

王者，可不仅仅是实力，还有那无与伦比的影响力。

"不。"莫文轩面色复杂，摇了摇头，"但他确实跟恨天王者有些牵连。相传，在千年前恨天王者陨落，天佑国君动用三百万人力，耗费物资不计其数，为其修缮一座衣冠冢，又集合宫廷首席器者的力量，将恨天王者生前常伴的一件典器封印其中，那件典器破日惊天剑，虽只是绿色典器，也沾染着王者气息。"

"你说的这些，人尽皆知。"笑红尘精神紧绷，却得不到确切的答案，急得抓耳挠腮。

恨天王者是继皇者之后的一段神话，天佑国君为缅怀这位通天强者，为其修建的衣冠冢比历代国君之陵墓还要庄严肃穆，天下同悲，大丧三日。

直至今日，每每到了那日忌辰，天佑国土上依旧会挂出白绸，沉痛哀悼。

"那接下来这件事，你便不知了。"三番两次被打断，莫文轩也不恼怒，悠悠一笑，叹道，"你可知，那柄破日惊天剑，那王者遗风，此时就被那白衣少年背负！"

第20章 风花雪月

三人听闻此言，齐齐倒吸了口凉气，对于典锻境而言绿色典器已然是一面难求，莫文轩从噬灵族手中得来的判官笔不过才是黄色典器。

而沾染着王者之风的绿色典器，就更是难得一见。

最为惊人的是，破日惊天剑明明在比王陵还要森严险峻的恨天王者衣冠冢中，为何会出现在那白衣少年手里？

莫文轩见三人的目光又聚集在自己身上，耸耸肩，道："我是不会涨他人士气而灭自家威风的，根据种种迹象表明，那确是破日惊天剑无疑，至于为什么会出现在他的手中，便是我将他找来的原因。"

"你是说，他盗掘了恨天王者的陵墓！"

三位天骄翘楚立刻回过神来。

"也许是他的父亲，也有可能是他的师父，总归是有牵连。"莫文轩点头。

"我还是不能相信。"笑红尘最先表态，"王陵守卫森严，突破守卫就难于登天，要破除宫廷首席典师设下的禁制典阵更是困难……"

"他不是威胁。"莫文轩并不想在此事上再费口舌，揭露了真相便话锋一转，"我真正忌惮的，还是那日在飞念台上的无名少年！"

那无名少年出现的时间并不长，只现身半日，却是惊心动魄，难以忘怀。

拂袖覆手，化解判官笔锋。

战天一式，硬撼东方祭。

绯夜风雪，直面飘雪剑圣。

只这三场，便让人铭记在心，成为莫文轩的心魔梦魇，挥之不去。

"确实，此人来历也很神秘！"东方祭提及苦痛，略有苦涩，"在此我也不妨直说，我潜心钻研六年才略有小成，战天一式，莫兄你看来如何？"

"若有此三招，我不能敌你。"莫文轩沉吟道。

"此人的实力不只在我之上，据大长老所称，怕是莫兄你对上此人也要落于下风。"东方祭叹了口气，"此人之天赋不止于三重黄色，如此人物，绝不会是昙花一现。极有可能，是某方强大势力也想染指噬灵神陵，是来敲山震虎的！"

笑红尘与洛熙虽未与浮生化作的无名少年交手，却也感受过其中厉害，也是眉头紧锁，哀叹连连。

这一步走出去了，就是与天下为敌，换来一个逆天改命的机会，其中高下无法衡量。

进一步，功成名就。

退一步，粉骨碎身。

"好了。"莫文轩猛地变换颜色，"就目前看来，潜在威胁还有四……"

莫文轩刚刚要总结一番，就听到外面传来一阵喧哗声，四人对视着眉头一皱，在莫文轩的带领下便拨开帐幕向外看去。

因为这顶帐篷并非是搭建出来的，而是典器所化，薄薄的帐幕看似通透，实则有极强的阻隔效果，不仅能阻隔声音，还能阻隔气息，就算里面杀到昏天暗地，站在门口的守卫都不可能察觉。

而喧哗嬉闹能传进来，说明动静必定很大，四人果真就看到数以百计的天骄里里外外围了几圈，依稀可以看见人群中有一道白影。

"难道是……"

莫文轩一个闪念，起身便走出去。

旁人一看是莫文轩，恭恭敬敬地让开通道，莫文轩无阻地走到人群中间，便看到一个很是眼生的角色。

这是一少年，红衣白发，面如璞玉，很是怪异的模样。

目光漠然，看不出少年的年纪，既有可能是练了某种诡异典籍导致少年白发，莫文轩就知道噬灵族中流传着这样的典籍。

不过，莫文轩是知道，噬灵族因为本身特异，有铭文浮于体表，修为越高铭文也就越多，越是繁复晦涩。

此刻这白发少年并没有这般姿态，莫文轩还知道在阳魄界中有天人族、翼人族、玄冥族等诸多异域生物，不过他们活动的范围距离此处甚远，一时间莫文轩也拿捏不准。

"怎么回事？"

莫文轩看着少年掌心中三团风旋，那是由典力幻化而成，飞速旋转，咻咻作响。

再看少年的脚下，零零落落躺着七八号人，在苦痛挣扎。

"回禀魁首。"身边立即有人恭敬地低下了头，汇报道，"此人突然出现，不容分说，大打出手，伤了我们八位天骄……"

"好了。"莫文轩摆摆手，示意那人暂且退下，上前两步，"在下巴丹郡天骄魁首莫文轩，不知来者何人？"

很简单的问题，就是问白发少年叫什么名字，从哪儿来，到哪儿去。

但在白发少年听来，似乎很难作答，他低着头沉默了良久，才道出一个字："殇。"

"殇？"

"没错，我叫殇。"白发少年吁了口气，有些失神，似乎是想到了什么不好的东西，白刷刷的脸上蒙着一层淡淡哀伤。

既然口吐人言，莫文轩便知道是同族同类，但对于巴丹郡天骄组成的队伍而言，这个来路不明的殇还是"非我族类"。

非我族类，其心必异。

"你若是过路的，大路朝天各走一边；你若是来寻衅的，我便要告诉你，你来错地方了！"

莫文轩挥袖，将双手负在身后，站在他身后的人便看到，他已经将判官笔握在手里。

莫文轩自以为做得很隐蔽，还是没能瞒过殇的眼睛，他的嘴角微微上扬勾勒出一个优美的角度，就算容貌变了习惯也不会变。

没错，这便是浮生以忘忧草面具化作的另一副面孔，并未随意，这副面孔，这头白发，甚至是这个名字，均是来自他的得意弟子，当年的八阶器皇！

无殇。

无名少年的面容和身份已经用烂了，若是浮生再以那个身份出现，就算滕青山没有反水泄密，也不符合浮生的初衷。

他是要潜伏在队伍里，暗中接应月倾颜的，就要有一个全新的身份，让所有人都不会将他和不灭宗内门弟子月倾颜联系到一起。

刚刚现身，浮生便被数百个巴丹郡天骄围攻，随手打翻几个，莫文轩便现身了，以至于浮生没来得及细想太多，脱口就报出殇这个名字。

之后，浮生便又想起了那徒儿无殇，悲哀伤痛，溢于言表。

沉痛之中，浮生越过重重人影，感受到一股非凡的气势，来自于一位白衣少年怀中的一把剑。

那是来自于王者的气息，在浮生身为一代皇者时虽然也是不值一提，却是此时浮生感受过的最强大的气息！

鬼使神差地，浮生多看了会儿，渐渐地，就对上了那双狭长深邃的丹凤眼。

"真是奇怪，他又不是女子，又不是我曾经麾下的天兵神将，为何我会有些奇怪的感觉？"

浮生努力思索，想找到合适的词语来形容这种感觉，竭尽所能，也只找出能表达其中千分之一意味的词汇。

惺惺相惜！

这千分之一不足以表达浮生的感受，以至于浮生鬼使神差地，又看向了那白衣剑客，发现那双狭长的眼睛也在盯着自己。

重新对视，浮生努力洞悉着这种奇怪的感觉，心念一动，他便走了过去。

他看到，那白衣剑客也起身，朝自己这边走来。

"喂！"不合时宜的声音，莫文轩便拦在了浮生面前，"装傻充愣在我这里没用，给你两个选择，立刻滚蛋！或者，我送你一程！"

浮生似乎是没听到莫文轩的声音，直愣愣地伸手一推，便将这位天骄魁首推到一边，自己则是径直走向白衣剑客。

"哼，去死吧！"

若说之前，莫文轩还有所顾忌，此刻便是恶向胆边生了，毕竟他是这支联军的领头人，三番两次被这个自称是殇的白发少年给无视，这样下去还怎样让人信服？

莫文轩毫不停歇，抬手便在空中写下一道流光字符，他并没有爆发全力，只是以六笔写下一个"死"字。

单一的笔画看起来，只是苍劲有力，字体落成金光大盛之时，便像是活过来似的，纷飞缭乱中变幻成六道金刀。

金刀挥舞缭绕着，将空气切得哧哧作响，如光似电，所有人只看到莫文轩提笔便认定浮生是死定了。

就连月倾颜见到这一幕，也有些讶然，对于她而言区区一部《妙笔生花》典籍不算什么，判官笔也是小菜一碟，但莫文轩如此年纪就练得如此娴熟，却是少见了。

"找死！"

浮生原本不想与莫文轩为难，因为神陵的确切位置和大量信息都掌握在他的手里，一切账等进入陵墓后再清算也不迟。

但此刻，莫文轩已触及浮生的底线，浮生不介意展露实力，以暴力手段将巴丹郡诸多天骄震慑，再迫使莫文轩在头带路。

当然，此举也会增添许多变数，只是莫文轩身为天骄魁首这一点，注定他不甘沦落。

却在浮生还未动手的时刻，一道寒光凛冽，冷风吹过，那白衣剑客怀中的三尺青锋"锵"的一声落入鞘中。

可是，并没有人看到此剑出鞘。

死一般的寂静，窸窸窣窣，萧萧瑟瑟。

缓缓飘落的樱花瓣，陡然从中间裂开，伴着一缕青丝落在地上的时刻，浮生停顿的身形终于动了。

在众人的惊愕中，浮生来到白衣剑客面前，伸手触及他怀中的长剑剑鞘，明显可以看到男子的眉头轻轻皱起。

就好似浮生触及的并非是他怀中的宝剑，而是他的身体，那皱眉分明是厌恶。

浮生指尖缓缓滑过剑鞘上的雕文印章，与之同时，男子的眉头竟舒展开来。

"破日惊天剑？"浮生指着宝剑，问道，"这是破日惊天剑吧。"

"嗯。"

"殇。"浮生退后两步，大方地伸出手。

白衣剑客的眉头便又皱起来，他目光复杂地看着浮生，像是在看一只从未见过的生物，浮生更认为他是在推敲这个动作的意味。

片刻，他的嘴角动了动："纪子卿。"

说罢，他抱着长剑转身走入漫天花雨之中，仿佛有一层无形的隔膜，将他与这个世界隔离开来。

风花雪月，都不能沾染他的身体。

浮生有些尴尬地收回手，转头看向莫文轩："不好意思，你刚刚说什么来着？"

"这殇与那纪子卿早已熟识？看来又不像。"莫文轩为将帅者，对于此细节尤为重视，微微摇头后又推翻了自己的猜测，"可若是不相熟，纪子卿为何出手破我一招？"

深思熟虑，莫文轩暂且放下顾虑，纪子卿最后的无动于衷，赤裸裸的不屑，便是最好的证明。

"我说，你要么滚蛋，要么我送你一程。"

莫文轩收起判官笔，冲着身旁的笑红尘略使眼色。

笑红尘立即会意，挺身上前："小子，你还没有跟天骄魁首动手的资格，就让我来试试你的成色吧。"

"唉，有些人，不挨打就不记痛。"

浮生叹了口气，随即冲着笑红尘勾勾手指。

"大言不惭！我看这句话，配你最合适。"

笑红尘一哼，单手一划，玉箫的穗子在空中抖动，一股肉眼可见的气劲便朝浮生扩散冲击而去。

气劲在地上荡开半圆形的波浪，将花瓣吹得漫天飞舞，就连地皮都被掀开一层，好似那波涛怒潮。

"笑红尘真不愧为我们天骄榜第四位的高手！碧海潮生，好生了得！"

"对付这种角色，根本无须正视，随手一挥，便叫他灰飞烟灭了！"

"唉，好好的人不做，非得来我们面前送死，怪得了谁？"

所有人都认定，笑红尘翻手之间便能将这个装神弄鬼的家伙给挫败，全然没有人发现那白发少年的嘴角挂着一抹嗤笑。

那气劲形成的波涛，气势汹涌，就是比上大海风浪也不逊色，咄咄逼人，眨眼即至。

却看到花雨当中，浮生深深吸了口气，再缓缓呼出来，吹到那迎面拍来的气劲上，神奇的一幕便发生了。

气劲波动竟被这随意一口气给吹散了，不仅如此，余下的力量更是形成一股气劲，反朝着笑红尘打了过去。

而且，比起笑红尘的攻势还要浩大许多，同样被掀起的地皮瞬间被粉碎，泥土混杂在气劲中形成一股黑色旋风，只是看一眼就有一种触目惊心的感受。

"怎么会这样！"

笑红尘大惊失色，不敢松懈，赶忙提起玉箫在空中画了几道，典力流转之间，典脏已然开始律动。

他本是要随意一击将此子泯灭，却不料被对方轻轻吹了口气，反倒逼得自己先动用了典力，橙色典环嗡嗡作响，不断地将典力汇聚在笑红尘手中的玉箫之中。

被拉扯出来的残影勾勒出一面盾牌的模样，笑红尘在持箫的手背上猛地一拍，那盾牌便迎着黑旋风扩散出去。

"看不出来，这殇还是有些门道。不过，笑红尘全力之下就是魁首莫文轩也要忌惮，引出其全力，反倒会使自己死得更快，死得更惨！"洛熙攥着拳头，信誓旦旦，对笑红尘很有信心的样子。

洛熙在天骄榜上排在第五位，第一个要超越的目标便是笑红尘，对此知根知底，那玉箫虽只是橙色典器，全力激发之下，就连洛熙都不能撼动。

玉箫荡出的典力波动，又快又急，那股气势就像是腹胀之人猛地排气，生生将笑红尘本身都震退了一丈有余，双脚随着身体平移在土地上划出一道深深的沟壑。

如此气势波动，引得巴丹郡诸多天骄喝彩不断，但在撞上那股黑色旋风的第一时间，气劲便悉数消散，旋风卷着泥土化作一道洪流，直接拍打在笑红尘脸上。

带着惨叫，笑红尘飞出去很远，撞在了身后巴丹郡天骄的阵营中，砸翻了一片猝不及防的人。

黑风洪流冲击在他的身上，吭哧作响，掷地有声，不多时土流散尽的时候，笑红尘以及身下十几人也被埋进了一片黑土之中。

猛地，黑土里拱出一个脑袋，狠狠几下抖掉泥土后，笑红尘狼狈地吐了几口。

"我不会再对你留情了！"

笑红尘暴喝一声，堆积在身体周围的土堆立刻炸开，带着土腥和淡淡花香挥洒在大地上，笑红尘一张脸因为愤怒扭曲到了极致。

"说实话，我一点儿也不怕。"浮生笑着摇摇头，冲着笑红尘再勾勾手指，"来吧，让我看看你的看家本领。"

浮生是要笑红尘倾尽全力，但在笑红尘听来便成了辱骂，当即暴怒："你才看家本领呢！"

"你想见我的真本事？你这辈子都见不了。"

浮生，也就是此刻的殇，他不明所以，依旧摇着头淡笑。

笑红尘气得呼哧呼哧，就将玉箫横在嘴边，吐完了口中的泥土，便要吹箫。

殇也正色起来，耐心地等了片刻，却听不到丝毫声音，正百思不得其解呢，就见笑红尘握着玉箫狠狠在空中挥了几下，一些黑土便顺着孔洞被甩了出来。

敢情是被土给堵住了。

巴丹郡的天骄们看到这一幕，也不由得哄堂大笑，前仰后合，这一下笑红尘更加恼怒了，重新将玉箫横在嘴边，便吹奏出一道悠扬的声音。

众人已然忘记这是一场激斗，也没有意识到殇留给笑红尘太多的时间，在此前的每一个时刻，浮生若是真心想发难，笑红尘都是难以抵挡。

悠扬的声音接连成片，这是一首音调很高的曲子，若笑红尘是一位乐师还算出色，但身为典者，这样的典器，如此的典技，实在给他的对手留下太多机会。

好在殇并不在意这些，饶有兴致地等待笑红尘准备妥当，看看他到底是以怎样的姿态获封巴丹郡天骄第四位。

一个音节过去了，正当殇打着哈欠想要结束这场闹剧的时候，陡然生变，从玉箫中传出来的声音在典力的支撑下，化作实体。

悠扬的箫声之下，典力化作一道绵延的线条，迅速飞到了浮生身边，缠绕住他的腰身。

一圈接着一圈，几个呼吸的时间，殇便被牢牢束缚其中，典力虽是近乎透明无形的，却是强悍的力量，一缕典力便能化作千百斤，这延绵不绝的重重束缚，当真难以计算要以怎样的力量才能挣破。

"这就是我的碧海潮生。"笑红尘停了下来，箫声一停，束缚浮生的力量也不再加大，他看着被捆绑成一根直棍的浮生，放声大笑，"你以前从未见过这样的力量吧！因为太过强大，见过这份力量的人都死了。"

"净说瞎话，这里好几百人都看见了！"殇苦笑着摇摇头，"不过你前半句说对了，我确实从未见过这样的力量，因为太弱了！"

浮生总算意识到，自己给巴丹郡天骄们的期望太高了，确实是一群乌合之众，也就只有莫文轩与影寻寒两人有些门道。

"给我破！"浮生低喝一声，典脏只一下律动，爆发出一股典力随即沉静。

也就是这一次典脏的律动，浮生双臂一展，便将笑红尘这所谓的力量粉碎，脚下猛地一蹬，一闪身便跨越了他与笑红尘之间十数丈的距离，反手就是一甩。

"啪"！

轻响声过后，浮生甩了甩手，已然将那只玉箫拿在手中，细细端详起来。

"呃……"

莫文轩被惊得说不出话来，他转头看了看身后，昏死中的笑红尘已经被人扶起，半张脸肿得老高，又是灰头土脸狼狈至极，哪里还看得出一丝天骄才俊的样子。

猛地，莫文轩回过神来，大大方方便走向殇，也未有局促，好像一下子忘记了自己之前出言侮辱，又出手偷袭。

"殇兄果然好本事！此行若能有你助阵，必定马到成功，大获全胜啊！"

莫文轩摩擦着手掌，仔细观察着殇的表情，便斗胆要伸手去拍殇的肩膀。

"喏，这垃圾还给你。"殇随手将玉箫递过去，截停了莫文轩，"我记得你刚才好像说要送我一程？"

"呃……"莫文轩愣神片刻，随即笑道，"殇兄真是喜欢说笑，这边请，这边请……"

说到这里，莫文轩立刻招手吩咐道："还不快快给殇兄准备歇脚避风的帐篷！还有，将我的红枫香茗泡上！"

吩咐罢了，莫文轩便引着殇向前走去，殇的心思全然不在这里，他掰着指头计算着，心情很是畅快。

"一下子就收获了三千多点威望值，不错不错，距离下一部典籍又近了一步。"

 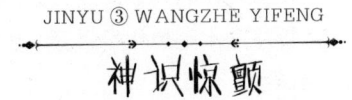

莫文轩盛情相邀，入到帐中，洛熙恭敬地端来一杯喷香四溢的茶水，经莫文轩的手转到了殇的面前。

"殇兄出手不凡，颇有些大家风范，鄙人见识也算广泛，却看不出兄台的手段师从何人，"莫文轩并不掩饰，直言问道，"不知殇兄是哪门哪派的高徒？"

"你还不配知道。"殇端起茶杯，轻吹着茶水，丝毫没有给这位天骄魁首面子。

莫文轩的笑容凝固了，以他的身份地位，当真没见过如此狂傲之人。

就是那天佑宗的晨曦，虽说是爱搭不理，也不会这样冷言呼喝。

强行将怒气压了下去，莫文轩做出一个请的手势，讪讪道："英雄不问出处，殇兄不愿透露也是情有可原……"

既然对方不给台阶，莫文轩自己找个台阶走下来还是很简单的，但他的话刚刚说到一半，就听到对面的白发少年又是一哼："你也配与我称兄道弟！"

说罢，殇抬手便拍在了桌子上，将余下的大半杯茶水都给拍翻了。

"只喝了一口，恐怕药效不会那么强烈……"

莫文轩心中想着，脸上笑意不减，低声道："是是是！您这般高强，我们这些人自是不配与您称兄道弟。只是不知尊驾此番降临所为何事？"

"巴丹郡天骄魁首也不过尔尔，也是个遇到软的就往死里欺负，遇到硬的就缩头做乌龟的人。"殇冷声笑着。

"是，是，您说得对。"莫文轩依旧赔着笑脸。

他算计得真切，这个横空出世的白发少年异常凌厉，一招大败笑红尘，就是自己对上了也讨不到好处。

方才他已经以暗语知会东方祭和洛熙，早已将笑家秘制的化典散投入茶水中，虽说对方只喝了一口，只等药效发作也能将其体内典力化去七七八八，还不是任自己拿捏？

不过，殇的这番话在莫文轩听来，有些刺耳，似乎言下之意是在指前日飞念台上的影寻寒。

"呵，旁人不知道你莫文轩，我再了解不过了，满腹经纶读到了畜生身上，满脑子的坏水，当真以为我不知道你在茶水里做了文章？"

浮生化作的殇心中冷笑，早已看穿了一切。

浮生原本是想化身强者，出手震慑，在队伍中谋取一定的地位，也好在暗中策应月倾颜。

现在看来，此举并不妥，以莫文轩的心思，卧榻之下不容他人酣睡，一旦有超出他掌控的强者出现，若不解决，心神不宁。

所以，浮生佯作饮下茶水，实则那口茶全部流入忘忧草制作的面具，稍后借机遁走，摘下面具再折返回来。

相比一招就大败笑红尘的白发少年殇，浮生的本来面目必不会引起莫文轩的忌惮，毕竟，大家认知里的浮生还是那个只凝练出残破典脏的废物。

"不过话说回来，他到底下了怎样的药散？这种低级药散发作之后又是怎样？"

浮生一时犯了难，曾经身为皇者的他也曾身中奇毒，譬如火凰一族的离火玄阴毒，噬灵族的万世失魂散，那些足以侵入皇者血肉的毒药，浮生记得真切，却不知道这种低级的药散是怎样的药理。

"算了，装作头脑昏涨，随随便便对上两招，然后扮作重伤遁走的样子，想必他也不会察觉。"

想到这里，浮生打定主意，立即抬手扶住额头，龇牙咧嘴，摇头晃脑，表现出极度痛苦的样子。

"哦？这么快！"

莫文轩微微一惊，当即拍案而起："哼，你这种东西还敢与我叫嚣！不怕告诉你，你所中的是笑家秘制化典散，你的典力已经无法动用，沦为凡人。"

莫文轩这么一说，浮生才知道是化典散，心中嗤笑，这种东西就算是饮下也能保证无恙。

"哈哈，也不打听打听，巴丹郡的天骄也敢招惹，明年的今天就是你的忌日！"洛熙畅声大笑，揉了揉拳头，"怎么？就让我一拳打死他吧。"

"不好。"东方祭摇摇头，道，"此人的本领也算高强，为我们所用才是王道。"

巴丹郡年轻天骄中，心计城府，以莫文轩与东方祭最是高深，不像其他的四肢发达，这两人是可以将自身利益最大化。

听到这个建议，洛熙也点了点头，但还是不放心的样子："他的实力，高深莫测，如果不是笑家秘制的化典散，恐怕我们任何一个都不是他的对手。若是他此刻委以虚蛇，日后又跳起谋反，我们怎么办？总不能时时刻刻给他灌下化典散吧，那样他成了废物，于我们也无用。"

"无妨。"莫文轩摆摆手，成竹在胸，"噬灵族传我莫家判官笔的时候，另传了一道锻灵典术，施展之下就能将人炼成傀儡。虽然变成傀儡后战力有所损失，却是以我马首是瞻，我让他死，他绝不敢苟活。"

"哦？如此甚好。"洛熙惊叹的同时也多了个心思。

"锻灵典术？"

浮生心中一动，依旧装作毒发典散的样子，紧紧盯着莫文轩的举动。

曾经身为一代皇者，浮生掌握着九十九门无上神通，三千部大典籍与不计其数的小典术，如今均被《究极真解》封印。

对于锻灵典术，浮生肯定自己曾经修炼过，只是因为记忆太过烦琐庞大，又有封印的缘故，一时间想不起来。

"三灵离体，七念合一！锻灵！"

莫文轩提笔狂书，在空中画出一道道金光符号，这些符号在空气中轻轻飘动间，组成一道完整的符箓。

符箓初成，金光乍现，便震荡出一股气势波动，阴凉晦涩。

但凡与神识有关的典术，均是如此门道，就像在虚空中有一条致命毒蛇锁定了自己，浮生曾经常与噬灵族大能打交道，自然熟知这种感觉。

那符箓将成，被莫文轩抬手一拍，就朝着浮生飞去，感受着其中气息，浮生可以清楚地体会到，泥丸宫内一点光芒涌现出来。

如灵思泉涌，一点即通，浮生恍然大悟："原来是神识惊颤。"

典术典技，各有体系，就譬如怒猿撕和猛虎啸，属于模仿典兽的典技神通，而这两者只属于典技，算不得典术，对照着典术中的魔猿大力术和龙腾虎跃，这才叫作小典术。

更强悍的，便是以典术延伸，创造出完善的体系，包括进攻、防御等方方面面，有些典技甚至还有一些粗浅的修炼法门，这便叫作大典籍，得其一毕生受用，可开山立派，奉为宗师。

浮生曾经就掌握着三千部大典籍，神识惊颤便是其中一部中的一道典术。

至于无上神通是存在于传说中，可开山裂石，翻江填海，斗转星移，出手便要伏尸百里，血流山河。

"神识惊颤，好家伙，四千一百点，刚刚好。"

浮生拿捏片刻，暂时没有兑换，毕竟他此刻的目的并非战胜，而是装作惨败。

绕开空中慢悠悠飘浮的符箓，浮生直取幕后的莫文轩，莫文轩倒是惊讶，抬手便写出一个"灭"字："果然是有些实力的，中了化典散还有力气反抗。"

"让我来！我早看这家伙不顺眼了。"洛熙也是战意澎湃，挥舞着拳头便迎了上去。

这等实力浮生还未看在眼中，若要躲闪易如反掌，但他的目的并非如此，正迎着那道"灭"字冲了上去，字符炸裂的同时，洛熙的拳头也到了。

以典力护体，浮生猛地一拳轰杀出来，与洛熙对上了拳头，双拳之间暴风肆虐，洛熙闷哼一声便退了十几步。

"哎呀，不能这么厉害。"

浮生不自觉地就展现出实力，心中一惊，赶忙也退出十几步，装作是平分秋色的样子。

"哼，这一拳就要你的命！"洛熙揉了揉发麻的虎口，翻身再上。

"你们等着！总有一天我会回来，血洗巴丹郡！"浮生见状，戏份已足，不再拖延，顺着窗口便跳了出去。

余下帐内三人，对视一眼，莫文轩当机立断："洛熙，去追，活要见人，死要见尸！"

"好嘞！"洛熙咧嘴一笑，翻身追了出去。

月夜之下，隐约可以看到前方有一道跌跌撞撞的身影，洛熙激活典脏，以典力灌注双腿，奋力奔跑之下，双方距离迅速缩短。

只一盏茶的工夫，洛熙便追出去几十里，出了风月谷是一片平原，洛熙眼看着越发临近，恨得牙根直痒痒。

"好家伙，让我追上了你，定要将你撕成碎片！"

洛熙心中发了狠，再抬头看去，那人影竟然停在原地。

怔神片刻，洛熙三两步跃了过去，喘息道："跑不动了吧，受死吧！"

借着月光，洛熙再次看到了对方的面容，哪里是什么白发少年殇，这张脸他记得分明。

"浮生？"洛熙惊得瞳孔猛缩，逐渐意识到了真相，"原来，飞念台上的无名少年是你，白发少年殇也是你，你到底是何人，到底有何目的？"

一时，洛熙吓出了浑身冷汗，强作镇定："你最好不要轻举妄动，否则，我巴丹郡数百天骄联手之下，任凭你有通天彻地的本事也能将你镇压！"

"是吗？"浮生眉头一挑，低声念诵出一段晦涩的音节。

晦涩的音节组合在一起，透着些苍凉悲意，霎时间，洛熙只觉得自己掉进了冰窟窿，浑身上下都冰凉蚀骨。

环顾四周，确实在一处平原没错，洛熙紧紧咬着牙齿，猛地激活典脏，典环颤动间大量典力涌了出来。

"让你看看我刚刚兑换的典籍吧。"浮生说罢，咬破手指，朝着洛熙的脑门点了过去，"神识惊颤！"

在洛熙看来，浮生的速度并不算快，就是普通人也能闪身躲开。但黑夜中侵袭而来的寒意，像是一双无形的大手，操控着他的身体，让他不能动弹分毫。

眼睁睁看着浮生带血的指头按了过来，洛熙感觉到有一些东西进入自己的身体，深入泥丸，落地扎根。

眼前闪过一抹白光，猛地洛熙打个冷战，回过神来看着面前的浮生，下意识地，他恭敬地低下了头："主人，请吩咐。"

"回去吧，告诉莫文轩和东方祭你已经令殇粉身碎骨，然后做你该做的。"浮生满意地点点头，吩咐起来。

"是，我的主人。"洛熙颔首敬礼，随即恢复常态，朝着风月谷的方向走去。

洛熙还未走出浮生的视线便被拦住了，定睛一看，原是那月倾颜。

旁人不知道白发少年殇的底细，月倾颜只一眼便看出来这是浮生化身，料定洛熙不会是浮生的对手，此番追出来是要交代一些事情。

"放他走吧。"浮生几个跨步，落在不远处，挥了挥手，道，"他现在已经是我的傀儡，是我们暗中的一股助力。"

"傀儡？"月倾颜秀眉微蹙。

出身自拜月教的她曾在一块方尖塔碑中读到过，天下典术神通最为强大的就是有关神识的典术，而将人炼制成傀儡正是其中最粗浅的威能。

不由得，月倾颜多看了浮生几眼，她本是在山穷水尽的境地下才发展了浮生这一隐秘帮手，如此看来是捡到宝了。

"没什么，小把戏罢了。"浮生并不在意，话锋一转，"莫文轩此人疑心很重，我若是再以陌生的身份出现在他的视野，必定会引得他坐立不安。所以，我准备以本来面目，隐藏实力，伺机混入队伍中。"

"如此甚好。"月倾颜点头，"世人多浮躁轻佻，少年者更甚，你以本来面目再次出现，必然不在他的预料当中，此举对我们成事大大有益。我们要的是最终胜利，不必与他们争一时之高下。"

"嗯。"浮生亦是点头，鬼使神差地叮嘱道，"莫文轩此子，眨眼间便是千百算计，你也要小心一些。"

浮生以神识惊颤在洛熙体内留下意志，炼制成傀儡，自然也获得了洛熙的记忆。从中可以得知，莫文轩在暗中还有图谋，浮生一时恍惚将月倾颜当作了那个她，关怀备至，情不自禁。

"你的锻灵典术，似乎可不是什么小把戏。"月倾颜再度关注到这一点，对浮生很感兴趣的样子，"你真是越来越出乎我的意料。以你的天赋、性情、心境，还有战力，以及渊博的见识阅历，实在不该是不灭宗一籍籍无名的外门弟子，就是将

第小章　神识惊颤

你奉为神子，内定为下一任掌教宗主也不为过。"

月倾颜自然知道浮生还未显现真正的实力，也不知晓浮生已然是不灭宗首席大弟子的身份，但目前看来，比起晨曦都毫不逊色，晨曦在天佑宗可是被当作下一任掌教至尊那般扶持培养的。

浮生笑笑，并不言语，月倾颜说的这些倒是事实。

"这样吧。"月倾颜盈盈一笑，一双清澈的眸子闪着些异样神采，"此事事成之后，由我举荐，保你拜入拜月教，那里才是你大展拳脚的地方。"

月倾颜语气傲然，因为她料定这是浮生不能拒绝的邀请。

天佑国三大宗门很强，但跟拜月教比起来好似一只小蚂蚁，只要是洞悉拜月教存在的典者，无不是挤破脑袋想要拜入其中。

"哼，区区拜月教，如今的我确是要将你们看在眼中，但这样的日子并不会太久。"浮生哼了一声，不以为然，"我和你之间，仅限于这次合作，而合作的原因仅仅是你像我的一位故人，仅此而已！"

浮生说罢，转身便走。

浮生与拜月教之渊源不止于曾经，他现在的生母便是拜月教上一任圣女，因私通浮南而被囚禁，终不得见天日。

初见月倾颜时，浮生惊讶于那复刻般的容貌，惊讶于世间两朵相似的花儿，并未有更多的想法。

但是此次，再见到月倾颜，初见时的冲动与黯然消退之后，浮生竟有些别样的想法。

尤其是在她说出要举荐自己拜入拜月教时，浮生一时间当真想出手将其镇压，再携此女直上拜月教，胁迫对方交出娘亲。

或是，干脆杀了泄愤。

但浮生终究是经验十足，一瞬间的冲动过后，他知道这并非明智之举，不过是一时匹夫之勇。

只有重新修成皇者，乃至突破皇者，让天地之间所有生灵仰视膜拜，方才圆满。

所以，浮生走得很干脆，一闪即逝的杀机亦没有让月倾颜捕捉到。

月倾颜倒是一惊，片刻，回过神来，急忙问道："你去哪里？"

"黄石岗。"

浮生翻查洛熙的记忆，得知有三队人马被派出去，其中最近的是在三百里外的黄石岗，这便是浮生的切入点。

三百里足足花了浮生两个时辰，拂晓之际，看着面前怪石嶙峋的山岗，浮生并没有立即进入，而是在入口处寻了一处洞窟静静地等待。

掐指一算，南征带领的队伍虽是先发，却要后至，起码再有一个时辰才能抵达。

浮生闲暇无事，查点自身，演练着近日从《究极真解》下兑换的三道典籍。

"首先，是战天一式。"

浮生心念一动，一双光翅便从双肋伸展开来，激荡出的澎湃气势扩散开来，只是振翅一拍就扫得洞中飞沙走石，地动山摇。

黄石岗方圆之地，细小如蝼蚁，各路潜伏在山林间的野兽，还有那强大的典兽王者，感受到这股气势无不震惊。

除了少数强悍的存在，还能夹着尾巴躲闪遁藏，大多数都是如遭雷击，怔在当场，连逃跑的勇气都失去了。

如果此刻浮生走出山洞，会发现在外面的山谷中聚集了大量野兽，其中也不乏修出武典神通的典兽。

它们聚集在山洞外面，其中不乏不死不休的天敌，却在此刻相安无事。

它们每一只都匍匐在地上，虔诚地望向那座山洞，那强大气势的源头，麦芽草也冲着浮生的方向弯下腰，发出来自于神识的朝拜。

"这还仅仅是最初阶段，震慑一般的典者足够了。"浮生点到即止，当即散了典力，收了光翼，满意地点点头，"接下来，是'化念'。"

说话间，浮生的指尖缭绕起一股幽幽的光晕，看似无害，却能从中感受到一股源源不绝的隐晦力量。

浮生弹指一挥，这股幽光闪烁出去，瞬间就洞穿了山谷中几只风狼的头颅，在回到浮生指尖之后，光芒闪烁跃动间更加强劲有力。

"泯灭典器特性，消散意志，这仅仅是'化念'不值一提的效果。"

浮生唏嘘之中，有些悲悯，因为他知道那几只风狼是死了。

不管它们的本体位于何处，是怎样的修为，只要被"化念"的力量洞穿大脑，下场只有死路一条。

周围的典兽意识到空前的危机，匍匐在地上，不住颤抖，对于这股陌生的力量表现出无比的恐惧。

以至于，在这股力量面前，它们连逃跑的勇气都失去了。

"最后，就是神识惊颤。"

浮生起身来到山谷外，环视一圈，战天一式的气势散去之后，那些弱小的野兽早已逃得无影无踪，余下的近百只均是典兽，种类繁多，其中以鼠怪居多。

鼠兽人身的鼠怪善于以兵器配合神通典术，但单独拿出来也很弱小，是胜在数量惊人，动辄十数甚至数十只倾巢而出，行动敏捷，配合默契，短时间内就能将猎物围困杀死。

浮生抬眼一扫，此处的鼠怪有五六十只，除开那些躲藏在犄角旮旯的，黄石岗中大部分鼠怪就都在这里了。

此刻，众多鼠怪在浮生的扫视下十分不安，它们匍匐在地上，尖长的嘴巴带着胡须轻微抖动着，乌溜溜的眼睛紧盯着浮生手指尖那一抹幽光。

亲眼目睹这道幽光秒杀了几只风狼，它们生怕在下一个时刻，这幽光就朝自己飞过来。

"就你吧。"浮生随意挑选一只，咬破指尖，便按住了剧烈颤抖中的鼠怪。

随着精血，一股典力如同暴雷疯狂涌进了鼠怪的尖脑壳，震荡的同时，也在它的脑中留下不可磨灭的痕迹。

这便是神识惊颤典术，原本以浮生兑换的部分，控制洛熙之后并不足以再控制一人，但控制一只典兽作为斥候还是不算勉强。

毕竟，与人类相比典兽优于肉体强横，血骨坚韧，在精力方面却要逊色许多。

不多时，这只鼠怪便不再颤抖，弓着的身体向浮生俯首，像是恭敬忠诚的仆人在等候差遣的样子。

"去入岗的必经之路守着，有任何情况立刻汇报。"

浮生满意地点点头，抬手一指黄石岗入口的方向，那鼠怪立即会意，敏锐伶俐地跳了几跳，不多时便消失在视线里。

待浮生转身重新回到洞窟之后，余下的典兽这才如释重负，片刻之后，其中有一些试探性的直起身体向后退了退，发现无恙后，越来越多的典兽撤离这里，不多时山岗便恢复了往日的平静。

第22章 现在是抢劫

足足等了一个多时辰，浮生这才收到汇报，说是有一行人正朝着黄石岗的方向行进，规模在十人左右。

"去吧，带上你的同族，让他们未进来先死一半。"

浮生取出仅存的几颗典石丢了过去。

山林猛兽本就通人性，典兽更甚，有些典兽开启灵智的程度很高，甚至比人类还要精明。

这只鼠怪是浮生操控的傀儡，无须赏赐，但山岗中其他典兽仅仅是被震慑，若不拿出些好处恩威并济不见得就会听从浮生的调配。

那鼠怪捧着典石，很是欢欣，匍匐在地上致以最崇高的敬意，这才领命退下。

"典石、药散几乎都耗尽了，需要多搞些典石等修炼资源啊。"

尽管想要激发天赋，以典石而言，效果甚微，可以说，基本上不可能。

但典力是一切的基础。浮生曾掌握有可以激发天赋的秘法，可因为典术被《究极真解》封印，目前也没什么办法，只能试试在不突破到典搬境的情况下，尽量提升典力，寻找机缘。

以浮生今日之实力，对上阳魄界中任何年轻典者都能轻松应对，存在变数的就是月倾颜与纪子卿。

前者是拜月教弟子，家学渊源深厚；后者出身神秘，手中持有王者遗风。

不过，这两个人对于浮生威胁不算大，多半是不会有交手的机会，真正让浮生视作威胁的是飘雪剑圣，还有站在晨曦身后的神都散人。

神都散人暂且不谈，只说飘雪剑圣，上次浮生与之交手平分秋色，似乎对方还有些隐藏。

浮生坚信，只要自己突破到第六重蓝色天赋，三十二倍战力之下，任凭飘雪剑圣有通天彻地的手段，在这阳魄界内也绝非是自己对手。

想到这里，浮生灵光一闪："对啊，洛熙的记忆里，莫文轩可是赐下大量物资给那些负责清理道路的天骄。虽然那些药散中有毒，但典石是不会出现问题的，十五个人加在一起也得有几百颗了吧。"

浮生当即凭借留在那只鼠怪神识中的烙印，锁定了其具体方位，便动身朝那边赶去。

距离还有几里，浮生就已察觉到动静，走近些一看，赫然看到在鼠怪的重重包围中有几道奋勇战斗的影子。

能称之为典兽的鼠怪有近百只，但黄石岗中还有不计其数的鼠兽，这些老鼠最小的都有成人手臂那般大小，密密麻麻，连接在一起形成一片灰黄色的海洋。

浮生清楚地看到有一个战仆被破开护体典力之后，无数鼠兽蜂拥而上，仅仅是一个呼吸的时间，那战仆便消失了。

"蚂蚁多了也能咬死大象啊。"

浮生感慨不已，环顾四周，锁定了一棵歪脖树。

战场之中，以南征为首的天骄精锐浴血奋战，不敢有片刻的停歇，前车之鉴摆在那里，若是失去了典力护体，这不计其数的鼠兽吞噬这一行人只不过是眨眼之间。

"南征！怎么办？"

排在天骄榜单第十八位的刘士群擒着一杆长枪，横扫之下，典力扩散出一圈强劲波动，在黄土大地上掀开一道波澜。

波澜所过，土崩瓦解，飞沙走石，典力将大量鼠兽搅动起来，搅成碎片，腥气四溢。

这一击便绞杀了周围数十只鼠兽，有两只鼠怪躲闪不及也被重伤，但这样的攻击已是刘士群的全力，最多发动三次便后继无力。

"仗义每多屠狗辈，负心多是读书人！莫文轩肯定知道这里鼠怪为患，派我们来送死的！"南征咬牙切齿间，立即明白自己一行被莫文轩算计了。

"你现在说这些有什么用？"一个文弱少年咆哮一声，全力将典力激发出来，支撑着笼罩在众人周身的一道淡色屏障。

他是易天行，这一招是他家传典籍大地守护，只要有足够的典力支持即可守护其中的人安然无恙，同时也能抽取大地气息加持防御，在此处黄石岗本该是如鱼得水。

奈何鼠怪鼠兽的攻击太过凶猛，硕大的老鼠前赴后继地撞击在守护屏障上，在噼啪作响的火星四溅中，屏障的强度被迅速减弱。

易天行面色惨白，紧咬牙关，他的身体像是干涸的枯井再榨不出一丝典力，无奈之下他取出了数颗典石捏碎在手中，精纯的典力流入大地守护屏障的同时，总算使那濒临破碎的微光强盛起来。

但好景不长，仅仅在一个呼吸之后，大地守护屏障在鼠兽的冲击下再度裂开痕迹，摇摇欲坠，随时都有破碎的可能。

在亲眼目睹了几个战仆被鼠兽吞噬后，南征紧咬牙关，喝道："收缩阵形！朝一个方向冲出去！典石都不要藏了，典籍也不要藏了！给我狠狠地冲！狠狠地打！"

远处，浮生将这一切尽收眼底，微微感叹："唉，还真是惨烈，恐怕与另外两处比起来也不会逊色多少。"

南征一队折戟沉沙，其主要原因并非是浮生役使鼠怪，就算没有浮生的介入，鼠怪对于这群闯入自己地盘的典者也不会留情。

浮生只不过将黄石岗内的激战转移到黄石岗外，仅此而已。

等浮生忙完手里的活计，放眼再看，在鼠怪包围圈中只剩下四个人，除了五个战仆葬身鼠腹，排在天骄榜第二十位的墨离摔倒后也没有站起来。

"好了，该我出场了。"浮生挥了挥手中的简易火把，单手一张，一股典力爆出熊熊烈火，燃得噼啪作响。

浮生纵身一跃，落在平原上，抬手一扫，面前挤挤攘攘的鼠兽便如临灭顶，慌乱逃窜。

鼠类喜阴凉，对于火焰有一股与生俱来的恐惧，但能长到这么大的老鼠肯定不会害怕一支火把，之所以有如此反应，是因为浮生悄悄使用了"化念"的力量。

"化念"是真正的无上神通，是从神识的层面发出的意志威能，以浮生兑换到的粗浅部分也许不能碾压真正的高手，但对于这些灵智不全的鼠兽而言，效果还是十分出色。

浮生一路走去，细密成群的鼠兽自发地让出道路，仿佛浮生就是它们的首领，就是万寿之王。

不多时，浮生便来到了四人加持的大地守护屏障前，握着火把随意一扫，那无数疯狂的鼠兽闻风而退。

"你是……"南征一时间没有认出来，惊讶万分中，恍然大悟，"你是浮生！那个来自拜典城的……"

恍悟之间，南征就要将"废物"一词脱口而出，身后的易天行和刘士群赶忙捂住了他的嘴巴。

这要是青天白日，叫上一句"废物"也没什么关系，如今大敌当前，看这浮生的样子是能克制大群鼠怪，若是一个不小心将其惹恼了，自己这群人都要葬在这里。

"浮兄，快助我们逃离此地，待风平浪静后我们必有重酬！"易天行也顾不上寒暄礼让，急匆匆地吼了一声。

"好说好说。"

浮生点点头，一面用火把装作抵御鼠群围攻的样子，一面在四个人身上打量。

"这些鼠怪惧怕火光吗？"易天行眼前一亮。

以典力幻化水火刀兵，对于这些天骄俊杰而言并非难事，屏障中的四个人对视一眼，自觉掌握了其中精髓，全都是一副成竹在胸的样子。

浮生将这些看在眼里，并不表示，直白说道："将你们身上的典石交出来吧，我自然会保你们安全。"

"是吗？"刘士群不以为然，讥讽笑道，"你该不会以为只有自己能幻化火光吧。拜典城的废物土包子，趁火打劫也不将自己掂量一番。可看清楚了，小爷自十二岁就能呼唤金凤爆火！"

说着，刘士群白了浮生一眼，试探性地走出屏障。

刘士群身上不具备化念的气息，自然不能镇压这群饿极了的鼠兽，但这些鼠兽也是有些许灵智，看得出浮生与此人有些关系，一时间犹豫不定，不敢轻易出击。

刘士群将这些看在眼里，心中欣喜，鼓荡出所剩不多的典力，在掌心爆开两团火光。

"废物，这里已经没有你的事了，滚吧。"刘士群甚是满意，逼退了面前的鼠兽后，狠狠朝浮生啐了一口，"要是不麻利点儿，小心我打断你的腿！什么货色？还敢来要挟我……"

刘士群骂骂咧咧，却不见浮生有反应，反倒是浮生满脸笑意让他有些不爽。

正当他沾沾自喜，要出手惩治浮生的时候，却感觉大腿传来一阵剧痛，低头一看，一只硕大的鼠兽正紧紧地咬在他的腿上。

鼠兽们双眼通红，如潮水般向他涌了过来，刘士群抓着两团火焰便将几只冲在前面的鼠兽扯开，但更多的鼠兽迅速爬上了他的身体。

"啊！不要！不要……"剧痛使刘士群失去力气跪在地上，他伸出双手朝浮生的方向抓挠着，"救我！快救我！"

就算是自诩不怕死的人，真正面对死亡的时候，恐惧毫无保留地发泄出来，可谓丑态毕露。

此刻莫说是让他恳求浮生出手相救，就是让他做浮生的奴隶战仆，只要是能换来一条残命，刘士群都会毫不犹豫地点头。

"你没有机会了，因为你是自寻死路。"

浮生甩手打开了刘士群奋力伸过来的双手，很快，刘士群便被鼠兽群淹没，易天行更是被吓得跪坐在地。

"你等着！总有一天我会报仇的！"

刘士群发出最后的惨叫声，此人虽死在了阳魄界内，存在于巴丹郡的肉身只是实力有损。

"我等着。"浮生淡淡笑着，抬手一挥，疯狂的鼠兽立即退散，浮生捡起了一个巴掌大小的口袋，打开一看，很满意地点点头，"还不错，虽然是下品典石，但也有几十颗。"

说罢，浮生抬头再度看向余下那三人："现在是抢劫！快把你们的典石交出来！"

余下三人当即吓得双腿瘫软，抖似筛糠，一个浮生并不可怕，可怕的是浮生好似能操控这不计其数的疯狂鼠兽！

当然，一只鼠兽也不可怕，但千千万万只鼠兽聚在一起，别说是这些只有典锻境实力的巴丹郡天骄，就是莫文轩亲临也要被撕成碎片。

三个人对视一眼，面对浮生赤裸裸的抢劫，不敢有误，争先恐后地取出身上装有典石的袋子塞到浮生手里，生怕迟了一步引得浮生不高兴，自己落得葬身鼠腹的下场。

浮生掂了掂四只口袋，而被他炼制成傀儡的那只鼠怪也将遗落在战场上的另一只袋子捡了回来，恭敬地交给浮生。

"赏给你们了。"

浮生大手一挥，很是慷慨。

典石对于典者无比珍贵，对于典兽亦然，当即数十只鼠怪吱吱乱叫着，疯狂地拥到浮生跟前，对着浮生三拜九叩，感恩戴德。

屏障内的三个人看到这一幕，心中皆"咯噔"一下，终于认清了这个事实，再看浮生的时候，从心底涌出一股惊骇，缠绕心头，挥之不去。

"他果然能控制这些典兽！"

三个人惊叹的同时也庆幸着，还好没有像刘士群那样负隅顽抗，那样的下场只会是死路一条！

三个人回过神来，齐齐看着浮生，毕恭毕敬。

"浮兄当真是神乎其技，这些疯狂残暴的典兽在您面前像家畜一样驯服，如此神技叫人叹为观止……"南征眼珠转转，阿谀奉承张口便来。

所谓"千穿万穿，马屁不穿"，但浮生曾是一代皇者，对于这种奉承听得太多。他眉头稍皱，摆了摆手，目光在大地守护屏障上停留了片刻，似乎有些思量。

"我们是不是能出来了？"南征瞥了一眼凶狠的鼠兽们，打个哆嗦，试探性问道，"这些老鼠不会再咬我们了吧……"

"这个屏障是你施展出来的？"浮生指着易天行问道。

"是。"易天行不明所以，还是恭敬地答道。

"你过来。"浮生冲着易天行勾勾手指。

易天行踌躇片刻，鼓起勇气走出了屏障，就见浮生打个响指，轻声说道："你们可以开动了。"

"开动？"

易天行疑惑中，就听到凄厉的叫声传遍山野，不计其数的鼠兽发疯似的撞在屏障上，顷刻间就将那道千疮百孔的大地守护撞成碎片。接着，屏障中的两个人毫无反抗力地被扑倒在地。

易天行的心险些从嗓子眼儿喷出来，但他惊奇地发现，那些鼠兽并没有扑向自己，好似他隐匿了身形，就算是近在咫尺也要绕道而行。

"你还不走，难道你想做老鼠的早餐？"浮生走在前面，头也不回地说了一句。

易天行猛地回过神，答了两声，试探性地迈出一步后，快速跟上了浮生的脚步。

直到跟着浮生上了黄石岗，将那些狂暴的鼠兽远远抛在后面，易天行这才长舒一口气，却还是惊魂未定。

没有亲身经历过那个场面，绝对体会不到那种命悬一线的感觉，易天行从不曾想到这些老鼠也能有如此惊人的破坏力。

但相比之下，最可怕的还是浮生，易天行偷偷打量着走在前面的浮生，胡思乱想。

"他将我带出来，应该不是想杀我吧。那他到底要什么呢？难道，是我这门大地守护的典术？"

易天行这下犯难了，大地守护是他的家传绝学，也是易家屹立巴丹郡不倒的根基，若是轻易流传出去怕是百年基业毁于一旦。

但是，负隅顽抗的下场他也看到了，如果让易天行选择，他宁愿引刀自裁也不愿再面对那如潮汹涌的鼠群。

就在他胡思乱想时，浮生猛地开口了："你知道该怎么说吗？"

"什么？"易天行一时没有反应过来。

"那我教你吧。"浮生眉头稍皱，清了清嗓子，一字一顿道，"你随南征一同进入黄石岗，偶然遇到了被鼠怪围困的我，我们一起与鼠怪展开了激烈战斗，怎奈鼠怪数量太多，战斗中以南征为首的所有人都葬身鼠腹，我们两个历尽艰辛才逃出生天。"

浮生说到这里，看向易天行："学会了吗？"

"学会了。"易天行立即点头，心中明了，"如果有人问及您在战斗中的表现，我是回答中规中矩，还是……"

见浮生不再说话，易天行凑近了些，试探性地问道："那就答中规中矩吧，您表现的只是普通的初入典锻境的典者。"

易天行位列天骄榜单第十七位，自然不是泛泛之辈，从浮生的一系列手段中他也读出一些，似乎浮生有意要隐藏实力。

虽然不知道他的目的是怎样，但总是和巴丹郡天骄魁首莫文轩有关，易天行此刻对莫文轩可是恨之入骨，又无可奈何，若是能帮浮生狠狠打击莫文轩一次，倒也算报了坑害之仇。

"孺子可教也。"浮生满意地点点头。

"那要不要我将莫文轩与我们开会的内容汇报给您？"易天行渐渐发现自己有做奴才的潜质。

一旦接受了这个设定，他便殚精竭虑要证明自己存在的价值，根据推断出来浮生隐藏实力的目的在莫文轩身上，易天行迅速找到了献媚示好的手段。

昨夜，浮生以神识惊颤典术将洛熙炼制成傀儡，顺带也读取了他全部的记忆，自然知道这些内容。

但此刻闲暇无事，让易天行汇报一番也是不错，反正没有什么损失，还能间接保护洛熙这个卧底的身份。

"莫文轩从一开始跟我们说的就是牺牲天骄榜二十开外的所有人，要让巴丹郡核心家族共同分享核心利益。"易天行得到准许后，滔滔不绝，咬牙切齿，"但是我们没想到，他将我们都算计在其中，不仅是我们这一队，另外两队恐怕也是凶多吉少。真正享受天大财富的，恐怕还是天骄榜前五位，莫文轩、东方祭、笑红尘和洛熙……"

浮生带着易天行不紧不慢地穿过黄石岗，途中清点整合了物资，将所有药散集中在一起丢给了易天行。

因为战斗从一开始就呈一边倒的态势，一旦受伤，下一秒就被群鼠分食，所以药散纹丝未动，浮生既然有意隐藏实力再潜入队伍，这些东西就该由易天行交还给莫文轩，也好消除他的疑心。

毕竟，药散里是下了剧毒的。

"既然顺利掌控了黄石岗的局面，余下两处也不必再去了，缺少的典石再想办法吧。"

浮生细细盘算一番，便带着莫文轩在黄石岗出口耐心等待。

日上三竿时刻，才看到后面的先头队伍，带头的是东方祭，约莫两百人的规模，几乎是人人负伤。

看来，黄石岗中的大群鼠怪并没有让他们太轻松地穿越过来。

易天行早已做足准备，一看到东方祭便远远地跑上去，相距十几米的时候就"扑通"跪在地上。

"南征死了，刘士群死了，所有人都死了……"易天行狠狠一拳捶在地上，"天行无能，没能完成魁首交代的任务，天行无能啊……"

浮生若不是亲手策划了这一事件，一定会被易天行的演技所感染，简直是逼真轩手上吃了亏，今日见到浮生以真正面目示人，不免心惊肉跳。

浮生身上隐藏的秘密太多了，滕青山不知道也不敢知道，但他清楚一点，以浮生无宝不落的性格，必定是有备而来。

浮生并不言语，只是横扫了一眼，那意思十分明了，仿佛是在说"我做事无须向你汇报"。

滕青山自然明白，心惊胆战地低下了头，话锋一转："您不知道，花千灵已经带人回来了，据说就在前面的红河谷等待会合。而且，东方祭将您留在这里没安好心，是想借由打击您来讨取晨曦的芳心……"

说罢，滕青山又后悔了。

果然，就看到浮生淡淡说道："东方祭这种东西，我还未将他放在眼里。"

"我是怕他滋扰了您的清净。"滕青山小声解释道。

"不过，花千灵确实是个问题。"浮生也注意到这点，眉头稍皱，"到时再说吧，我躲在人群里他不见得能将我发现。再者，这又不是什么光彩的事情，花千灵带着雄心壮志，必定是在暗中来找我报复。"

很快，莫文轩带着剩下的人也突出重围，看起来倒不是很狼狈，除了一些战仆受了重伤之外，像莫文轩、洛熙、笑红尘这些实力稍强的都安然无恙。

尤其是晨曦、月倾颜与纪子卿，一尘不染，似乎他们从未落入过鼠怪的包围圈。

见到了浮生，众人皆是一惊，相比晨曦露出的厌恶和月倾颜那不易察觉的惊讶，纪子卿的表现更加耐人寻味。

晨曦的厌恶情有可原，当日她在行宫已经"好言相劝"，此番再看到浮生，便以为他是冥顽不灵。

传说，在九霄云端之上有一条银河，虚无缥缈，又十分宽广，常人难以企及，人们便以"不到银河心不死"来形容顽固之人。

月倾颜的惊讶，是不曾想到浮生会如此迅速地完成铺垫，顺理成章地再次进入队伍，看着众人与浮生其乐融融的样子，不由得让她对此产生了浓厚的兴趣。

至于纪子卿的耐人寻味，是因为他盯着浮生看了足足有十个呼吸的时间，众人与他相识尚浅，却知道此人是风声波澜起也纹丝不动的性情。

方才在黄石岗第一只破土而出的鼠怪就在纪子卿脚下，这家伙竟然没有丝毫的惧意。

"黄石岗的鼠怪已被消灭，只剩一只逃亡，鼠兽也被杀得七七八八，百年之内隐患已除。"莫文轩轻描淡写，重振军心后，这才发现格格不入的浮生。

他的目光在浮生身上停留片刻，会心一笑，便猜出了东方祭的用意。

"方才花家也报了上来，花千灵已携高手抵达红河谷。"东方祭紧接着汇报道。

"那走吧,今夜之前要赶到虎跃涧,明日正午要与花家会合,争取在明晚开启噬灵神陵!"莫文轩点点头,并不关心南征一行人的生死去向。

巴丹郡天骄的队伍士气高涨,一天的急行军,果然在夜幕降临时刻抵达虎跃涧前,但也止步于此,莫文轩下令原地驻扎休整。

"浮生,你实力较我们稍低,就在这附近拾捡柴禾吧。"东方祭不怀好意地指使起浮生。

今天在行进中,许多天骄都和东方祭低声交谈过,似乎是想达成某种协议。浮生自然知道,那些天骄是在开出自己的条件,以此竞争一个机会,一个当众羞辱浮生来讨好晨曦的机会。

所以,东方祭才会以这种方式将浮生支开,从而给他们"作案"的时间,在东方祭开口的同时,不少人都展现出跃跃欲试的兴奋雀跃。

浮生的目的是暗中协助月倾颜,自然不能太冒尖从而引起瞩目,便顺应东方祭的意思,老老实实地走进了幽暗的密林中。

待浮生的身影消失在黑暗中,天骄们炸了锅,纷纷暴跳而起,讨价还价。

"我出两百颗下品典石!"

"我出三百!另外再配上一株培元草!"

"都别争了,让给我,东方祭,我让你在李家的产业中无限制消费。"

天骄们一个个财大气粗的样子,看得滕青山不住摇头,作为旁观者他最是明了,这些人抢破脑袋争来的可不是什么机会,这分明是在抢着去送死。

最终,李家的李文生抢到了这难能可贵的机会,在得到东方祭的首肯后,李文生身后一个战仆摩拳擦掌,便朝浮生消失的方向走去。

"看着吧,不出一刻钟的时间,那浮生便要被扒光衣物丢回来,这次我倒要看看他还有什么脸面跟在晨曦后面。"李文生微微攥着拳头,胜券在握。

因为他的两个战仆非同凡响,黄金虎和黄玉虎这对兄弟本也是出自名门大家,奈何家道中落,是被李家重金礼聘,如今均是典锻境七星,二重橙色典环的实力,若不是身份低下,放在天骄榜上也是名列前茅的存在。

"你将金玉兄弟其中之一派去收拾这废物,也是有些大材小用了。"东方祭做作地笑了笑,唏嘘道,"杀鸡焉用牛刀。"

"东方。"刘文生轻轻一哼,反问道,"你是雪山教神子,是天骄排行榜上仅次于莫文轩与影寻寒的第三位,难道不知道,我们这种有身份的人最喜欢的就是狮子扑兔,那种君临天下的感觉。"

"但愿你此举能为晨曦排忧解难,能助你最终抱得美人归。"东方祭若有所思。

"不管怎样,一定会让这废物终生难忘!"

黄玉虎一路疾行，魁梧的肌体带过一阵劲风，将树叶吹得沙沙作响，不知不觉中已经追出很远的距离。

停下来微微喘息，黄玉虎环顾四周，有些疑惑："奇怪，这废物怎会比得上我的脚力？我一路追来，却不见他的影子，难道是察觉到了，事先逃跑了？"

"你是在找我吗？"

黑暗之中，不知从哪里传来一个轻飘飘的声音。

黄玉虎面色一凛，循着声音看去，喝了一声："装神弄鬼！"

说着，抬手便是一拳，典力沸腾间将他的拳风幻化成一只咆哮虎首，惊出了林中飞鸟。

拳风所过，一道人影从树杈上落了下来，黄玉虎会心一笑，道："小子，乖乖地配合，不要反抗，我还能让你少吃些苦头。放心，我也不是来杀你，只是扒光你的衣服而已。"

"原来如此。"

那人影从黑暗中走出来，月光洒下，赫然是浮生。

不过浮生安然的样子让黄玉虎有些意外，他全力一拳足以击穿顽石，足以洞穿百年参天大树，若是打在人身上就算不死也得重伤，就是那些天骄榜上有名的典者也不敢接他全力一击。

但浮生的样子看起来并无大碍，反倒是一副云淡风轻的样子，背负着双手走出来后，就听他淡声说道："既然你无心杀我，我也给你一次机会，自己脱光衣服跪地求饶，我只当没有这档子事儿。"

"狂妄！"黄玉虎不以为然，仰天大笑，"你这废物，实力不强，口气倒是不小，看来你是一心想讨些苦头尝尝。可惜，少主不让我杀你，不过伤了你还是无碍。"

"你家少主是谁？"浮生眉头一挑，问道。

"告诉你也无妨，因为你即将成为少主追求晨曦的第一块踏脚石。"黄玉虎很是狂妄，一字一顿道，"巴丹郡天骄榜第二十五位，刘文生！"

浮生记住了这个名字，微微点头："看来你也不打算自己脱光衣服，那就让我帮你一把。"

"找死！"黄玉虎目光一凛，典脏律动间，典力充盈他的身体，让他那本就魁梧的肌体更添了一层神勇，血气盎然，威武不凡。

寂静的夜空下，篝火燃得噼啪作响，巴丹郡年轻的天骄们三五成群地聚在一起，讨论的话题从噬灵神陵中的丰富宝藏到莫文轩与那无名少年究竟谁更厉害。

最后，话题还是牵扯到了晨曦身上，人如其名，她就像清晨第一缕阳光，那样温暖、光明、耀眼，就连那双翼天马的洁白羽翼在她的光辉下也显得黯然许多。

"可惜，可惜，现在为止最有机会的居然是刘文生。"

"刘文生派出了黄玉虎，轻易就能将那浮生惩治一番，免去晨曦的后顾之忧，一定能使其青眼相加。"

"可恶，若是我家有刘家那般财大气粗，绝不会放任此次机会在指缝中溜走……"

交谈之余，不少人扼腕叹息，仿佛刘文生只做这一件事便能使晨曦倾心。

但在莫文轩与东方祭听来，可笑无比，两个人对视之间，轻蔑不屑之意溢于言表。

"想那晨曦光彩万丈，三重黄色天赋不说旷古绝今也是世间罕有，你们在她面前同样是跳梁小丑，说到底也只比浮生稍微高级一点儿罢了。"

莫文轩对此事看得最为通透，他身为天骄魁首，典锻境九星的修为，半步黄色的天赋，饶是如此晨曦都不愿正眼相视。

但莫文轩并不焦急，只等他进入噬灵神陵，取到那最后一件珍宝，融会之后，迈出最后半步并不困难。

等他也是货真价实的三重黄色典环，不仅能带领莫家书写新的历史，就连骄傲的晨曦也要对其另眼相看。

"不过话说回来，惩治浮生需要这么久的时间吗？"

莫文轩回过神来，望着丛林深处，有些不好的感觉。

却在同时，丛林里传出一阵窸窸窣窣的声音，那是生物穿行摩擦树叶所发出来的，众人不由得打起精神。

虽说方圆数里之内的强悍典兽都在虎跃涧中，也难保无异，这支队伍是从黄石岗硬穿过来的，对于阳魄界内的典兽深恶痛绝。

此间典兽数量众多，实力强悍，更是悍不畏死，已经走到这一步谁也不愿损失大量修为，更不愿在窥得宝藏之前被驱除。

更近了些，众人才长舒一口气，原来发出声音的是一道人影，看其体态样貌与黄玉虎无异，必是凯旋的黄玉虎。

不过也有人产生好奇，黄玉虎是奉命惩治浮生去了，怎么是两手空空回来的？依稀还能听到接连不断的哀号惨叫。

"啊！"黄玉虎扯着嗓子发出凄厉的号叫，发疯似的跑出了丛林。

月光与火光之下，众人赫然看到黄玉虎是披头散发，以往不可一世的气势化作惨白的慌乱面色。

跌跌撞撞地跑出来之后，黄玉虎还不断回头看向那幽暗阴森的丛林，似乎在他的身后有什么吓人的东西在追逐。

"啊？"

刘文生很意外，还未等他表态，身后的黄金虎便飞身上前，抽出一件斗篷将弟弟裹了起来。

"滚！滚开！不要靠近我！"黄玉虎发疯似的双手乱拍。

一把推开黄金虎后，他扯掉了身上的斗篷，连滚带爬地跑进阵营中心，将一些天骄少女吓得花容失色。

"嘿嘿嘿嘿……"

黄玉虎站在篝火边上，环视一圈，神经兮兮地发出一串傻笑，手舞足蹈，口中亦念念有词。

时而，像是羞涩婉转的少女，"不要嘛……"

时而，又像是背负着血海深仇的样子，"我黄家就这么亡了……"

时而，又是豪情万丈，"我乃黄玉虎，巴丹郡天骄魁首！尔等贱民还不速来跪拜叩首！"

一刻钟前还是活蹦乱跳的精锐战仆，不知遇到了怎样的事情，才将一个七尺高的汉子吓成这副模样。

刘文生脸色一红，发现所有人都以一种奇怪的眼神在看着自己，赶忙解释道："他胡说的，我……"

刘文生苍白的解释不足以让人们信服，无奈之下，刘文生走上前去，想要出手将这个发疯的战仆给制伏。

不承想黄玉虎看到了他更加疯狂了，还不等刘文生出手，"嗷呜"一声便将其扑倒在地，狠狠地撕咬起来。

"来人！"东方祭阴着脸喝了一声。

十几个天骄上前，合力之下，好不容易才将黄玉虎给制伏，又花了好些力气才给他套上一件衣服。

"看起来，似乎是噬灵族的手段。"莫文轩上前查探一番，眉头紧锁，"他的神识受了极大创伤，只有噬灵族大能才有这番手笔，用我们的话来说就是失心疯。"

"很厉害吗？"刘文生整理着凌乱的衣服。

莫文轩是巴丹郡天骄魁首，实力最强，对于噬灵族也十分了解，既然他下定论是噬灵族的手段，自然没人敢反驳。

而且，仔细想想，人类典者中哪里会有精通神识典术的？也只有噬灵族才能将神识伤害到如斯的程度。

"如果这样的冲击是施加在我的神识上，我也会变成这个样子。"说罢，莫文轩觉得有些不妥，补充道，"不，应该比他的情况稍好一些。"

此言一出，几乎所有人都倒吸了口凉气。

莫文轩对于噬灵族的了解十分深刻，也掌握着一些噬灵族的典术，饶是如此也直言露怯，难以想象。

"你是说……浮生是噬灵族大能！"刘文生双眼爆瞪。

"不，他当然不是。"莫文轩摇头，"如果他是，我早该感觉到。这只是一次意外，你的战仆无意间冲撞到了噬灵族，只能这么解释。"

"也有可能是噬灵族发现了我们的目的。"刘文生小心翼翼地推测道。

"不，要是那样的话，变成这样的就该是我而不是他。"莫文轩不以为然，笑着重复了自己的结论，"只是意外罢了。"

"好！"

刘文生握着拳头，燥热难耐，他需要做出些什么来洗刷这份耻辱。

刘文生兀自想了会儿，又偷偷看了看远处的月倾颜，便打定了主意，唤来黄金虎："金虎，你去。"

"去做什么？"黄金虎一时不解，瞪大了眼睛，"难道去找伤了我弟弟的噬灵族报仇？"

黄金虎实力很强，此间能被他放在眼里的也不过十几二十个，但再给他一个胆子也不敢去找噬灵族的麻烦。

"不。"刘文生摇头，"这份羞辱，这些仇恨，只能放在浮生身上。这次，你要杀死他！"

刘文生亦不敢寻衅噬灵族，便将这些耻辱与仇恨全部加诸浮生身上，既然月倾颜对于先前的事情没有表示，想来也不会为了区区浮生而叫板整个巴丹郡，所以刘文生便更有信心，杀意已决。

"好！"黄金虎猛地点头，他也需要找个地方发泄怒火。

黄金虎安顿好了弟弟，领了命令，带着无尽杀意消失在漆黑的丛林中。

夜凉如水，刚刚沉寂下来的飞禽走兽又被惊得四处逃散，正在辛勤捡柴的浮生也感受到了这股气势，很无奈地摇了摇头。

"唉，我本仁慈，奈何苍天不许……"浮生叹了口气，索性就坐在柴堆上，静静等待着此人来临。

足足有一刻钟的时间，浮生还未看到来人，百般无聊的他打了个哈欠，强打着精神取出了几只口袋，开始盘点这一日的收获。

"一、二、三、四……"浮生将指节大小的典石倒在地上，仔细地清点数目，"三百一十二、三百一十三……"

终于，不远处传来了沉重的脚步声，浮生粗略地扫了一眼，剩下还有百十来颗。

一扫而尽，浮生起身看向来人："你又是谁？"

"黄金虎！"来人正是满腔愤恨的黄金虎。

"你也是来扒我衣服的？"浮生问道。

"我是来取你性命的！"黄金虎愤怒地咆哮。

吼罢，黄金虎突然意识到一件事："你见过我弟弟了？"

他的弟弟黄玉虎就是奉命来剥光浮生的衣服，结果被伤了神识，落得失心疯的下场。

莫文轩推测是噬灵族大能所为，黄金虎本以为弟弟还未找到浮生的时候就遭到毒手，否则以他的实力，浮生绝不会无恙。

但此番看来，似乎那情况与莫文轩推测的有些出入。

"你是说刚才那个傻大个儿吧。"浮生点点头，"见过了，很弱。"

黄金虎一时搞不清状况了，索性用拳头来说话，一声暴喝后已然激活了典脏，典脏律动间大量典力澎湃汹涌地注入典环中，流溢周身，竟让他魁梧的肌体又高涨了几分。

气血翻腾，熠熠生辉，黄金虎全力爆发之下就连呼吸都带着一股不凡之气势，抬脚一跺，典力便在脚下爆开，将大地拉扯出一条裂缝，迅速蔓延至浮生脚下。

"废物！看招！"黄金虎并不满足于此，又是猛地一脚跺在地上，冲天而起，双掌一合，宛若猛虎下山般扑向浮生。

第24章 自寻死路

"不自量力！"

浮生眼中寒芒乍现，微微抬头，便爆开一股气势席卷大地。

飞沙走石间，两股气势撞在了一起，消弭于无形，浮生面对着来势汹汹的黄金虎，不紧不慢地激活典脏，典力流溢的同时，反手一耳光迎面抽了上去。

二马一错镫，黄金虎捂着脸落回原地，他难以置信地看着浮生，便不敢轻举妄动了。

"看不出来，你这废物还有些本事。"黄金虎回忆着刹那间的点点滴滴，晃了晃脑袋平定了心神，笑道，"就算这样，你也难逃一死！"

"我本仁慈，奈何苍天不许。"浮生平淡一笑，"你的弟弟想要扒光我的衣服，所以我扒光了他的衣服。你想要我死，所以，你就要死！"

"猖狂！你这残缺典脏连给我提鞋的资格都没有。"黄金虎不以为然，双手猛地一拉扯，典力就在双掌之间幻化出一尊虎首。

虎首咆哮，血盆大口一开一合间就咬向了浮生，这一招猛虎啸是他黄家之家传绝学，三年前也是这一招奠定了黄金虎天骄榜第十位的地位。

虽然黄家没落了，金玉兄弟也跌出了天骄榜，但死在这一招猛虎啸下的高手并未因此而减少，平日就连那些天骄榜上排名靠前的典者都十分忌惮这一招，在黄金虎全力爆发之下气势当真强横。

浮生却不以为然，冷声一哼，抬手便是一掌。与此同时，他胸前浮现出一道残木典脏，在其上的典环嗡嗡作响中涌现出艳红色彩，激荡出的澎湃典力从浮生的掌中发出，迎上了这一记凶悍的猛虎啸。

"笑话，我还以为怎样，区区一重赤色天赋，当真废物！"黄金虎咧嘴一笑，双臂环胸，似乎已看到浮生灭亡的下场。

果不其然，凶悍的虎首一口咬在了浮生的拳头上，看那样子是要将浮生的手掌咬下来。却不承想浮生猛地一发力，震荡之间，那虎首竟被这股气势震得溃败涣散，再轻轻一挥就消弭于无形。

"病猫罢了，有何所惧？"浮生轻蔑一笑，随即学着黄金虎的样子，奋力拉扯，

"能死在你的成名绝技下，也算是你功德圆满了。"

说话间，浮生竟也幻化出一道咆哮虎首，黄金虎登时瞳孔猛缩。

"就算给你穿上龙袍，你也不像太子。"黄金虎略有惊讶，说出来的话却还是十分不屑。

猛虎啸是他的成名绝技，他自然知道其中的艰辛苦楚，他以五年才迈出的第一步，这浮生竟然在眨眼间就做到了。

不过，黄金虎只是微微惊讶，随即笑道："我精通此招，自然有破解的方法，莫说你模仿得有形无神，就是勤修苦练来的，我也能在弹指间让你灰飞烟灭！"

黄金虎言毕，暴喝一声，典脏律动得更加疯狂，嗡嗡作响的典环流溢着一层璀璨橙色，二重天赋下，雄浑的典力将他的肌体衬托得更加魁梧雄壮。

不仅如此，浮生还未出手，就看到黄金虎整个人匍匐在地上，伴着"咔嚓咔嚓"的响声，他的骨骼像是雨后春笋般疯狂生长，撑开了这副皮囊。

只是片刻，黄金虎的膝肘关节就长出了尖锐的骨刺，他的身体也因为这般变化再不能直立，匍匐在地的感觉更像是一只人形猛兽。

紧接着，他的皮肤毛发迅速生长，黄棕色的毛发迅速覆盖了身体表面，使他看起来更像是一只野兽。

"虽然我施展这招后要很长时间才能恢复，但如果能杀死你的话，代价简直是微不足道。"金虎虽化作人形猛兽，口中还有横骨，口吐人言，意气风发，"你也应该感谢我，能死在我最强典术之下，是你此生最大的荣耀！"

典力流荡间，黄金虎早已没了人形，看起来当真像极了一只山林猛虎。

抬起粗大的爪子狠狠地拍断身边一棵参天大树后，黄金虎满意一笑，纵身扑向浮生。

这是黄家独门秘术，就是他的弟弟黄玉虎也未修炼成功，是以秘法刺激配合典力化身成猛虎作战，虽然每次施展都要很长时间才能恢复人形，要忍受深入骨髓的痛苦，但黄金虎并不后悔。

因为在短短的三两招之间，他发现浮生并不是人们口中形容的那个废物，他的战力，他的意志，他的手段，比起黄金虎以往见识过的一流典者都不遑多让。

"你就算发了威，也是病猫！"浮生抬手一掌便将临摹的猛虎啸送了出去。

果然，在真身本体面前，这道猛虎啸被轻松化解，黄金虎并不停歇，再度发难于浮生。

"正好，拿你来演练战天一式！"

浮生心念一动，随即爆开一股响彻天地的气势，一双光翅从双肋生了出来。

振翅一拍，一股劲风迎面吹打在黄金虎身上，将他那棕黄色的毛发吹得一边倒，勇猛的身形更是在空中摇摇晃晃，坠落在地。

"果然是你！"黄金虎登时明了，"在飞念台上打败东方祭的，就是你！"

黄金虎越打越寒心，被逼出了压箱底的典籍后，他可以断言浮生不是籍籍无名之辈。

此番看到了战天一式，立即明了，这就是在飞念台上名震四方，力压莫文轩，大败东方祭，硬撼飘雪剑圣的那个无名少年！

"此刻你若是再看不出来，那就是废物。"浮生笑道。

黄金虎在原地盘旋了几圈，像是饿虎扑食前对于对手的考量，片刻，他也笑道："那又如何？你能大败东方祭，那东方祭在我手下也走不过十招。"

"他在我手下，可是走不过一招啊。"浮生笑叹道。

此刻黄金虎心中，已经将莫文轩骂了一万遍，若不是他断言黄玉虎是伤在了噬灵族大能手中，也不会有他追杀过来。

虽说气势还在，实则黄金虎已无战意，用东方祭来衡量实力并不标准，但飘雪剑圣很能说明问题。

就算在阳魄界内，黄金虎也不敢直面飘雪剑圣那般强悍，而浮生化作的无名少年曾与之分庭抗礼，黄金虎再怎样算计也自知不是浮生的对手。

不过，黄金虎还是想一试高下。

做出这个决定后，黄金虎仰天对着空中圆月发出奋力之咆哮，呼啸声响彻山林，同时他也动了。

寄希望于咆哮声吸引浮生的注意，黄金虎打的是偷袭的主意，典力澎湃间，奋力奔跑之下，只是眨眼就逾越了两个人之间数十丈的距离，张开血盆大口便奋力咬了下去。

却不料浮生比他更快，虽是后发，黄金虎还未落地，已然被浮生扼住了喉咙。

紧接着，光翅一拍，看似柔软的羽毛仿佛锋利刀刃，更像是疯狂旋转中的砂轮，轻易就划破了黄金虎的皮毛。

"病猫！"浮生嗤之以鼻，翻手便将化作野兽的黄金虎丢在地上，抬脚踩住了那硕大的头颅，"说遗言吧。"

"能不能不杀我……"

此刻的黄金虎眼珠滴溜乱转，哪里像是百兽之王虎啸山林，更像是一只狡猾的狐狸，找寻着最后一根救命稻草。

"说完了？"浮生若有所思，"那就去死吧！"

说着，浮生抬脚就要踩下去。

"我还有价值！还有价值！"黄金虎赶忙翻过身来，匍匐在地上，乖巧的样子像是一只温驯的家猫。

见浮生略有迟疑,黄金虎赶忙说道:"要杀你的不是我,是刘文生,我帮你将他吸引来,你杀了他才算后顾无忧。"

虽然在阳魄界中死亡并不是真正的死绝,还是会实力大损,此番黄玉虎神识有损,他就成了黄家最后的希望。

若是死在这里,恐怕此生再不能复兴家族,所以黄金虎毫不犹豫地出卖了主人刘文生,寄希望于以此来换取苟且偷生。

"你根本没有价值。"

浮生在战天一式的状态下,有通天彻地之意志,话音未落便一脚踩了下去。做完这些,浮生才散去典力,背后的双翅立即消散。

他俯身捡起挂在黄金虎腰间的口袋,打开一看,立即欣喜:"区区战仆随身带着上百颗典石,品阶都还不错,看来你的主人对你很是看好啊。"

收起这些典石后,浮生盘腿坐在青石板上,闭目凝思,迅速锁定了茫茫人群中洛熙的神识波动,以主人的身份颁布了第二条命令:"将刘文生引进丛林。"

曾经是一代皇者的浮生,没有人比他清楚斩草除根这个道理,与其冒着泄露身份的威胁放黄金虎去引刘文生,倒不如借洛熙之手完成这些,更是高枕无忧。

果然,浮生将洛熙炼制成傀儡是一个非常正确的选择,以他在巴丹郡天骄中的威望和地位,毫不费力地就将刘文生连同他仅存的一个战仆带进了丛林。

"洛熙,真是太感谢你了,如今也只有你愿意冒着撞见噬灵族的风险陪我进入这森林。"刘文生走在前面,颇为感激地望着洛熙,"患难见真情,这次算我欠你一个人情,等回到巴丹郡后再行报答。"

"这是哪里的话。"洛熙微微一笑,"我们之间本就该相互扶持,互帮互助。"

保持着平日的姿态,洛熙从外表上看起来并无怪异,但谁也不曾想到,在他的神识深处,有一个真理之音正引导着他的精神,控制着他的身体,将他的神识玩弄于股掌。

穿过一片灌木丛,刘文生指着前方不远处,道:"如果不出意外,方才黄金虎爆发实力就是在此,那响彻山林的咆哮声,必定是施展出了最后一道秘法典技才有如此气魄。"

"真是难以想象,怎样的强大对手才能逼得黄大哥施展全力。"战仆想到这里,不由得缩了缩脖子。

"可能是撞上了噬灵族大能吧。"洛熙简单解释道,"不过我感受一番,前方并没有强劲凛冽的气息,那人多半已经离开了。"

"真是天佑浮生。"刘文生哼了哼,颇为不满,"我派出两个战仆,挑出任何一个要将其碎尸万段都易如反掌，偏偏在这丛林里有噬灵族大能。我们这就去看看吧，若是能将金虎救回来也好，救不回也要将百宝囊收回来！"

黄金虎的百宝囊中除了有大量典石，还有刘家往来账目，若是落入心怀叵测人之手，刘家势必要面临动荡。

此时的刘文生却不知，仅仅是他想借打压浮生来讨好晨曦的念头，已经为刘家惹上弥天大祸，灭顶之灾！

行至洼地，三个人远远看到一个倒地的人，再走近些，刘文生才依稀认出来这是他麾下头号战仆黄金虎。

"这……"刘文生惊得连连退后，寻找百宝囊。

"你就是刘文生？"

远处黑暗中，传出一个低沉苍暮的声音，在丛林里回响不绝。

"你是谁？"刘文生虽有慌乱，不过有洛熙陪同还是强作镇定。

他四下观望，无法锁定声音来源，不禁打起十二分精神，胸中典脏亦开始缓缓跳跃，做足战斗准备。

"你想杀我，却问我是谁。"

浮生从黑暗中走出来，朦胧的身影宛如与无边之黑暗融为一体。

"哈，原来是你这废物，装神弄鬼！"刘文生顿时松懈，咧嘴大笑，"真是天堂有路你不走，地狱无门你偏来闯。既然你自投罗网，省得我再去找你，我便给你一个痛快，跪过来受死吧！"

此言一出，浮生便眯起眼睛，平淡的脸上油然生出一股杀意，若是此刻滕青山在场，便知道浮生是真怒了。

因为当日在镇压花千灵时，浮生也是这个表情，但今日之浮生已经解封了"化念"典术，掌握了一种让人痛不欲生的死法。

见浮生皮笑肉不笑，没有动作，刘文生有些不满，呵斥道："嘿，本公子让你跪过来，你在那里傻笑什么？给你三息时间速速跪下，本公子还能让你少些痛苦！否则，本公子将让你体会什么叫痛不欲生！"

"痛不欲生，你没体会过吧。"浮生淡淡一笑，向前迈出一步。

"哼，算你识相！"看到浮生的动作，刘文生这才满意，典力澎湃间，抬手便是一掌拍向浮生。却在出手之际，猛然，一股彻寒涌现心头，一时间像是吞下一块冰疙瘩，从头到脚的血液仿佛都凝固一般。

刘文生在巴丹郡天骄中名列前茅，大大小小的战斗经历过成百上千场，亦见识过各路高手之神通典术，却从未见过如此目光。

"人的眼神怎能如此瘆人？"

刘文生无法形容，也不敢形容，只觉得被这目光一扫，世间的喧嚣浮华便与自己无关。

鬼使神差地，刘文生的身体开始颤抖，他不能自已，"扑通"一声就跪倒在浮生面前。

"典术？"刘文生虽不能控制身体，意识还在，猛地转头看向洛熙，吼道，"洛熙！救我！"

他不知道为什么会这样，只是本能地感觉到，如果没有人出手打破这一局面，他的下场会比死还难过。

刘文生的战仆见状，也不等洛熙出手，便鼓动典脏杀向浮生。但他仅仅迈出了两步，忽然停住，脸上逐渐浮现出痛苦的神色。

"主人，救我，救我……"战仆痛苦中跪倒在地，竭力伸手抓向刘文生，却在三两息间，化为灰烬。

"浮生，你……"刘文生咬牙切齿，仰天长啸。

他能感受到体内澎湃的典力，却全然提不起战意，此刻，刘文生只剩最后一根救命稻草。

但当他再次看向洛熙的时候，发现天骄榜第五位的洛熙已然走到浮生身后，恭敬地俯首，那副模样就像是战仆于主人。

这一刻，刘文生终于意识到一个惊人的事实。

黄玉虎发疯不是意外，黄金虎惨死亦不是意外，这一切都是浮生的手笔！

这个在人们口中称之为废物的浮生，比任何典兽都要可怕，比他所见识的每一位高手都要强悍莫测！

"求求你，放了我！放了我！"刘文生已顾不得天骄颜面，小鸡啄米般地磕头祈求饶恕，"我将刘家全部产业给你，我将我所知道的秘密都告诉你，求求你放了我吧！"

虽然在阳魄界中死亡并非身死，但刘文生知道，自己即将面对的要比死亡可怕千百倍。

"自你打我主意的那一刻起，你就没有退路了。"浮生冷冷一笑，"放心，你很快会再次见到我的。"

说话间，浮生的眼睛逐渐绽放出光华，一闪即逝，刘文生直挺挺地倒了下去，浮生对于这一幕并不陌生，这就是"化念"典术的真正威力。

在神识被化解后，人就会沦为行尸走肉，用来惩治刘文生倒不为过。

做完这些，浮生才满意地点点头，他转而看向恭敬的洛熙，微微一想，毫不犹豫地出手爆开一股青蓝色典力："雪神之怒！"

雪山教与神将门的先祖冰雪战将，曾是浮生麾下悍将，浮生自然熟知此招，虽原本内容都封印在《究极真解》中，却能凭借记忆模仿出形似。

洛熙毫无防备地吃下这招，倒地的时候身体迅速涌现出多处冻伤，但他就像一个上足发条的傀儡机械，迅速站起来后，依旧恭敬地向浮生俯首。

"回去告诉莫文轩，刘文生已死，是被影寻寒一招秒杀。"浮生说话间，迅速收拾好方才拾捡的柴火，捆了捆背在肩上，"然后再说，影寻寒也被你重伤逃窜，不知所终。"

他的目的，依旧是大隐隐于市，所以还是要在不久之后装作没事人一样，完成东方祭交代的拾柴任务。

冷风吹过，猛地，浮生抬头看向一个方向，扑朔迷离中，他看到一个雪白色的背影。

"纪子卿，王者遗风……"

浮生望着那渐行渐远的身影，沉吟片刻，笑了。

第25章 梦回

"什么？影寻寒！"莫文轩提到这个名字，有些头大。

"是的。"洛熙点头，从容不迫，"他也中了我一招，重伤逃亡。"

"那就好。"莫文轩长舒了口气，陷入沉思。

"那……浮生呢？"东方祭问道，"我看这家伙就不顺眼，不然，我出手将他镇压。月倾颜若是翻脸，集合我们所有人之力对付她应该不难。更何况，天佑宗晨曦也不会袖手旁观。"

天佑国三大宗门之间明争暗斗不断，如果巴丹郡天骄集合力量对付月倾颜，晨曦也会出手。

"不可。"莫文轩摇头，"月倾颜是用来牵制晨曦，晨曦则是用以牵制月倾颜，两个人之间还有神秘莫测的纪子卿，在最终时刻来临之前这个微妙关系不容打破。"

说罢，莫文轩摆摆手："浮生就由他们去吧。"

"只是可惜，刘文生真是霉运当头，主仆四人竟然都遭了毒手。"东方祭若有所思，哀叹一声，不再纠结。

虽然是以神识的形态进入阳魄界，还是要遵循人之常理，一日三餐，日落而息。

不过浮生没有早早休息，他在黄金虎的百宝囊中发现了一件比较有趣的东西，是一本厚厚的账簿，记录着刘家与巴丹郡各大家族之间的贸易往来。

巴丹郡各大家族都有雄厚的产业，莫家专做典器古玩，笑家则垄断了巴丹郡药散丹石，浮生却没有想到刘家做的是典石汇通。

搜寻洛熙的记忆，浮生这才明白，原是刘家祖上偶然寻获一条典石矿脉，因此发迹。

黄金虎是刘文生的头号战仆，实力强悍比起天骄榜前五的高手都不遑多让，由他来保管账簿倒也合情合理。浮生粗略扫过一眼这才发现，每月与刘家交易典石数目最多的是莫家。其次，并非是天骄榜第二位影寻寒所在的神将门，亦不是第三位东方祭所在的雪山教，而是花家。

"看来，想要获得大量典石，还是回过头去找花家比较靠谱。"浮生若有所思，迅速定计。

典石矿脉，无比珍贵，表面上是刘家掌管，实则是天佑国君暗中派人把控。

而且，洗劫矿脉一事必定引得举国震惊，相比之下洗劫花家要容易许多，因为在洛熙的记忆里，花家只是传承较为悠久一些，并没有太多牵连。

想到这里，浮生合上账簿，抬头看向远处的纪子卿，发现此人怀抱着那柄王者遗风，依旧保持着两个时辰前的姿态，纹丝未动。

"浮生，我有话对你讲。"晨曦停在不远处，微微仰着头，即使轻咬嘴唇的动作显出她的些许局促，说话语气也有些颐指气使。

"有话讲你就过来，又不是我有话对你说。"浮生不以为然，不为所动。

"你……"晨曦哪里受过如此呃喝，怒目圆瞪。

但很快，她还是莲步轻移，来到浮生身边，直言道："虽然上次在行宫我说过是最后一次，但我还是不介意给你一个忠告。你走吧。"

见浮生并不搭腔，晨曦莞尔一笑："你不用对我感激，这只是我念在晨、浮两家往日之旧情。只要你保证日后不再纠缠于我，我不仅帮你安然离开阳魄界，还能使不灭宗对你青睐有加，大力扶持。你在不灭宗中，想必也不好过，毕竟你是被那罪人乾羽招入的。"

晨曦几乎是认定浮生日子并不好过，微微一笑，很是慷慨："虽然天佑宗与不灭宗关系并不融洽，但只要我一句话，想来不灭宗也会卖我一分薄面，到时你就能享受到外门弟子中最高的待遇，我这一句话就能免去你数十年的艰苦奋斗。"

浮生听了只想发笑，不过晨曦说的确是事实，凭借她在天佑宗的地位，及三重黄色典环之天赋，驾临不灭宗会被奉为座上宾，若是想提点几个弟子，简直易如反掌。

"这就是我们之间不可逾越的差距。"晨曦轻轻一哼，继续说道，"但这一切，都建立在你发誓不再骚扰我的情况下。你与我之间终究没有可能，不要飞蛾扑火。

"我也不妨告诉你，东方祭已经默许巴丹郡天骄们向你下手，你的性命仅仅是他们用来取悦我的筹码，方才那天骄刘文生主仆四人就是在追杀你的途中遇到影寻寒，方才留下你一条小命，这样的事情并不会止于此。你若是执迷不悟，很快就会被人杀死，现在也只有我能将你保下。"

"是吗？"浮生心中感叹，这个女人还真是自作多情。

就像晨曦不知道刘文生主仆四人是死于浮生之手，她不知道的情况还有许多，譬如她的三重黄色天赋，便是浮生拼着动摇根基的下场为她强行提升上来的。

也即是说，今时今日晨曦之璀璨耀眼，幕后英雄乃是浮生，浮生因此并未收获好处，被当作痴心妄想的癞蛤蟆不说，在帮助晨曦提升天赋的同时也导致本源受损。

而这一秘法被封印在《究极真解》中，导致浮生服下两百颗培元丹亦不能真正突破第六重蓝色天赋，不过好在《究极真解》的封印已产生动摇，假以时日，只要浮生积累大量威望值，在机缘巧合之下解开相关封印并不困难。

"所以，只要你发誓日后不再出现于我面前，我不介意出面将你保下，再将你安全送出阳魄界。"晨曦点点头，认真说道，"我大抵也能猜出来，你死皮赖脸跟在我身后，竭力表现，弄巧成拙，一来是希望我将你正视，二来也是想贴在月倾颜身后捡些残羹剩渣。"

晨曦的性情便是如此，天之骄女一般，只要是自己推测出来的内容，不加琢磨，便认定是事实。

她见浮生没有反驳，便更加确信，轻蔑一笑，道："但我可以告诉你，这次的事情不是你想的那么简单，这里任何一个人杀死你都易如反掌，到时就算月倾颜有意想将你保下，她也是自身难保。所以，只要你发誓，我会履行我的承诺，在不灭宗你依旧能得到想要的典石资源。"

说到这里，晨曦又重申一遍："但这些的前提是，你以后绝不能出现在我面前。"

"说完了？"浮生问道。

"嗯。"

"那你可以走了。"浮生惬意地靠在背后的岩石上，打个哈欠。

"你……"晨曦顿时火冒三丈，点了点头，"好！既然你一心寻死，我也不拦着你，便让浮家灭了，亡了，也好真正将我人生中唯一的污点洗刷干净。"

晨曦在天佑宗平步青云，日后必定是站在天佑国最顶尖处，为数不多的黑历史中，只有与浮生之间的婚约不尽人意。

在她看来，执迷不悟的浮生会遭到她的爱慕追求者们疯狂打压，甚至是追杀，或许浮生逃得过一时，但终有一日浮家会因为她而灭亡。

到时，便不会再有人提起那边疆拜典城中的小小浮家，更不会有人将废物一般的浮生与璀璨夺目的晨曦联系在一起。

"我说过，你可以走了。"浮生闭上眼睛，摆摆手，"我也警告你，这也是你最后的机会。"

对于晨曦，浮生是不屑点破真相，况且真的点破真相也不会有人信服，但浮生总不能任由她扮作圣母在自己跟前叽叽喳喳。所以，必要的警告还是不能少的。

但在晨曦眼中，这是浮生吸引她注意的卑劣手段，她断然转身，头也不回。

"这次过后，你我之间，再无关系！"

两个人心中，均是此意。

午夜时分，浮生环视一周，几乎所有人都闭目静坐，呈现一种虚无缥缈的状态，想来在帐篷里的那些人物也是如此。

对此，浮生并不意外，因为阳魄界是容纳神识的地方，神识出窍必有损失，足够的精力可以支持神识飘荡，但人的精力终究是有限的。

此刻，这些人的神识已经回到了现实，只留下一道残存神识，可以在重新进入阳魄界的时候锁定目标。

如果这时候有人出手将这些残存神识打散，那么这些人重新进入阳魄界就会以乱入的形式，随即降落，不过此事对浮生无益，他也不喜欢做这种损人不利己的行径。

"看来，还是高估这些巴丹郡的天骄了，恐怕他们每晚都会将神识抽回到现实恢复精力。"

浮生不由得一笑，摇了摇有些昏涨的脑袋，终于在进入阳魄界后的第五天产生反应。

"罢了，还是回去一趟吧，接下来两天势必要有一场苦战。"

浮生打定主意后，立即坐定，心念一动，眼前光华穿梭，无尽黑暗的另一头，星星点点。那星点在眼中无限放大，最终，充斥在浮生全部的视野里，再睁开眼睛的时候，浮生已经回到住处，不远处是闭目静坐的乾羽。

似乎是感受到了浮生的气息，乾羽猛地睁开眼睛，面色瞬间轻松许多，却又很快变得复杂起来："浮生，你当真奇怪！足足五日才从阳魄界中退出来，如果不是你的肉体摆在这里气息不变，我还以为你已神识溃散了呢。"

"神识溃散？"浮生不由得一笑。

"好了，你的事情完成了？"乾羽也不计较这些，因为在浮生身上存在着太多不合理的现象。

以至于他认为浮生是可以长时间，甚至是永久置身于虚拟空间，此番回归就是大功告成之际。

"没有。"浮生摇头，道，"只是精力有些不足，接下来几天要面临恶战，所以回来休养一番。顺便，吃些东西。"

"好呀，原来你也有精力不足的时候。"乾羽总算找出些平衡感觉。

不过转念又一想，就算以精力强盛著称的典者，在阳魄界中也不过能坚持两日，浮生这五日的成绩已经是很变态了。

扁了扁嘴，乾羽索性不再纠结这些，吩咐下去让人去准备吃食，面色凝重地向浮生提起一件事。

"大约在两天前，有人来到不灭宗打探与你相关的信息。"乾羽犹豫一番，索性直言，"你是不是在阳魄界惹下了一些麻烦？"

"是谁？"浮生反问道。

"巴丹郡花家。"乾羽沉吟一番，面色依旧凝重，"他们以为做得滴水不漏，暗中在不灭宗弟子间询问你的情况，但这种事怎能瞒过掌教至尊？"

第〇章 梦回

"花家，还真敢来送死。"浮生哼了一声，面露冷笑，"看来，我又有理由再杀花千灵一次了。等我完成了阳魄界中的事务，也一定会去巴丹郡拜访花家。"

在看过刘家的账簿后，浮生本就将花家列为目标，没想到他们还敢来查自己的底细，当真是不怕死。看来，花千灵碍于颜面，并未将事情真相公之于众，否则花家必不敢打浮生的主意。

"因为你与护宗典兽有千丝万缕的联系，所以花家并没有带走许多内容，但你也要小心，毕竟……"乾羽语重心长，说到最后，突然察觉失言，立即改口，"毕竟，你于阳魄界中无依无靠，花家若是发难于你，你连个帮手都没有。"

浮生何等精明，当即断定花家背后大有文章，但看乾羽的样子并不愿说出来，他可是连曾经犯下的罪孽都毫无保留地袒露给浮生，显然这其中牵连甚广。

"说到这里，我倒是有件事要向你求证一下。"浮生灵光一闪。

刚要提起，门外响起敲门声，是乾羽安排的吃食送来了，浮生先吃了几口，这才继续说道："我们不灭宗内门是不是有一弟子月倾颜？"

乾羽本以为浮生要商议要事，没想到憋了半天憋出来这些，当即用一种奇怪的眼神看着浮生，仿佛在询问他是不是不灭宗弟子。

因为月倾颜简直太有名了，只要是不灭宗的弟子，总是能知道这道威名，四重绿色天赋可不是说着玩的。

想想晨曦，三重黄色天赋就被天佑宗当成宝贝，意欲培养成下一任掌教，月倾颜不仅天赋更高一重，就是单论颜值也是稳压晨曦，一直以来都是不灭宗的骄傲。

"你不会是……"乾羽盯着浮生看了许久，终于下定论，"你不会是看上人家了吧？我告诉你，不要对她动什么心思，就算是你，拿来配月倾颜还是有些欠缺的。"

乾羽对于浮生关爱有加，一直以他为骄傲，但在这件事上他并不偏袒浮生，认为就连浮生都配不上月倾颜。

而到底谁能配上如此天之骄女，乾羽也说不好，放眼天佑国恐怕都找不出来，月倾颜这种奇葩出现于世间就是拿来仰望的。

"我呸！小爷还看不上她呢。"浮生努力咽下口中的食物，啐了一口，"她也在阳魄界，而且图谋不小啊。"

关于月倾颜，浮生只是点到即止，想来以乾羽的身份也无法插手内门事务，能得来的消息多半也是道听途说。

见没有实质性内容，浮生索性就淡化这一话题，反正自己与月倾颜免不了产生交集，一切问题的答案还是由自己去探寻吧。

"原来如此。"乾羽若有所思，点点头，"既然她也在阳魄界，你亮明自己的身份，以首席大弟子的身份她多半也不会坐视不管，倒也能对你施以援手。"

乾羽几乎认定浮生是垂涎月倾颜的美色与那傲人天赋，将这一切认为理所应当，末了，还不忘告诫一番："不过，友情建议，你千万不要有什么过分的想法。而且，月倾颜是内门弟子中的翘楚，多半是带着师门任务才投入阳魄界，你也不要扯她的后腿……"

"你闭嘴！"

"……"

浮生终究还是没将月倾颜求助自己一事说出来，生怕吓坏了乾羽，草草地解决了肚子问题，浮生分出些典石交给乾羽，供其修炼。

"哼，我看再过不了多久，你就要拜我为师了。"浮生轻轻笑着，将几十颗典石连同百宝囊一同丢给乾羽，毕竟他作为护法有功，而且这几十颗典石对于浮生而言也起不到决定性作用。

不义之财花起来就是不心疼，乾羽当场又被雷击，倒是聪明，也不问浮生这典石与百宝囊是从何而来，便大大方方地收下。

浮生则抓紧时间，休养生息，恢复着精神，不知不觉几个时辰就过去了。

远处，传来一串雄鸡报晓声，将浮生给吵醒，他便纳闷起来："不灭宗什么时候饲养家禽？我怎么从未听说过？"

"这是我们的老祖宗……"乾羽一阵无语。

若是其他弟子敢妄言如此，一定会被重重责罚，轻则免掉数年信奉，重责废去修为逐出师门，就是内门中弟子也要将护宗典兽奉若神明般敬仰。

偏偏浮生不用遵循这些，莫说是背后议论，当着石鸡的面浮生也没少骂。

"嘿，还敢说自己不是鸡。"浮生兴致盎然，当即打定主意，等这次回来之后一定要暗中观察，就等石鸡打鸣的时候跳出来指正，戳穿它家禽的本质。

"阿嚏！"

远方，站在塔楼顶端的石鸡心满意足地吼了一嗓子后，突然打了个喷嚏，嘟囔起来："一定是那小家伙又在背后打我的坏主意了，下次本凰一定将他戳成筛子！"

休养一夜，浮生恢复了许多精神，告诫乾羽一定要守护好最后两天，随即闭目静坐，穿过那无边无际的黑暗，再度投身到阳魄界中。

天边洒下一层暗金色的光芒，大地复苏，天地万物都呈现勃勃生机，新的一天来临了。

浮生环顾四周，身边的残存神识有不少已经开始充盈凝聚，这些巴丹郡的天骄也在休养之后重新进入阳魄界。

望着远处朝阳，浮生伸了个懒腰，"今天的目标，我要打劫两千颗典石！"

第零章 梦回

第26章 识时务者

昨夜,在浮生的精心伪装下,刘文生主仆四人三死一伤的结局并没有引起较大的骚乱。

任凭是谁都不能相信这一切出自浮生之手,在众人看来,浮生依旧是那个来自拜典城的废物,追在晨曦身后的跟屁虫,以及妄想吃天鹅肉的癞蛤蟆。

所以,针对浮生的打压还在继续,尤其是在有人试探过晨曦的反应,发现其并不在意后,打压浮生的行动变得明目张胆,接连不断。

"哼,要我说废物就是废物,跟在我们屁股后面妄想讨残羹剩饭,这叫作什么?"

"乞丐嘛。"

"我要是这种人,还修什么典?练什么术?干脆买块豆腐一头撞死算了。"

在主人的指使下,两个战仆围绕在浮生身边,煞有介事,扯着嗓子指桑骂槐,生怕浮生听不到似的。

反观浮生,微微笑着,并不在意,其他人找到了勇气和信心,也纷纷加入行列中,专挑难听的话来骂。

"浮生,你如此成就,令堂是否知晓?"

"浮生,我有些事情向你请教,应该如何才能跟你一样死皮赖脸?"

"笨蛋,这是天赋神通,与生俱来,就算你后天再怎么努力也学不会。"

冷嘲热讽,不绝于耳,这些人都有共同的目的,就是激怒浮生。

只要浮生发怒,他们就可以顺理成章地出手,当着晨曦的面教训浮生。

这些战仆的主人们不仅没有出手干预,更是饶有兴致地观察事态的发展,心中多有感叹,这浮生的脸皮当真厚实,如此辱骂都不起半点儿火气。

唯有滕青山不这样想,最开始他将典脏提到了嗓子眼儿,生怕这尊杀神突然发难。但渐渐地发现浮生并没有出手的意思,滕青山心中感叹不已,这才是真正的大家风范,出手不凡。

那些因为只言片语,甚至是一个眼神,一个表情就暴跳如雷的,多半是草莽。

而浮生这般以大局为重,笑对人生,滕青山颇为受教,同时也很好奇这尊杀神到底在图谋何事。

"你们就作死吧,他只是不屑与你们一般见识罢了,等你们有幸见识到他出手的时刻,才知道什么叫自寻死路。"

滕青山皮笑肉不笑,反而渴望浮生将这些亵渎狂徒一一惩戒,最好再牵连到他们背后的主人,也就是巴丹郡的诸多天骄。

到时候,巴丹郡整体实力降下一截,滕青山作为少数能全身而退的,势必能借此东风一跃而上,摘得魁首之名亦不是天方夜谭。

以往,滕青山只知道勤修苦练,流尽血汗都不见得能上升一两个名次。

但自从见识过浮生的威严后,滕青山发现了一个迅速提升名次的捷径,那花千灵亵渎浮生便是前车之鉴,浮生出手后,花千灵实力大降,滕青山的名次便提升了一位。

"最好能将排在我前面的天骄全部杀一遍……"滕青山奇思妙想中,突然闪过一个念头,"对了,他与影寻寒之间关系非比寻常,他图谋的该不是帮影寻寒坐上天骄魁首之宝座吧。此刻莫文轩已收拢人心,统御巴丹郡天骄,若是如此,浮生与他之间必有一场恶战,到时牵连众多,恐怕天骄榜排在我前面的无一幸免,都要被杀一遍。若是如此,到时我倒是可以挺身助阵。"

针对浮生的不仅仅是天骄们的战仆,东方祭绝对是心理扭曲,也在时时刻刻想着借刀杀人除掉浮生,所以在队伍抵达虎跃涧入口的时候,他果断下令停了下来。

"浮生,你去前面探探路。"东方祭面色不变,心中必有奸笑。

探路是假,支使才是真,前方已有天骄榜第十一位陈晨带队肃清方圆十几里区域,还有花千灵携领花家高手助阵,莫文轩又足足拖了一夜才重新启程,虎跃涧中凶名远播的铁甲猛虎兽怕是早已与人类队伍拼得两败俱伤。

"好!"浮生乖乖地点头,故作为难,"可惜我本领微末,若是有危急时刻也不能从容应对,能不能从诸位天骄的战仆中挑选两位高手随我同行助阵?"

浮生故作软弱,正中东方祭下怀,引得诸多人强忍笑意。

"浮生啊浮生,你当真是自寻死路,这下是你自己要求的,可不能怪我无情。"

东方祭嘴角拂过不易察觉的冷笑,环视一圈,正色道:"哪位天骄愿派出手下战仆随浮生一同前往?此乃大功一件,他日功成之际,论功行赏!"

"我!"

"让我去!说到探路的本事,你们谁敢不服我们朱家?"

"放着我来!别跟我抢!"

诸多天骄,争先恐后,既然浮生有意送死,他们怎会错过这千载难逢的机会。

虽然在现在看来,杀了浮生并不会带来实质性好处,但能博取美人一笑,这桩买卖就不算亏。

东方祭居心叵测，生怕浮生看出端倪，迅速从争先恐后的人群中点出几个人，交给浮生："浮生兄弟，你随意挑选二人吧。"

浮生扫了一眼，这五六个人均是在典锻境中等徘徊，天赋典环也都是一重赤色，实在算不得高手。

毕竟，屈身拜入豪门脚下做战仆，就等于是待遇稍好些的奴隶，但凡有些本事的人若非情况所迫都不会如此选择。

不过，在这几个人中还是有两个装束扮相稍显华丽一些，浮生也没心思去搞清楚他们的主人是谁，便点了这两个人出列。

战仆衣着光鲜，打扮靓丽，就表示他们的主人性情慷慨，家底殷实，这样的战仆身上必定有数量不菲的典石。

"好。"东方祭拍拍手，看向那被点名的二人，"高峰、林城。现在开始，你二人就作为浮生的战仆，助他探清前路，扫清障碍，功成之际必有你二人的赏赐。"

"是！副盟主！"两个人恭敬回道，都知道东方祭的真实意思。

此行集结巴丹郡诸多天骄之力，成就联盟，莫文轩以魁首身份拜为盟主，天骄榜第二位影寻寒不知所终，且非莫文轩一族，副盟主向下延顺，便是东方祭、洛熙与笑红尘。

浮生领了这两个人便要启程，却听到身后人群中，滕青山挺身而出，开口直言："副盟主，青山请命，也想沾一沾这份功劳，求一求这份富贵。"

"哦？滕青山。"

滕青山一言一语，引得不少人侧目看去。

今次天骄一战中，怪事连连，怪人有二，其一是在飞念台上横扫四方的无名少年，其二就是滕青山了。

从论典大会开始，滕青山举止怪异，数不胜数，就连那无名少年都是由他带来的。

其中猫腻，瞒得过草莽，却瞒不过莫文轩的眼睛，他本想将此事搁置在后面处理，没想到滕青山在此刻突然挺身。

"滕兄也不是落后的人物啊，既然有立功之心，那便给你大展身手的机会。"莫文轩迅速定计，摆摆手，准了滕青山的请求。

就这样，三人小队变成了四人，也没人去声明其中的君臣关系，东方祭目送四人离开视野后，不动声色地来到莫文轩身边。

"怎么回事？"东方祭略有不解。

"滕青山有鬼。"莫文轩小声提了一句，随即一笑，"既然有鬼，那便给他机会让他露出马脚。言多必失，行多必露。"

"可是，浮生……"东方祭对浮生放心不下。

他依稀有一种感觉，不杀浮生誓不为人，却不知这种感觉从何而来，就算想破脑袋东方祭也绝不会发现，当日在飞念台上一招挫败自己的那无名少年，就是隐藏在忘忧草面具下的浮生。

但感觉确是因此而来，忘忧草面具可以掩盖面貌，阻隔气息，却不能挡住人心。

就算浮生戴上面具，改头换面，至亲至爱之人譬如浮南，也能迅速认出。

而在恨意滔滔中，有一句叫作"化成灰也认得"，便是形容东方祭的状况，他对无名少年恨之入骨，不共戴天，虽认不出浮生的真正面貌，也在冥冥之中产生了必杀之念头，逐渐转化为信念，乃至执念。

"今日，他必死。"莫文轩说罢，自觉过满，随即补充一句，"若是不死，我会出手将他镇压，绝不会让他进入陵墓。"

"那就好。"东方祭这才长舒一口气。

虎跃涧是一道山涧，以龙腾虎跃得名，曲曲折折，弯弯绕绕，一入此涧深似海。

方才在队伍中，高峰和林城对于浮生的羞辱几乎没有停歇，此刻安静下来，便将更多的心思用在讨好滕青山身上。

巴丹郡天骄榜单是没有水分的，此届滕青排在了第三十一位，看似不高，但在第六位到第二十位的天骄都被莫文轩调走的情况下，滕青山便也算得上是队伍中的一流高手。

"滕少，此次联盟队伍若是能顺利渡过虎跃涧，您必是头功，等神陵一战大获全胜后，分得大量资源，恐怕下次论典大会中您就能跻身天骄前十了。"

"到时，您就是万人敬仰，一代宗师，流芳百世啊。"

两个人阿谀奉承，无非是想让滕青山将他们收入麾下，人往高处走，如果能做选择的话，狗也会优先挑选大富之家。

滕青山对于这些，并不在意，随口敷衍了几句，全部的注意力都放在浮生身上。

两个人看在眼里，立即明了，对视一眼便打定主意，稍后要将亲手杀死浮生的机会让给滕青山。

走出足有十里，虎跃涧中空旷幽静，所过之处时常能看到一些血迹残骸，显然这外围区域早已被清理干净，屠戮之下，怕是飞鸟都找不到一只。

估摸着距离差不多了，高峰与林城对视一眼，奋力一跃，挡在了浮生面前。

"浮生，你该上路了。"高峰双臂环肩，居高临下，轻蔑地看着浮生，"你小子该不会傻乎乎地以为副盟主要重用你吧。呵呵，不过也是情有可原，毕竟你这样的废物，能被副盟主那样的人物看在眼中，想必你免不了欣喜若狂，以为能凭借这一次结交到巴丹郡天骄榜第三位的东方祭吧。"

"哎哟，可不能这么说我们的浮少。"林城阴阳怪气地接上话茬，"我们浮少可是晨曦的未婚夫，在那拜典城中也是显赫世家，你这么说，不怕我们浮少发威将你镇压吗？还不快跟浮少道歉！"

战仆虽比奴隶身份稍高一些，还是没有地位，再加之典者非比寻常，所以一般战仆的生存环境也很恶劣，遇到这种机会免不了要调侃一番，缓解压力。

而且，狮子扑兔，猫抓老鼠，本就是生物天性，更何况是这种心性稚嫩的少年，他们还不知道反派死于话多这一真理。

见浮生没有反应，两个人还以为是浮生被吓傻了，不由得一笑，恭敬地看向滕青山："滕少，您出手吧，这废物的命理应是您拿去邀功。"

说罢，两个人均沾沾自喜，断定此举能给滕青山留下好感，被转让到腾家麾下，他日恢复典者身份与尊严，再拜天骄之名，最终走上人生巅峰。

滕青山本有犹豫，听到两个人这番话直接就参毛了，险些将眼珠子给瞪出来，不容分说地抬手"啪啪"两声，就将这两个白痴给打翻在地。

"废物！险些给我招来杀身之祸！"

滕青山心中暗骂，悄悄打量着浮生的表情，见他没有动容，这才稍稍松了口气。

不过，滕青山不敢松懈，当即转身俯首，慌忙解释道："大人，不是他们说的那样，我对您从不敢有不敬之心，天地可鉴，若我有此意，就叫天打雷劈，让我粉身碎骨……"

滕青山当真被吓得不轻，赶紧发了毒咒，生怕浮生以为自己心怀叵测，而惹下大祸。

"你不敢。"浮生不以为然，轻轻一笑。

"呼……"滕青山这才长舒一口气，虽然心里感觉怪怪的，却有一种劫后余生的庆幸。

解释了误会，滕青山稍稍松懈，立即又打起精神，狠狠在高峰与林城身上踹了几脚，再度恭敬地看向浮生："大人，您说怎么办？杀了他们？"

高峰与林城傻眼了，林城慌忙道："滕少，您这是什么意思？小人只是要将取悦晨曦的机会让给您，您怎么反倒要杀我们？"

一系列的突变，两个人根本搞不清状况，真诚地解释着，希望滕青山能理解自己的意思。

"闭嘴！"滕青山瞳孔猛缩，抓住林城的下巴一用力，便将他的下巴卸了下来。

他是生怕林城再说出些什么，引起浮生的误会，连累自己也惹下杀身之祸。

林城剧痛袭脑，捂着嘴巴，痛苦哀号，高峰更是被吓得发不出声音，只能瑟瑟发抖。

"大人，您尽管吩咐，要怎样教训他们才能让您解气。"滕青山急于表现，从腰间抽出匕首抵在高峰的脖子上，"大人，我从野史中曾看到一种酷刑叫作凌迟，受刑人要受足三千刀才能咽气，要不然我给您演示一番？"

瑟瑟发抖中的高峰听到这话，更是抖似筛糠，不住地磕头求饶，想不明白究竟是为何滕青山做了叛徒，不仅倒戈相向，更是将浮生奉若神明。

"呵呵，你倒是见多识广。"浮生也被逗乐了，猜出了滕青山的意图。

"哪里哪里，不及大人。"滕青山心中一喜。

"将他们的百宝囊取下给我。"既然有滕青山自告奋勇，浮生也省得亲力亲为，当即便指挥起来。

此番进入阳魄界，浮生算是开了眼界，在不灭宗外门弟子中都鲜少能见到的百宝囊，巴丹郡天骄竟然人手一只。

所谓百宝囊，是一种融汇典阵与锻造技艺的产物，也可以成为典器的一种，主要用途是储存，因为原料虚空晶石并非是天佑国产物，所以普及并不广泛。

基于晶石品质与锻造技艺的不同，所得出的百宝囊空间也有不同，最小的可能塞几本书就满了，大的便难以计算，可能将一幢房子甚至山丘峰峦收进去。

想来，是巴丹郡各大家族早已密谋此事，筹备妥当，这才配备人手一只百宝囊，用以装载途中所需物资。这下倒便宜了浮生，先前已经收取四只，等此战之后抽空将这些百宝囊处理，也是一笔可观的财富。

"是！"滕青山迅速扯下两个人腰间的百宝囊，恭敬地献给浮生。

浮生打开一看，略有不满："看起来人模狗样的，怎么两个人加在一块儿才一百多颗典石？"

"原来大人是需要典石。"滕青山接上话茬，解释道，"这两个人的主人刘成军在天骄榜中百名开外，所属的家族也不算强悍，穷其收藏也不过数百颗典石，并不像天骄榜百名以内那么富裕。"

说罢，滕青山咬了咬牙，干脆取出自己的百宝囊："大人，这是我此行携带的典石，虽然不多，也有千颗……"

滕青山的心都在滴血，虽然千颗典石对滕家而言不至于肉痛，但心痛还是有的。

而且，明日之前必有一战，现在已容不得他退回到现实再筹备物资，并不是所有人都像浮生那么厉害，就是巴丹郡中最强悍的莫文轩，略通神识典术，将神识精神投入阳魄界也需要两个时辰，滕青山一来一回至少需要半日。

"我这是打劫，请你尊重我的临时职业。"浮生摆摆手，并没有着急理会那两个战仆，反而笑道，"你是想以这种方式获得我的庇护，在我的支持下翻身做主巴丹郡吧。"

浮生一语中的，滕青山面色稍变，立即提起袍摆跪在地上："大人神机妙算，小人正是此意。"

"起来吧。"浮生淡淡说着，已经转过身，将双手背负在背后。

"那您的意思是……"滕青山小心翼翼地站了起来，"莫文轩与东方祭一干贼人，竟敢动大人的心思，大人虽不屑与他们一般见识，怎奈他们咄咄相逼，灭亡是注定的。届时，巴丹郡群龙无首，青山不才，愿挺身而出为大人一统巴丹郡，鞍前马后，至死方休！肝脑涂地，此生无悔！"

"我且问你一事。"浮生并未立即表态，反问道，"你也见识过我的手段，你觉得如何？"

"干脆利落，雷厉风行，大人出手只死不伤……"滕青山说到这里，眼前一亮，急忙补充道，"大人，您是不鸣则已，一鸣惊人，有如狮子扑兔，是真正的大家风范。"

滕青山在浮生面前溜须拍马，动咒起誓，但这些话总是没说错，浮生的手段确是如此。

微微点头后，浮生又问道："那你有没有想过，你既然知道我的秘密，我为何将你留到今日。"

"这……"滕青山苦思冥想，顿时眉开眼笑，"谢大人赏识！"

浮生所言非虚，他留下滕青山自有目的，不过此刻倒是有临时主意，因为经此一事后巴丹郡的天骄们纵使再想杀掉自己，但前车之鉴摆在这里，难免会投鼠忌器。

所以，浮生必须要有人配合自己，将巴丹郡的天骄及其麾下战仆诱杀，从而劫掠他们随身携带的典石物资。

此事若是由洛熙去做，身为傀儡，洛熙自是百依百顺，但他的地位在联盟队伍中很高，容易引起瞩目。中上等的滕青山便不同了，一方面排名在后的天骄意欲与其结交，另一方面主事的几个人注意力都放在晨曦、月倾颜与纪子卿身上，所以将他作为诱杀行动的助手再合适不过。

"起来吧。"浮生摆摆手，踱步走到高峰与林城面前，"注意，我这是打劫！身上还有没有值钱的东西，快交出来！"

两个人早已被吓傻，木讷地摇摇头，在震惊与惶恐之后，两个人闭上了眼睛，迎接即将到来的死亡。

第章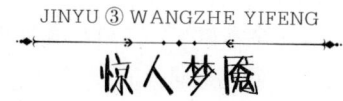

　　能跻身天骄榜千百位的，称得上是年轻佼佼，若不是大家族出身，就是典宗精锐。
　　滕青山在其中虽不算拔尖，排名也还靠前，待浮生将两个人解决之后，滕青山便已想好措辞。
　　"我们回去之后就说，遇到了强悍典兽，这两个人为保护我们浴血奋战而死。"滕青山询问着浮生，见其点头后，长舒一口气。
　　拜入浮生名下，滕青山依然要努力，仍旧要竞争，必须要有那影寻寒出色，才能成为未来巴丹郡的风云人物。
　　不过，他的压力是小了许多，毕竟先前是与数百天骄争艳，而在浮生手下只需与影寻寒较劲即可。
　　"不过，还缺点儿东西。"浮生盯着滕青山看了一会儿，若有所思。
　　"缺什么？"滕青山不解，小心问道。
　　"如果有人受伤，那便可信了。"浮生将匕首丢在滕青山面前，幽幽说道，"大家都知道，我是溜奸耍滑，厚颜无耻之徒，我可以毫发无损，但你身为天骄榜中名列前茅的高手，就有些说不过去了吧。"
　　"言之有理！"滕青山心中无比震惊，暗叹浮生心细如尘，竟想到了这个地步。
　　既然决心要投靠浮生，皮肉之苦滕青山自然受得，当即捡起匕首在胳膊上划了几道。
　　再抬头看，浮生也沾染了些鲜血抹在身上，两个人将戏份做足，这才动身往回走。
　　显然，莫文轩与东方祭作为巴丹郡天骄联盟的领导人，是料定浮生此次必死无疑，压根儿没有等探路的结果，浮生带着滕青山刚刚往回走了二里地就看到黑压压一片人头，带头的正是这两个人。
　　两个人看到浮生依旧活着，也很惊讶，尤其是莫文轩，几乎认定了滕青山有鬼。
　　自论典大会开始，滕青山就很反常，有些画面莫文轩没有看到，白露雪一行可是亲身经历，经过东方祭之口，莫文轩也知道了那些怪异的举止。
　　"好啊，你也成了心腹大患，留不得！"
　　莫文轩心中一凛，认定了滕青山有鬼后，杀意涌现。

不过，他并未立即出手，反倒是要听听滕青山的说辞，也求一道师出有名，毕竟他下面天骄联盟中还有数百人，作为盟主必须服众。

"怎么回事？"东方祭与莫文轩打算一致，开口问道。

"我们遭遇伏击，损失惨重，高峰与林城更是在激战中……"滕青山说到这里，深吸一口气，略表悲伤，"还好在关键时刻，浮生挺身吸引了敌人的注意，将我救下，否则就不是挨两刀这么简单了。"

说着，滕青山撩起袖子，露出下面两道深刻的伤口。

回来途中，浮生又发现一个细节，就算是遭遇强敌，滕青山与他一同回归也难以服众，因为以滕青山的实力若想秒杀众人口中的废物，并不困难。

所以，他们临时改变了说辞，才有了浮生舍身相救这段，也让滕青山的说法能以充足的理由站稳脚跟。

"哦？是吗？"东方祭打量着两个人，沉吟片刻，笑道，"高峰和林城以身殉职，滕青山受伤，倒是浮生你看起来毫发无损，难道他们三个人与强敌交手的时候，你躲起来了？"

东方祭与莫文轩均是工于心计之奸才，前者重在布局，后者优于韬略，果然浮生的想法并不多余，东方祭立即就察觉到了细节所在。

"我这般实力，就算挺身也是帮倒忙。"浮生挠了挠头，摆出一副尴尬的样子，又道，"而且，我尚未与晨曦完婚，自然要将保命放在第一位。"

面对暂时不能解决的敌人，示之以强不如示之以弱，浮生索性放低身价，假装出对晨曦还有妄想，反正所有人都是这样认为的，十分合情。

"哼，当真是废物，阳魄界中死一次有什么大不了？这种缩头乌龟的行径我是做不来。"

"就这样的废物还妄想与晨曦共结连理，当真笑话！"

"哈哈哈，这浮生堂堂七尺男儿反倒像是女子。"

果然，听浮生这么一说，唏嘘惊叹、冷嘲热讽不绝于耳，全然没有察觉浮生话里些许不合理的地方。

莫文轩便察觉到了，他走上前来，细细端详着滕青山手臂上的刀口，不由得一笑："虎跃涧中还有使刀的典者？还是，偷袭你们的强敌是那螳螂精？"

接着，他伸手按在滕青山的胳膊上，不顾滕青山发出痛苦的声音，强行将伤口掰开来看。

片刻，他便又笑了："如此平滑整齐的刀口，显然是出自金戈，偷袭你们的到底是谁？"

"是……"滕青山迟疑了，他根本没想过这个问题。

"滕青山，你好大的胆！竟敢谎报军情！"莫文轩怒目圆瞪，厉喝一声。

滕青山心中"咯噔"一声，偷偷看了浮生一眼，见他眯着眼睛，便知道这是战斗的先兆。

滕青山心中却有衡量，他认为浮生虽强，却不见得是巴丹郡诸多天骄的对手，此间巴丹郡天骄足两百余人，连同战仆有五六百之众，所谓蚂蚁多了也能咬死大象，更别说还有莫文轩、东方祭这种顶尖高手。

东方祭在败于浮生化作的无名少年之手后，被飘雪剑圣带走，不出一日重新回归，实力便有了质的提升。

这两个人在浮生手中占不得便宜，却还有许多未知因素，譬如那晨曦，譬如那白衣剑客纪子卿。滕青山虽已拜在浮生门下，却也不认为浮生能轻松解决如此众多的敌人。

但在浮生看来，问题关键并非于此。他曾是一代皇者，鲜少去做没有把握的事情，就算是拼死一搏，也至少有五成把握。

所谓有多大锅才下多少米，浮生对于巴丹郡这些天骄并不在意，一招战天一式就能秒杀十之八九，五重青色天赋的典环乃是十六倍战力，全力之下，杀死一个一重赤色天赋的典锻境典者并不比捻死一只蚂蚁困难多少。

浮生真正在意的，还是阳魄神陵，这里面不仅有月倾颜所需的大能者遗体，大量赤钻也可能在其中找到。

而具体位置掌握在莫文轩手中，若是此刻翻脸，浮生想要寻找阳魄神陵便无比困难，以莫文轩的谋略，就算浮生杀光了所有巴丹郡天骄，他也不会与之苟同。

莫文轩一怒，连带着，巴丹郡天骄们严阵以待，晨曦坐下的双翼天马嘶鸣扬蹄，月倾颜那冷漠淡然的目光也锁定这一方位。

甚至，就连一路上只字未语险些被怀疑成哑巴的纪子卿，怀中王者遗风"哐啷"一声，亮出了半寸锋芒。

大战，一触即发。

"嘶……"

却在此刻，从头顶传来一阵响声，尖锐悠长，像是某种牲口的啼鸣。

声音不仅刺耳，还带着一股晦涩陌生的力量，随着声音波及，不少人都因此打了个寒战。

众人首先就看向晨曦坐下的双翼天马，却又断言这并非双翼天马发出的声音，因为典兽双翼天马的最终形态是传说中的圣光独角兽，神圣化身怎么会散发出如此邪恶的气息？

众人显露出不好的神情，举目四望，但这空谷幽幽，四面环山，重峦叠嶂，很难发现隐藏其中的生灵。

"嘶……"

又一声尖锐的啼鸣传来，仿佛是来自九幽深渊恶鬼的低语，将恐惧带给所有人，在这山涧中回想不绝。

"在那里！"晨曦迅速锁定了方位，坐下的双翼天马振翅一拍，便载着晨曦扶摇直上。

众人循着晨曦的方向看去，赫然发现在山谷鞘壁上有一匹黑色的马形物体，之所以称之为物体，是因为此马太过奇怪。

此物的体态样貌与马无异，通体漆黑，背上披着一件黑色战甲，表明这并非野生典兽。

但这也绝非世俗中的战马，因为此马浑身被笼罩在一层碧蓝色气焰当中，更让人胆寒的是，这匹马的眼睛竟然透射出赤红色，不停闪动着奇异的光芒。

"梦魇兽！这是梦魇兽！"

迅速有人认出了此兽的身份，传言在九幽之地，人畜神识游荡于六道，马的神识在经历了阴晦气息的洗礼后，就能化作传说中的梦魇兽，此兽踏空而行，凌空虚度，神出鬼没，时常出现在人的噩梦中，挥之不去，故作此名。

不过，传说毕竟久远，真正见过梦魇兽的人寥寥无几，因为一旦此兽出现在梦境当中，那人不论身份实力，不出几日便会死去。

换言之，根本没有活人见过梦魇兽！这样一来就造成了梦魇兽的局限性，不管传说将其描述得多么吓人，它都是局限在梦中，只存在于传说里的一种凶兽。

"不！这不是梦魇兽！"莫文轩盯着峭壁上的黑色梦魇，瞳孔猛缩，"这是被驯化的梦魇战马！"

人们被梦魇战马的碧蓝气焰与赤红瞳孔所震慑，被那股隐晦冰寒宛若死亡的气息所压迫，却没发现在它的背上坐着一个身披黑色斗篷的骑士，手中一双战刃闪着亮黑光芒。

黑衣骑士周身，荡着一股灰白色的晶雾，遮住了容貌，却遮不住那冰冷的气势，任何人只要看上一眼，便觉得死亡常伴，挥之不去。

只转瞬间，双翼天马已然飞上高空，与梦魇战马对峙，双翼挥动间不停打着响鼻。拥有圣光独角兽血脉的它是纯净圣洁的化身，对于死亡污秽有一种天生的仇视，堪称狂热。

地上，滕青山也折服于梦魇战马与黑衣骑士的惊人气势，迅速抓住其中关键，冲着莫文轩喝道："就是他！就是他！我们在前方撞见的就是他！"

"哦？"莫文轩回过神来，眉头一挑，沉吟了片刻才道，"浮生，你曾从他手中救下滕青山，可知道他的弱点？"

莫文轩城府极深，给人一种假假真真的感觉，真亦假时假亦真，这一问既是寻求化解危机的方法，也是在对浮生与滕青山做最后的考量。

"当时情况危急，我怎么能记得那么多？"浮生想了想才答道。

并非浮生断言莫文轩设下陷阱，而是以他的见识广博，也未曾听说过有人能将梦魇兽驯服为梦魇战马，不过那黑衣骑士的来路浮生倒是明了，他一眼就认出是噬灵族的手笔。

围绕在黑衣骑士身边的晶雾，就是噬灵族呼吸所产生，具有腐蚀与迷惑的作用，十分难缠，也是此奠定了噬灵族强盛的基础。

试想，境界对等，天赋相当的两个人，一方拥有这晶雾如影随形，高下立判，云泥已定。

看来，是噬灵族察觉到了巴丹郡生出叛逆之心，派出了这梦魇骑士，前来清理门户。

"不急，先看晨曦如何应对。"莫文轩微微点头。

就见乘着双翼天马升空的晨曦摘下手环，厉喝一声："呔！何方妖孽！天佑宗晨曦在此，还不速速退下！"

晨曦此言一出，不仅是巴丹郡天骄们白眼连翻，浮生也觉得脸上挂不住，这女人若说精明，也实在蠢笨一些。

看来，在天佑宗的支持培养下，晨曦畅通无阻，威名远播。

但那仅限于天佑宗，最多遍及天佑国。在阳魄界中异族数不胜数，哪个知道你天佑宗是什么东西？又有哪个知道晨曦是什么玩意儿？

语言能不能畅通，都是一个问题。

果真，梦魇骑士听到晨曦的话之后，双剑一横，梦魇战马感应到了这股意志，奋蹄扬威，发出一串低沉冗长的嘶鸣。

紧接着，梦魇战马四蹄齐动，脚下青烟暴涨，一个纵身跨了出来，却未跌落山谷，而是踩出一条青色炎路，眼中红光大作，一头撞向了双翼天马。

梦魇战马速度奇快，双方看似有百米距离，一眨眼便杀至面前，双翼天马见状如此，不等晨曦的命令，也拍动翅膀迎了上去。

梦魇战马中的皇者梦魇皇，与双翼天马最终形态的圣光独角兽可是宿敌，不死不休，仇人见面当真眼红。

二马一错镫，梦魇战马利用自己的优势所在，在空中能取得着力点，狠狠抬起前蹄就踩向双翼天马的头颅。

而双翼天马虽也是典兽，品阶一般，其特性在于肋生双翅与神圣力量，还是要

第令章 惊人梦魇

遵循天地法则，在空中无法着力，只能以翅膀调动身体。

所以这下被迎面踢了一脚，沉重的力量将它震得向下一坠，但真正致命的是那丝丝青炎，立即就在双翼天马雪白的皮毛上融出一个拳头大小的凹坑，血肉焦黑。

双翼天马一个照面被打蒙了，晨曦亦没有讨到好处，就在梦魇战马发难双翼天马的时候，它背上的黑衣骑士提起双剑劈砍下来。

那剑锋看似无奇，却在挥砍的时候化作黑色流光，仿佛能在空间中任意闪转腾挪，看起来还有很大一段距离，但仅仅是一瞬间，黑光再次凝聚剑锋的时候，已经划过了晨曦的身体。

其中一道被晨曦手中的环状典器挡下，这典器必不是泛泛之辈，在黑光袭来的时刻爆发出一股澎湃的典力波动，支撑开半圆形的屏障，那黑光一扫只是在上面留下一道豁口。

但黑衣骑士使的是双刀，鬼神莫测，常人根本无法捕捉轨迹，等晨曦发出痛苦的嘤咛声时，众人才看清她被砍伤了右臂。

仅一个照面，人与战骑都落得惨败，双翼天马竭力扑棱着翅膀方才稳住身形，就被梦魇战马又一记猛踏直接打了下来。

狠狠地撞击，烟尘四起，地面被轰出一个深坑，缭乱之中可以看到双翼天马的影子挣扎了两下便一歪脖子没了动静。

"嘶嘶……"

这不是梦魇战马的嘶鸣，而是人们倒吸凉气，这梦魇骑士当真是强悍，只一个照面就重伤了晨曦。

如此看来，巴丹郡这些天骄连一个能打的都没有，东方祭原本跃跃欲试，看到晨曦落败后也缩了回去。

余下天骄，惊慌失措，四处逃窜，倒是有几个令人哭笑不得，死亡临头居然还有护花之意，竟不约而同地跑向晨曦坠落的方向，是想要将晨曦一并救走。

梦魇骑士在空中停歇片刻，俯身一冲，梦魇战马在空中踏出"嗒嗒嗒"的马蹄声，有奔雷之势，带着死亡威胁俯冲下来。

掠过低空，黑衣骑士双剑一扫，十几个天骄瞬间丧命。

"结阵！防御！"莫文轩再不能坐以待毙，狂吼着取出了判官笔，"收缩阵形！我来压阵，我们共同斩杀这梦魇骑士！"

若让浮生评价，所谓天骄联盟实在是乌合之众，除了天骄榜前百的还有些看头，余下的都是来起哄的。

莫文轩这一嗓子并没有起到太大的作用，不过还是有一部分人停下脚步，聚拢到莫文轩身边，但更多的人还是在逃窜。

慌乱中，梦魇骑士从远处杀回，梦魇战马拖着一条长长的青炎降落下来，除了它本身踩死撞死的几个人，又有几个被那古怪的黑光剑削下头颅。

更惊人的并非具有实体的敌人，而是青炎与晶雾，那青炎一旦沾上就如附骨之蛆，再也摆脱不掉，就是水泼都不能熄灭。

而沾上青炎，最多三个呼吸的时间，人就会被焚烧至死，待烧尽了，那青炎才会缓缓熄落。

围绕在黑衣骑士身边的晶雾更是可怕，有些人侥幸逃过了死亡收割，却不小心吸入一口晶雾，身体顿时开始融化。

只是俯冲落地，梦魇骑士便收割了不下三十条性命，那梦魇战马停住脚步，高高扬起包裹在青炎中的黑蹄，将死亡的恐惧彻底爆开。

"哼，管你什么梦魇战马，管你什么梦魇骑士。"

莫文轩虽有意坑杀巴丹郡众多天骄，但亲眼见的这些人死在梦魇骑士手下，也有不忍，冷冷一哼，果断出手。

"黄沙百战穿金甲，不破昌黎终不还！"莫文轩口中念诵着气势非凡的诗句，下笔很快，在空中疾书，每念一个字，便能写出一道潦草的字符。

虽然仓促，笔法却是潇洒自然，若是跃然于纸间，必是一幅能抵万金的墨宝。

此诗乃是天佑国开国大将军所写，当年推翻暴政统治的时候，军队杀至国都旁一个叫昌黎的城郡，久攻不下，死伤惨重，三战三败。

开国大将请战，遭遇一干文臣的反对，便吟下这句豪言壮志，携领三千将士第四次攻打昌黎，终于破城，为天佑国建立王朝迈出关键一步。

天佑国建立之后，重立九郡，唯独二级郡沿袭前朝昌黎一名，就是为纪念在这里流血牺牲的将士。

而大将军的威名也随着这句诗流传下来，此刻被莫文轩以典力书写在空中，倒是有几分风雨萧瑟的气势。

只一眨眼间，莫文轩便写下两句诗，收笔之际，典脏鼓荡澎湃的典力汇聚于掌心，向前一拍，这首诗的各个字符便活跃起来。

字符在空中被拉扯，迅速膨胀，化作一道道纯粹澎湃的力量，涌向了前方那耀武扬威的梦魇骑士。

金光利箭，在空中急速飞行，每进一寸便要快上一分，以迅雷不及掩耳之势从天而降，轰在了梦魇骑士身上。

可是，梦魇骑士周身的晶雾也随之迅速扩散，青炎暴涨，前面几道金光撞在上面便迅速消散。

接连十三道金光，在晶雾壁障上留下点点涟漪，唯独最后一道，将晶雾轰出一个拇指大小的缺口，却又被迅速填充。

巴丹郡天骄魁首，奋力一击，竟不费吹灰之力就被破解。

梦魇骑士显然也没想到还会有人主动出击，立即锁定了莫文轩，催动胯下梦魇战马，猛冲过来。

"来得好！"东方祭凌空一抓，一柄雪色宝剑在他手中迅速凝聚，迎着梦魇骑士冲出两步，在空中奋力一跳跃，"战天一式！"

刹那间，澎湃的典力将东方祭周身空气撕扯的刺刺作响，一双光翅从他的背后伸展出来，东方祭持着雪色宝剑在空中震动翅膀，奋力一剑劈了过去。

"哦？居然是飘雪剑。"

浮生眉头一挑，来了些兴致。

前日，浮生与飘雪剑圣一战，已然使用"化念"的力量将飘雪剑中残存的意志泯灭，此剑沦为普通典器，被赐给东方祭倒是合理。

不过，更让浮生感兴趣的是东方祭本身，被自己重伤这才几天，不仅恢复了巅峰状态，实力还有所增长。

东方祭施展战天一式，威力确不可同日而语，所过之处，大地崩裂，飞沙走石，隐隐有些灭世之威。

第28章 人形典器

青峰在手，东方祭一剑斩下，那梦魇骑士不躲不闪，反手一双黑色光剑挑了上去，正对上飘雪剑锋。

却没有金鸣交错，没有酣畅淋漓，就像是方才在晨曦身上展现的那一幕，黑色光剑在即将碰撞到飘雪剑锋的时候陡然化作一道流光，重新凝聚已经距离东方祭的身体不远。

东方祭大惊失色，躲闪不及，两条手臂被齐根斩断，连同半片光翅一同掉在地上。

更加奇特的是飘雪剑，虽未与黑光剑直接碰撞，竟也受到了侵蚀，掉在地上后开始迅速腐化，一眨眼就变成了一堆铁渣。

"唔……"

东方祭瞳孔暴涨，望着双肩的伤口沾上了青炎。不多时，他便彻底消失了，青炎最终熄灭在光翅的羽翼上，好像是东方祭风中残烛的下场，无力地摇摆之后，随着东方祭一同消失在阳魄界。

"娘呀！救命啊！"

天骄联盟中剩下的人看到这一幕，发疯似的逃开，只恨少生了两条腿。

连天骄魁首莫文轩与第三位东方祭都败了，剩下的人就算有心杀贼，也无力回天，此时不跑更待何时？

混乱中，梦魇骑士像一位职业侩子手，手起刀落，青炎遍地，晶雾飘荡，毫不留情地收割着一条又一条生命。

终于，一个白衣人落在它面前，宝剑出鞘，一股王者意志扩散开来，硬生生将晶雾吹散，青炎熄灭。

这正是一路上只说过四个字的纪子卿，浮生问他手中宝剑是不是那破日惊天剑，他答"是"，浮生问他姓名，他答"纪子卿"。

只有这四个字。他险些被人怀疑是个哑巴，甚至有不少人在背后偷偷调侃辱骂于他，但此刻正是他可以直面梦魇骑士。

王者遗风刚刚出鞘，就带动一股劲风将梦魇骑士的护体晶雾吹散，梦魇骑士毫不停歇，双手挥剑劈砍过来。

这双光剑可是让巴丹郡天骄吃足了苦头，晨曦也败在剑下。它似乎并非是实体，却又能像切瓜砍菜一样斩落百人。

破日惊天剑并不长，亦不宽，与普通的三尺青锋无异，朴实无华，随着纪子卿将其出鞘，剑刃上浮现出密密麻麻的铭文符号，透着一股玄奥繁杂的力量。

而梦魇骑士手中的黑光剑，如先前一样，在挥出去的时候还有形体，却在即将撞上破日惊天剑时化作流光。

但此次，流光并未突破，硬生生被停在空中，伴着金鸣交错声，黑光剑再度凝聚，与破日惊天剑撞在一起。

只这一击，虽没有人仰马翻，梦魇战马还是被震得抬起牵制，发出一阵痛苦嘶鸣。

纪子卿亦被震得退后几步，以破日惊天剑插入大地减缓颓势，划出一道深切的沟壑后，方才稳住身形。

"王者遗风虽能破这双光剑，你却不是它的对手。"浮生在远处，看在眼里，不禁出声提醒。

纪子卿明显是听清了浮生的话，转头，看向浮生的目光有些复杂，问道："它是什么？"

"呃……"浮生想了想，"它是鬼。"

"鬼不是这样。"纪子卿似乎从不说废话，十分简练地表达了自己的意思。

"这就是鬼。"浮生咧咧嘴。

这种梦魇骑士，常人不曾见过，至少要在典涅境大能者才能有所见闻，简而言之，这是噬灵族创造的一种司职战斗的典器。

创造梦魇骑士需要三个原材料，其一是梦魇兽，梦魇兽被驯化成梦魇战马后，隐晦的力量与死亡气息能与骑士相辅相成，同时它的特性对于战力的提升无比巨大。

其二是足够强悍的肉身，只有强悍的肉身才能在这两种力量的摧残下不朽，回想青炎与晶雾的威力，寻常典者沾上即死，如影随形的这具肉身又怎能弱小？

其三就是不灭的神识，说到神识典籍等相关法则，再没有哪个种族能与噬灵族比肩。噬灵族将吞噬的神识反复祭练，千锤百锻后将所得的强韧神识注入强悍肉身之中，再将其与梦魇战马炼化合一，就得到了这无比强悍的战斗典器梦魇骑士。

是的，这并非是生灵，而是一件由生灵炼制的典器！

也只有噬灵族掌握着，并胆敢使用这种有违天和的秘法！

浮生说这是鬼，也是属实，因为"鬼"就是人死之后消散的神识。

两个人说话间，梦魇骑士再度发难，这种战斗典器并没有自主的意识，只要被放出来，不屠尽天下生灵决不罢休。

那双黑色光剑再度斩向纪子卿，一招之后纪子卿大抵也掌握了对方力量的强弱，抽出地上的破日惊天剑，一面后退，一面抬手刺出一十八剑。

一十八剑无一落空，均与黑色光剑撞在一起，发出一阵急促刺耳的金鸣声响，纪子卿也接连退后十八步。

"你能杀它？"狠狠一剑将梦魇骑士逼退后，纪子卿再度看向浮生。

"能。"浮生点头。

"你来杀。"纪子卿毫不客气，说话间又是一剑。

"不！"浮生仿佛被纪子卿感染，说话也变得简练起来。

他并非不敢与梦魇骑士一战，以这只梦魇骑士的实力，浮生要将其镇压虽不简单，却也不会太难。

但这种梦魇骑士乃是噬灵族中真正的大能者才能掌握技艺并亲手锻造，浮生若是出手将其击溃，必然会引起噬灵族的关注，若是再泄露了曾经身份，浮生势必会被扼杀在襁褓中。

纪子卿被浮生干脆地拒绝，并未恼怒，反而像是理所应当的事情，连多余的表情变化都没有，便再度翻身与梦魇骑士战在一起。

转瞬之间，双方已对过不下百招，酣畅淋漓，险象环生，纪子卿也被逼得将典力毫无保留地爆发出来，奋力一剑余波就在峭壁上轰出一个巨大的窟窿，此人的天赋竟也是三重黄色。

放眼此间数百人，除了浮生能施展"化念"典术规避青炎与晶雾的灼烧腐蚀，余下也就只有纪子卿能凭借王者遗风勉强与之分庭抗礼。

巴丹郡天骄联盟顷刻之间，跑的跑，死的死，余下不过几十人。

莫文轩原本也想遁走，但在听到浮生与纪子卿的对话后，眉目稍转，选择静观其变。

又是百招，纪子卿已然被逼上穷途末路，毕竟对方是一件人形典器，没有思想没有感情，不灭的神识与那强悍的肉体交织在一起，加以鬼魅般的梦魇战马，所产生出来的只有杀戮。

眼见纪子卿独木难支，浮生正犹豫着是否要出手相助，就看到另一边月倾颜提起裙摆抖了一番。

"她想干什么？"

浮生顿时又来了兴致，按捺下来。

月倾颜提起裙摆抖动的动作，倒像是要坐下，果然她坐在一块青石板上，抬起左手，以右手轻轻理了理衣袖薄纱。

浮生更加不解，兴致也越发浓厚，在阳魄界他几乎见过所有人出手，却从未见过月倾颜出手。

"她修的是哪门神通？使的又是怎样的典器？"浮生的注意力完全放在月倾颜身上。

只见月倾颜理了衣袖，纤细修长的手借势轻轻在面前拂过，指尖星星点点，光芒涌现。

星芒挥洒，在月倾颜腿上凝聚，迅速幻化出一把古琴，五尺长的古琴朴实无华，根根琴弦整齐有序地排列着，任是谁来看这都是一把平淡无奇的弹拨乐器。

"她不会是要弹琴吧？"莫文轩瞪大了眼睛，千呼万唤始出来，没想到不灭宗内门弟子出手如此。

一些负隅顽抗，侥幸还未死的天骄也在呆滞过后，破灭了最后一丝希望，原以为月倾颜会出手不凡化解危机，没想到她只是想弹琴。

当真，月倾颜就把双手压在了琴弦上，她闭上了眼睛，似乎是在找演奏时所需要的心境。

片刻，月倾颜手指舞动，撩拨琴弦，发出一个清脆的音节。

紧接着，一个个音节在月倾颜十指下弹奏出来，连接在一起，节奏激昂，韵律十足，竟是一首《将军令》。

轻狂幽柔为琴音，绕梁三日而不绝！

这一曲《将军令》，当真被月倾颜弹出了十足意味，琴音传播，令人仿佛真的置身在沙场点兵，感受着将军出征之际那激烈之情怀。

将军百战死，壮士十年归！

方才，莫文轩出手就是以一首《昌黎破》，辅以《妙笔生花》之典籍，慷慨激昂，试图以此来整治军心。

可惜他失败了，纵使巴丹郡天骄们感受到了字里行间那波澜壮阔，也未能压住心头恐惧，一时战意全无。

但在月倾颜指下，这首《将军令》被演绎得淋漓尽致，当真叫残存的天骄们找到些勇气，停止了瑟瑟发抖，昂首挺胸，各自取出了典器兵刃，激活典脏，运转典术神通，纷纷加入了纪子卿的阵营。

在王者遗风的压制下，青炎和晶雾并不能影响这些加入阵营的天骄，满腔激昂下，悍不畏死的他们也爆发出前所未有的战力。

"好厉害的典技！"莫文轩由衷感叹。

琴棋书画被称作文人四友，也是与热血战斗最不搭边的东西，但莫文轩就是以文人出身，一道《妙笔生花》典籍神通勇冠巴丹郡，力夺天骄之名。

也只有他最清楚，这其中的力量非但不容小觑，反而是难以想象的强大。

"等等！"莫文轩惊骇之余，正要挺身相助，却又惊得合不拢嘴。

因为他发现月倾颜的琴声不仅有鼓舞军心的作用，而且无形之琴音在典力的作用下化为有形，好似钢鞭抽打在梦魇骑士身上，每一下都能使它的躯体为之一震。

莫文轩已蝉联巴丹郡天骄魁首，他虽不觉得自己天下无双，却也自认是年轻人中的佼佼者，足以比肩三大典宗的精锐弟子。

尤其是有判官笔在手，精研《妙笔生花》典籍神通，莫文轩甚至认为就算遇上三大典宗的精锐也能略胜一筹。

但今日一见，莫文轩才知道什么叫天外有天。

而且，看月倾颜的样子十分轻松，似乎还未用上全力，以至于典脏还未浮现。

饶是如此，已经以琴声大大压制了梦魇骑士，又有纪子卿主攻与残存天骄辅助，击杀这只梦魇骑士只是时间问题罢了。

既然大局已定，浮生也按捺下来，静静观望着梦魇骑士在这群人的攻击下，步入颓败。

不过，浮生并未完全放松警惕，因为这只梦魇骑士强得不像样子，与阳魄界并不对等，想来若非是肉身太过强悍，就是神识过于强韧，一定具备着某些天赋神通。

梦魇骑士本身没有自主意识，但在落入下风后，凭借本能锁定了战场边缘的月倾颜，感受到了这女子对自己的威胁是最大。

就见它朦胧的面上，眼窝里两团红色的魂火爆开光芒，被压制的晶雾瞬间暴涨起来，迅速吞噬了靠前的两位天骄。

坐下，梦魇战马的红色血瞳也绽放光彩，奋蹄扬威，竟抛下梦魇骑士，步步高升，逾越了围攻的人群后朝月倾颜冲了过去。

梦魇战马凌空虚度，在空气中踩出一条青炎小径，速度奇快，只眨眼就冲到月倾颜面前，抬起马蹄狠狠向下一踏。

"哼！找死！"月倾颜见状如此，轻轻一哼，停止了拨弄，双手按在琴弦上，激昂悠扬的琴声远去再不回。

紧接着，她的胸前华光涌现，出现一部金丝镶边的典籍。

这部典籍可谓华贵，迅速翻阅间闪耀着灼目光芒，其中的书页竟也是金制，字里行间除了激发出澎湃的典力，亦流露着一股端庄大气。

就像是大型典宗的圣典，就像是皇室至尊的秘宝，冠绝当世，月倾颜的典脏当真强悍。

典脏，是典力的源泉，强悍的典脏所激发的典力自然澎湃雄浑，但不知为何，月倾颜所流露出的典力是白玉色的，缥缈云烟，轻柔淡雅。

典力流溢周身，将她的裙摆吹得飞扬，将她的秀发荡得乱舞，也将她面前那把古琴托举在空中。

月倾颜面容冷峻，不紧不慢，再度抬手按在琴弦上，轻轻一拨。

刹那间，古琴如饥似渴地将典力吸收，展现出一层神秘的流光，琴木上条条纹理清晰可辨，这经历了不知多少岁月的古琴，不知见证了多少无法诉说的秘密。

"天魔琴！"

感受着这股无比亲切的气息，浮生瞳孔猛缩，他终于认出了这把琴。

一时间，浮生仿佛跨越千万年时光，回到了那片星空尽头，伊人美好，琴声萧瑟，在无数星球的见证下，浮生与她许下永不分离的誓言。

千万年过去了，伊人已矣，这把琴再次出现在浮生的眼前，它的力量早已在时光流逝中损失殆尽，但它的新主人，竟和她有着相同的容貌。

"难道……"

浮生深吸一口气，痴痴地望着远处的月倾颜，或许这把天魔琴早已有了自己的思想，在离开上一任主人后，在芸芸众生中选中了月倾颜。

又或者，它默默地守护在月倾颜身边，潜移默化地，将她变得如同上个主人那样。

最深沉的爱，就是在你离开后，我将她，变成了你的样子。

天魔琴吸收了足够的典力，在空中旋转起来，陡然加速，竟将周围空气都扭曲了。

不断的旋转中，天魔琴绽放出万道华光，最终连成光幕，只一瞬就将梦魇战马脚下的青炎泯灭。

下一个时刻，梦魇战马已然被光幕一分为二，分裂的身体迅速消散，弥漫着阵阵黑烟。梦魇战马本就不具实体，即使被打散了，只要有足够的凶戾之气还是能重新凝聚。

但天魔琴何等威能，在巅峰时刻这可是一件白色典器，即使在千万年后的今天其中的力量几乎损耗殆尽，也是众生仰望的存在。

光幕不断蔓延波及，将消散的黑烟吹的迷离，在一阵刺刺响声后，随着最后一缕黑烟彻底泯灭，这匹梦魇战马已是灰飞烟灭。

失去梦魇战马的骑士实力大降，一双黑色光剑也变得暗淡许多，随着纪子卿凌厉一剑，凭空打出一道暴雷，狠狠劈在黑衣骑士身上。

一股股浓密的黑烟被抽离它的身体，不多时，一套破旧的甲胄静静躺在地上，那双失去光泽的黑剑散落在旁，迅速石化，最终粉碎。

"死了？"

惊魂未定的巴丹郡天骄相互对视着，有人斗胆，小心翼翼地以剑锋拨开甲胄，发现里面有一块拇指大小的红色物件儿。

像是一块质地极佳的红晶，闪着盈盈光芒，却又像有生命般发出富有节奏的律动，让人叹为观止。

"这难道就是这只梦魇骑士的力量源泉？"

"这只梦魇骑士一招重伤晨曦，当真强悍，若不是月倾颜压阵，我们这里谁能有一合之力？这块红晶自然不会平庸，如果能将其炼化吸收，实力必定暴涨！"

"有些古怪，还是小心为妙。"

诸多天骄，纷纷上前围观，啧啧称奇，就连纪子卿也皱着眉头注视着。

远处，月倾颜已散去典力，收好古琴，走上前来看了一眼："奇怪，怎么会是这样？"

"哪里奇怪？还请赐教。"莫文轩对此一无所知，急忙问道。

月倾颜环视一圈，有意在浮生身上停留片刻，这才抬起头，缓缓讲道："梦魇骑士的力量无比强悍，生前至少拥有典涅境实力的典者，死后才能被炼制成梦魇骑士。但，这并不是完整的红晶，只是其中一块。"

"也就是说，这块红晶大有来头。"莫文轩若有所思，刚要再问，却看到甲胄中那块红晶产生了变化。

就像梦魇骑士与梦魇战马一样，这块红晶散发出一股浓郁的黑气之后，虽红光不减，却开始迅速分解。

不知是怎样的力量在作怪，将这块拇指大小的红晶均分八块，细小的晶体再喷完黑气后飘在空中，朝着南方疾驰，不多时就消失在众人的视野里。

"这……"

众人左右环视，虽然不解其中道理，本能地感受到这并非好兆头。

浮生站在不远处，看到这一幕也是一惊，似乎是抓到了一些虚无缥缈的东西，却又没有头绪。

不过梦魇骑士的诸般变化，浮生倒是明了，他目光一凛，沉声说道："大能者的力量被分解，一共造出九只梦魇骑士，这只死了，它体内的红晶就被分解，投入剩下八只梦魇骑士的体内。"

说到这里，浮生笑着环视一圈，他大抵已经知道此事的来龙去脉，心中颇有感叹。

阳魄界的噬灵神陵中埋葬的，除了阳魄界千年产出的珍宝资源之外，也许并没有大能者的遗体，因为那具遗体已经被噬灵族以秘法炼制，造就出九只梦魇骑士。

而莫文轩机关算尽，集结巴丹郡诸多天骄组成联军，妄图找寻的并非是宝藏，而是这九只梦魇骑士。

自然，莫文轩不知道这些，不知道自己正在寻找死路，任凭是谁，若是知道前方等待自己的是这般，断然不会执迷不悟。

"一具遗体能造出九只这么惊人的东西，怎么可能？"

有人琢磨着浮生所说的内容，惊得合不拢嘴。

但是，迅速有人从恐惧阴影中走了出来，看过浮生之后，发出哄堂大笑。

"你算是什么东西？还敢在这里大放厥词，你以为编造一个离奇的传说就能让我们将你看在眼里？当真笑话！"

"呼，险些将我给吓死，我怎么就相信你这废物的话了呢？"

"还九只梦魇骑士，你以为你是谁啊？方才战斗的时候缩在一旁，现在没事了又跳出来充大头。"

"废物就是废物，不要与他一般见识。"

众人迅速反应过来，纷纷指责起浮生，甚至有的摩拳擦掌，就要当场结果了这个临阵脱逃的胆小鬼。

但也并非所有人都不信，纪子卿在听过浮生的话后，沉吟不语，月倾颜亦陷入沉思。

除此之外，巴丹郡天骄中还有一人，就是暗中变节的滕青山，他很幸运地躲过了梦魇骑士的收割，并且在战斗中活到了最后。

滕青山自然相信浮生的话，不动声色地退到了一旁，因为他从过往的经验中总结出来，跟浮生过不去的多半不会有好下场。

对于这些人的指责与辱骂，浮生轻轻摇头，不以为然，因为只要他们继续走下去，就能发现现在的自己是多么愚蠢。

实际上，无须继续走下去，因为在这些人针对浮生乱喷唾沫星子的时候，远处天边突然掠过一道青炎。

下一刻，梦魇战马的嘶鸣响彻大地，另外一个梦魇骑士正踏着青炎冲杀而来，黑色光剑在空中斩出致命光芒，冲杀而来。

意识到大难临头的巴丹郡天骄们瞳孔猛缩，面容在瞬间凝固，回过神来的他们开始四处逃窜，梦魇战马的铁蹄已然踏下。

梦魇骑士挥舞着黑色光剑，杀戮，再度开始。

第29章 力挽狂澜

巴丹郡天骄联盟原本就只剩三四十人，虽然有人第一时间就发现了梦魇骑士，但梦魇战马的速度实在太快，在空中拉扯出一条细长的青炎，落地的同时便有三个人瞬间变得毫无生机。

可怕的是，这三个人的眼睛里冒出丝丝黑气，缓缓地流入了梦魇骑士那模糊的身体。

每一缕黑气注入，都能使骑士与战马眼中的赤红更强盛一些，旁人不知道这是何意味，浮生却无比清楚，这分明是梦魇骑士吞噬神识后力量增长了。

"真的有九只？"纪子卿把手按在剑柄上，并未立即出手，而是看向浮生。

似乎，他是想向浮生确认一下，再考虑自己是否要遁走。

毕竟，一只梦魇骑士已经几乎弄垮了整个天骄联盟，如果这么能打的还有八只，任凭是谁也会想远离是非之地。

目前看来，梦魇骑士绝对是噬灵族派出来的，目的正是要惩治这些巴丹郡天骄。

"还有八只。"浮生点头。

纪子卿便将手离开了剑柄，却在转身之际，梦魇骑士驾着梦魇战马，挥舞着手中一双黑光剑便朝他冲杀而来。

梦魇骑士的行动力源于神识，其实上一只也吸取了死者的神识，只是吸取的数量很少，肉眼难辨。

在汲取大量神识力量后，梦魇骑士提升的不仅是力量，还有灵智，它迅速锁定了纪子卿这一危险人物，率先发难。

纪子卿感觉到危险，却并未慌张，他迅速将破日惊天剑抽了出来，反手一挡。

梦魇骑士的武器果然无法突破王者遗风，就连晶雾黑烟也不能蔓延过来，但强大的力量还是将纪子卿逼得向后平移，让他的双脚在土地上划出两道浅浅的凹痕。

隐约可以看到有血顺着纪子卿的手腕流淌下来，但他依旧保持着冷漠淡然的表情，紧了紧手中长剑。

如此窘迫的情况下，浮生依旧没有立即出手，在看清了天骄联盟的成色后，周围就只剩一人还未动用全力，那就是神秘的纪子卿。

仅凭俊美的容貌，纪子卿就不该是籍籍无名之辈，更何况他手中破日惊天剑乃是王者遗风，而在方才与第一只梦魇骑士战斗的时候，也只有他还有所保留。

而月倾颜在亮出天魔琴后，略显颓势，即使第二只梦魇骑士杀到场中，她也仅仅是施展出一道防护典术，再没有驱动琴音。

果不其然，纪子卿硬吃下梦魇骑士一招劈砍，虎口震裂，他虽未有动容，白衣之下的胸口却闪耀出斑斑点点。

银色光芒间，一部残破的古籍涌现出来，泛黄的书页上还有参差不齐的缺口，好似经历了无情岁月腐蚀，一触即碎。

典脏跃动，铿锵有力，典环璀璨，赤红夺目。

那赤红色在一息之间两般变化，先是浮上一层两色橙光，随即色泽稀释浅化，定格在纯粹的黄色。

"果然，也是三重黄色天赋。"

雄浑的典力如同星光汇聚，明明那般深沉强烈，纪子卿的身体却没有丝毫变化，即使相隔甚远，浮生也能感受到那呼之欲出的力量。

典力疯狂地涌入破日惊天剑，纪子卿抬手便斩，在空中拉扯出一道细长的口子，仿佛将世界给切开了，伤口闪耀着盈盈微光。

紧接着，纪子卿又横扫一剑，再度添上一道触目惊心的口子，两道剑痕组成一个纤瘦的"十"字，随着纪子卿一掌拍在剑柄上，十字斩划破长空刷向了面前的梦魇骑士。

细密的刺刺响声不绝于耳，那剑光的速度当真如雷霆闪电，几乎是同一时间就撞在了梦魇骑士朦胧的身体，从中贯穿。

"圣十字斩？"

莫文轩眼中闪过一抹惊骇，他一眼就认出这是光辉宗的上乘典术，对于纪子卿的身份也有了进一步了解。

可很快，莫文轩又改变了看法，因为十字剑光是贯穿了梦魇骑士的身体，将那朦胧的身体从中切成四块，但切口处黑气氤氲沸腾，迅速缠绕连接在一起，重新组合了一具完整的身体。

而十字剑光在穿行过后，虽然面前是一片空旷，还是狠狠在空中爆开，这下真的将世界切开了一道十字形伤口。

切口另一面是深邃的黑暗，有些星星点点，暴虐的乱流疯狂涌了出来，一瞬间就将周遭的花草土石撕成碎片。

而与暴虐乱流一同涌出来的，还有一道白色人影，待那人影落下之后，众人定睛一看，竟与纪子卿如出一辙。

不仅是面貌神采，就连举手投足也是一般无二，好似纪子卿正面对镜子，但两个人之间只有一只不断散发死亡气息的梦魇骑士。

"这是……"

浮生的瞳孔微缩，他想到了一位故人，同样陨落的一位故人。

两个纪子卿，两把破日惊天剑，两位无情剑客。那道白色人影那么栩栩如生，又如梦似幻。

除了浮生之外，任是谁也不曾听说过这种典术，更未曾亲眼见识这般奇景。

幸存的人已经逃到了远处，稍稍停歇，回首望战场，两个纪子卿与中间的梦魇骑士，三点一线，时间在此刻静止。

又瞬间激活。两个纪子卿同时动了，脚下一点，典力沸腾间，两个纪子卿同时递出了手中破日惊天剑。

剑锋所过，破风刺耳，隐约有雷电火光，就连天空也降下一道响雷来为这不寻常之景观佐添了一些威严庄重。

梦魇骑士不具备自主意识，对面前这一幕自然不会感到惊骇，也挥舞着一双黑光剑迎击纪子卿攻去。金鸣交错间，银色光芒与黑色幽光交织在一起，形成了一种深邃晦暗的色彩。

纪子卿一剑虽被挡下，但在梦魇骑士背后，还有一个做出相同动作的纪子卿，一剑就刺进了梦魇骑士后心。

远处观战的人见状如此，紧握着拳头，便要喝彩，却看到梦魇骑士的身体在从中斩成两截后，黑气氤氲间，又迅速地合拢在一起。

"什么玩意？这还怎么杀死？"

"这一剑如此凌厉，怕是都有开山之力，却不能对梦魇骑士造成些许损伤，这还怎么打？"

"算了，还是逃吧。"

许多人随着战意丧失，心已凉了半截，这种生物已经超出了他们的认知范畴，甚至，超过了阳魄界界限。

不管怎样的种族进入阳魄界，都只能动用一只典环，也即是修为封印在典锻境，因此天赋就变得尤为重要。

因为没突破一重天赋，战力陡然提升一倍，就算是修炼同一门典技的两位典者，一重赤色天赋下能打出千斤扛鼎之力的话，三重黄色天赋便是四千斤！

但三重天赋，在人类典者中实在难能可贵，晨曦就是凭借这般天赋被钦定为天佑宗下一任掌教，莫文轩是以半步黄色典环坐封巴丹郡天骄魁首。

纪子卿同样是三重黄色天赋，还掌握着如此玄奥的典术神通，饶是如此都不是这只梦魇骑士的对手，叫这些人如何再提战意？

其他人想逃，浮生却越看越有意味，当他看到两个纪子卿的动作全程一致后，大抵也确定了先前的猜测。

"不错，虽然粗糙浅显了一些，但这就是时空爆裂斩，说不定是裂空的后人！"

浮生是一代皇者的时候，有一挚友唤作裂空，这一招时空爆裂斩正是他的成名绝技。浮生上一次见到这一招还是在大约八百万年前，裂空一刀斩开了一颗星球。

浮生陨落之际，裂空是他身边为数不多的战友，相信那一战他也没有幸免，毕竟作为顶尖的强者，挡住他们的只有头顶的天空。

浮生唏嘘感叹，纪子卿与梦魇骑士的激战再度展开，转瞬间双方以拼下百招，梦魇骑士虽被两个纪子卿围攻，却依仗强悍的天赋神通立于不败之地。

就算被破日惊天剑斩断身体，梦魇骑士也能迅速凝结在一起，反倒是纪子卿，肉体凡胎，若是被那古怪的黑光剑扫到一下便有生命之危险。

百招之后，纪子卿的攻势明显弱了下来，人的气力是有限的，典力更是用则少之，高强度的激烈战斗下，其消耗的速度并不比瀑布倾泻要轻缓多少。

终于，在狠狠一剑重新斩断梦魇骑士的身体后，纪子卿手腕翻转，迅速取出两颗晶莹璀璨的典石在掌心捏碎。

一股精纯的典力流入典脏，稍减颓态，纪子卿翻身再战，自始至终哪怕是眉头都没有些许挑动。

从他的脸上，读不出任何信息，但从双方激战的状况来看，纪子卿虽施展玄奥神通召出一道身外化身，但随着时间推移，他攻击的机会越来越少，梦魇骑士则凭借强横的天赋神通逐渐占得上风。

面对这杀不死的怪物，几乎所有人都选择了逃离，但纪子卿不卑不亢的姿态使得浮生赞赏不已，就像看见了当年的裂空一样。

"你能不能助他一臂之力？"莫文轩恭敬地看向月倾颜，请求道，"现今只有他还尚存一战之力，若是他也倒了，我们纵使神通再高，也敌不过梦魇战马踏空追杀啊。"

莫文轩虽然未受重伤，也知道这种等级的战斗并非他能参与的，如果强上反倒会害了纪子卿。

所以，眼下最后希望都寄托在月倾颜身上，莫文轩希望她再次施展聆音琴技，给予梦魇骑士强大压力。

"天魔琴已然进入休眠，至少一个时辰后才能使用。"月倾颜并不过多解释。

那天魔琴是一件古老的典器，虽然强悍，却已濒临残破，每每吸收典力爆发威能后，都要沉寂很长时间。

否则，琴体无法支撑负荷，会瞬间支离破碎，现实中的天魔琴也会陨落。

"可惜啊……"莫文轩攥着拳头，狠狠捶在身边一棵巨木上，咬牙切齿，满面不甘。

今日一战若是惨败，损失最为惨重的就是莫文轩，他会失去噬灵族的支持，受到噬灵族的全力镇压不说，就连巴丹郡也再无他的容身之地。

因为他的策划，巴丹郡众多天骄几乎全军覆没，只有少数逃得生天，致使巴丹郡整体实力倒退起码十年，这对于九级郡而言无疑是雪上加霜。

莫文轩再度看了战场一眼，两行清泪竟流了下来，壮志雄心，一朝破碎，年少轻狂的他怎能承受住这般打击？

"看来天要灭我，天要灭我们啊！"莫文轩仰天长叹。

"不。"月倾颜一双美目并未黯淡，反而有神地看向远处的浮生，轻声呢喃，"还有一战之力的不仅仅是纪子卿啊。"

月倾颜知道，还有一位高手自始至终未曾出过手，他正静静地等待着，或许是在等待一个合适的时间。

浮生身上的秘密很多，譬如他对拜月教的态度，譬如那神秘莫测的神识典术，譬如原汁原味的战天一式，还有在他手上吃过大亏的飘雪剑圣。

这一切，月倾颜找不到解释，却能肯定一点，浮生自始至终站在那里就说明他有恃无恐。

他只是，有些问题还未搞清楚。

月倾颜深得浮生心思，悬而未定的浮生确实在纠结一个问题，第一只梦魇骑士被杀死后，甲胄里那块碎片。

那块碎片分解之后飞向南方，若不出意外就是投入了剩下的梦魇骑士体内，所以在融汇吸收后，第二只出现的梦魇骑士这般强大，连纪子卿都落得下风。

此刻就算月倾颜还有全力，想要压制这只梦魇骑士也非易事，而在第二只梦魇骑士死亡消弭后，用以支撑的碎片多半也会分解，注入余下的梦魇骑士体内。

浮生想，到底是怎样的强者才能锻造出如此玄奥的梦魇骑士？典涅境大能者必然不够资格，这极有可能是典生境王者！

而这具凝结出力量红晶的尸骨残骸，多半就是月倾颜与莫文轩图谋的最终宝藏，可那已经被炼制成梦魇骑士，就算最终碎片合一，又有什么用呢？

"唔……"

浮生的思绪被一声轻吟打断，定睛一看，纪子卿刚刚落在自己面前不远处，左臂被青炎点燃，手指末端已然烧成灰烬散落下来。

而无上神通时空爆裂斩所召出的身外化身，也随着纪子卿倒下而泯灭。在烟尘颗粒被吸入那道惊心的裂缝后，十字缝隙迅速收拢，天空又恢复了往日的一望无垠。

浮生手疾眼快，箭步挺身，扶着纪子卿的肩膀将他靠在自己怀里，抓起破日惊天剑，那王者遗风发出一阵轻颤。

"你……"纪子卿终于动容，满面惊讶，张口溢出些鲜血，但他并未在意，深吸一口气将翻涌压了下去，才问道，"你能驾驭王者遗风？"

"你的情况很严重，忍着点儿。"浮生并未回答，另只手提起纪子卿的左臂，手起刀落。

"唔……"纪子卿猛地瞪眼，呼吸也变得粗重急促了许多，身体一绷后瘫软在浮生怀里。

"不斩下你的手臂，你会死。"浮生简单说了一句，就扶着纪子卿，让他靠在了旁边。

丢下一包药散后，浮生提起破日惊天剑，缓缓向梦魇骑士走去，此刻一切问题都无须佐证，他只知道如果不出手暂时结束这局面，除他以外所有人都会死在这里。

奇怪的是，在途中浮生想的并不是如何简单快速地击败梦魇骑士，而是在想方才那一幕，为什么在纪子卿靠在自己怀里的时候，自己会有一种奇怪的感觉？

曾经在面对裂空的时候，似乎就有过这种感觉，浮生胡思乱想后晃了晃脑袋，站定在梦魇骑士面前不远处。

显然，梦魇骑士认定浮生更具威胁，所以并未立即出手，而是像野兽生死决斗之前那样，静观其变。

没有自主意识的梦魇骑士行事只靠本能，而世间万物最大的本能就是留存在这个世界。

"喂！你干什么？"远处，莫文轩被这一幕惊呆了，就想脱口质问浮生怎敢挑战梦魇骑士。

但转念又一想，反正现在纪子卿已败下阵，倒不如让浮生拖延片刻，他伺机逃走，回到巴丹郡后再找寻攻略梦魇骑士的方法。

于是，莫文轩陡然改口，吼道："好样的！记住不要跟它硬碰硬，尽量拖延，等回到现实，我会给你丰厚的补偿来弥补你这次死亡所损耗的实力。"

说着，莫文轩提起判官笔，迅速在空中画下一道疾风符。

"站住！"浮生转头，喝道，"你敢走一步，我现在就杀了你！"

浮生长久以来，隐匿身份，以各种方式寻找合理合适的借口混迹在巴丹郡天骄联盟，就是为了在莫文轩的带领下进入神陵。

神陵中不仅有月倾颜渴求的大能者遗体，还极有可能寻找到大量赤钻，用以开启第一口铜棺，莫文轩要是一走，再想找到噬灵神陵就很困难了。

"你说什么？"莫文轩全然没料到浮生会以如此口气对自己说话。

在他的印象里，浮生还是一个胆小怕事的废物，还是一个觊觎晨曦倾世容颜的癞蛤蟆，这种人怎么敢对天骄魁首口出狂言？

"你可以试试。"浮生淡淡抛下一句话，转而，面向梦魇骑士。

"哼，我才不跟你一般见识，这样人们会分不清到底谁是下等人。"莫文轩哼了哼，却不敢再往前走出半步，鬼使神差地，他相信了浮生的话，相信自己若是敢逃走就会遭到无情镇压。

虽然不逃也难免一死，但不知怎的，莫文轩只感觉浮生比那梦魇骑士还要可怕，这是一种从心底爆开的情绪，如影随形，挥之不去。

不远处，刚刚恢复了些许气力的纪子卿看到这一幕，不由得嘴角上扬，拉扯出一个微妙的弧度，发出带着轻蔑意味的笑声。

他竟然笑了！

虽然只持续了一瞬，纪子卿确实笑了，因为他知道浮生的真正实力不止于此，高深莫测的他绝对拥有镇压莫文轩的实力。

可笑之处在于，莫文轩自诩城府高深，手段精妙，却自始至终都未发现这一事实，任由浮生在自己眼皮底下装扮弱者，末了还想将其当作挡箭牌拖阻强敌。

"能驱动王者遗风，说明他并不比我弱，比我那四重绿色天赋还要高。"纪子卿呢喃自语着，对于浮生的好奇也越发浓厚。

浮生与梦魇骑士的对峙并未持续很久，倒是梦魇战马先忍不住了，发出一阵嘶鸣的同时前蹄高高扬起，随后猛地踏在大地上，动摇间，一股强劲的青炎自它脚下爆开。

青炎凶猛，带着烧尽世间万物的气势，以极其诡异的方式迅速蔓延。寻常火势大必强烈，但青炎只是速度奇快，像是一根点燃的导火索，目标正是面前的浮生。

浮生狠狠瞪了一眼，提起破日惊天剑朝地上猛地一插，一股波动扩散开来，迎面便将诡异的青炎吹散。

余下的波动波及梦魇战马脚下，将它四蹄所踩的青炎尽数熄灭，连带着代表着神识之火的赤红双眼也黯淡许多，梦魇战马的表现就如普通马匹受惊那样，高高扬着蹄子，发出一阵凄惨的哀啼。

但很快，梦魇战马就镇定下来，赤色双眼渐渐恢复了神采。

这附近游荡的神识数不胜数，梦魇战马吸收后能迅速恢复力量，这也就是众人越战越颓的原因。

当然，这些神识是巴丹郡天骄殒灭之后流溢出来的，本应该穿梭阳魄界的界限回归现实，途中的损耗正是实力大降与根基受损的原因，在此地被大量吸收后，残存的神识再回到本体，实力会损耗得更多。更有甚者，因为神识受损太过严重，变痴傻，乃至成为行尸走肉。

所以此次浩劫对于巴丹郡的影响并非十年八年就能弥补，至少这一代，巴丹郡已然无力再战。

"这……"莫文轩终于知道自己为何会对浮生感到恐惧了。

凭他能驱动王者遗风，能相隔百米覆手间重伤梦魇战马，就绝非是等闲之辈！

"算了，快点儿结束吧，今天还差一千五百颗典石的目标没有完成呢。"浮生打了个哈欠，抖了抖手中三尺青锋，合身杀去。

 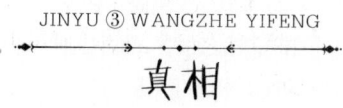

真相

浮生在消化了两百颗培元丹后，还没有尝试过使用全力，此番全力奔跑之下，速度竟达到了往日的两倍有余，几个大跨步就拉近了双方之间百米距离。

浮生手中的王者遗风，破日惊天剑，可是当年王者的贴身典器，虽然力量流逝许多，但其中朗朗正气对于妖邪之物有极大克制作用，纪子卿就是依仗于此才连战两只梦魇骑士。

不过，浮生并未立即挥动，而是在激活典脏后，将典环天赋发挥到三重黄色："'化念'！"

"化念"典术对于神识杀伤力斐然，更是噬灵族最大克星，有此招在手，浮生即使只发挥三重天赋也能轻松以对。

典脏律动，典力流溢，经过嗡嗡作响的黄色典环，凝聚出一股威能浩大的力量鼓荡出来，在浮生手心化作一道狂风席卷而去。

狂风所过，寸草不生，最先受到影响的是梦魇战马，先前只是脚下青炎被波动震灭，此番包裹着身体的青炎也尽数泯灭，双瞳中的赤红之色迅速黯淡，这使得这只梦魇战马发出凄惨的啼鸣声。

不多时，声音就停住了，梦魇战马的身体也僵直不动，轻微的噼啪声犹如点水成冰，它的身体迅速凝结成一匹铁马。

"这也太厉害了吧！"莫文轩瞪大了眼睛。

虽然屠杀巴丹郡天骄联盟的是梦魇骑士，但莫文轩相信，即使单是这只梦魇战马，也足够将天骄联盟杀至片甲不留。

但就是这样强大的存在，浮生只是一掌送出劲风，便把它打成雕塑了。对于神识典术略知皮毛的莫文轩自然感受到了这股力量的深邃与惊人，似乎还有些熟悉的感觉。

"神识典术，神识法则，这是……"自知性命无忧的莫文轩思维重新活跃起来，迅速在烦琐冗长的记忆中找到了那似曾相识的地方，"飞念台上，无名少年！"

浮生曾经曾掌握九十九门无上神通，三千大典籍与不计其数的小典术，"化念"就是无上神通之一，只可惜此刻只是最粗浅的部分，更加玄奥的法则力量还需用更多威望值才能从《究极真解》中兑换出来。

以浮生一代皇者的实力，如此无上神通，也只掌握了九十九门，足以见得"化念"的威能之强，即使是最粗浅的部分也能瞬间杀了这只梦魇战马。

神识法则历来是所有法则中最玄奥、最困难的一种，若是普通人根本不可能察觉其中蹊跷，莫文轩也是有幸被噬灵族青睐，学过些神识典术，这才窥得皮毛，才迅速发现了浮生的真实身份。

"好啊！原来神也是他，鬼也是他！不出意外，后来半路杀出的殇也是他，洛熙多半也是被这玄奥的神识典术给控制了。"莫文轩追寻蛛丝马迹，得出这结论，不由得一惊，"此人当真凌厉！如此实力，放任我们这般辱他，这份隐忍便不是少年能拥有的，如此心境，厉害如斯，厉害如斯啊！"

得到真相后的莫文轩开始胆寒，他明白了浮生绝不是自己能够对付的，不说那极强的神识典术，就是那三重黄色典环压在头上，莫文轩便翻身不得。

再看向浮生的时候，莫文轩不禁打了个冷战，一时间他想逃，却又不敢逃，因为浮生说过，只要他敢走半步就会将他镇压。

激战正酣的浮生没有注意到莫文轩的心理变化，他以"化念"典术神通除掉梦魇战马后，梦魇骑士不仅由骑兵变成步兵，就连围绕在周身的晶雾也被腐蚀一空。

那晶雾乃是纯粹的死亡气息，腐蚀力极强，以纪子卿的肉体都抵挡不住，此时却被轻易地腐蚀一空。

不仅如此，"化念"残存的力量更是直入它的身体，将它那烟雾状的身体也腐蚀了小半，这是真正的化去神识而非物理攻击，黑雾虽然还在氤氲沸腾，却再也无法蔓延生长，重新愈合了。

因为对于神识而言，死即是灭亡，感受到了灭亡的威胁，梦魇骑士不退反进，一双黑色光剑疯狂舞动，打出一道道细密凌厉的剑气。

困兽之斗，破釜沉舟，黑色剑气打向四面八方。最近的一棵参天古树，至少有百年之龄，郁郁葱葱，黑色剑气直接没入其中，下一刻，百年古树迅速衰竭枯败，收缩成了一小段烂木头。

紧接着，又有剑气打在山涧，不具备生命力的岩石直接被剑气炸开，炸裂声震耳欲聋，一时间飞沙走石，赫然多出一个三丈见圆的大窟窿。

更多的剑气飞向四面八方，方圆十里，但凡触及之人，无一幸免。一个天骄以为逃出了足够远的距离，刚刚停下来喘息，被剑光打中，瞬间殒灭。

"就是这样！两败俱伤才好！"莫文轩在一旁正想着呢，看到梦魇骑士突然爆发，不由得心中一喜，幸灾乐祸起来。

对于梦魇骑士的爆发，浮生也是始料未及。虽然他曾经见多了这种战斗型典器，却没见过如此凌厉的。

想来是因为支撑它的肉体实在强横，才会如此，浮生提剑也斩出一道道剑光，虽然王者遗风下剑光波及起码能抵消两三道黑色剑光，可终究不及其浓密，还是有许多攻击落在了浮生身边，甚至打在浮生身上。

"这是你逼我的！"望着胸口正迅速溃败的区域，浮生咬牙，心念一动，典脏爆发出前所未有的律动，鼓荡出的典力比起之前提升数倍有余。

"战天一式！"

浮生既然亮出实力，便也不再隐瞒身份，咆哮间一双光翅从背后伸展出来，三重黄色天赋之下，光翅长达三丈有余，轻轻一拍便振起漫天风沙。

对此，莫文轩已见怪不怪了，他只希望浮生能与梦魇骑士打到一死一伤，甚至是同归于尽，自己还能趁乱捡点儿装备。

双翼一拍，浮生以极快的速度从低空掠过，剑锋也缭绕着浓郁雄浑的典力，有一剑封喉之威。

途中，一道道黑色剑光劈斩过来，还未触及浮生的身体，便被光翅氤氲的柔光给泯灭吸收。战天一式可是浮生剑指苍天的意志威能，怎会是这区区梦魇骑士能突破的？

"噗"！剑锋穿过梦魇骑士虚无缥缈的身体，竟刺出了真切的响声。

梦魇骑士身体一震，以伤口为中心，用来组合身体的神识以黑烟的形式迅速溃散蒸发。

但梦魇骑士并未坐以待毙，它抬起双臂，将黑色光剑立于眼前，赤红色的双眼瞬间爆发出神识之火，给黑光剑沾染上一层晶莹的绿色。

"这些梦魇骑士，果然有蹊跷！"浮生心中一惊。

不容多想，两把沾染了神识之火的黑光剑已经朝浮生胸口刺来。他面色一凛，迅速抽回破日惊天剑向下一斩。

"轰"！

王者遗风与魂灵利器真切地撞在一起，在片刻的沉寂后，一股毁灭性的力量爆发出来，以金鸣交错为中心，产生了一股短暂的吸力，疯狂地将方圆几里之内的东西拉扯进来。

飞沙走石又被搅得漫天狂舞，参天古木、巨大岩石……无一例外都被这股力量吸附过来，但其中大多刚刚被拉扯到空中，吸力就结束了，随之爆发的是前所未有的波动震荡。

劲风扫过，秋风扫落叶般将脚下大地掀起，乱七八糟的东西被这股爆发的力量压得粉碎，一时间连天空都被遮蔽了色彩。

爆响声只有一下，但比惊雷还要沉重。莫文轩是距离战场最近的一个，硬是被这股力量打飞出去，撞在远处峭壁上，五脏震裂的滋味险些使他昏死过去。

摔在地上连滚了几圈，莫文轩挣扎着爬起来，龇牙咧嘴，但看向远处浓烟滚滚的战场，顿时笑了出来。

"哼，任你有通天本领，最终也逃不过两败俱伤的下场！"莫文轩笑得十分开心，迅速以典力压制了内外伤口，忍痛朝还未落定的战场跑去，"那大能者的红晶估计是保不住了，但破日惊天剑一定不会有损，毕竟是王者遗风。有了此剑，这一行也不算惨败，他日就算噬灵族追查到我头上，也要叫他们好看！"

想到这里，莫文轩不禁开始感叹自己的计谋之妙，心中嗤笑："浮生啊浮生，你以绝顶实力扮作废物，机关算尽，受尽屈辱，最终还是让我坐收这渔翁之利。下次，再见到你的时候，我们的身份便要调转了，我也会向你说出那句话。"

莫文轩身为巴丹郡天骄魁首，连吃败仗，心气本就不顺，又被浮生狠狠威胁一番，自然记恨在心。

但只要他取到破日惊天剑，就有把握在短时间内弥补不足，真正成就第三重黄色天赋，到时又有神器在手，解决一个浮生并不在话下。

兴高采烈地，莫文轩走入漫天烟尘中，迅速搜寻着破日惊天剑的光辉。

猛然，他眼前一亮，发现了在这漫天烟尘中有一道荧光色彩，古朴的气息与那王者遗风如出一辙。

他咧嘴一笑，快步走上前去，却不承想那把剑也动了。还未等他笑容凝固，剑锋就已架在了脖子上，漫天烟尘里有一道模糊的身影，发出了他这辈子绝不想再听到的一个声音。

"我还活着。"浮生持着三尺青锋，咧嘴一笑，"你惊不惊喜？意不意外？开不开心？"

浮生在大战之后第一时间就关心莫文轩的想法，若问莫文轩"感不感动"，他一定会回答"不敢动"。毕竟，破日惊天剑就架在脖子上，只需浮生动动手指，他就要身首异处。

"呃……"尴尬之余，莫文轩想也不想，立即答道，"惊喜，意外，也很开心！你能活着真是太好了！"

"好了，违心的话不要说太多，否则会天打雷劈。"浮生摆摆手驱散面前的烟尘，随即收起宝剑，道，"交给你一个工作——去把方圆十里所有遗落的典石收集起来，一并交给我。"

梦魇骑士可以腐蚀肉体，可以吸收神识，却对典石毫无办法，而典石的质量亦不会轻易破损，所以那些天骄们虽然已经在阳魄界中消失，但衣物和百宝囊都还散落在战场中。

"是！"莫文轩是识时务者，立即点头。

浮生看到莫文轩这副模样，"扑哧"一笑，来到纪子卿身边，将破日惊天剑插在土地上，蹲下来查看他的伤势。

"还不错，只少了半条手臂。"查看片刻后，浮生满意地点点头，"你感觉怎么样？"

"嗯。"纪子卿也点头，声音虽有些沙哑，但听起来没有大碍。

"那就好，阳魄界中，神识不灭，肉体不亡。你的手臂虽然没了，但一两日内绝对能长出来。"浮生长舒了口气，盘腿坐在不远处，把玩着手中的一块红色晶石，"你为我护法，我要研究一下。"

"还是我来吧。"烟幕中，月倾颜缓缓走来。

她的白色长裙上虽然沾染了许多灰土，却无损她的冷艳高贵，反而更添了几分美感。

浮生这才真正放下心，将那红晶捧在手心仔细端详一番，这便是他从第二只梦魇骑士甲胄里取出来的，用以支撑梦魇骑士的力量源泉。

身体越是强悍，体内杂质也就越少，凡夫俗子七十古来稀，典锻境典者至少能活过百岁。

而典搬境的平均寿命是一百五十年，典涅境大能者号作千古不朽，典成境尊者更是万古长青，若到了浮生曾经的那个级别，一代皇者，更是与天地同寿。

而越是强悍的身体，凝练出来的力量越是纯粹。浮生手中这块红晶也就只比拇指大上一圈，历经了近千年时光还保持着勃勃生机，蕴含着浓郁的力量。

浮生将红晶翻来覆去地把玩了一阵，总感觉这块红晶有不寻常之处，却又不知从何说起。

"难道，这是我曾经麾下一员战将？"

浮生隐隐能断定有一道感觉是熟悉亲切的。

曾经身为一代皇者时，麾下一百零八员天兵神将，若较真起来，恐怕当时高人都受到过他们的传承，一手培养起他们的浮生便是这个世界的祖师。

"算了。"良久，浮生打定主意，"就算不炼化吸收，稍加锻造也是一件不错的法宝，我正好缺一件趁手兵刃，就将它用了吧。"

典器典阵中，有许多是融合典兽之精血、骨肉锻造而成，其中法门浮生自然熟悉，这块红晶若是不尽早处理，迟早有一刻会突破封印，分解开来，注入余下七只梦魇骑士体内。

当即，浮生就运转典力，破开了封印的缺口注入其中。要想尽可能地使用其中的力量，首先就要以典力将其炼化。

典力可生，可死，可呼风唤雨，可搬山填海，若是操控者对典力掌控得细致入微，亦可将世间万物化整为零，哪怕是传说中最坚韧的永恒精金也敌不过典力融化的力量。

浮生刚刚将典力注入其中，猛然眼前光景反复，时光流转，待他定睛的时候面前已然是另一派景象。

浮生知道，这红晶中多半还残存着大能者生前的神识意志，借此也可以了解其辉煌人生，所以也就没有抽回典力，他很好奇究竟是怎样的肉体才能分解炼制成九只梦魇骑士的。

赤色天空的远方有一道触目惊心的口子，连接着虚空，不时有东西被卷进去，吐出来的只有肆虐湍急的气流。

天被戳出一个窟窿，"始作俑者"是一位身披战甲的强者。他身披的赤红披风下是一对巨大的光翅，伸展开来绵延十万里不绝，轻轻扇动便能使世界为之颤抖。

强者手中提着一把宽阔的战刀，战刀本身似血鲜红，杀伐之气在战刀表面形成实体，灰暗的气旋不断流转。

他的脚下，战败者横倒在地，其中有几人还在微微抽搐。而这些人都有一个共同点，他们的年纪与样貌不同，但都穿着极为华贵的罗衫，罗衫前心还有一道流光字体缓缓熄灭。

"神！"

浮生知道，这些人并非是神，而是神侍，饶是如此他们的实力也不容小觑，最低级的神侍都是典生境王者被接引进阶而成，而他们在得到诸神祝福后更是实力大涨，就是对上典成境的尊者也不遑多让。

看到这里，浮生心中有了思量："如此强悍，竟以一人之力战败如此多的神侍，此人我该有所耳闻，难道是与我同一时期的上古大神？"

想到这里，浮生心念一动，竭力看去，想看清那人的样貌。但他能看到的只有强者的背影，萧萧瑟瑟，孤独寂寥，仿佛失去了活下去的理由。

如此强者怎会失去了活着的勇气？浮生曾是一代皇者，自然清楚当一个人天下无敌后，就会发现无敌是一种寂寞。

但，怎么会有天下无敌？

就算天人，也有五衰；就算诸神，也有黄昏。

就算是号称永恒的寰宇、不变的时空，也会有尽头，时间亦会流逝。

猛然，浮生胸中典脏疯狂律动，他看着强者落寞的背影，感觉越发熟悉，越发惊骇。

强者回首，浮生终于看到了他的脸，时间凝固，画面定格在这一时刻。下一个闪念，浮生已然被拉回了阳魄界，回到了那一片狼藉的战场。

捂着起伏的胸口，浮生久久不能平静，他抿了抿干裂的双唇，努力发出一个音节后猛地闭上了嘴巴。

"这人竟然是我！"

浮生胸中激荡万千。没错，噬灵族拿来炼制梦魇骑士的红晶，正是由浮生曾经身为一代皇者的肉体凝结出来的！

只有一代皇者的力量，即便仅有很少的一点儿，也能支撑一只梦魇骑士！

怪不得那梦魇骑士如此强悍，怪不得浮生会倍感亲切，原因十分简单，本是同根生啊！

"不对！"猛地，浮生回过神来，擦掉额上的冷汗，"噬灵族怎么能拿到手？我为皇者时的肉身所在的具体位置我自己都不知道，而且，他们为什么要用我的力量炼制梦魇骑士？"

浮生坚信自己没有看错，但这件事又存在许多不合理之处，一时间他也拿捏不准，但唯一可以肯定的是，他终究会选择炼化这块红晶。

因为这本就是他身体的一部分！

良久，浮生想不出个所以然，索性取出身边的全部典石，准备妥当后，便直接将这块红晶吞入腹中。

"你……"月倾颜看到这一幕，眉头紧蹙，焦急了一瞬，随即平静道，"这样不好。"

因为这红晶是从梦魇骑士体内取出来的，就算强悍，也被死亡之气沾染，需要长久的炼制才能祛除邪气。

像浮生这样直接吞下去，邪气入体，将会十分麻烦，轻则修为尽失，重则被邪灵夺舍，丧失意识。

但月倾颜担心之余，又想到浮生高深莫测的实力，那梦魇骑士都被他除掉了，想来些许邪气他也是有办法应付的，索性就不再纠结。

就算是浮生曾经肉体凝结而出的红晶，此刻炼化起来也是不容易，他没有刻意地留下神识，红晶肯定会奋起反抗。

吞入腹中，红晶就开始飞速旋转，势要将浮生的内脏绞碎，浮生并不拖沓，直接全力激活典脏，爆发出五重青色天赋的力量，竭力压制。

强大的力量往往意味着沉重的负担，浮生之所以不轻易施展全力，就是怕典力不济。此番全力之下，典力就如开闸泄洪般迅速消耗。

当即，浮生抓起一把典石捏碎，大量典力立刻流入体内。几乎没有停歇，他又伸手到百宝囊中抓了一把。

"到底是怎样的力量，能让你以全力……"月倾颜自语间，轻轻摇头，方才看到浮生胸口典脏，那旁边不断颤动的典环，闪耀的竟是青色光芒！

青色！第五重！

月倾颜当然知道这意味着什么，虽未被吓傻，也有些惊骇，就算在高手如云的拜月教，青色典环亦是凤毛麟角。

传说，上一任护教圣女就是第五重青色天赋，本来有极大的机会成为一代尊者，最不济也能成为王者。然而她私通凡人，执迷不悟，最终被重罚，关押在圣山后的地牢里终日不见天日，一代天才少女就此没落。

除此之外，月倾颜便极少听说拜月教中有五重青色天赋之人，更别说是见过了，今日亲眼一见，饶是性子清冷的她也不免惊骇万分。

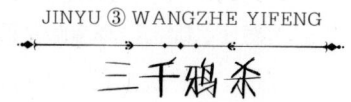

"压压压！给我压住！"

"还敢负隅顽抗？那就别怪我不客气了，我发起狠来，连自己都下得去手！"

"哼，执迷不悟！"

浮生一把接一把地碾碎典石，补充流失的典力，顷刻间就消耗了数百颗典石，胸中也逐渐生出怒火。

明明是自己的东西，费尽千辛万苦也无法收为己用，这种憋屈恐怕只有浮生能够体会。不过，就算它还具有勃勃生机与意志威能，也没有自主意识，又怎会是浮生的对手？

强力之下，飞速旋转的红晶逐渐缩小了一圈，分解的精华在浮生体内重新凝聚，汇入血骨，他的肌体立刻散发出一股浓郁的血气。同时浮生觉得右脚小指有些痒，方才明了，原来这是曾经自己右脚的小拇指凝结出的红晶，被分解的精华会重新凝聚在相应的部位，如果浮生能将所有的红晶全部炼化，百年之内，必成皇者！

月倾颜在旁边看着百宝囊中的典石被迅速消耗，便微微蹙起了眉头。她沉吟片刻，取出天魔琴摆在面前。

纤长的手指轻轻拨弄琴弦，一曲小桥流水倾泻而出，琴音仿佛伴着鸟语，散着花香，立即就为这修罗战场一般的山涧赋予了一份生机。

"此曲轻柔，能抚慰精神，平息纷乱。"月倾颜弹奏一小节，停下来轻轻说了一句，十指便又跃动在琴弦间。

琴声悠悠，如春风绿了田野，如雨笋落壳竹林；如蛙声应和，似拍岸涛声；仿佛黑夜里出现了一轮明月，又如孩童们追逐风筝。

果真，浮生融合的力量不再狂暴，这就给了浮生大好机会，他立刻提高了炼化速度。

奈何典石跟不上消耗需求，浮生稍稍熄落典环，朝着远处忙碌的莫文轩吼道："典石呢？麻利点儿！你这个天骄魁首收集点儿典石都磨磨叽叽的！"

远处，身为堂堂巴丹郡天骄魁首的莫文轩此刻正在战场上忙碌，将一个个散落的百宝囊收集起来。

听到浮生的催促声，莫文轩赶忙应道："来了来了！"说着，他快步跑向浮生，将收集到的数十个百宝囊摆在他面前，眼巴巴地看了起来。

"想什么呢？"浮生瞪了他一眼，呵斥道，"还不继续？"

"是！是！"莫文轩连连点头，又跑开了。

"小树不修不直溜。"浮生哼了一声，打开一个百宝囊，碾碎典石补充一番，这才重新激活了典脏。

月倾颜的琴声犹如天籁，确实给了浮生很大帮助。不过他还是耗去了半个时辰，才彻底将这块红晶炼化融合。

右脚小拇指的瘙痒停止后，浮生感觉这个部位有着前所未有的活力，单单是这一根小指，便能轻松打败典锻境的寻常典者。

不过，浮生还真想不到用小拇指演练的招式，反倒是为了炼化红晶，耗去了足足三千多颗典石。

"不会吧……"浮生正想感叹吃了大亏，却在此刻胸中典环嗡嗡作响。

青色的典环虽未激活，却闪耀着一层流光华彩，熠熠生辉，青翠欲滴，仿佛被一股神奇的力量所融化。

伴着"嚓"的一声轻响，青色典环绽放出华光，灼目耀眼，霎时间浮生感到有一股暖流自典脏涌出，流遍全身，一圈接着一圈，每一圈都能给浮生带来无比舒爽之感。

浮生曾徜徉云海，穿梭星空，就算是躺在云端也不过是这种感觉。

带着舒爽的笑容，浮生度过了短暂的一刻，体内光华退去之后，他感觉到自己的体力和精神无比充实。浮生跃起身来在空中挥舞几下拳头，刺耳的拳风告诉他，他的身体刚刚发生了巨大的转变。

内视探查，浮生惊奇地发现停留在第五重巅峰的天赋突破了！此刻他的典环呈现一种湛蓝的色彩，深邃浓醇，就像是当年他在云端俯瞰海的尽头时看到的颜色，神秘无比。

"好！又是一重！"

振奋之余，浮生却没有过多地欣喜，对他而言，这只是微不足道的一小步，距离曾经的境界还有很大的距离。

"三十二倍战力，我倒要看看你飘雪剑圣还敢不敢来挑衅！"浮生攥着拳头，冷笑着，对于今日的收获颇为满意。

今天一早定下的小目标，拿到两千颗典石已经完成了，而且意外融合了曾经的力量，在炼化吸收后他更是一举突破到第六重蓝色天赋，距离他的目标九重白色天赋只差三道门槛了。

不过，天赋境界越是往后，想要提高越是困难，否则这天地间能人辈出，却从未有人达到那传说中的天赋。

"你……突破了。"身旁的纪子卿微微睁开了眼。

"嗯。"浮生也不隐瞒，更没有让他不要张扬，因为以浮生对他的了解，此人是绝不会将这种事作为谈资宣扬出去的。

回过神来，浮生环顾四周，发现附近除了奋力收集百宝囊的莫文轩，月倾颜竟然不见了。

似乎是看出了浮生的疑惑，纪子卿轻轻扯一下嘴角，看上去颇为苦涩，但他还是告知了浮生："她上山了。"

"我还是去看看吧，还有些事要跟她求证一下。"浮生点头。

望着浮生远去的身影，纪子卿没有眨眼，一直到浮生离开自己的视线，他才瞥了一眼手边的破日惊天剑，重新闭上了眼睛。

山涧里的战斗没有影响到峰顶，浮生一路上山，一路的树木郁郁葱葱，生机勃勃的景色与下面的修罗战场形成了鲜明的对比。

一时间浮生寻不到月倾颜所在的位置，正要以典力感知她的气息时，却听到了琴声。

抛开典术神通不谈，月倾颜的琴技着实不错，一曲《将军令》热血激昂，将士气都鼓舞了起来。而她为浮生弹奏的曲子，柔情似水，瞬间就让浮生的精神放松下来。

但这一曲与之前那两首截然不同，低沉哀伤，每一个音符都拥有神奇的力量，能平息笑容，勾起人心底的悲伤回忆。即使是浮生，也迅速与之产生了共鸣，一时间想起曾经爱人陨落的悲惨场景，还有家人不能团聚的遗憾。

往事凄艳，奏往事，弦断，琴声回响萧瑟处。

琴声稀碎，凄凉袭上心头，浮生抬手抹掉了眼角处的湿润。

"是怎样的心境，才能弹出如此哀伤的曲子？"

浮生见惯了生死别离，见惯了人生七苦，天人五衰，却从未体会过如此悲伤的意境。

他循着琴音找了过去，终于在一片紫竹林中找到了那道清丽的佳影。此刻的月倾颜坐在紫竹林中，十指缓慢地拨出一个又一个悲伤的音符，她的表情看似平静，却夹杂着一些晦涩的感情。

浮生没有发出任何声音，他悄悄地走近了些，来到了月倾颜身后，曲子也弹到了最后一节。

听着如此悲伤的旋律，看着那萧瑟的身影，浮生想不到月倾颜也有悲伤的情感，他一直以为此女心如止水，此刻才发现她原来与自己一样，有着难以诉说的衷肠。

终于，一曲奏毕，浮生深吸一口气，正要上前。

却听月倾颜轻柔低沉地缓缓说道："愿此曲能让你们安息……"

浮生方才想起，这首曲子叫作《镇灵曲》，每每有天灾人祸，浩劫肆虐，总会有人弹奏此曲，为无辜怨灵超度祈祷，寄以哀思。

"安息吧……"浮生闭上了眼睛。

终究，浮生没有现身，也没有询问有关天魔琴的事情，他在默哀之后悄悄走了。

回到山涧，远远地，浮生便看到莫文轩停止了搜集工作，本以为是搜集完了，却发现他是在与一群人交谈。

这群人有二十多个，其中有些熟悉的面孔，浮生正要上前，就看到人群中的滕青山正朝自己疯狂地使眼色。

两只梦魇骑士几乎消灭了天骄联盟，此刻滕青山却被两个人左右驾着，阶下囚似的置身在人群中。

"那是……花千灵。"

浮生迅速发现了花千灵，他早就听说花千灵带了一批高手杀回阳魄界，看来这群人中除了方才逃出去的那些，剩下的便是花千灵找来的帮手。

不过浮生并不担心，莫说此时他已突破到六重蓝色天赋，就是他没突破，花千灵再怎样翻腾也翻不出什么浪花。

并且，花千灵自己送上门反倒省了浮生寻找，他从刘家的账簿得到了一个信息，巴丹郡花家的财富仅仅排在第一位的莫家之下，孙九霄本就打定主意要在花家做一票大的。

"果然是你！"花千灵看到浮生后，双眼喷射出愤怒的火焰。

在赶赴论典大会的途中，花千灵意图劫掠浮生的忘忧草，最终却被浮生打出了阳魄界。

花千灵虽性命无虞，实力却跌落到典锻境四星的境界，修炼根基也受到重创，此生若是没有奇遇，就再也不能有所突破。

仇人见面，分外眼红。花千灵将牙齿咬得咯咯作响，恨不得冲上去将浮生撕成碎片。

"千灵，你小心些，此子是扮猪吃虎的高手，天赋是三重黄色，典锻境九星，莫说是我，连飘雪剑圣都被他打退了。"莫文轩小声提醒了一句。

莫、花两家在巴丹郡诸多家族中排在前列，花千灵和莫文轩自幼交好，但莫文轩的性格就是如此，就算是亲生父亲，在必要的时候也会算计一番。

纵然他知道花千灵带来的都是一等一的高手，莫文轩也要以此方式逼花千灵立下必杀浮生的誓言，这样既能保证断绝后患，也无须损耗莫家的力量。

花千灵虽也是天骄中较为出彩的一位，比起莫文轩稚嫩了许多，于是陷入了圈套，攥着拳头，起誓动咒："今日我不杀此人，我这十七年就白活了！"

花千灵刚刚动咒，花万楼就附在他耳边低语几句。

这花万楼与花千灵是兄弟，前者要年长两岁，却是花家的二少爷，只因他是庶出。但兄弟二人感情十分和睦，此刻对抗外敌，更是同仇敌忾。

"好！"花千灵听闻此言，点点头，还打了个响指。

身后，两个高大威猛的男人立即动手，一左一右捏住了滕青山的肩膀，典力流溢间，甚至可以听到骨骼碎裂的声音。

这两个人便是传闻中的花十方与花百川，二人均是花家上一代的高手，按辈分花千灵也要叫声叔叔，可惜出自旁支，自然比不得长房长孙这般身份尊贵。

那花十方正是八年前的天骄魁首，而花百川在天骄榜上亦是名列前茅，两个人均是二重橙色天赋，修为在典搬境巅峰。

如此看来，两个人必不是浮生的对手，但他们总归是上一代的高手，多出了十几年经验阅历，这便是优势所在。

只可惜浮生的烦琐记忆都被封印在《究极真解》里了，否则莫说是典搬境的高手，就是典魂境的强者来到阳魄界也不能在他面前逞威。

"滕青山！"花千灵厉喝一声，直指滕青山，"你我同是巴丹郡天骄，本该相扶持，但我惨遭奸人谋害。你非但不帮我，还临阵叛节，致使亲者痛，仇者快，你留在世上也无用了！"

说罢，花千灵却不下令，而是饶有深意地看了浮生一眼，嘴角勾起一个弧度。

"不过，"花千灵话锋一转，笑道，"人生在世，孰能无过？我也相信你是被他蒙骗的，只要你在这里大骂他三声，我便饶你一命，日后我们行走共事，一如往常，如何？"

以花千灵的性格，必不会给滕青山留下活路，如此作为，只是为了戏耍一番，先给他一线生机，再让他绝望。

顺带，也能从浮生身上讨回些利息。

见滕青山迟疑不定，花千灵依旧笑着劝诱："青山，你我往日虽交集不多，但此番天骄联盟损失惨重，你跻身天骄榜最上层，日后免不了与我来往。同时，你也不必害怕这家伙打击报复，十方和百川的实力你也该有所耳闻吧，莫说是一个典锻境三重黄色天赋的典者，就是四重绿色天赋的典者也不是他们的对手！"

说到这里，花千灵使个眼色，吩咐花十方和花百川停下手，轻轻掸了掸滕青山的肩膀："你可要想好了，机会只有一次，只需要大喊三声……"

花千灵突然语塞，面色一红，因为他还不知道浮生的姓名，因为到目前为止只有莫文轩知道了真相，而双方也是刚刚会合，还未谈及此事，只交代了天骄联盟的惨败之事。

"他叫什么名字？"花千灵厚着脸皮问道。

"浮生。"莫文轩好意提醒。

"嗯。"花千灵点头，"你就大喊三声，浮生是浑蛋！喊完了，也算向巴丹郡表了衷心，你我之间便掀开这一页，重新开始！"

浮生饶有兴致地走上前去，滕青山向自己展示了能力与野心，自己却还未考验过他的忠心。浮生倒要看看此子能否重用，有无必要大力扶持。

见浮生满面笑意地走来，滕青山甚是为难，目光在双方身上不停流转，内心在做着激烈的斗争。

"好！"良久，滕青山答应下来。

花千灵的心情更加舒畅，笑看浮生，道："啧啧，你看看你是多么失败，唯一的跟班也弃暗投明，你还拿什么跟我斗？"

说罢，花千灵拍了拍滕青山的肩膀："骂吧，狠狠地骂吧，骂得越狠，越能表示你的悔过之心。"

人群中余下的人可以分成三部分，第一部分是先前莫文轩派来虎跃涧的高手，负责清理道路，原本按照莫文轩的计划这些人会与铁甲猛虎兽两败俱伤，但在花千灵加入后战损大大降低，几乎保留了完整的阵形。

第二部分就是方才梦魇骑士袭击时四处逃窜的巴丹郡天骄及其战仆，约有十几个逃往了南面，遇到了以花千灵为首的队伍，兵合一处。

第三部分就是花千灵带进来的高手，除了十方、百川两位，还有六人，在围剿铁甲猛虎兽群的时候，也是这六人起到了决定性作用，他们至今还未动用全力。

三方人马，同一阵营。他们见到浮生吃瘪，不管有仇没仇，都纷纷开口，落井下石。

"哈哈哈，机关算尽太聪明，聪明反被聪明误啊。你再怎样高强，也不过是一个人，怎么跟我们巴丹郡天骄联盟相比？"

"我们这些人一人一口唾沫都足够将你淹死，我看你还是乖乖地束手就擒，花少还会考虑给你一个痛快。"

"三重黄色天赋又怎样？惹下我们天骄联盟，就算你是大能者，也要让你一败涂地！"

所有人都认定浮生命不久矣。而浮生面对这些人的嘲讽谩骂却并不恼火，反而带着笑意环视一圈，不住点头。

"莫非是被吓傻了？"花千灵说罢，仰头大笑。

"不。"浮生摇头,看过了最后一人,才说道,"我是将这里所有人都记下,有一个算一个。很抱歉地告诉你们,在不久的将来,你们都会败在我的手下。"

"哼!不见棺材不落泪!"花千灵冷冷一哼,催促起滕青山,"你快骂!"

"好、好,我骂,我骂!"滕青山颇有些无奈,他抿抿嘴,在众人看热闹的期待中,张口怒骂出来。

"花千灵浑蛋!

"花千灵浑蛋!

"花千灵是浑蛋!"

连骂三句,滕青山意犹未尽地停下,冲着花千灵咧嘴一笑:"怎么样?够吗?不够我再骂几句。"

滕青山不痴不傻,能跟着浮生,他是有自己的一番打算的。滕青山怎会不知道花千灵在拿自己寻开心,不论他今日是否痛骂浮生,都逃不过这一劫。同样是巴丹郡天骄,滕青山对于花千灵早有耳闻,此子睚眦必报,纨绔骄纵,绝不会容忍仇人安睡。

况且,莫文轩也已开始怀疑,滕青山若是真的反叛,只能里外都不是人,倒不如咬牙狠心一门心思跟着浮生,也许还有那么一线生机。

滕青山对于浮生可是十分看好,虽未见识过浮生的真正实力,但能与飘雪剑圣分庭抗礼的少年,又能弱到哪里去呢?

"你找死!"花千灵这才回过神,眼中射出恶毒光芒,随即大手一挥,"给我打!让他尝尝什么叫痛不欲生!"

"是!"花十方与花百川领命,重新按住了滕青山的肩膀,就要使力。

却在这时,风云变幻,一股狂风席卷而来,本就满目疮痍的虎跃涧瞬间显得更加阴森。

狂风中,浮生胸口浮现出残木典脏,典脏疯狂律动间,一股股澎湃的典力激荡而出。

"你们动我的人,经过我的同意了吗?"浮生咧嘴一笑,笑容消失的同时,眼中杀意毕露!

花千灵自然有恃无恐,此番他带来八大高手,每个都能独挡一面,尤其是花十方与花百川,只要遇到的不是绝世高手,都能轻松解决,再不济也能全身而退。

而莫文轩也在同一时间取出判官笔,摆出欲与浮生拼死一战的架势。这倒不难理解,两只梦魇骑士几乎打散了天骄联盟,使得莫文轩领导人的地位岌岌可危,他需要在短时间内重新树立威信,得到花千灵的全力支持便能事半功倍。

"我让你去收集百宝囊,你收集得怎样了?"浮生盯着莫文轩,说道。

"啊？"莫文轩一愣，脱口而出，"已经收集好了，您息怒……"话说完了，莫文轩才意识到不妥，在一片窃笑声中羞红了脸，狠狠咳嗽两声才止住尴尬。

"看不出来，堂堂天骄魁首竟然如此卑躬屈膝。"浮生冷笑，看向花十方与花百川，"你们两个，我只给一次机会，放开他，我就让你们走！"

虽然滕青山实力是否有损对于浮生而言并无大碍，但能保住的话，浮生还是想避免悲剧发生。

当年他有一位部下，就是因为某件小事，记恨了他整整三百年，后来瞅准时机引发动乱，导致浮生部下自相残杀，损失惨重，此乃前车之鉴。

花十方与花百川自然不将浮生看在眼里，虽然他们在莫文轩口中得知此人是典锻境九星，三重黄色天赋，但对于他们而言也很弱小。

花十方与花百川从相貌来看，应该是一母同胞的兄弟。为了区分，哥哥花十方留的是八字胡，有些商人的奸猾狡诈；弟弟花百川则是络腮胡，倒像是草莽流寇。

听闻此言，花十方理了理两撇小胡子，笑道："小子，你死到临头了还敢口出狂言！"

花十方、花百川兄弟二人虽是花千灵的叔叔，但出身旁支，在家族中地位并不算高，所以此次一定要抓住机会立下大功。花十方还想感谢浮生一番，若不是他打败了花千灵，而花千灵身为长房长孙不愿在亲人面前丢脸，这等好事也轮不到出身旁支的兄弟俩。

浮生没有理睬花十方，而是看向了滕青山："你表现得很好，我今日会为你报仇。而且在不久的将来，天佑国土，巴丹郡中，我会让你亲手打败他们。"

"嚯，口气真不小！"

"自身都难保了，还口出狂言，天下狂妄无知之人若是有一斗，你恐怕就要得第一了！"

"还是担心你自己吧，莫以为是不灭宗弟子就能安然无恙，等你离开阳魄界，我们也会将你追杀至天涯海角！"

众人哄笑不绝，在他们看来，浮生只是一个狂妄之人，不足为惧。

滕青山听到此言，十分感激。他冲着浮生点点头，已经做好了慷慨就义的准备。

浮生给过最终忠告后便要出手，却在这时察觉到背后有一股微弱的气息。他转身看去，不知何时纪子卿来到了自己身边。

"一共三十二个，我解决左边十六个。"纪子卿握着破日惊天剑，虽只剩下一条手臂，却气势不减。

"纪子卿！你敢与巴丹郡天骄联盟作对，当真是自寻死路！"莫文轩断然没料到纪子卿会挺身而出，因而有些慌张。

不过很快他就稳定了心神，毕竟花千灵带来的高手实在太多，多出一个纪子卿应该也无所谓。而解决了纪子卿，王者遗风自然落在巴丹郡天骄手中。

面对莫文轩的恐吓，纪子卿沉默片刻，提剑指了指他，道："他也留给我。"

"这是我的事。"浮生咧嘴一笑，伸手掠过，就将那破日惊天剑握在手里，"剑借我一用，就当你帮我解决了十七个。"

纪子卿便不再说话，静静地退到一旁。

此人的思维实在奇特，不过浮生也未多想，提剑横扫一圈，道："你们是一起上，还是一个一个上？如果是一起上的话，我绝对有信心解决冲在最前面的人。而一个一个上的话，我自问还能打得过前面五个、十个，但不一定能打得了十五个，分明是谁先上谁吃亏。"

"浮生！你不要在这里妖言惑众！我们巴丹郡天骄联盟团结一致，这就一起上！"莫文轩总算认识到真正的浮生，当下气急败坏地吼道。

实力高强，手段阴险，神通奇特，心思缜密，大敌当前还有一份成竹在胸的淡然，竟能反过来挑拨离间。这样的敌人实在可怕，莫文轩发誓再也不想与浮生对战，此刻便更加急切想要将他当场解决。

"好了，不废话了，再见！"浮生咧嘴一笑，猛然动身。

破日惊天剑带着王者遗风斩破虚空，爆发出来的剑意让前排的人齐齐后退半步。

电光石火间，花千灵身后的高手刚要反手镇压，就听到身边传来一声惨叫，原是天骄榜第八十三位的天骄秦风已经败下阵来。

"三十一个！"浮生报出一个数字，抽剑一扫，重新报出，"二十九个！"

大家的年龄相差无几，却被对方一招解决，毫无还手之力，换作是谁都不能轻易接受，尤其是这些养尊处优的天骄。

"哼，狂妄！"

花十方与花百川对视一眼，齐齐落在浮生面前，抬手向下猛砸，手腕上便多出一对精钢护腕。

单从精钢护腕随心而动这一特性，这双护腕便不是凡品。花十方的护腕上雕刻着一团熊熊烈焰，而花百川的则是霹雳闪电。双拳落下，两道纹章闪耀出灼目光芒，竟真的打出燎原野火与天雷闪电，硬生生将浮生逼退回去。

花十方与花百川却像是见鬼了一样，对视一眼，花十方口中嘟囔："好奇怪，这小子怎么还能躲？"

"难道我们的修为退步了？"花百川揉了揉眼睛。

"哼！浮生受死吧！"莫文轩才没工夫听这两个人扯皮，挺身向前，提笔疾书，口中念念有词，"三千世界鸦杀尽！"

通常莫文轩施展《妙笔生花》，或是一字，或是一词，或是两句诗，像这样写下一句的倒是少见。

莫文轩迅速写完，沸腾的典力瞬间注向了七个字，那七个字却并非往常一样变成金色，而是变得漆黑。

接下来，七个字蓦地被一股无形的力量揉捏在一起，飞速旋转中竟组成一座玄奥的典阵！

看得出来这并非是一座普通的典阵，因为内外共有三环，每一环都布满黑色的铭文符号，虽距离典文还有很大距离，却也透露出一道道隐晦的能量波动。

"成！"莫文轩又在空中画了一道。

光芒落入典阵中，彻底将阵法激活，刹那间内外三环高速旋转，将铭文符号拉扯成了模糊虚影。与此同时，阵法中心漆黑一片，伴着尖锐刺耳的叫声，一只乌鸦飞了出来，紧接着是第二只、第三只……无数只乌鸦争先恐后，从阵法的另一头飞出，黑压压地连成一片，悍不畏死地冲向浮生。

"莫文轩，你好大的胆子！竟敢用我创造的招式来对付我！"浮生目光一凛，典环随之浮现。

赤橙黄三道变化后，众目睽睽之下，这道典环再次变化，最终定格为浓郁的绿色。

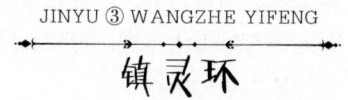

虎跃涧山巅，一位魁梧的老者站在山崖边缘，俯瞰下面再度燃起战火的战场，苍老的脸上浮现出异常冷峻的神色。

老人的面貌看起来如同垂暮夕阳，须发花白，却不显苍老，反而有一种少年都不及的勃勃生机。

老人的体形更是奇特，双肩比常人宽了一半，肩下是魁梧厚实的身体，强壮的肉体将战甲高高撑起，任谁都不会怀疑其中隐藏着的巨大力量。

湛蓝色的披风上写着两个字——"神都"，这是他的封号，不过现在已经很少有人这样称呼他了，不具资格直呼其名的人会恭敬地称他为大长老。

没错，此人便是晨曦的师尊，天佑宗大长老神都散人。

天佑宗中，大长老实际上是超越掌教至尊的存在，神都散人的实力在三大宗门领导者间亦是翘楚。

神都散人身后不远处，晨曦双目紧闭，盘腿静坐，一股精纯的力量环绕在她的周围。

洁白纯净的光芒勾勒出一匹神骏照人的天马，不同于双翼天马，这匹完全由光辉组成的典兽反而气势更强，头顶一只独角耀眼夺目，一双洁白的羽翼将晨曦环绕在中间，这正是传说中的圣光独角兽。

传说，双翼天马在经历四翼、六翼……直到十二翼的进化后，就有可能完全开启血脉中的天赋神通，成长为圣光独角兽。

届时，它的头上会长出一只独角，号称能刺破一切黑暗。翅膀会合成一双巨大的羽翼，到那时就能穿梭时空，上天入地，无所不能。

"这是……"

笼罩在圣辉中的晨曦悠悠转醒，立即就发现了前方那道魁梧的身影。她匍匐在地，恭敬地低下头："师尊！"

"哦？比我想象的快了些。"神都散人回首，冷峻不减，威严不灭，"曦儿，从这一战中你学到了什么？"

"我……"晨曦一时语塞。

"我早对你说过,你的天赋虽然在同龄中较为出彩,但并不纯粹。"神都散人阴着脸,沉声说道,"三重黄色天赋可不是终点,仅仅是起点而已。目前,我也没能窥破其中缘由,到底是怎样的力量助你强行提到了三重黄色天赋,所以,在这方面我没有给你指点。"

"是!"晨曦终于记起了这个事实,无法视而不见的事实。

在外人看来,她是天佑宗核心弟子,掌教的接班人,但只有少数人知道,这一份光彩并非建立在晨曦本身的才能之上。

就连神都散人这般厉害,也搞不清楚事实真相是什么。晨曦一早就被告知了这个事实,但她不愿承认,终导致今日折戟。

"下方战场中,至少有三个四重天赋的少年英才,你与他们相比还欠缺了许多,又是哪里来的自信敢目空一切?"神都散人呵斥道。

晨曦原本就情绪低落,被师尊神都散人这么一说,就深深埋着头,不敢再发出任何声音。

"好了,对你而言这并非是坏事,希望你能记住这次教训。"感受到晨曦低沉的情绪,神都散人的语气才缓和一些,又说道,"圣辉的力量帮助你的身体愈合,也洗涤了你的血脉,你还有十二个时辰。到时,我或许要用到你的力量。"

"是!"晨曦郑重点头。

"封锁印记已经摇摇欲坠,仅凭他们几个的力量无以为继,我要去了。"神都散人饶有深意地点点头,随后纵身一跃,魁梧的身体瞬间在空中化作一道流光,直冲天际而去。

此次探索噬灵神陵,所有参与者都不知道原本的情况,像是晨曦不知神陵的位置,莫文轩也有许多神秘的地方。

究其原因,他们只是强者手中的一枚棋子罢了。

晨曦却知道,噬灵族并非按兵不动,而是被以神都散人为首的强者们联手阻挡在遥远的星空。若非如此,天骄联盟在还没迈出第一步的时候就被尽数剿灭了。

"世事如此,我们都是棋子罢了。"目送神都散人远去后,晨曦自嘲一笑,随后她的眼中闪耀起坚定的光芒,"不过我与你们不同!我是有资格成为执棋人的!"

莫文轩一向很有自信,毕竟他年纪轻轻就得到了噬灵族的认可和扶持,更是蝉联两届天骄一战的魁首。

而这一招"三千鸦杀",也是莫文轩的撒手锏之一。当年他于机缘巧合之下在一部残破古籍中发现了它,却很少拿出来演练,就是要用在生死关头出奇制胜。

莫文轩对这招很有信心,因为在巴丹郡的时候,他曾以此招打败了一位典搬境强者，对方同样是二重橙色天赋，令他实现了跨越一个大境界的压制！

此番再次施展，他认为浮生绝不可能应对，却在此时看到浮生典脏处的典环闪耀出绿色的光芒，当真被吓得肝胆俱裂！

"四重绿色天赋！"莫文轩张大了嘴巴，足可以塞下一只拳头了。

拥有三重黄色天赋的人已然被天佑宗培养为接班人，那么四重绿色天赋该是怎样的强悍？纪子卿就是因为不愿招惹是非，才会压制全力，饶是在与梦魇骑士激战时也不过爆发出三重天赋而已。

而拥有四重绿色天赋的人，若不中途夭折，未来必定能成长为典摹境之宗师，开山立派不费吹灰之力。这种奇才一旦现世，若不是被强大的势力招揽，就是被合力围杀。

而这强大的势力并不包括天佑国三大宗门，最起码是天佑国皇室才有这种资格。一旦强大的势力不能控制这类奇才，便会选择将其消灭，以免日后产生祸乱。

让莫文轩震惊的还不止于此，此时无数只乌鸦发出刺耳的叫声，黑云一样，向浮生疯狂扑去。在展现出四重绿色天赋后，浮生抬手一斩，一道深邃的剑光顿时斩落了漫天飞鸦。

"三千世界鸦杀尽，与君共寝到天明……"浮生抬手一斩后，默念着这句诗，嘴角勾起一道弧度。

但很快，弧度定格，化作狰狞，化作暴怒，他提剑指向莫文轩，喝道："莫文轩，你竟敢亵渎皇者威严，今日你必死无疑！"

这句诗是浮生曾经的爱人喜爱的，这一招是浮生身为一代皇者时所创的，其中包含了对爱人的思念与爱恋，还有两人不怕与整个世界为敌的不屈意志。

为了能进入噬灵神陵，浮生一忍再忍，不论莫文轩使出怎样的阴谋都按捺着杀意，但此刻浮生真怒了。

凛冽劲风拔地而起，在浮生脚下爆开。浮生怒发冲冠，长袍猎猎作响，他抬手又是一剑。

剑锋所过，阵法瞬间变成碎块，泯灭之际，更凶猛的攻势已经袭向了莫文轩。

"千灵，救我！"莫文轩情急之下，抽身闪避，口中大叫。

呼救声中的恐惧绝非因为他看到了浮生展现出来的绿色典环，而是那股必杀之意念，是那蔑视众生的气势，让莫文轩心生恐惧，下意识地认定与浮生斗便是死路一条。

"哼，四重绿色天赋固然强大，但在我们面前还是不堪一击！"花十方与花百川对视一眼，挺身落在莫文轩身前。

两个人同时伸出双臂，四臂狠狠撞在一起，精钢护腕便闪耀出了耀眼的光芒，毫无预兆地，一道惊雷从空中落下，贯穿天地。

惊雷乍现，地底也猛地喷射出无数火光，火光迅速连接成片，将浮生死死地困在其中。

见状，花千灵松懈了些，放声大笑："浮生，任凭你有通天本领，在这天雷地火中也难逃殒灭的下场！"

天骄联盟至今人数虽只剩下不到一成，但留下的皆是真正的精锐，又有花家高手助阵，当真实力不容小觑。

但浮生面对众人围攻，不惧反笑，心念一动，典力瞬间绽放。

"战天一式！"

一双光翅伸展的同时，浮生已然合身冲向前方，其速度比起梦魇战马也不遑多让，竟在这么短的距离中化作了一道白色流光，轰然撞上了火墙。

众人被吓得大气都不敢出，待看到火墙摇摇晃晃后将浮生弹了回去，这才放声大笑。

"惹了我们天骄联盟，只有死路一条！"

"赶紧跪地求饶，还能给你个痛快。否则，我们定要叫你尝尝烈火焚身，天雷破碎之苦！"

"哼，在我们天骄联盟面前，是龙你也得给我盘着，是虎你也得给我卧着！哈哈哈！"

看着被火墙包围的浮生，众人大笑，仿佛是自己亲手将这个四重绿色天赋的高手围困，气焰嚣张。

花十方与花百川十分沉稳，听到花千灵下令后，两个人才再度将精钢护腕撞在一起。

刹那间，精钢护腕上的天雷地火纹章光芒大盛，瞬间风云变幻，原本就被浮生搅得昏暗的天空迅速凝聚出一片巨大的雷云，电光蹿动，噼啪作响，在落下几道细密的闪电后，雷云涌现红光，开始酝酿一次前所未有的猛烈攻击。

"三千鸦杀，需要一万两千点威望值。灭世神雷，需要一万五千点威望值……我的威望值还差许多啊……"

浮生迅速翻阅脑海中开启程度尚浅的《究极真解》，忽然间，他被一个东西吸引了注意力。

"《羽化经》，终于找到你了！"

所谓羽化，是一泛指，古语中的如虎添翼就是比喻强大的事物得到援助后更加强大，丛林猛兽尚且如此，天地间的主宰——人类自然更是这样。

这部《羽化经》就是先贤大能创造出来的，其中记载着突破第七重紫色天赋的秘法，因为在此之前过往典者都是止步于六重蓝色天赋，一旦突破，六十四倍战力爆发，称之为如虎添翼也不为过，故名如此。

当日，浮生帮晨曦强行提升天赋，却导致自己本源受损，根基有动，已然忘记了这些法门。他苦苦找寻，终于在此刻，《究极真解》松开了些许封印，开放了这部《羽化经》的兑换。

若非如此，不论浮生有怎样的造化，遭到怎样的奇遇，都不可能重新突破七重天赋。

而天下之典者，若无此经，直至生命尽头都要止步王者，破日惊天剑之所以号称王者遗风，就是因为它的主人穷尽一生也没有迈出这突破的重要一步。

但七重也非圆满，浮生想要冲击的是第九重，是皇者之上的崭新境界！

"让我看看，兑换《羽化经》需要……"浮生一时大喜，却又在下一刻跌入深渊，"需要威望值九万九千点！"

震惊之余，浮生又有评判："难道，威望值的上限是十万点？"

还不容浮生细想，一道轰然巨响震耳欲聋，浮生猛地回过神来，抬头看去，瞳孔中闪耀出红色光辉。

"灭世红雷！"

浮生心念一动，略有震惊，没想到自己在典锻境的时候竟然遇到了这种神通。

区别于典术，灭世红雷算得上是一门神通，虽然此雷的威力不足，称不上无上之神通，却也不容小觑。

水桶般粗细的蛇形闪电轰鸣而下，有盖顶灭世之威，浮生迅速收拢光翅形成一道半圆形屏障顶在上面，几乎是形成的同一时间就与红雷撞在了一起。

雷光爆裂激起的光华照亮灰暗天空，映得此间通明一片，地火也随之汹涌澎湃，高达百丈。

宛如在天地间造出一个火焰牢笼困住浮生，又唤下天雷轰击，只见浮生上天无路，入地无门。

"放心吧，他死定了。"花千灵拍了拍莫文轩的肩膀，宽慰道。

"话是这么说没错……"莫文轩却没有放心，叹了口气，"毕竟，浮生可是四重绿色天赋啊！"

"我看你是被他吓破了胆，这天骄联盟盟主一位你也暂时让出来吧。"花千灵笑声中带着些奸诈意味。

身后，诸位天骄与花家诸多高手也望着这一奇观，心神澎湃。

雷电轰击足足持续了十息，之后电流暴走也有一盏茶的工夫。待一切都平息下去，暴涨的火墙才渐渐熄灭。

花十方与花百川也在同一时间迅速捏碎数百颗典石，澎湃的典力流入身体，才恢复了往日神采。

可是，当众人定睛看去，原本该是飞灰不剩的场中，竟然还有一只光球矗立着。

光球好似一颗巨蛋，随着地火熄灭便开始破碎，完全由光华形成的蛋壳剥落纷飞，一道人影冲了出来，在空中展开了一双巨大的翅膀。

"浮生！你……"

这人除了浮生还能有谁？

众人不敢相信眼前的场景，但浮生确实生龙活虎地站在自己面前，观其气势，不减反增。

"灭世神雷，即为天罚。而我战天一式，就是战天，就是要顶着这天罚将这道天给打碎了！"

浮生俯瞰脚下，气势澎湃，战意非凡。他抬手握拳，瞬间地动山摇，大地轰鸣，将众人震得东倒西歪，一只由土构成的巨大手掌从裂缝中伸了出来，将花十方与花百川抓在手心。

"蝼蚁一般，这道红雷就是你们生命绽放出的最后光华了！"

浮生咆哮一声，握紧手掌，那将两个人抓在手心的土拳也迅速收拢，不可一世的花十方与花百川下一刻便在土拳中消失了踪迹，只剩下两对闪着银亮的护腕落在地上。

"可恶！"亲眼见得麾下两员大将就这样殒灭，花千灵暴跳如雷，喝道，"花城，花魂，你们上！"

"是！"花千灵背后，两人应声，随后跳了出来。

"花兄，不如将剩下的高手一起派出，也好过一个个将人头送去。"莫文轩小声提醒道。

"我自有分寸。"花千灵却是成竹在胸，微微一笑。

他此番带来八位高手并非仅仅为了对付浮生，而是要在最终一战中争辉。先前折损了花十方与花百川是因为他低估了浮生的实力，此番派出两人，花千灵坚信浮生不会是他们的对手。

那花城正值壮年，身形魁梧得不成比例，拳头好似沙包那般大，浑身的肌肉犹如铁疙瘩，跃起来一拳便打在了土拳上。

顿时，那坚硬硕大的土拳好似撞上了铁板，轰鸣之际，细密的裂痕出现，随后崩裂，碎成土屑漫天飘散。

事毕，花城抖擞双臂，打出一串沉闷的破风声，冲浮生勾了勾手指，神情很是轻蔑。

"找死！"浮生目光变凉，俯身冲杀下去，与花城战在了一起。

一个是身强体壮，一个是少年轻狂，花城胜在肉体强横，招式狠辣。浮生却也不是土塑泥捏，虽只是发挥出四重天赋的力量，却典力澎湃，有排山倒海之势，一经交手就将花城全面压制。

两人出手招式，以浮生更加凌厉，花城则是以强壮的身体硬抗，越战越疲。

但花千灵并不着急，反而笑意更浓，他回首看了一眼花魂，小声吩咐道："待这两人激战正酣，你就施展那神识典术，直接击碎他的神识！"

"是！"花魂阴恻恻地笑了一声。

两个人对话声音不大，浮生无暇顾及，倒是让旁边的滕青山听了个完全。

滕青山急在心里，也不顾身处险境，便扯起嗓子喊道："浮生，小心！花家有能施展神识典术的高手！"

这边，浮生已然完全掌握节奏，就要雷霆一击将花城彻底解决之际，突然听到了滕青山的声音。

浮生失神了片刻，花城已调整了姿态，翻身再战。

"你！"花千灵狠狠地瞪了滕青山一眼，咬牙切齿，"等不及了，出手吧！"

话音刚落，花魂便取下了一枚戒指，念了一段拗口晦涩的咒文后，那戒指发出嗡嗡响声，闪着微光变成碗口般大小。

噬灵族暗中扶持巴丹郡天骄魁首并非朝夕，花魂正是莫文轩之前的那任魁首，这道镇灵环就是当时噬灵族赏赐给花魂的，神识典术自然也一并传下了。

镇灵环一出，立即为天地间蒙上一层灰暗色彩，所有人都感觉到有一股阴冷，仿佛在这个空间有无数双阴狠毒辣的眼睛锁定了自己。

这种不适感挥之不去，又无法找寻根源，以至于所有人在无端打了个冷战后，纷纷做出了战斗的准备，激活典脏后才有了些底气。

"'镇灵'？"浮生给了花城些许喘息的时间，望向远处的花魂，不由得一笑，"那倒要看看是你的'镇灵'强，还是我的'化念'厉害！"

说话间，浮生心念一动，运起"化念"典术，一股比之更加隐晦复杂的力量涌了出来，迅速越过两人之间的百丈距离，狠狠撞在了镇灵环上。

霎时，镇灵环爆开一抹冷华，剧烈颤抖后发起还击。

神识法则，历来是所有法则中最神秘的领域，"镇灵"与"化念"均是其中翘楚，不过浮生的化念层次尚浅，花魂的镇灵环同样粗略。

饶是如此，两股力量碰撞产生的冲击，也不是这些天骄可以抵御的，无形交锋刚刚开始，便相继有人捂着脑袋发出惨叫，仅仅是被这些神识攻击的余波波及，就如同被一柄重锤砸在脑中。

"原来你也会神识典术。"花魂大惊失色。

"在这一领域，你连给我提鞋的资格都没有啊。"浮生轻笑。

话虽如此，浮生若想打败花魂也不会很轻松，因为相比"化念"那种毁灭一切的力量，"镇灵"偏向防御，在阳魄界中这一力量更是体现得淋漓尽致。

众所周知，不管怎样的种族，只能以精神的方式进入阳魄界，就连作为掌控者的噬灵族也不例外。

但人之神识，极易受损，不仅是在阳魄界中死亡，若是停留久了也会损伤。

有"镇灵"的力量就截然不同，"镇灵"之下，人之神识就能长时间逗留在阳魄界，甚至在阳魄界死亡之后神识亦不会受损，自然伤及本体丝毫。

而这，仅仅是"镇灵"一个微不足道的作用，其更大的作用在于守护，在神识典术的比拼中素有"坚如磐石"的形容。

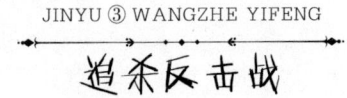

两个人在神识典术方面的角力,几乎影响了周围所有人,唯有纪子卿不受影响,但他也未出手,完全遵从浮生要力战群雄的意思。

只是片刻,花千灵就受不住了,狠狠拔出宝剑指向浮生:"兄弟们!不用跟这家伙讲什么道义,大家一起上!"

蚂蚁多了尚且能咬死大象,更何况是人。

余下二十多人虽然不多,但除了花家上一代的高手外,剩下的都是从梦魇战马铁蹄下幸存的天骄,实力本就不容小觑。

何况又有花魂蛮力压阵,花魂的镇灵环抵消了"化念"的大部分力量,众人一拥而上,一时间竟将浮生压制下去。

大量典力爆裂的伤害堆积在一起,随着破灭声,浮生的光翅竟支离破碎,花城抬手猛轰出一道巨灵掌,将浮生逼退了十步有余。

"走!"人群之后,滕青山发出一声嘶吼。

他的四肢早已被花十方与花百川重伤,没有了行动能力,花千灵没有第一时间将他处死,是要他眼睁睁地看着希望破灭,靠山崩塌。

"你快走!不要管我!"滕青山趴在地上,竭力仰起头,喊道,"留得青山在,不怕没柴烧!你快走啊!"

"走?走得了吗?"

花千灵是唯一没有出手的,他冷冷一笑,手中抓着一道亮光刺向滕青山。

锐利的短刃直接将滕青山钉在了地上,紧接着花千灵抬脚就踩住了他的背,笑道:"滕青山,好好感受吧,待会儿浮生也是这个下场。"

"不!"滕青山的脸紧紧贴在地上,却没有屈服,他咬着牙,狂笑一声,"花千灵,你永远不能将他踩在脚下,因为你不配!你忘了吗?那日,他可是一招就将你彻底打败。于他而言,你不过是跳梁小丑,而在阳魄界陨落一次后,你已经无法被他看在眼中。"

"闭嘴!"花千灵被戳到痛处,暴怒如雷,他抽出匕首抵在滕青山另一边肩膀上,"快说,我比浮生强!"

"你没浮生强……呃……"

滕青山话刚说出口就被疼痛感打断，因为花千灵再施狠手，但滕青山脸上笑意不绝。

"快说，浮生是个草包！"

"哈哈哈！花千灵才是草包！"

三五次下来，滕青山的气息越发微弱，但他眼中精光不减。斜眼看着气急败坏的花千灵，滕青山大笑中吐出几口污血："花千灵，看看别人都在干什么，只有你躲在这里像个缩头乌龟。想想你的父亲，你的爷爷，何等的英豪。再看看你，终有一日，你这落魄的贵族会彻底败在浮生手里！连带着，花家也会灭亡！"

说着，滕青山再度看向远处战场，浮生独战群雄，意气风发。

若说先前落在花家手里，滕青山还有悔恨，现在便没有了，因为浮生这样的强者是值得他以生命去维护的。

相比之下，花千灵实在不值一提，滕青山早知今日难逃一死，但他无怨也无悔。因为他相信，自己这次损失的实力，浮生会帮他补回来的。而在这次他所受的屈辱，浮生也会帮他千百倍地讨回！

"你快走啊！"滕青山狂笑不绝，竟将厮杀金鸣声都给盖了过去。

"罢了，这样缠斗终究不是长久之计，还是暂避锋芒，各个击破吧。"

浮生心中也有思量，若以单打独斗而言，在场没有一个人是他的对手。可双拳难敌四手，有皮糙肉厚的花城压阵，又有善于神识防御的花魂坐镇后方，一时间浮生讨不到好处，只会越打越颓。

方才在《究极真解》兑换选项中，浮生看到了一部典籍《疾风步》，以威望值兑换还有剩余，当即便兑换出来，运转法门。

《究极真解》封印的诸多典籍，是浮生曾经十分熟练的，兑换出来无须修炼即可掌握，刹那间典力灌入双腿，浮生的动作立即轻盈许多。

双腿双脚之间，细密的锋刃迅速凝结，连成一片，浮生的身体竟在极快的速度下留下一道残影。

"他要逃跑！截住他！"

花千灵迅速发现了浮生的意图，心中一凛。

在他看来，浮生的实力强悍异常，典环竟是那天下罕有的四重绿色，这样厉害的角色放走了，无疑是放虎归山。若是浮生潜伏在暗处，伺机偷袭，花千灵简直不敢想象会有怎样的后果。

"拦得住吗？"

浮生嗤笑一声，陡然加速。

浮生快速奔跑产生的劲风凛冽,将早已残破的战场扫动,飞沙走石铺天盖地,只是一眨眼的工夫浮生便不见了踪影。

"哈哈哈!你们等着吧,很快他就会回来的!"

滕青山如释重负,仿佛逃出生天的是他自己。

"你还真是忠心耿耿。"花千灵狠狠啐了一口,提起滕青山的衣领,抬头朝浮生消失的方向喊道,"浮生,你看着滕青山!如果你还有人性的话就现身,我便不让他承受那许多痛苦!"

说着,花千灵手中光芒闪过,滕青山身上便多了一处伤口。

切肤之痛,难以忍受,滕青山轻轻哼了声,却是咬着牙没叫出来。

"求他啊,快求你的主人现身救你。"花千灵用刀刃拍了拍滕青山的脸,"如果你不求的话,我就继续了,其痛苦,必定会损伤你的神识,或许连你的肉体也会承受不住呢。"

"无须如此,我有办法通过神识重伤他的肉体。"莫文轩没能杀死浮生,心中十分窝火,此刻急切地要发泄出来,当即提起判官笔在滕青山的额头上画了一道咒文,"现在你若是取了他的性命,那他便不是修为大损,而是典力尽失沦为废人了。"

"好样的!"花千灵心中一喜,语气一变,开始劝诱,"滕青山,我们同是巴丹郡天骄,我本不愿为难你,奈何你执迷不悟,冥顽不灵。现在你也听到了,如果我出手,你十多年的苦修可要一朝散尽了。"

说到这里,花千灵话锋一转:"你就算不为自己想想,铁了心要为浮生去死,那你也得为滕家想想吧。只要你决心戴罪立功,我与文轩保证绝不为难滕家。"

"说完了吗?"滕青山反问,"说完就快动手吧,他已走远,看不到你这场好戏。不过,等他归来的时候,那才叫真正的好戏呢。"

花千灵陡然变色,喝道:"来人!将他的骨头打断,再用药散医治,让他尝尝什么叫生不如死!"

"等等!"滕青山突然叫了一声。

"怎么,害怕了?"花千灵失声笑道,"可惜你没机会了……"

花千灵正要长篇大论,就听滕青山也是一笑:"不,我只是想再说一句话。花千灵啊,你真是条可怜虫。"

花千灵闻言,咬牙切齿,眼中怒火熊熊,猛地一挥手:"动手!"

下一刻,滕青山发出了一声高过一声的惨叫。

"可怜。"纪子卿默默地捡起破日惊天剑,微微摇了摇头。

"那是他自找的。"花千灵大口喘着气,不以为然。

"我是说你。"纪子卿嗤之以鼻。

"你找死吗？"

花千灵刚刚平息的怒火再度燃起，上下打量着纪子卿，方才想起自己并不认识此人。

"你们不是我的对手。"纪子卿仍旧微微摇着头，将王者遗风抱在怀里，回首说道，"你们有渴求，我也有目的。最好不要来招惹我，否则你会发现活着比死了更痛苦。"

说罢，他顿了顿，叫道："莫文轩，我再给你一个时辰。"

莫文轩自然知道他的意思，沉吟片刻，笑道："放心，虽然有些耽搁，但我们最终还是能进入噬灵神陵，你要的东西就在里面。"

随后，他看向了远处即将与景色融为一体的月倾颜："还有你要的东西，也在里面。"

"你怎么知道我会继续与你同行？"月倾颜神色冰冷。

"因为我们杀浮生的时候你并未出手。"莫文轩重新恢复往日神采，一派运筹帷幄的样子，"也就是说，在你看来，我手中噬灵神陵的地图比浮生价值更大。"

"才不是呢。"

月倾颜没有说话，心中却如是想着。

身后，滕青山早已昏死过去，却有人不断将价值千金的药散倒在他身上。

"好了，就这样吧。"花千灵再怎样狠心，终究也只是个十七八岁的少年，他别过了头，吩咐道，"你们几个收拾一下。花城，你和花魂一起去追击浮生，若是顺着神识波动去找寻，应该不会太难。"

"是！"花城与花魂领命。

远处，浮生目睹了这一切，他紧紧攥着拳头，虽然曾是一代皇者的他见惯了修罗炼狱，却也为滕青山的悲壮而动容。

"放心吧，我说到做到。"浮生面带沉重，对着神识早已消散在阳魄界的滕青山说了一句，随即，他的眼中闪过凛冽的神采，"至于花魂与花城，既然你们送上门来，我自不会走远。"

梦魇骑士将虎跃涧前半段毁了，但离开满目疮痍的战场后面，清泉流响，鸟语花香，依旧是一片美丽的景色。

不时出现在路旁的野兽尸骸，却是有些煞风景。

花城对这条路并不陌生，是他们参与了围剿铁甲猛虎兽群的行动，这才直接保住了第二支小队的大部分战力，从昨夜到方才，起码有三只铁甲猛虎兽死在他手里。

花城走在前面带路，身后，花魂捧在手心的镇灵环用银辉组成一个半圆形光球，其间有一道红点缓缓移动着，这正是浮生的神识波动。

神识是很奇妙的东西，无形、神秘，就算是善于运用神识法则的噬灵族也不敢妄言精通，像是莫文轩、花魂这些受过噬灵族提点的天骄魁首也只能算是略懂皮毛而已。

但花魂可以肯定，在镇灵环锁定之下，浮生是不能轻易逃离阳魄界的，更不可能逃离镇灵环的监测，只要顺着波动追过去，找到浮生只是时间问题。

"他似乎停下了。"花魂瞥了一眼，不敢松懈。

"可能是累了吧。"花城断言，"就算他的典环是四重绿色，强大的力量只会带来更强的负荷，高强度的战斗过后，他必然身体疲累，能跑出这么远也算不错了。"

花魂虽修炼神识典术，也是以典者的身份获得这一资格，自然明白其中道理，点了点头："说的也是，那我们就快追上去解决了他，也好回去复命。接下来才是一场恶战呢，一想到那些噬灵族，我连勇气都没有……"

"噬灵族自然是交给那些强者，还轮不到我们操心。否则，我们也不会走到这里。"花城咧嘴一笑，将双手关节捏得啪啪作响，似乎已经迫不及待了，"不过，方才那持剑的白衣少年确实让我担心，我们最终的对手多半就是他。却不知道莫文轩是怎么想的，竟将这种危险人物带在身边。"

"以你的头脑，就不要去揣测莫文轩的心思了，他可是巴丹郡公认'前无古人'的人物。"

在代表浮生神识的红点长时间没有移动的情况下，两个人已经断定浮生身受重伤，是在某处荫蔽的地方疗伤，便放松了些戒备，同时也放慢了脚步。直到显示距离浮生还有两里地的时候，面前一望无垠的场景让花城和花魂犯了难。

"不会吧，他怎么说也是四重绿色天赋的典者，怎么会犯这种低级错误？"花城虽然竭力压低了声音，嗓门还是不小，他指着面前的平原，难以置信，"在这种地方疗伤，真是蠢笨！"

"小心些。"花城倒是还保有戒心，"阳魄界可不像现实中那么平静，我们看到的只是它最温和的一面，天晓得这里有多少怪东西。"

花城因受过噬灵族的指点，对于阳魄界理解颇深，远非寻常人可及。他曾亲眼见过一条拇指长短的小蛇将噬灵族的高手咬死，也曾见过一只巴掌大的猴子突然变身金刚大杀四方。所以，在行走于阳魄界的每时每刻他都不敢掉以轻心。

"这里能有什么？"花城朗声大笑，也不怕惊扰了浮生，抬腿就迈进平原，"花魂，你可不要忘了，我修的可是金刚不坏之身，虽然距离不死不灭还差很长的距离，但普通的攻击对我是无效……"

话刚说到这里，花城脚下的土地忽然裂开一个窟窿，一张巨口猛地将他咬住。

两人定睛一看，那巨口竟是来自一团粉色的多肉植物，巨口大到足以吞下一头黄牛。

"食人花！"花魂被吓得连退几步，迅速认出了这种凶名远播的植物。

不过很快，花魂松了一口气，因为这食人花虽然厉害，但花城的身体却很坚硬，一时间虽然人被控制住，食人花两排锋利的牙齿也仅仅刺破了他些许皮肉，暂无性命之忧。

"奇怪，这里怎么会有食人花呢？"花魂喃喃自语，正要寻找解救方法，却觉察背后有一股强悍的神识波动，修炼神识典术的他对此很是敏感，便猛地转身，看到浮生正冲自己微笑。

花魂大惊失色，赶紧查看镇灵环，那上面可是清楚地显示浮生还在两里外，这是怎么回事？

"说遗言吧。"

浮生冲花魂笑了笑，自顾自地从他身边走过，来到食人花前。

将一种蓝色的粉末涂抹在手上，浮生竟直接伸手进食人花的巨口当中鼓捣了一番，抽回来的时候手上除了沾染上了一些黏液，也多出了一只百宝囊。

"想好了吗？"浮生粗略地扫了一眼，略微满意，再度看向花魂，"我的时间可不多，你快说完，我好快解决了你。"

花魂惊骇过后，反笑道："且不说你不是我的对手，就是有镇灵环在手，有噬灵族的祝福加持，你能拿我怎样？"

"说的也是。"浮生若有所思。

"负隅顽抗，只有死路一条！不过……"花魂故作阴狠，猛地话锋一转，"如果你能将克制食人花的方法交出来，我便带你回去请罪，再为你说上几句好话，兴许少主心情舒畅之下就能饶你一条性命。"

花魂是莫文轩之前的天骄魁首，人情世故，熟络于胸。他自以为能捕捉浮生的心思，又语重心长地劝诫道："你不要以为自己是四重绿色天赋就能横行无忌。古往今来，少年俊杰者如过江之鲫，但其中太多人因为逞一时口舌之快而惹下强悍的对手，年少夭折的更是数不胜数。你的天资固然让人惊艳，但如果想淋漓尽致地展现出来，起码还要三十年的时间，在这三十年里，你逃得了一时，终究还是会被花家找到的。"

说到这里，花魂瞥了浮生一眼，又注意到了他腰间的令牌，说道："你也是不灭宗外门弟子，难道不知花家在不灭宗的影响力？如果你诚心归顺，效忠花家，所得的好处是你想象不到的……"

"说完了吗？"不等花魂说完，浮生反问道，"援军已经在路上了吧，你以神识典术发出一道求援信息并不困难，现在你也发过了，援军即将抵达，你已经没有价值了。"

若说老成，这世间还有谁比得过浮生？浮生一早就知道花魂招揽是假，拖延时间等待援军才是真。

少年英才，就如虎狼，虽不说是无法驾驭，也绝非是花家可以驾驭的，曾经的天骄魁首怎会不明白这件事？

"你！"花魂意识到自己上了当，瞳孔猛缩，就要再发一道信息阻止来援。

浮生并不能将他怎样，就算他死在这里，亦不会因为神识受损而实力大降，其他人便不一样了。

可花魂刚刚鼓荡神识，运转典术，就感觉被一双无形的手扼住了喉咙，吞也不是，吐也不是。

"别费劲了。"浮生好心提醒了一句，猛然绽放杀意，"疾风步！"

只见浮生脚踏清风，一步就滑到了他面前，抬手一掌，没有花哨的架势，没有繁乱的姿态，在细密刺耳的破风声中袭向了花魂的胸膛。

花魂意识迷离之际，恍然间似乎看到浮生的胸膛亮着些湛蓝色光彩，等他想看得真切的时候，已然丧失了意识。

"镇灵环，现在是我的了。"浮生首先捡起镇灵环，这真是阳魄界之行的意外收获。有此环在手，浮生可以免去在阳魄界身死造成的损伤，即便在此间很少有人能伤及他的根基，这也是不可多得的宝物。

再者，浮生可以运转镇灵环，追寻花千灵一行的行迹，伺机突杀。

但镇灵环作为花魂的典器，早被下了烙印，一时间并未屈服于浮生，刚刚被浮生拿在手里便爆开一股强大的波动。

"还敢反抗！"浮生目光一横，一股意志强压下去，立即压住了这件典器的反抗势头。

大棒之后，浮生赏下一颗甜枣，道："镇灵环，我看你的样子似乎快要凝成器灵，人类中有一句话叫'识时务者为俊杰'，你该懂吧？"

一件典器，不论品阶如何，常年伴在典者身边，多少会吸收沾染些灵性。待灵性足够了，就会凝结出器灵，这时候典器就不再局限于死物，不仅能吐出人言，更是具有自主的思想。

当然，这时候典器依旧受主人的掌控，像是战仆，更像是梦魇骑士与梦魇战马之间的关系，除非有一天典器成长到超过主人，但这种情况实在罕见。

"那是你们人类的说法，与我何干？"

一道声音传入浮生脑中，正是这镇灵环发出来的，其实它距离凝成器灵还有一些距离，只因为与神识法则有关，才可以勉强沟通浮生的神识。

"哦？看不出来你还很偏执。"浮生嗤笑一声，将黯然失色的镇灵环抓在手里比画一番，不住点头，"不错不错，大小刚合适……"

"你想干什么？"镇灵环语气中带着些警惕。

"你既然不愿效忠于我，又长成这个样子，你说你能干什么？"浮生咧咧嘴，"自然是当作鼻环，不过本着人器平等的法则，我给你选择的机会，你可以选择挂在黄牛的鼻子上，还是水牛的鼻子上。"

"你……"镇灵环如果是个人，此刻一定气得口吐鲜血。

可惜它不是，便只能干着急。

 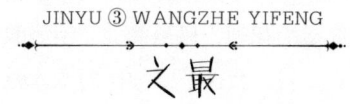

就如知道判官笔的来历，浮生对于镇灵环也很了解，这是从噬灵族至宝镇灵碑上拓下的一道铭文，配合神识结晶炼制而成的。

两者不同的是，判官笔主要体现在笔锋，化典为万物；后者则是以坚如磐石的神识力量而著称。

若让浮生挑选，他更喜欢后者，虽然并不否认笔锋是世间最尖锐的锋刃，可浮生更看重镇灵环的发展潜力。

也是因为常与神识沾染，镇灵环更早地开启了灵智，浮生方才看到这件典器就喜欢上了，倒是没想到它会如此轻易地落在自己手里。

阳魄界就是这样，即使花魂能免去神识损伤而导致的实力大降，破碎的神识能再度组合，却终究带不回身外之物。

"不如，我告诉你一些秘密，你将我送还给原主人吧。"镇灵环本能地认为跟着花魂会更有前途，提出建议，"我可是出自噬灵族之手，许多人类不曾知晓的秘闻，你甚至不敢想象。比如，我能帮你再度突破天赋，达到五重青色。又譬如，我能教你一道真正强悍的神识典术……"

浮生哭笑不得，瞥了一眼不远处的食人花，见花魂的神识已经在阳魄界中消散了，而四下无人，他也不再隐瞒，全力爆发之下，胸口典脏边的典环爆发出深邃的蓝光。

"六重蓝色天赋，料你也不知道《羽化经》。"浮生说着，心念一动。

一股晦涩的力量弥漫开来，将这一方土地都笼罩在其中，不管是最近的巨大食人花，还是远处平原上的麦芽草，都朝浮生的方向弯下了腰。甚至，就连刚刚钻破泥土拱出头来的土拨鼠，也冲着浮生的方向匍匐在地。

这便是"化念"的力量，对于智能不高的生灵有一种无法抵抗的震慑力，而这仅仅是最粗浅的一部分，若是浮生以皇者姿态施展出原汁原味的"化念"，天地万物都要向他臣服。

"介绍一下，这是神识法则中的无上神通'化念'。"浮生介绍罢了，饶有兴致地把玩着镇灵环，"说说看，你还有什么筹码？"

见镇灵环没有动静，浮生知道它尚未完整的灵智被自己完全震慑住了，话锋一转，便许下诸多好处："你也清楚，你只是那镇灵碑上的一道铭文所化，噬灵族将你赐给花魂，只是借他之手汲取神识之力，有朝一日还是会将你融合回去。如果你跟了我，我保证以你作为本体融了那镇灵碑。"

噬灵族的手段，浮生再清楚不过，不管是莫文轩的判官笔还是花魂的镇灵环，都是看似强悍。噬灵族以扶持的名义将其赐给天骄魁首，实际上是以这种方式收取力量。

判官笔对应的是典力，镇灵环则是神识之力，只要噬灵族愿意，随时都能将这些收回去为己用。

"主人！"镇灵环干脆地叫了一声，闪耀着盈盈光亮。

承认了浮生这个新主人，镇灵环一改之前的高冷姿态，虽然还不能口吐人言，却能通过神识将心声传入浮生脑中："这次花千灵一共带来了八位高手，除了已经被主人解决的四个，剩下的四个实力要稍高一些，是花千灵用来获得神陵宝藏的最后筹码。"

"嗯，还有呢？"浮生甚是满意，看来它很是识时务。

"我已经通过神识波动锁定了他们的位置，需要将具体方位共享给您吗？"镇灵环小心翼翼地问道。

不等浮生指示，镇灵环便又传来一道声音："三十里外有一道强韧的神识，与今早的梦魇骑士相同，但要更强大一些。"

"梦魇骑士嘛，暂时不杀了，否则越来越强。"浮生想了想，收起花魂遗落的百宝囊，掂量一番，"虽然已经完成了今天的目标，但花千灵他们身上的典石还有不少呢，就算我不取他们也会浪费，还是物尽其用吧。"

"是！那我这就将花千灵一干贼人的位置标注出来。"镇灵环在认浮生为主之后，智能有了明显的提升，竟学会了不留痕迹地溜须拍马。

一时间，浮生就感觉自己的脑袋像一泊湖水，一道清泉注入，闭目之间，竟能洞悉方圆百里。他立即就锁定了以花千灵、莫文轩为首人群的位置。

镇灵环的攻击效用不强，防御能力浮生亦用不上，看中的就是它以神识波动锁定方位的作用。

"真真假假，虚虚实实。"浮生脑中灵光闪现，取出那尘封的忘忧面具，"莫文轩，你似乎已经笃定自己掌握了真相，就让我再教你戏耍一番。"

光华闪耀，浮生只是一转脸，就已然换上了一副冷峻英俊的面容，随风飘荡的白发更添神秘，正是不久前浮生曾化作的神秘少年殇。

再以长袖盖住镇灵环，浮生算无遗策，便朝镇灵环标示的区域动身。

另一方，梦魇骑士也在迅速移动，那梦魇战马的凌空虚度固然强悍，但比起浮生的疾风步还是慢了一截。

不出一炷香的工夫，浮生折回了虎跃涧，站在山崖上与下方相距百丈的队伍同步前行。

花千灵似乎断定浮生已死，全然没有担心花城与花魂的样子，与莫文轩的交谈内容都是如何重新集结天骄联盟。

浮生既已重新化身神秘少年殇，自然没有顾虑，观察了片刻，见那梦魇骑士一时半刻也无法到达此处，便翻身跃了下去。

"什么人？"

众人被吓了一跳，定睛一看，莫文轩迅速认出了来人，甚是震惊。

"难道，浮生只是那日乔装做飞念台上的无名少年，与这白发殇毫无关系吗？"

莫文轩心中迅速确定，随即眉开眼笑，喝道："殇，你中了笑家的化典散还敢现身，当真是自寻死路！"

"殇？"花千灵也念叨着这个名字，打量几眼，呵斥道，"放肆！你这样的东西，怎敢拦住本少爷的去路！"

花千灵虽实力有损，但气势不减，尤其是如今稳压莫文轩一头，虽不是天骄魁首，却已然将自己当作巴丹郡天骄第一人，张狂比起往日不减反增。

"哼，说你呢，听不见吗？还不快点儿滚开，否则我们花少手指勾勾，就能叫你死无葬身之地！"

"看这小子，少年白发，估计也是时日无多，说不准还真是耳朵有问题呢。"

有花千灵身后的高手作为依仗，其余的天骄也纷纷出声助涨其势，希望以此迅速获得花千灵的好感与器重。

"主人，有件事我很好奇。"浮生脑中传来镇灵环的声音，"为什么您总是听人骂完之后才动手呢？您是不是喜欢这种感觉？"

"闭嘴！"浮生翻个白眼，未开化的灵智果然不靠谱。

"我没有嘴。"

"……"

正当浮生考虑着是否要将镇灵环送给牧牛孩童的时候，人群中已经有人按捺不住，是那天骄榜上第六十六位的石大冲。

在梦魇骑士展开杀戮的时候，石大冲扭头就跑，成为少数幸存者之一，他就是典型的"识时务者"，当花千灵接管这一切后迅速归顺了花千灵，这就要将拦路的白发少年击杀来换取战功。

虽说浮生化身的殇在前夜营地中大杀四方，一击重伤笑红尘，但人们都知道此人中了笑家化典散，一身典力必被化作虚无。

对付区区凡人，石大冲还是很有信心。为求一击必杀，他全力运转典脏典环，激荡出的典力在手中化作千斤之力，以盖顶之势轰向了那满头华发的殇。

浮生冷冷一哼，虽是后发，却已先至，猛地一拳打在石大冲的下颌，石大冲被强劲的力量打飞了出去，在空中越来越远，最终竟化作黑点消失在天际。

而这仅仅是浮生以蛮力加以少许典力所爆发出来的力量，在突破六重蓝色天赋后，即使不激活典脏，浮生的肉体也比这种典锻境一重赤色天赋的典者强悍。

众人无不倒吸一口凉气，因为典者的血肉较常人更为精纯，看似普通的身形实则都有二三百斤的重量，而石大冲就这样被轻易一拳打得不知踪影，难以想象这一拳有着怎样的神力。

花千灵也被吓得够呛，但还是强作镇定，他认为浮生那样的人世间罕有，自己总不至于接连遇到两个吧。

毕竟是刚刚接替了莫文轩的位置，花千灵不好露怯，便壮着胆子上前一步，喝道："好大的胆子！敢在本少爷面前伤人，凭此你已是万死难赎其罪！花天，速速将此人解决，不要耽误了行程！"

花千灵身后，一个瘦高的典者脸上抽搐了几下，心中必有痛骂，却还是不情愿地站了出来。

"哎，一个能打的都没有。"浮生瞥了一眼不情不愿的花天，无奈地耸耸肩，"你们几个，怎样？是乖乖将百宝囊交出来呢，还是来试试我的拳头够不够硬？"

"呼。"

众人不禁长舒一口气，原来这白发少年只是求财，并非害命。

"啪嗒"一声轻响后，纪子卿竟率先将一只百宝囊丢在地上，月倾颜很是惊讶，因为在这些人中只有她知道白发少年是浮生所化，但看纪子卿的样子，他似乎也猜出了些门道才会如此干脆。

做完这个动作，纪子卿径直走过殇的身边，头也不回，沉稳的脚步就如他怀中的破日惊天剑，没有丝毫动摇。

月倾颜若有所思，同样将自己的百宝囊丢在浮生面前，学着纪子卿的样子，迅速离场。

这两位高手已然做出选择，余下的人心中却有不甘，些许典石倒不算心痛，但若是将随身携带的典器与药散都交出去了，在危机四伏的阳魄界便是寸步难行。

尤其是莫文轩，他的典器最为贵重，是那噬灵族赐下的判官笔，单以威力而言绝不逊于三阶黄色典器。

"你们的那些破铜烂铁，我才没有兴趣，将典石交出来即可。"浮生迅速猜出这些人的心思，晃了晃手指。

虽然极不情愿，但这个条件在众人看来也可以接受，毕竟他们要保留实力去探寻噬灵神陵，并不宜在此处损耗实力。

而且，白发少年殇目前为止还未动用典力，天知道他到底如何厉害，现在只需交出买路钱即可保平安，对于这些平日里养尊处优的天骄而言并不过分。

"你说话可算数？"最先动心的是莫文轩，他已承受不起太多实力损耗。

"你不信也好，我不介意再打一拳。"殇咧咧嘴，有些不满。

"我信！我信！"莫文轩慌忙点头，取出几个百宝囊放在浮生脚下。

浮生化作的殇自然知道莫文轩还有私藏，因为方才战场最后清扫的诸多物资都被他吞下，不过这都只算是蝇头小利了，浮生并未看在眼中。

有莫文轩带头，剩下的人自然不敢怠慢，迅速将典器与必备物资取出之后，忍痛把珍贵的百宝囊放在地上。

不多时，地上的百宝囊已经堆积成一座小山，殇就这样在众目睽睽之下取走了丰富的物资。

众人全程严阵以待，生怕这家伙出尔反尔，不过好在他取走物资后并未久留，甚至连一些空间较小的百宝囊都没带走就匆匆离开了。

终于松懈下来的众人对视着，花千灵认为自己作为新的盟主必须做点儿什么，于是率先开口，说道："诸位不必沮丧，在这阳魄界中能人辈出，大能遍地，以我们的实力并非无法与之一战，只是不能再有所损耗了。"

见众人还绷着脸，死气沉沉的，花千灵随即又说道："待稍后花城与花魂归队后，我会将他二人身上的物资分配下去，再派人回到巴丹郡取来物资以补充。这区区几千颗典石算得了什么？在噬灵神陵的宝藏面前，只是九牛一毛罢了。"

"说的也是。"

逐渐有人接受了这一事实。

就在众人重整旗鼓准备继续进发的时候，骤然间，空中响起一道尖锐的啼鸣声，一股阴寒在天地间弥漫开来。

远处天空，伴着马蹄声响，一只散发着浓郁黑气的生物疾驰而来，它的脚下踩出两道细长的青炎小径。而在它的背上，一尊笼罩在浓郁晶雾中的黑衣骑士正挥舞着一对同样漆黑的光剑，煞气沸腾……

"是你将梦魇骑士引来的？"月倾颜在下一个转角等待，未等浮生近前就劈头问道。

"不。"浮生摇头的同时摘下面具，恢复本来面貌，"莫文轩身上有东西，就是那个能带我们找到陵墓的东西，也能带我们迎接死亡。"

浮生一早就猜测，噬灵神陵并不简单，而在第一只梦魇骑士降临后，他已经开始思量是否要继续与莫文轩为伍。

见月倾颜直勾勾地盯着自己，浮生这才想起，迅速找到她的百宝囊归还，同时也将属于纪子卿的那只丢向不远处。

纪子卿靠在一块山岩上，接下之后放回怀中，他直勾勾地盯着浮生的脸，良久后说道："你的面具很奇特，我曾见过。"

"忘忧草，小把戏而已。"浮生并不在意，话锋一转，"这次收获不少，你们二位要跟我坐地分赃吗？"

"我还没沦落到拦路抢劫的地步。"月倾颜脸上闪过些不屑，轻叹道，"可惜，天骄联盟全军覆没了。"

方才，月倾颜惊叹于纪子卿率先识出了浮生，又琢磨了一下浮生的要求，便迅速领会。

要知道，在滕青山被杀之前浮生可是起过誓，要将以莫文轩、花千灵为首的这群人尽数解决，还要让滕青山在阳魄界外亲手复仇。

但浮生只提出了劫财，并未索命，在纪子卿做出表率后，月倾颜也迅速领会，离开了是非之地。

果不其然，不久后空中传来梦魇骑士的嘶鸣，杀意骤然，以那支小队的实力若是遇到第一只梦魇骑士都不见得能战胜，更别说在身无依傍的情况下抵挡这第三只梦魇骑士了。

要知道，梦魇骑士数量越少，实力也就越强。

"你呢，哑巴？"浮生再度看向纪子卿。

"我不叫哑巴。"纪子卿平淡地反驳了一句，也未表态。

想来这样高冷的人，又身怀绝技，也是不屑于与浮生一同坐地分赃。

就在纪子卿话音落下的同时，空中忽然响起一道暴雷。可青天白日，晴空万里，浮生压根儿没看到乌云。反而，从远处天边飘来一朵紫云，所谓紫气东来，乃是祥瑞之兆。

氤氲之气翻腾缭绕，与此同时，四面八方的空中凝聚出点点金光，如日照光华倾泻下来。

不知多少亿万里外，阳魄界的极北之地，千里冰封，大雪纷飞中，一道金光连接天地，持续几息。消失时，冰晶柱间赫然出现了一块华光流转的巨大石碑，高耸百丈，其上以龙飞凤舞的字体写着大字。

冰封王座上，一位精悍的典者猛然起身，他身材高大，与常人截然不同，而他也并非常人，乃生活在阳魄界北方的原住民，属于那个被人称之为"猛犸"的种族。

典者身长足有一丈二，但他高大的身躯在这块石碑面前显得那样渺小，他仰面瞻仰着石碑，静静地念出石碑上的内容。

"之最碑！"

在他脚下百道阶梯下面有密密麻麻的一群人，他们与他同样精悍强壮，却又稍显渺小。

这些是猛犸族的臣民，他们逐渐聚集在这里，齐齐望着远处华光闪耀的石碑，争先恐后地伏在地上，行过大礼后，双手高高地举向天空，祈求神明的庇佑。

阳魄界正西方，黄沙遍野，狂风咆哮，同样有一块石碑降在这里。

巨大的黄土城中心，有着一座由金子打造而成的宫殿，珠光宝气的华衣男人在众多仆人的搀扶下踉踉跄跄地跑了出来。

他是这个王国的国主，同时也是最有资格竞选阳魄界第一富豪的候选人之一，虽然不具备典力，麾下却有一批精锐典者，镇守西方，各方强者不敢侵犯。

国主也遥望着远处巨大的石碑，那石碑上的华光竟让风沙都止住了，他似乎是想到了一个古老悠久的传说，迅速匍匐在地上，虔诚地朝拜。

而黄土城中，他的臣民亦像他一样，朝着那遥远的传说献上崇高的敬意。

阳魄界中心，一座巨大的悬空斗场上，两个典者正在进行激战，其中一个面容俊朗，背生双翼，这是传说中高贵的种族翼人族。

而另一个身形魁梧，五官粗狂，杂乱的头发一缕缕披在双肩，随风飞扬，他的扮束亦有些奇怪，精良的皮甲仅仅遮住了身体隐藏部位，将大片古铜色的皮肤露在外面。

这是一位来自蛮夷族的勇士，蛮夷族是以疯狂和战力著称的种族，虽然还不开化，却都是骁勇善战的猛士。

双方实力在伯仲之间，你来我往，拳脚之间击打出凛冽的破风声，所过之处空中竟能留下一道道细密的裂痕，又迅速合拢。

围观这场激斗的观众不多，但长相都很奇特，有的是人身兽首，有的体表覆盖着一层鱼鳞，其中有一妙龄女子最为奇特，双手五指并非纤细白玉，而是嫩绿的枝条。

这些来自于各个种族的年轻高手相约在此，以典会友，不亦乐乎。

却在此时，金光降下，一座巨大石碑拔地而起，饶是人在这悬空斗场上，也需要仰望。

众人齐惊，连激战中的双方也不约而同地停手，齐齐面向远处那巨大石碑，脸上表情却不仅是惊讶，还有些耐人寻味。

"多少年了，之最碑再现，不知是哪个纪录被打破了。"翼人族的少年说着，转头看了对手一眼，笑道，"蛮荒儿，我猜是你的大力之最被人打破了纪录。"

"典锻境一星，赤色天赋，千斤之力，号作扛鼎。"不远处，那树木化作的艳丽少女莞尔一笑，道，"我们纵然站在典锻境顶峰，也不过三四百鼎的力量，蛮荒儿一千零八十鼎的力量怎会被打破？依我看，是羽飞你那速度之最被人打破了吧。"

羽飞，正是先前开口的翼人族少年，当年他以近乎瞬移的绝快速度唤出了这之最碑，在上面印下了自己的名字。

那速度，比那凌空虚度的梦魇骑士还快百倍，狂风亦不敢与之争辉。

除他之外，在场所有人都在之最碑上留了名，还有很多遥远的传说，无法打破的传奇，虽然这些强者在之最碑上印下名字后不再驾临阳魄界，却被所有人铭记。

"噤声，名字很快就要显现，到时候一目了然，何须聒噪？"一脸冷峻的羽飞此刻倒是兴致盎然。

《禁域》第四册精彩预告

浮生为寻找赤钻进入阳魄界,利用忘忧草炼制的面具化身无名少年,在天骄一战中一举成名,却因此引来了巴丹郡莫文轩、花千灵等人的忌恨。同时,浮生结识了月倾颜、纪子卿这两位实力强悍的同伴,并得知他们与巴丹郡天骄联盟都是为噬灵神陵中的宝物而来。传说中掌控着阳魄界的噬灵族派出凶狠的梦魇骑士围杀众人,浮生却在无意间发现梦魇骑士与自己有着密切的联系。

回到不灭宗的浮生在打退花家众人的围攻后,孤身前往巴丹郡,以一人之力,慑一郡之地。为提升实力,浮生再次踏入阳魄界,又与月倾颜、纪子卿二人相遇。三人决定共闯噬灵神陵,这次他们面对的不仅是更加凶猛的梦魇骑士,还有噬灵神陵的终极秘密。

浮生三人能否克服重重阻碍,查明这一切的真相呢?

精彩内容,尽在《禁域》第四册!